⭐ Mein Poesiealbum ⭐ ⭐

Wie heißt du? _Elmar Wissmann_

Dein Spitzname? _Elvis_

Wie alt bist du? _55_

Deine Klasse? _Ess- Klasse_

Dein Lieblingsfach? _Gefrierfach_

Dein Lieblingsessen? _Weck, Worscht_
& Woi

Deine Hobbys? _Cello spielen,_
Zeitungsartikel schreiben

Male mir ein Bild:

16

7

Venez mes frères, vite, je bois des étoiles!
Eilt herbei, meine Brüder, ich trinke die Sterne!

Dom Pérignon, um 1700

Auszug aus:
www.kinderquatsch.org/txtwsd/sammel/abzreime/

Ene mene Dillegraf,
zappel zappel wie de Aff,
wink dei'm Zwilling, witt, witt, witt,
der macht dann des Tänzche mit.

altes Kinderlied aus Bad Kreuznach

☆ ☆ Mein Poesiealbum ☆

Wie heißt du? _Ernestine Nachtigall_

Dein Spitzname? _Tinne_

Wie alt bist du? _39_

Deine Klasse? _habe fertig_ 😊

Dein Lieblingsfach? _Geschichte_

Dein Lieblingsessen? _Chili con Carne_

Deine Hobbys? _alte Rätsel lösen_

Male mir ein Bild:

15

HELGE WEICHMANN
Schandglocke

GEFÄHRLICHES PUZZLE Ein Besuch im Pflegeheim nimmt für die Historikerin Tinne Nachtigall eine unerwartete Wendung: Ihr ehemaliger Professor, inzwischen Demenzpatient, weiht sie in seine kruden Gedankengänge ein. Was hat es mit dem Schinderhannes und einem seltsamen Geschenk für Napoleon auf sich? Welche Rolle spielt ein Kellermeister aus kurfürstlichen Zeiten? Und warum soll sie gegen Windmühlen kämpfen? Zunächst tut Tinne seine Rätselworte als wirres Hirngespinst ab. Als der Professor aber aus dem Pflegeheim flieht und bald darauf ermordet wird, ahnt sie, dass mehr dahintersteckt. Gemeinsam mit dem Lokalreporter Elvis taucht sie in jene Epoche ein, in der Mainz zu Frankreich gehörte und Napoleon die Stadt in große Umbrüche stürzte. Dabei stoßen sie auf ein Vermächtnis, das bis zum heutigen Tag im Verborgenen liegt und für das jemand zu töten bereit ist. Doch von nun an sind auch Tinne und Elvis im Fadenkreuz …

© Susanne Reuber

Helge Weichmann wurde 1972 in der Pfalz geboren und ist seit 20 Jahren in Rheinhessen zu Hause. Während seines Studiums jobbte er als Musiker und Kameramann und bereiste zahlreiche Länder, bevor er sich als Filmemacher selbstständig machte. Seine Kreativität lebt er in vielen Bereichen aus: Er betreibt eine Medienagentur, arbeitet als Moderator, fotografiert, filmt, zeichnet und schreibt. Er ist begeisterter Hobbykoch, Weinliebhaber und Sammler von Vintage-Gitarren. Mit der chaotischen Historikerin Tinne Nachtigall und dem dicken Reporter Elvis hat Helge Weichmann zwei liebenswerte Figuren geschaffen, die ihre ungewöhnlichen Abenteuer mit viel Pfiff, Humor und Improvisationstalent meistern. »Schandglocke« ist der vierte Teil der Reihe.

HELGE WEICHMANN
Schandglocke

Kriminalroman

Immer informiert

Spannung pur – mit unserem Newsletter informieren wir Sie
regelmäßig über Wissenswertes aus unserer Bücherwelt.

Gefällt mir!

Facebook: @Gmeiner.Verlag
Instagram: @gmeinerverlag
Twitter: @GmeinerVerlag

Besuchen Sie uns im Internet:
www.gmeiner-verlag.de

© 2017 – Gmeiner-Verlag GmbH
Im Ehnried 5, 88605 Meßkirch
Telefon 0 75 75 / 20 95 - 0
info@gmeiner-verlag.de
Alle Rechte vorbehalten
3. Auflage 2021

Lektorat: Sven Lang
Herstellung: Mirjam Hecht
Umschlaggestaltung: U.O.R.G. Lutz Eberle, Stuttgart
unter Verwendung eines Fotos von: © looky / clipdealer.com
Druck: CPI books GmbH, Leck
Printed in Germany
ISBN 978-3-8392-2162-4

SONNTAG, 20. NOVEMBER 1803

»Was kann ich für Euch tun, Vater?«

Fréderic, der wachhabende Soldat, schaute durch den Sehschlitz der Tür. Auf den Treppen stand ein Priester, eingehüllt in eine graue Kutte, ein Holzkreuz baumelte vor seiner Brust, sein Gesicht lag im Schatten der Kapuze. Die Hand, mit der der Mann gerade an die Pforte des Holzturms geklopft hatte, war noch erhoben. Ein Mönch vielleicht, so genau wusste Fréderic das nicht. Mit der Kirche hatten die französischen Soldaten nicht viel zu schaffen.

»Er hat nach Beistand gefragt. Vielleicht will er die Beichte ablegen.«

Er – es brauchte keine weitere Erklärung, wer damit gemeint war.

»Jetzt? Fast um Mitternacht?«

Der Priester zuckte mit den Schultern.

»Das Gewissen schläft nicht, mein Sohn. Der Gerichtsdiener hat es mir sagen lassen, kurz vor der Spätmesse, und nun bin ich hier.«

Das Französisch des Priesters klang unbeholfen und hatte den holprigen Akzent des *Département du Mont-Tonnerre*, des Donnersberg-Departements. Diese Bezeichnung fasste die linksrheinischen, französisch regierten Gebiete zusammen, deren Verwaltungshauptstadt *Mayence* war, Mainz. Die meisten Einwohner des *Départements* konnten sich inzwischen, nach fast zehn Jahren, einigermaßen verständlich auf Französisch ausdrücken, wenngleich auf den Straßen und in den Häusern weiterhin Deutsch gesprochen wurde. Nur in den höheren Kreisen hatte sich die *langue française* auch im privaten Gespräch durchgesetzt.

»Nun?«

Mit den Fingern umfasste der Priester das Holzkreuz vor seiner Brust, während er auf eine Antwort wartete. Fréderic war unschlüssig. Einerseits waren die Kirche und ihre Besitztümer unter französischem Einfluss immer weiter zurückgedrängt worden – Klöster wurden aufgelöst, Kirchen als Ställe und Lagerhäuser benutzt oder gleich ganz abgerissen. Andererseits war der Wunsch nach einer Beichte sicherlich nachvollziehbar angesichts des Urteils, das am heutigen Nachmittag über den Mann im Turm gefällt worden war.

Er öffnete die beiden eisernen Türriegel. Der Priester war größer als Fréderic, hielt sich aber gebückt, als laste das Gewicht der Welt auf seinen Schultern. Ein beachtlicher Bauch spannte die Kutte, sein Gesicht blieb im Schatten der Kapuze.

»Danke, mein Sohn. Möge Gott es dir vergelten.«

Gemeinsam traten die beiden Männer in den Wachraum. Fréderics Kamerad Marcel schnarchte dort vor sich hin, den roten Waffenrock aufgeknöpft, die Stiefel auf dem Boden, seine Füße mit löchrigen Socken auf einem Stuhl hochgelegt. Normalerweise wäre ein solches Verhalten in der französischen Armee undenkbar, Zucht und Ordnung galten als oberstes Prinzip. Doch die Nachtwachen im Turm, die Fréderic und Marcel nun schon seit mehr als zwei Wochen bestritten, hatten ihre Disziplin nach und nach aufgeweicht. Keine Menschenseele kam oder ging, es gab keinen Appell, kein Vorgesetzter ließ sich blicken. War es da nicht mehr als menschlich, wenn irgendwann die unbequemen Stiefel ausgezogen wurden und die Augen zufielen?

Angesichts des priesterlichen Besuchs war Fréderic die Szene nun allerdings unangenehm. Er zischte einen halben Satz, worauf Marcel hochschrak. Schnell waren der Rock gerichtet und die Stiefel wieder an den Füßen, er straffte sich. Seine Brauen schoben sich zusammen, als wolle er den etwas peinlichen Auftritt ausmerzen.

»*Permis de visite?* Besuchserlaubnis?«

Statt einer Antwort griff der Priester erneut an sein Holzkreuz, ohne den Blick zu heben. Fréderic schaute zwischen den beiden hin und her. Sicher, Marcel hatte recht – ohne ein vom Untersuchungsrichter abgezeichnetes Papier durfte niemand nach oben zu den Zellen gehen. Dieses Reglement war immer streng beachtet worden, sogar der Wachdienst, der den Angeklagten zum Schloss in den Gerichtssaal gebracht hatte, war täglich aufs Neue mit einer *Permis* ausgestattet gewesen. Aber mitten in der Nacht beim Beichtbesuch eines Priesters? Der Mann Gottes würde wohl kaum die Gitterstäbe herausreißen und mit dem Gefangenen davonflattern wie ein Vögelchen. Fréderic nahm Marcel zur Seite und tuschelte. Zögernd nickte sein Kamerad.

»*Enfin*, Ihr habt 20 Minuten, Vater. Das muss genügen«, sagte Marcel bestimmt und merkte, dass er seinen Waffenrock falsch zugeknöpft hatte. Mit möglichst viel Würde fing er an, die Knopfreihe neu zu ordnen.

Der Priester folgte Fréderic aus der Wachstube ins Treppenhaus. Der Holzturm, der am Rand von *Mayence* in der Nähe des Rheins lag, war als Teil der alten Stadtmauer erbaut worden und gehörte ursprünglich zum gleichnamigen Tor, dem Holztor. Früher war das Bauwerk ein reiner Wachturm gewesen, dann hatte man in seinem oberen Teil Zellen eingerichtet und sie als Gefängnis genutzt. Mit der Umstrukturierung des Rechtssystems errichteten die Franzosen dann allerdings ein neues, größeres Gefängnis im Gewölbe des Kurfürstlichen Schlosses, das strategisch günstig lag und einen direkten Zugang zum dortigen Gerichtssaal erlaubte. Die Tatsache, dass der Holzturm nun doch wieder einen Gefangenen beherbergte, war einzig dessen Prominenz zu verdanken. Der Mann war eine regelrechte Berühmtheit, jeden Tag wurden neue Besuchsanfragen gestellt – von Rechtsgelehrten und Anwälten, aber auch von Dichtern, Malern und Schriftstellern. Sie alle waren fasziniert von den Geschichten, die man sich über den Mann erzählte, und jeder wollte ihm einmal persönlich gegenüberstehen. Also entschied Jeanbon de Saint André, der Präfekt des Donnersberg-Departements, diese Situation auszunutzen und das neue französische Rechtssystem ins beste Licht zu rücken. Statt in dunkle Gefängniskatakomben wurden die Besucher deshalb in den Holzturm geführt, wo sie sich mit eigenen Augen überzeugen konnten, dass der Gefangene angemessen untergebracht war und sogar den Ausblick über das Dächermeer der Stadt genießen konnte.

Fréderic und der Priester passierten die Waffenkammer und erreichten die Steinstufen, die steil nach oben führten. Bald schon keuchte der dicke Priester, sein Holzkreuz pendelte hin und her. Im oberen Stockwerk befand sich ein Vorraum mit vier Gittertüren, die Zellen dahinter waren leer bis auf eine. An der Wand des Vorraums flackerte eine Petroleumlampe und warf ihren unruhigen Schein auf eine Gestalt, die reglos auf ihrer Pritsche lag. Ein kleines Fenster ließ das Mondlicht herein und malte einen hellen Streifen auf den Mann.

Mit dem Fuß trat Fréderic gegen die Gittertür, der misstönende Laut ließ den Priester zusammenfahren.

»Aufwachen, na los. Der liebe Gott kommt dich besuchen.« Er lachte meckernd.

Der Mann auf der Liege rührte sich nicht. Wieder trat Fréderic gegen die Tür. Der Priester wartete, bis das grelle Geräusch verklungen war, dann erhob er die Stimme. Auf Deutsch sagte er: »Ich bin der, nach dem du verlangt hast, Johann. Wir haben viel zu reden.«

Die fremde Stimme ließ den Mann aufmerksam werden. Langsam setzte er sich, seine Füße scharrten auf dem Boden. Das Mondlicht zeigte ein junges Gesicht, weiche Züge, ein fliehendes Kinn, eine hohe Stirn. Die Haare waren nackenlang und nach hinten gestrichen, die Augen schwarz, als hätten sie zu viel gesehen. Johannes Bückler, den man den Schinderhannes nannte, blieb stumm, nur sein Blick zuckte umher.

Der französische Soldat machte eine ungeduldige Handbewegung.

»*Alors*! Fangt an!«

»Die Beichte ist etwas Privates, mein Sohn«, sagte der Priester, nun wieder auf Französisch. Mit einer sanften Handbewegung, die nicht recht zu seinem massigen Körper passen wollte, deutete er zur Treppe. Fréderic zauderte, dann schnaufte er und wandte sich zum Gehen.

»20 Minuten. Nutzt die Zeit, Vater, er hat genug Sünden zu beichten.«

Als der Soldat verschwunden war und seine Stiefel auf den Steintreppen verhallten, wurde die Stille drückend. Es war Bückler, der schließlich das Schweigen brach, seine Lippen bewegten sich kaum dabei.

»Ich habe nicht nach einem Pfaffen rufen lassen. Wer seid Ihr und was wollt Ihr?«

»Morgen bringen sie dich aufs Schafott, Johann. Das Urteil ist gesprochen, in diesem Augenblick wetzt der Henker das Beil der Guillotine.« Die Worte des Priesters kamen ohne jede Emotion. »Ich bin hier, um dir ein Geschäft vorzuschlagen. Ein Geschäft, bei dem du nur gewinnen kannst.«

Schweigen war die Antwort, Bückler saß im Mondlicht, regungslos wie eine Statue aus Stein.

»Ich biete dir nicht mehr und nicht weniger als dein Leben, Johann. Du kannst als freier Mann irgendwo neu anfangen, in einer anderen Stadt, in einem anderen Land.«

Die Sekunden verstrichen, bis der Schinderhannes den Kopf eine Winzigkeit schräg legte. Seine Augen suchten das Gesicht unter der Kapuze, doch sie fanden nur Schatten.

»Was ist der Preis? Was muss ich dafür tun?«

»Das, was du am besten kannst.«

Ein fast lautloses Lachen kam aus Bücklers Kehle. Es war mehr ein Hauchen, das in ein Husten überging und nicht gesund klang.

»Ich kann nichts. Nichts außer rauben und stehlen.«

Nun endlich schob der andere seine Kapuze nach hinten. Die Augen des Schinderhannes wurden groß, als er den Mann erkannte, der in der Kutte steckte. Es war kein Priester, o nein. Es war jemand, dessen Blick während des Prozesses oft den seinen getroffen hatte. Ein Mann, der hier in Mainz die Fäden in der Hand hielt. Der Mann beugte sich nach vorn, umfasste das Gitter und näherte sich dem Gesicht von Bückler.

»Rauben und stehlen? Genau darum geht es. Du sollst etwas für mich stehlen, Johann, und dafür gebe ich dir dein Leben zurück.«

Am nächsten Morgen bemühte sich die Sonne vergeblich, den grauen Novembernebel zu durchdringen. Vom Rhein zogen feuchte Schwaden herbei, machten die Farben stumpf und dämpften die Geräusche. Eine unüberschaubare Menschenmenge hatte sich versammelt, dicht gedrängt standen die Bewohner und säumten die Uferstraße zum Neutor wie Kieselsteine. Auch die Strecke zur Stadt war belagert, jeder Meter, den die Wagen mit den Verurteilten passieren würden. Heute war der Tag, an dem die Verbrecherbande aus dem Hunsrück ihre gerechte Strafe empfangen würde.

Gegen Mittag setzten Trommeln ein, der Ruf ging von Mund zu Mund: »Es geht los, die Wagen haben das Gefängnis beim Schloss verlassen!« Langsam rollte der Zug die Uferstraße entlang, ein Kommando Gendarmen an der Spitze, gefolgt von einer Abteilung Infanterie. Fünf Leiterwagen wurden von Pferden gezogen, darauf saßen die Verurteilten in roten und weißen Leinenhemden. Die Trommler und ein berittenes Corps schlossen die Reihe. Die Gefangenen hatten die Hände auf dem Rücken zusammengebunden, einige hielten die Köpfe gesenkt, andere schauten trotzig in die Menge.

Die Umstehenden reckten sich, jeder wollte einen Blick auf die Wagen erhaschen. Wo war er denn, der Schinderhannes? Da, im ersten Wagen, das musste er sein! Zwar kannte kaum jemand Johannes Bückler von Angesicht zu Angesicht, doch man hatte den Mann ganz nach vorne gesetzt, mit Abstand zu den anderen. Der Platz eines Hauptmanns. Eines Räuberhauptmanns.

Legenden und Halbwahrheiten flogen zwischen den Menschen umher. Ein Raufbold wäre er, unerschrocken, schnell mit den Fäusten und noch schneller mit dem Messer.

Lange Jahre hatten er und seine Bande ihr Unwesen getrieben im Hunsrück und auch im Soonwald, jeder Reisende musste um sein Hab und Gut fürchten, mehr noch, um sein nacktes Leben. Doch andererseits, hieß es, hätte der Schinderhannes nur von den Reichen genommen, nie von den Armen. Es gab Geschichten, wie er dem geizigen Krämer den Beutel geschnitten hatte und das Geld später unter den Bauern verteilte. Oder der Pferdehändler, der einer Witwe ihr letztes Pferd für einen lächerlichen Preis abkaufte und sich ins Fäustchen lachte. Später aber, da lachte er nicht mehr, als er im Wald dem Hannes gegenüberstand. Dieser raubte Geld und Pferd und brachte beides zur Witwe zurück, jaja, aus solchem Holz war er geschnitzt, der Schinderhannes, das erzählten sich die Leute.

Der Zug erreichte die Freifläche jenseits des Neutors. Dort hatte sich bis vor zehn Jahren das Lustschloss *Favorite* samt gepflegter Gartenanlage befunden, doch beide waren während der Belagerung von Mainz zerstört worden. Nun ragte auf dem weiten, abschüssigen Areal eine rot angestrichene Guillotine in die Höhe. Die Soldaten, die die Menge auf Distanz halten sollten, hatten kaum etwas zu tun. Eine seltsame Scheu umfing die Menschen, wie von selbst hielten sie Abstand zum Schafott.

Ansgar Nikolaus Becker, der seit zwölf Jahren das Amt des Friedensrichters in Kirn bekleidete, war eigens zur Urteilsverkündung und Hinrichtung nach Mainz gereist. Einige Taten der sogenannten Schinderhannesbande waren in seinem Bezirk verübt worden, er selbst hatte drei berittene Exkurse geleitet, um das Gesindel im Wald aufzuspüren. Vergebens. Die Räuber kannten die unwegsamen Höhenzüge des Hunsrücks wie ihre Westentaschen und waren der Obrigkeit stets einen Schritt voraus. Einzig in kalter Lagerfeuerasche hatte Ansgar stochern können und in den Knochenresten, die vom letzten Mahl der Bande übriggeblieben waren.

Deshalb war es für den Richter eine Frage der Ehre gewesen, bei der Aburteilung dieser Lumpen dabei zu sein. Die öffentlichen Plätze im Gerichtssaal waren zwar verlost worden, weil es viel zu viele Interessenten gegeben hatte, doch mit Hinweis auf seine juristische Tätigkeit hatte Ansgar eine *Permission* erlangen können. So war er keinen Steinwurf entfernt gewesen, als der Vorsitzende Richter Georg Friedrich von Rebmann das Urteil über Johannes Bückler, genannt Schinderhannes, gesprochen hatte: Tod durch die Guillotine.

»Kein Muskel hat sich in seinem Gesicht gerührt, gell, kein Muskel!«, berichtete er seinem Nebenmann, einem Mainzer Bäckergesellen, der die Hinrichtung als Spektakel ansah und aus Sensationslust gekommen war. »Wie eine Maske, bleich, als wär er in seinem Inneren längst schon tot!«

Die Geschehnisse beim Schafott zogen Ansgars Aufmerksamkeit auf sich. Er passte gut auf, denn im Nachhinein wollte er einen Bericht für das Kirner Gerichtsbuch verfassen. Eben war der erste Wagen zum Halten gekommen, die Trommeln verstummten, die plötzliche Ruhe ließ die Pferde der berittenen Garde unruhig werden. Eine einsame Glocke war zu hören, ihr Ton kam von fern und klang verloren. Die Schandglocke, so nannten sie die Menschen, sie hing im Turm von St. Stephan und war die einzige, die bei Hinrichtungen geläutet wurde. Ein Offizier mit weißer Schärpe trat an den Wagen heran und griff einen der Gefangenen am Arm. Die Menge tuschelte – dem Schinderhannes ging es zuerst an den Kragen!

»So ist's recht, der Hauptmann macht den Anfang.« Ansgar knuffte seinen Nachbarn und stellte sich auf die Zehenspitzen, um besser sehen zu können. »Der Erste beim Stehlen ist auch der Erste beim Sterben!«

Der Offizier führte den Mann die Stufen zur Guillotine hoch. Der Gefangene trat an die roten Balken mit dem geschliffenen Fallbeil heran, neben denen bereits der Henker wartete.

»Wie man sich täuschen kann, gell, im Gerichtssaal hat er viel kleiner ausgesehen, der Hannes«, meinte Ansgar. Er kniff die Augen zusammen, um das Gesicht des Verurteilten besser zu erkennen. »Sie haben ihm auch die Haare geschnitten, so wie's ausschaut. Und ihn ordentlich gekämmt. Das war mal nötig. Und Farbe hat er gekriegt, gell, jetzt, wo's ans Sterben geht, da ist er nicht mehr so bleich.«

Der Mann neben der Guillotine schaute in die gaffende Menge, sein Atem ging schnell, selbst auf die Entfernung konnte Ansgar den bebenden Brustkasten sehen. Ohne weitere Verzögerung packte der Henker zu, zwang ihn bäuchlings auf ein Brett hinter der Guillotine und schnallte ihn mit Lederriemen fest. Die Trommeln setzten wieder ein, ihr Rhythmus klang wie ein Herzschlag. Die Menge hielt den Atem an, das Brett wurde nach vorn geschoben, der Kopf des Verurteilten erschien zwischen den Balken. Die Trommelschläge wurden schneller, ihr dumpfes Brausen fuhr Ansgar in den Bauch und ließ seinen Körper vibrieren.

»Jetzt, Hannes, jetzt kommt dein Ende!«, rief er, Begeisterung und Abscheu erfüllten ihn gleichermaßen. Die Trommeln wirbelten, dann stoppten sie plötzlich. Kein Laut war zu hören, die Menge war wie eingefroren. Mit einem fast unhörbaren Klicken löste sich die Haltevorrichtung, das zentnerschwere Fallbeil raste abwärts, einen

Wimpernschlag später knallte es unten auf. Der trockene Laut hallte über den Platz.

Der Kopf des Gefangenen kippte nach vorne in einen Korb, der Henker warf sofort ein Tuch darüber. Das Fallbeil hielt den Blutfluss aus dem Rumpf zurück, erst, als der Henker das Brett zurückschob, schossen die roten Ströme hervor und ließen das Holz der Guillotine glänzen.

Die Menge erwachte aus ihrer Starre, auch Ansgar merkte, dass er die Luft angehalten hatte. Der Strolch hatte seine gerechte Strafe erhalten, keine Frage, nun hatten auch er und seine Leute im fernen Kirn ihre Genugtuung erfahren. Mit gerecktem Hals spähte er zu einer gepolsterten Bankreihe auf der rheinabgewandten Seite des Richtplatzes. Dort verfolgten die Honoratioren das Geschehen, er erkannte Richter von Rebmann, Untersuchungsrichter Johann Wilhelm Wernher, den Öffentlichen Ankläger Anton Keil, mehrere Advokaten und als Vertreter der Stadt den Präfekten Jeanbon de St. André und den Bürgermeister Franz Konrad Macké. Eigentlich hätte Ansgar erwartet, dass sich die Herren voller Zufriedenheit die Hände schüttelten, schließlich waren Verhaftung und Verurteilung der Räuberbande ein Musterstück des französischen Rechtssystems gewesen. Stattdessen wirkten ihre Gesichter wie eingefroren, der Präfekt schien sogar die Fäuste zu ballen.

Als Friedensrichter besaß Ansgar eine gute Menschenkenntnis, er spürte, dass hier etwas nicht in Ordnung war.

»Was ist los, Ihr hohen Herren?«, murmelte er halblaut, »Ihr seht aus, als hättet Ihr gerade den falschen Mann geköpft.«

Er schmunzelte über seinen eigenen Gedanken, während die Trommeln wieder einsetzten und der Offizier den nächsten Delinquenten nach oben führte.

MONTAG, 2. JULI 1979

260 Kilometer über der Erdoberfläche (Thermosphäre)

Die Luft in den oberen Atmosphärenschichten war dünn, die Konzentration von Sauerstoff und Kohlendioxid kaum messbar. Die wenigen gasförmigen Teilchen reichten aber, um dem heranrasenden Giganten einen spürbaren Widerstand zu bieten. Mit mehr als sieben Kilometern pro Sekunde trafen die Flächen aus Stahl und Glas gegen die dünne Luft, Reibung setzte ein und wurde stärker, schließlich kumulierte der Druck in gewaltigen Torsionskräften. Das obere Sonnensegel hielt den Verwirbelungen nicht stand, es wurde aus seiner Halterung gebogen, brach ab und riss die Steuermotoren mit sich. Servos, Stellschrauben und Getriebestangen schwebten einen Augenblick um das Weltraumlabor wie kleine Fische neben einem Wal, bevor sie gepackt und davongeschleudert wurden.

Sechs Jahre vorher, 1973, war *Skylab* als modernster Außenposten der Menschheit ins All gebracht worden, eine kolossale Metallröhre, 77 Tonnen schwer und so hoch wie ein zwölfstöckiges Gebäude. NASA-Astronauten absolvierten darin wissenschaftliche Versuchsreihen, dokumentierten die Aktivität der Sonnenflecken und betrachteten im Wohnmodul die blau-weiße Murmel unter sich, die in atemberaubender Schönheit auf ihrem schwarzen Mantel aus Samt lag.

Doch schon nach einem Jahr fiel die Entscheidung, *Skylab* stillzulegen. Zum einen erwies sich die Technik als störanfällig, zum anderen nahmen die *Space Shuttles* auf dem Reißbrett Gestalt an. Die wiederverwendbaren Raumgleiter waren das neue Vorzeigeprojekt der NASA, eine immobile und geldverschlingende Forschungsstation passte nicht mehr in dieses Konzept.

Die letzte Crew verließ *Skylab* im Februar 1974. Die Station verwaiste, ihre Kondensatoren verloren an Spannung, die Batterien entluden sich, die Relais gaben keine Impulse mehr weiter. Die gewaltige Maschine fiel in einen Dämmerschlaf, ihre Kreise im Nirgendwo generierten nur noch automatisierte Meldepunkte, von denen niemand Notiz nahm ... bis diese Punkte drei Jahre später von ihrem üblichen Schema abwichen. Die Sonnenflecken, deren Beobachtung eine der Aufgaben des Labors gewesen war, erwiesen sich nun als dessen Nemesis: Die Eruptionen sorgten dafür, dass die äußersten Schichten der Erdatmosphäre verwirbelten und die Station abbremsten. Diese Veränderung war minimal, doch sie genügte, um die Umlaufbahn zu verändern und den Koloss auf eine Abwärtsspirale zu schicken.

Bei der NASA schrillten die Alarmglocken, auf einmal war *Skylab* wieder auf der Agenda. Denn 77 Tonnen Metall, die auf die Erdoberfläche zurasten, ließen Wissenschaftler und Politiker gleichermaßen unruhig werden. Berechnungen zeigten zwar, dass ein Großteil der Masse in der Atmosphäre verglühen würde, Die Überbleibsel wären aber noch immer groß genug, um beim Einschlag auf der Erde verheerende Schäden anzurichten.

Im Frühjahr 1978 wurde ein Aktionsplan aufgestellt, um das Weltraumlabor wieder unter Kontrolle zu bringen. Doch nun rächte sich das jahrelange Desinteresse am Schicksal der Station: Die dazugehörigen Handbücher, zahllose Aktenmeter an technischen Protokollen, schlummerten in den Archiven und mussten erst wiedergefunden werden. Und die Ingenieure, die *Skylab* entworfen und gebaut hatten, waren längst in anderen Projekten eingesetzt oder bereits im Ruhestand. In aller Eile trommelte die NASA das Kernteam wieder zusammen und brachte die Männer auf die Bermudas. Dort befand sich die Bodenstation, die als einziger Sender der Welt noch mit *Skylab* in Kontakt treten konnte. Die Ingenieure arbeiteten Tag und Nacht, um die marode Technik weit über ihren Köpfen zum Leben zu erwecken. Es gelang ihnen, eines der Sonnensegel neu zu positionieren, die Grundversorgung der Station zu aktivieren und den letzten Brennstoff in einer der Steuerdüsen zu zünden. Dadurch veränderte sich die Rotation von *Skylab*, nun sollte das Labor in die Weiten des Alls treiben. Der betagte Riese widersetzte sich jedoch allen Plänen. Der neue Drall änderte zwar die Umlaufbahn, allerdings nicht stark genug – *Skylab* setzte seinen Kurs auf die Erde langsam, aber unaufhaltsam fort. Weitere, geradezu groteske Vorschläge wurden ausgearbeitet: Eine Atomrakete sollte die Station pulverisieren, mit riesigen Sonnenreflektoren wollte man *Skylab* verglühen lassen. Doch keine Idee war auch nur ansatzweise praktikabel, und die Zeit drängte. Mit jedem neuen Tag rückte das Labor näher an die Erde heran, ein menschgemachtes Damoklesschwert in 250 Kilometern Höhe.

Die amerikanische Regierung sah sich gezwungen, die Weltöffentlichkeit zu informieren. Obwohl die veröffentlichten Berichte vage und eher optimistisch formuliert waren, brach Panik aus. Staatsoberhäupter bombardierten Präsident Carter mit diplomatischen Noten, Physiker wollten sämtliche Details erfahren, die Bevölkerung reagierte mit Hamsterkäufen. In den USA wurden 1,5 Millionen Dollar für ein Sofortprogramm bewilligt, ein Notfallteam aus Ärzten und Wissenschaftlern stand bereit, alle waren geimpft und mit internationalen Visa versehen. Die Augen der Welt richteten sich auf den Himmel.

Doch *Skylab* ließ sich nicht in die Karten schauen und fing an zu trudeln. Das machte eine Berechnung seiner Flugbahn so gut wie unmöglich. Mit jedem Umlauf sank es 90 Meter tiefer, bald schon war der helle Punkt am Nachthimmel mit bloßem Auge zu erkennen wie ein unheilvoller Komet. Die Rechner bei der NASA liefen heiß, die Ergebnisse blieben dürftig. Alles, was man mit Sicherheit sagen konnte, war, dass *Skylab* irgendwann im Juli 1979 auf die Erde stürzen würde. Auch der Ort des Einschlags war schwer zu prognostizieren – alle Regionen zwischen 50 Grad nördlicher und südlicher Breite lagen im Bereich der Umlaufbahn. Die NASA wurde nicht müde zu betonen, dass drei Viertel dieses Gebiets Ozeanfläche oder unbewohntes Land waren. Doch im Gefahrengebiet lagen auch zahlreiche Millionenstädte, und es war klar, dass die tonnenschweren Reste der Station mit einer Geschwindigkeit von 500 Stundenkilometern aufschlagen würden.

Deutschlands Süden war von der Warnung betroffen. In Bonn trat der *Stab für besondere Lagen* zusammen und betrieb Krisenmanagement. Die Deutsche Forschungsgemeinschaft in Werthhoven hielt ihre Radarschirme himmelwärts gerichtet, die Technische Universität Braunschweig wertete die Daten aus. Sämtliche Regionen in *Skylabs* Korridor kamen auf die rote Liste: Baden-Württemberg, Bayern, das Saarland sowie Teile von Rheinland-Pfalz und Hessen. Der Bevölkerung wurde geraten, gewissenhaft Radio zu hören, doch vielen Bürgern war das nicht genug: Keller wurden in improvisierte Schutzbunker verwandelt,

Urlaubsreisen in sichere Länder standen hoch im Kurs, die hessische CDU plädierte sogar dafür, schulfrei zu geben und die Kinder in unterirdischen Räumen in Sicherheit zu bringen. Angst ging um, das Ding am Himmel ließ die Menschen nicht mehr ruhig schlafen.

Während in der Thermosphäre das Weltraumlabor weiter auf die Erde zuraste und das zweite Sonnensegel abgerissen wurde, saß 220 Kilometer tiefer ein Mann in seinem Arbeitszimmer. Im Mainzer Ortsteil Bretzenheim war längst schon die Nachtruhe eingekehrt, die Albanusstraße lag da wie ausgestorben, doch der Mann hatte alle Lichter im Zimmer angeknipst. Um ihn herum standen Bücherregale bis zur Decke, auf dem Tisch stapelten sich Blätter, handschriftliche Notizen und kolorierte Zeichnungen. Seine Hand zitterte, während er in einem Magazin einen Artikel las. Immer wieder schlug er das Heft zu und betrachtete das Titelbild, als hoffte er, es würde auf geheimnisvolle Weise verschwinden.

Der Mann überflog die Worte des Artikels nochmals, obwohl er sie in der letzten halben Stunde schon dreimal gelesen hatte. Mit einem Ruck richtete er sich auf.

Jetzt war die Zeit zum Handeln gekommen.

MONTAG, 2. MAI 2016

Der Kuchen in Tinnes Hand rutschte in seiner transparenten Plastikbox hin und her, am Rand quollen Apfelscheiben heraus, die Glasur machte sich selbstständig. Sie verkniff sich einen undamenhaften Fluch, hielt die Box möglichst waagrecht und nahm sich vor, ihre beiden Mitbewohner Bertie und Axl demnächst auf den Mond zu schießen. Tinnes Backbegabung hielt sich sehr in Grenzen, meist erinnerten ihre Kuchenversuche an Quallentiere. Heute war ihr endlich einmal ein Apfelkuchen geglückt, der appetitlich aussah und seine Form auch außerhalb des Ofens behielt. Sie hatte sich gefreut, denn der Kuchen sollte ein Geschenk sein.

Ein kapitaler Fehler war es dann allerdings gewesen, das Backwerk zum Auskühlen auf die Küchenanrichte zu stellen – unbewacht. Kurz darauf kamen Bertie und Axl nach Hause, waren beeindruckt von Tinnes Backkunst und machten sich über den Kuchen her, frei nach dem Motto: Was in der Gemeinschaftsküche steht, ist auch für die Gemeinschaft da. Tinne hätte sie erwürgen können, als sie vor den Überresten des Kuchens stand und die Männer sich die letzten Krümel aus dem Mundwinkel wischten. Nach einem Donnerwetter machten sich die beiden eilig ans Apfelschälen, Tinne fabrizierte in Rekordzeit einen neuen Teig und heizte den Ofen vor, doch sie hatte ihr Backglück überstrapaziert. Kuchen Nummer zwei entpuppte sich als bröseliger Batzen, den sie mit Blick auf die Uhr auch noch warm in die Box schieben und auf dem Fahrrad mitnehmen musste. Tolles Mitbringsel, ganz weit vorne!

Sie schloss das Fahrrad ab, balancierte den Kuchen aus und trat auf ein altehrwürdiges Gebäude zu. Hinter den Sandsteinmauern erhob sich der Gonsenheimer Wald, passend dazu trug das Pflegeheim den klangvollen Namen *Residenz am Wald*. Geharkter Kies knirschte unter Tinnes Füßen, die Buchsbäume waren gestutzt, auf den Bänken saßen ältliche Herrschaften und hatten ihre Rollatoren daneben geparkt. Die *Residenz am Wald* war beileibe kein preiswertes Pflegeheim, das verrieten die schicken Kleider und die sorgfältig arrangierten Frisuren. Das Ambiente passte zu dem Mann, den Tinne besuchen wollte.

»Guten Tag, was darf ich für Sie tun?«

Der Eingangsbereich hätte einem Sternehotel zu Ehre gereicht: Rezeption mit Empfangsdame in gedämpft gelbem Kostüm.

»Ich würde gerne einen Ihrer, eh ...« Tinne stockte. *Patienten* schien ihr als Begriff nicht sehr passend angesichts des edlen Ambientes. »... einen Ihrer Bewohner besuchen.«

Das Lächeln der Dame war wie gemeißelt.

»Zu welchem unserer Gäste möchten Sie, wenn ich fragen darf?«

Aha, Gäste.

»Zu Professor Aarsiegel, Gerold Aarsiegel.«

»Und Ihr Name, bitte?« Sie rückte eine Tastatur zurecht.

»Nachtigall. Ernestine Nachtigall.«

Die Tasten klackerten, die Mundwinkel gingen ein paar Millimeter nach unten.

»Sie sind noch nicht bei uns gewesen, Frau Nachtigall.«

Was wohl eine Frage sein sollte, klang wie ein Vorwurf. Stumm schüttelte Tinne den Kopf. Es würde sie nicht wundern, wenn sie gleich ihre Versicherungskarte vorzeigen müsste wie in einer Arztpraxis. Als hätte die Empfangsdame ihre Gedanken gelesen, knipste sie wieder ihr Standardlächeln an.

»Die meisten Besucher kommen regelmäßig. Familienmitglieder, Freunde, Lebenspartner. Bei neuen Gesichtern fragen wir nach, schon alleine wegen der Sicherheit unserer Gäste.«

Nach einem mitleidigen Blick auf Tinnes Kuchenbox deutete sie zu einer geschwungenen Treppe.

»Herr Professor Aarsiegel wohnt in Zimmer 114, erster Stock, im Flur rechts, dann noch mal rechts.«

Tinne trabte davon. Die Treppe hatte schlossähnliche Ausmaße, daneben befand sich ein gläserner Fahrstuhl. Die gedämpfte gelbe Farbe, die ihr bereits beim Kostüm der Empfangsdame aufgefallen war und die sie spontan mit Senf assoziierte, fand sich im Flur wieder. Teppich, Blumenvasen, Hinweisschilder, alles Senf. Wahrscheinlich war ein überbezahlter Innenarchitekt der Meinung gewesen, die Senfschattierungen würden positive Energie ausstrahlen und den Patienten, nein, den Gästen neue Lebenskraft schenken. Tinne fragte sich, was wohl Professor Aarsiegel von der Senfsammlung hielt. Unter Garantie traf diese Farbgestaltung nicht seinen Geschmack.

Zu Universitätszeiten war er stets tadellos gekleidet gewesen, fuhr ein Mercedes-Cabrio und hatte für seine Armbanduhr wahrscheinlich mehr bezahlt, als Tinne heute in einem halben Jahr verdiente. Damals stufte sie ihn spontan als Snob ein und wartete förmlich darauf, dass er sich mit professoralem Dünkel unbeliebt machen würde. Bald schon musste sie ihre Meinung ändern – Aarsiegel erwies sich als kompetenter und liebenswürdiger Dozent, dem das Wohl seiner Studenten am Herzen lag. Sein Fachgebiet war Neuere und Neueste Geschichte, ein Bereich, auf den Tinne sich im Hauptstudium spezialisierte. Im Laufe der folgenden Semester bildete sich ein kleiner Kreis um den Professor, zu dem auch Tinne gehörte. Es wurde über Fachliches diskutiert, aber auch tüchtig dem Wein zugesprochen, und mehr als einmal holte er die gesamte Clique in sein Haus, um gemeinsam zu grillen. Rückblickend war das für Tinne die schönste Zeit des Studiums gewesen, fachlich herausfordernd, menschlich harmonisch und herrlich verrückt. Mit den Beinen auf dem Boden und dem Kopf in den Wolken.

Tinne schaute den Flur entlang. Die Türen – selbstredend senffarben – trugen aufsteigende Nummern, 124, 125, 126, sie musste die 114 verpasst haben. Sicher war sie irgendwo falsch abgebogen. Das war eine ihrer Spezialitäten, sie hatte den Orientierungssinn eines Wattwurms und schaffte es immer wieder, selbst auf bekannten Pfaden kreative Umwege zu erfinden. Es kam in schöner Regelmäßigkeit vor, dass sie in Mainz – nach 16 Jahren! – eine Abkürzung nehmen wollte und sich in Straßen wiederfand, die sie in ihrem Leben noch nicht gesehen hatte.

Vor sich sah sie einen Pfleger, der einen Wagen mit Bettwäsche schob. Innerlich korrigierte sie sich, wahrscheinlich wurden die Pfleger hier Gästebetreuer oder Seniorenanimateure genannt. Oder *Best Ager Guides*.

»Hallo, 'tschuldigung, ich suche Zimmer 114, Professor Aarsiegel.«

»Da müssen Sie ein Stück zurück. Sehen Sie das grüne Fluchtweg-Schild? Dort rechts in den anderen Flur. Kommen Sie, ich bringe Sie hin.« Der Pfleger trug einen Kinnbart, der ihm nicht stand und sein breites Gesicht noch breiter aussehen ließ. Ein Ansteckschild verriet seinen Namen: Cedric. Sein Blick fiel auf Tinnes Kuchenbox. Innerlich machte sie sich bereits auf einen lästerlichen Kommentar gefasst. Doch sein Lächeln sah ehrlich aus.

»Da wird sich der Professor aber freuen. Ich glaube, Sie sind der erste Besuch, den er zu seinem Geburtstag kriegt. Er ist allerdings nicht so gut drauf heute, hat noch kein Wort gesagt. Aber vielleicht haben Sie ja Glück, und er erkennt Sie.«

Tinne merkte, wie sie innerlich verkrampfte. Sie wusste, dass Aarsiegel wegen seiner Demenzerkrankung im Heim war. Ihr Chef, Professor Raffael, hatte seinen ehemaligen Kollegen einige Male besucht und berichtet, der alte Herr sei etwas zerstreut und würde ab und zu die Erinnerungen durcheinanderwürfeln, wäre aber ansonsten guter Dinge. Sein letzter Besuch war allerdings schon fast ein Jahr her. Sie folgte Cedric, der den Flur entlanglief. Die Räder seines Wagens quietschten.

»Ist er ... nicht so gut in Form?«

»In den letzten Monaten hat er ziemlich abgebaut. Er kriegt kaum noch etwas mit, spricht wenig, und wenn er redet, dann über Dinge, die lange her sind. Der Professor lebt irgendwo in der Vergangenheit, die Gegenwart kommt nicht mehr an ihn ran.«

Tinne sagte nichts und ging mit gemischten Gefühlen weiter. Der Kontakt zu Professor Aarsiegel war unregelmäßig geworden, nachdem sie mit ihrem damaligen Lebensgefährten Olaf zusammengekommen war. Ihre Prüfungsphase und die Magisterarbeit schlossen sich an, danach war sie auf Jobsuche gewesen und hatte nicht mehr viel mit der

Uni zu tun. Erst 2011 kehrte sie mit einem Lehrauftrag ans Historische Seminar zurück, da war Aarsiegel aber schon emeritiert. In den folgenden Jahren dachte sie zwar immer wieder an ihren alten Dozenten und nahm sich vor, ihm einen Besuch abzustatten. Doch wie so oft im Leben blieb es bei dem Vorsatz, sie erfuhr immer nur Neuigkeiten aus zweiter Hand von Professor Raffael. Als dieser unlängst Aarsiegels anstehenden 80. Geburtstag erwähnte, überwand Tinne ihren inneren Schweinehund und trug den Termin im Kalender ein. Doch hier in der senfgelben Residenz fragte sie sich, ob das eine wirklich gute Idee war.

Cedric stoppte seinen Quietschewagen, klopfte an eine Tür und öffnete sie einen Spalt.

»Hallihallo, Herr Aarsiegel, es ist jemand für Sie da. Jetzt gibt's Happy Birthday mit Kuchen und allem. Kommen Sie, seien Sie ein guter Gastgeber und begrüßen Sie Ihren Besuch!«

Mit einem aufmunternden Lächeln drehte er sich zu Tinne und machte eine Kopfbewegung zur Tür. Tinne fasste sich ein Herz und trat ein, der Pfleger schloss die Tür hinter ihr. Sie hörte ihn davonquietschen.

Das Zimmer war überraschend groß, eher ein Appartement mit einem Wohnraum und einem Durchgang zum separaten Schlafzimmer. Zwei Fenster ließen die Frühlingssonne herein, die Möbel sahen zu teuer aus, um zur Standardausstattung des Heims zu gehören. Die Luft roch abgestanden, nach schweren Kleidern und säuerlicher Haut. Auf dem Tisch lag die AZ von heute, aufgeschlagen und zerknittert, daneben standen ein Blumenstrauß in einer Vase und ein Teller mit Obst. Eine angelehnte Glückwunschkarte zeigte brennende Kitschkerzen, die senffarbene Umrandung verriet den Absender. Am auffälligsten waren aber die

Bilderrahmen mit Fotos, Zeitungsausschnitten, Urkunden, Journaltiteln und kopierten Blättern, die an den Wänden hingen, viele Dutzend, sicher mehr als 100, eine überbordende Galerie. Es sah aus, als habe jemand das Gedächtnis des Mannes festhalten wollen, der in der Zimmermitte in einem Lehnstuhl saß und Tinne den Rücken zukehrte.

Zögernd trat sie einen Schritt heran.

»Herr Professor? Hallo, Herr Aarsiegel?«

Der graue Haarkranz rührte sich nicht. Tinne kam näher und hielt unwillkürlich einen seitlichen Abstand zum Stuhl. Eine irrationale Angst befiel sie, die Gestalt könne urplötzlich herumfahren und nach ihr schnappen wie in einem Horrorfilm.

»Ich bin's, Tinne Nachtigall. Ich ... ich wollte Ihnen zum Geburtstag gratulieren. Hier, ich habe Ihnen einen Kuchen gebacken. Er ist, na ja, nicht ganz so schön geworden, aber vielleicht schmeckt er Ihnen ja trotzdem.« Unbeholfen hielt Tinne die Kuchenbox in die Höhe und ging einen weiteren Schritt nach vorne. Nun sah sie den Mann im Profil. Seine Gesichtszüge waren noch dieselben, die kantige Nase, die buschigen Augenbrauen, die Ohren, deren Knorpel wie zerknüllt aussahen. Die Jahre hatten ein Spinnennetz aus Furchen in das Gesicht ihres ehemaligen Dozenten gegraben, es sah aus, als sei der Schädel geschrumpft und habe zu viel Haut übriggelassen. Das empfand Tinne als nicht weiter schlimm, doch die Augen waren es, die ihr fremd vorkamen. Früher hatten Aarsiegels Augen ein Funkeln besessen, das ihn unverwechselbar machte, klug, neugierig, schalkhaft. Nun starrte er vor sich hin, die Pupillen wie matte Steine.

Tinne hätte sich am liebsten umgedreht und wäre davongelaufen. Bisher hatte sie das Bild des lebendigen, agilen

Professors in sich getragen, und entgegen jeder Vernunft war sie davon ausgegangen, ihn genauso anzutreffen. Das faltige Menschlein im Lehnstuhl war nicht der Gerold Aarsiegel, den sie kannte.

Sie überwand ihre Scheu und legte die Hand auf seinen Arm. Der Professor trug eine dunkle Bundfaltenhose und ein beiges Hemd, unter dessen Ärmel nur Haut und Knochen steckten.

»Herr Aarsiegel, erinnern Sie sich nicht an mich? Tinne Nachtigall, Ihre ehemalige Studentin. Die Ihren Autoschlüssel mal versehentlich im Klo versenkt hat. Und einmal, wissen Sie noch, da habe ich in Ihrem Garten ein Weinglas über die Protokolle der Institutssitzung geschüttet, Rotwein natürlich, und wir haben versucht, sie mit dem Fön trocken zu kriegen. Hat aber nicht so richtig geklappt, die Blätter haben danach ausgesehen wie Putzlappen.« Sie musste selbst lächeln bei der Erinnerung an diese längst vergangenen Episoden.

Etwas regte sich im Gesicht des alten Mannes. Es war, als würde er durch Nebelschwaden blinzeln, die nur er sah. Tinne spürte, wie sich sein Arm hob und er nach ihrer Hand griff.

»Du bist gekommen.« Seine Stimme war hoch und rau wie ein ungestimmtes Instrument, man hörte, dass er nicht mehr allzu oft sprach. Tinne nickte, froh über seine Reaktion.

»Ja, ich bin gekommen. Herzlichen Glückwunsch zum Geburtstag, Herr Aarsiegel. Ich habe Ihnen …« Sie schwieg erschrocken, als der Griff um ihren Arm stärker wurde. Aarsiegel schluckte, sein Adamsapfel hüpfte.

»Wir können weitermachen, Simona. Endlich. Wir kommen voran.«

Simona?

Der Körper des Professors straffte sich, als würde frische Energie durch ihn hindurchströmen.

»Ich bin froh, dass du da bist. All die Jahre ist nichts geschehen, nichts, was uns hätte weiterhelfen können. Aber jetzt, jetzt, jetzt können wir's zu Ende bringen.«

Tinne rührte sich nicht. Sie erinnerte sich an das, was Cedric vorhin gesagt hatte: *Der Professor lebt irgendwo in der Vergangenheit*. Aarsiegel schaute sie an, als warte er auf eine Antwort. Zögerlich nickte sie.

»J... ja. Ja, okay, zu Ende bringen. Das ... das ist gut.«

Er brachte sein Gesicht nah an das von Tinne, sie konnte die Adern in seinen Augen sehen und roch den Magensaft in seinem Atem.

»Das ist jetzt sehr wichtig. Schreib mit, Simona, du musst genau wissen, was zu tun ist. Los, schreib mit!«

Seine Stimme duldete keinen Widerspruch. Tinne wusste nicht recht, was sie tun sollte. Auf ihn einreden und versuchen, ihn ins Hier und Jetzt zu holen? Das Spiel mitspielen? Schnell war ihre Entscheidung getroffen, sie stand auf und schaute sich nach etwas zu schreiben um. Einen Kugelschreiber hatte sie in ihrer Tasche, einen Block oder auch nur ein Blatt sah sie allerdings nirgends. Sie setzte sich an den Tisch und nahm die Serviette des Obsttellers.

Professor Aarsiegel nickte zufrieden.

»*La Gageure*, Simona, *La Gageure*. Es geht weiter, endlich, nach so langer Zeit. Erinnerst du dich, wie wir angefangen haben? Napoleon und der Schaumwein, ah, *vive la Mayence*, was für eine Kombination. À la vôtre, Gimpel, à la vôtre!« Er schüttelte versonnen den Kopf. »Und Ofenloch, da muss ich heute noch lachen. Die Schandglocke, die hat für den Falschen geläutet, bim, bam, bum. Oh, er hatte noch zu tun hier, viel zu tun, er war ja schließlich ein Meister seines Fachs.«

Tinne kritzelte, dass ihr die Finger weh taten. Was um alles in der Welt redete der Professor da?

»Und dann, mittendrin in der Arbeit, haben wir alle die Köpfe eingezogen. *Das* Thema, über Wochen! Schönen Gruß von Uncle Sam, nicht wahr? Du hast abgewinkt, aber ich hatte beim Blick in den Spiegel die Hosen voll. Stell dir vor, es hätte wirklich gekracht, und alles wäre weg gewesen, all die Unterlagen, alles, was wir herausgefunden hatten. Nein, nein, ich habe alles doppelt gemoppelt, schön in Eisen gelegt, das war mir lieber.« Er kicherte wie ein Lausbub. »Und dann? Dann hat Gras über die Sache wachsen dürfen.«

In Eisen gelegt, Gras wachsen dürfen, schrieb Tinne, ohne auch nur den Hauch eines Zusammenhangs zu erahnen. Mit überraschender Agilität stand der Professor auf und fing an, im Zimmer umherzulaufen. Er war körperlich wohl fitter als geistig.

»Wir sind ja eh die einsamen Kämpfer gewesen. Weißt du noch, wie alle am Institut die Nase hoch getragen und hinter unserem Rücken gelästert haben? Waschweiber mit Titelschmuck, sage ich!« Aarsiegel schaute Tinne empört an, sie nickte hastig.

»Ja, stimmt, wir standen ziemlich allein da«, improvisierte sie. Was für eine verrückte Situation! Sie spielte eine Rolle für ihren dementen alten Professor, der in der Vergangenheit feststeckte. Wer diese Simona wohl gewesen sein mochte? Sicherlich eine seiner Mitarbeiterinnen, eine Doktorandin vielleicht oder seine Assistentin. Tinne sagte der Name nichts, Simona musste weit vor ihren eigenen Studentenjahren an der Uni gewesen sein. Über was der

Professor wohl redete? Waren es unzusammenhängende Bruchstücke seines Forscherlebens oder ein bestimmtes Projekt, das ihn nie losgelassen hatte?

Aarsiegel wurde lauter.

»Fast 40 Jahre habe ich darauf gewartet, dass jemand das Rätsel löst und wir die Spur bis zum Ende verfolgen können. Aber heute zeigen wir es allen, Simona! Dieser vermaledeite Dillegraf! Ein Kampf gegen Windmühlen, im wahrsten Wortsinn! Jetzt, jetzt haben wir endlich das Rüstzeug, um den letzten Schritt zu machen!« Er lachte, doch es lag nichts Leichtes darin.

Die Serviette knitterte, Tinne schrieb kreuz und quer. *Dillegraf, Windmühlen, letzten Schritt machen.* Wirres Zeug. In einem Winkel ihres Gehirns suchte sie nach einem Kniff, um ihren Besuch möglichst rasch zu beenden. Sie fuhr zusammen, als sie den Professor plötzlich ganz nah bei sich spürte. Er stand neben ihr und schaute auf die vollgekritzelte Serviette. Eine lange Sekunde passierte nichts. Dann fing er an zu blinzeln, als würde er aus einem Traum erwachen. Etwas änderte sich in seinem Blick.

»Wer ... wer sind Sie?«, krächzte er. Sein Kopf schob sich heran, Tinne hörte seine gepressten Atemzüge, seine Finger versteiften sich zu Klauen.

»Was tun Sie da? Stehlen Sie etwa meine Ergebnisse?«

*

Grüne Hügel, aufgereiht wie eine Kette, weiter hinten die Berge, die in der Ferne fast durchsichtig wirkten, darüber der Himmel wie ein endloses blaues Zelt. Hamid Cherifa erinnerte sich gern an Marokko, die Düfte durchströmten wieder seine Nase, wenn er die Augen schloss. Die meisten Menschen hielten Marokko für ein trockenes, staubiges Land. Doch das stimmte nicht. Die Gegend um das nördliche Rif-Gebirge, Hamids Heimat, war fruchtbar und grün, hier wuchsen Feldfrüchte und saftiges Gras für die Tiere, an den Hängen der Berge bauten die Bauern Hanf an, das *Kif*, für das die Region berühmt-berüchtigt war.

Hamid war nun schon mehr als 30 Jahre in Deutschland, er fühlte sich hier längst zu Hause und war, wie es die deutsche Sprache so hübsch ausdrückte, *mit dem Herzen angekommen*. Als seine Eltern mitsamt der Familie hierhergezogen waren, hatten Hamid und seine Schwestern bittere Tränen geweint. Sie waren noch Kinder und beäugten die blassen Deutschen mit großer Vorsicht. Und heute? Heute war er mit einer deutschen Frau verheiratet, mit Yvonne, sie hatten zwei Kinder, eine schöne Wohnung, Hamid arbeitete als Ingenieur bei Römheld + Moelle und war mit sich und seinem Leben mehr als zufrieden.

Eine Sache allerdings vermisste er seit seiner Jugend: den kleinen Garten, den seine Eltern hinter dem Haus angelegt und in dem sie eigenes Gemüse gezogen hatten. Dort spielten, stritten und versöhnten sich Hamid und seine Schwestern, sie halfen den Eltern beim Gießen und hatten ein eigenes Eckchen, wo sie Ackerbohnen und Melonen wachsen ließen mit Fantasienamen für jede Pflanze. Diese Erfahrung wollte Hamid seinen beiden Mädchen auch ermöglichen. Zu Hause funktionierte das leider nicht, ihre Wohnung hatte zwar einen Balkon, doch dort war bestenfalls Platz für eine Handvoll Blumenkübel.

Aus diesem Grund stand das Ehepaar Cherifa lange Jahre auf der Warteliste für eine Parzelle im Schrebergartenareal östlich der Geschwister-Scholl-Straße, fußläufig zu ihrer Wohnung am Fort Elisabeth. Die Kleingärten dort waren so begehrt, dass frei gewordene Parzellen per Losverfahren an die Vielzahl der Bewerber vergeben wurden. Im letzten Spätjahr war endlich die Zusage gekommen, der Kleingartenverein Sonntagsfriede e. V. freute sich, ihnen ein Parzellengrundstück verpachten zu können. Zusammen mit dem Schreiben war ein daumendickes Büchlein gekommen, kopierte Seiten, sorgfältig getackert – die Vereinssatzung zusammen mit geschätzten 100 Ge- und Verboten. Spätestens da war Hamid klargeworden, dass ein Schrebergarten in Deutschland etwas war, das verdammt ernst genommen wurde.

Er streckte sich und drückte die Schultern durch. Zu viel Bürositzerei, zu wenig körperliche Arbeit. Seit er regelmäßig im Garten pflanzte und umgrub, spürte er Muskeln, von deren Existenz er bisher keine Ahnung gehabt hatte. Nun ja, konnte ja nicht schaden.

»Meins!«

»Nein, meins! Gib her!«

»Gar nicht! Meiiiiins!«

Sofia und Mene hatten sich mal wieder in den Haaren. Die Kleine, Mene, rannte heulend zur Mama, die Große zog eine Schnute und stampfte mit dem Fuß auf.

»Nicht so laut, ihr zwei, es ist Mittag!«, mahnte Hamid. Yvonne schaffte es, den Kinderstreit zu schlichten, ohne ihre Kaffeetasse abzusetzen. Die Mittagsruhe war etwas, das bei den Mitgliedern von Sonntagsfriede e. V. hohen Stellenwert besaß, das hatte er bereits lernen müssen. Wenn sich gegen zwölf Uhr die Vorhänge der Nachbarlauben schlossen und die Liegestühle auf der Veranda in Position gebracht wurden, waren zänkische Kinderstimmen unerwünscht.

Von solchen Anfangsschwierigkeiten abgesehen waren Hamid und Yvonne aber gut aufgenommen worden, viele Nachbarn hatten sie auf ein Stück Kuchen und ein Schwätzchen eingeladen oder kamen zu gärtnerischem Erfahrungsaustausch an den Gartenzaun. Auch die Parzelle, die sie bekommen hatten, gefiel ihnen. Es stand sogar ein Gartenhaus darauf, etwas in die Jahre gekommen, aber solide gebaut. In den letzten schönen Herbsttagen hatte Hamid das Häuschen frisch gestrichen, über das Frühjahr wurde dann fleißig umgegraben und gepflanzt. Tomaten, Lauch, Zucchini, Auberginen, Paprika – all das stand auf der Wunschliste der Neu-Schrebergärtner. Nun setzte Hamid eine Begrenzung aus Kirschlorbeer und ließ seinen Blick über die Beete schweifen.

Der gärtnerische Erfolg ließ leider zu wünschen übrig. Wo bei den Nachbarn längst grüne Köpfe sprossen und die Tomaten erste Triebe bekamen, herrschten hier Kümmerwuchs und bräunliche Stängel. Trotz Dünger und regelmäßigem Gießen wollten die Pflanzen partout nicht gedeihen, sie waren kraftlos und hatten kaum Farbe.

Die Luft roch nach Kaffee und Jil Sander. Auch ohne sich umzudrehen, wusste Hamid, dass Yvonne an ihn herangetreten war.

»Ist wieder Friede in der Hütte?«

Sie lachte. »Hm, sagen wir mal: Waffenstillstand. Mene hat Sofias Schaufel genommen, ohne zu fragen. Drama!«

Hamid lachte mit. Die täglichen Grabenkämpfe der beiden fünf- und siebenjährigen Mädchen kosteten zwar Nerven, waren aber auch immer wieder Anlass zu schmunzeln. Und wenn es darauf ankam, klebten die Schwestern zusammen wie Kaugummis und bildeten eine sommersprossige Front gegen die böse Elternwelt.

»Aber hier, was haben wir hier falsch gemacht?«

Er deutete auf die kümmerlichen Pflanzen. Yvonne trank einen Schluck Kaffee und schaute über den Rand der Tasse.

»Kei-ne Ah-nung, ehrlich! Wir haben alles so gemacht, wie es der Baumarkt und das Internet und deine und meine Eltern und sämtliche Nachbarn gesagt haben. Da drüben bei Schirmers wächst alles wie verrückt, bei Günther und Nadja auch, nur hier ist irgendwie … der Wurm drin.«

»Noch nicht mal der«, murmelte Hamid. Ihre erste Mutmaßung waren gefräßige Insekten und Würmer gewesen, die an den Wurzeln der jungen Pflanzen Unheil anrichteten. Die Nachbarn hatten aber ein paar Schippen Erde herausgebuddelt und mit Kennerblick festgestellt, dass alles normal sei.

Die beiden schwiegen. Im Hintergrund torpedierte ein neu aufflammender Kinderstreit die mittägliche Ruhe, Yvonne machte sich auf den Weg, um ihrer Schlichterrolle nachzukommen. Hamid bückte sich und ließ eine Handvoll Mutterboden durch die Finger rieseln. Die Worte von Günther, dem Schrebergärtner gegenüber, kamen ihm wieder in den Sinn. Sie waren eigentlich als Scherz gemeint, aber inzwischen sah es so aus, als würden sie der Wahrheit nahekommen.

»Mer könnt grad meine«, hatte Günther gesagt, »da steckt ebbes in euerm Boden, was da nit hie gehört.«

*

Tinne spürte, wie eine Veränderung in Professor Aarsiegel vorging. Bevor sie etwas sagen konnte, ließ er seine Faust auf den Tisch knallen, der Obstteller schepperte.

»Sie stehlen meine Forschung!« Die Worte klangen schrill, seine Augen sprühten vor Wut. Innerhalb eines Augenblicks war er in eine neue Realität geschlüpft wie in eine andere Haut.

»Sie spionieren meine Ergebnisse aus!« Wieder hieb er auf den Tisch wie ein trotziges Kind, einmal, zweimal, dreimal.

Der Schreck fuhr Tinne in die Glieder, unwillkürlich rückte sie ihren Stuhl nach hinten und stand halb auf.

»Herr Aarsiegel, ich bin's doch«, sie zögerte eine halbe Sekunde, »Simona!«

»Alles aufgeschrieben! Alles gestohlen!« Speichel sprühte aus Aarsiegels Mund, es war, als hätte sie nichts gesagt.

Tinnes Stimme kippte vor Aufregung.

»Sie wollten, dass ich mitschreibe! Herr Professor, das … das Geheimnis, lassen Sie uns weitermachen! Windmühlen, eh, den letzten Schritt machen, wissen Sie nicht mehr? Napoleon?« Sie warf die Begriffe wild durcheinander, die ihr noch im Kopf geblieben waren, um die Gedanken des Mannes in andere Bahnen zu lenken. Er reagierte jedoch nicht darauf, schrie zornerfüllt und versuchte, an die Serviette zu gelangen, stieß dabei gegen den Obstteller, der zu Boden fiel und zerbrach. Das harte Geräusch ließ Tinne erneut zusammenzucken.

Die Tür wurde aufgerissen, Cedric erschien. Der stämmige Pfleger war mit zwei Schritten bei Professor Aarsiegel.

»Hey, hey, Herr Aarsiegel, ganz ruhig. Wir wollen doch niemanden erschrecken, oder?«

Der Professor fuhr herum wie ein gehetztes Tier, einen Wimpernschlag später war er wieder in einer anderen Wirklichkeit. Seine Augen blitzten, als er Tinne fixierte.

»Simona, hilf mir, die halten mich hier fest! Die lassen mich nicht raus! Alle sind hinter unserer Forschung her!« Er rammte seine Schulter gegen Cedric, der nicht mit dieser Gegenwehr gerechnet hatte und rückwärts taumelte.

»Jemand war hier, gerade eben! Jemand wollte meine Ergebnisse stehlen, eine Frau, sie war hier bei mir. Du musst dich beeilen!«

Mit einer Schnelligkeit, die seinem Alter Hohn spottete, griff Aarsiegel nach Tinne. Sie zuckte zurück, doch er erwischte ihren Arm und warf einen wilden Blick nach hinten.

»Ich kann nicht offen reden, jeder hier hat die Ohren auf«, zischte er. »Denk daran, was ich dir gesagt habe: Kämpfe gegen die Windmühlen, Simona, jetzt kannst du es endlich tun! Die Windmühlen, du weißt, was ich meine!« Mit einer schnellen Bewegung nahm er Tinnes Kugelschreiber vom Tisch und krakelte eine geometrische Figur auf die Innenseite ihres Unterarms.

Die Mine des Kulis schmerzte, so fest drückte Aarsiegel sie ins Fleisch. Da schloss sich Cedrics Hand auch schon wie Eisen um seine Schulter.

»So, Herr Aarsiegel, jetzt beruhigen wir uns ganz schnell.« Mit sanfter Gewalt zog er den Professor vom Tisch weg. »Alles ist gut, die Windmühlen und so. Die drehen sich weiter, und wir beide setzen uns jetzt mal ganz gemütlich hin.«

Die Energie des alten Mannes verpuffte, mit einem Mal waren seine Kleider wieder zu groß für ihn. Tinne merkte, dass sie die ganze Zeit die Luft angehalten hatte, nun atmete sie durch. Ihr Herz pochte, mit der Hand rieb sie über ihren schmerzenden Unterarm. Die Kugelschreiberlinie war von einem roten Rand umgeben, so fest hatte Aarsiegel aufgedrückt.

Cedric führte den Professor zum Lehnstuhl zurück, der alte Mann hielt den Blick gesenkt und setzte sich vorsichtig, als fürchte er, seine Knochen könnten zerbrechen.

»Ich weiß nicht, was mit ihm los ist«, meinte Cedric halblaut zu Tinne. »Normalerweise ist er nie so. Hab ich noch nie erlebt.«

Tinne nickte mechanisch. Der Schreck saß tief in ihr, trotzdem fand sie es befremdlich, dass Cedric im Beisein des Professors über ihn in der dritten Person sprach. Als wäre er ein Möbelstück, über dessen Zustand man sich austauschte.

Aarsiegel reagierte nicht, er saß wie erstarrt im Stuhl. Die stumpfen Augen verrieten, dass er sich wieder in seine eigene Welt zurückgezogen hatte. Tinne stand vorsichtig auf, sie wollte jede weitere Konfrontation mit dem Professor vermeiden.

»Ich … ich geh dann mal«, murmelte sie, ohne jemanden anzusprechen. Cedric streichelte dem Professor über den Arm, eine seltsam fürsorgliche Geste, die eher zu einem Sohn gepasst hätte.

»Ihr Kuchen. Vergessen Sie Ihre Kuchenbox nicht.« Er deutete auf das verkrüppelte Backwerk, das neben dem Tisch auf dem Boden stand.

»Lass ich hier, hole ich irgendwann.« Im Geiste ersetzte

Tinne *irgendwann* durch *nie*. Sie wollte nur noch raus aus dem Gebäude, weg von der bedrückenden Atmosphäre. Auf ihrem Weg durch die Flure sah sie eine alte Frau, die mit leerem Blick vor sich hin schlurfte, im Eingangsbereich saß ein Mann und blätterte in einer Zeitschrift, doch er hielt sie verkehrt herum. Tinne rannte fast auf den Parkplatz zurück, wo ihr Fahrrad angeschlossen war.

Erst als sie in ihrer Hosentasche nach dem Schlüssel suchte und auf etwas Weiches, Knittriges stieß, merkte sie, dass sie die vollgeschriebene Serviette eingesteckt hatte.

*

Elvis saß auf einem alten roten Traktor, einem Museumsstück mit offener Kabine. Der Traktor parkte auf der Zornheimer Höhe, Apfelbäume standen in Reih und Glied, ihre Häupter glitzerten vor Blütenpracht, im Hintergrund wellten sich die Weinberge in Richtung Alzey und wurden dunkel in der Ferne. Die Sonne goss ihr Licht verschwenderisch darüber und tupfte Farben in die Landschaft, die der Palette eines Monet entsprungen sein mussten, das Blau des Himmels war so intensiv, dass man glaubte, es mit ausgestrecktem Arm berühren zu können. Insekten summten, Vögel umflatterten emsig die Bäume, ein Windhauch ließ einen weißen Regen aus Blüten niedergehen.

Die Augen träumerisch in die Ferne gerichtet, schwenkte Elvis ein honiggelbes Weinglas. Er trug ein legeres Hemd und einen Strohhut mit ausgefranster Krempe, den er entspannt in den Nacken geschoben hatte. Einen Augenblick hielt er inne, als wolle er diesen Moment für immer in seinem Gedächtnis verankern, dann hob er das Glas und nahm einen tiefen Schluck.

Mit dem Glas am Mund saß er da wie eingefroren, eine Sekunde, zwei, drei, bis eine Stimme ertönte: »Okay, danke, haben wir.«

Elvis spuckte die Flüssigkeit aus und warf gleichzeitig den Strohhut zu Boden.

»Pfui Teufel aber auch! Mir klebt der Mund zusammen von der süßen Brühe! Und dieser dämliche Hut, der kratzt wie verrückt, und irgendein Viech hat mich gerade in den Hals gestochen, außerdem sind mir die Beine eingeschlafen auf dem Scheißsitz von diesem Scheißtrecker!«

Schimpfend kletterte er herunter, geriet in Schieflage und wäre fast hingefallen. Die Visagistin Inga und einer der Assistenten fingen ihn auf, sein Körpergewicht ließ die beiden in die Knie gehen. Lachend kam Sascha Kopp heran, er hielt eine Spiegelreflexkamera in der einen Hand und klopfte dem Dicken mit der anderen auf die Schulter.

»Na komm, Elvis, mach dich locker, wer schön sein will, muss leiden. Du weißt, gelungene Fotos sind ein hartes Stück Arbeit, und wir haben hier oben noch ein zweites Motiv zu machen. Außerdem«, er konnte sein Grinsen kaum verstecken, »hast du freiwillig mitgemacht, wenn ich dich daran erinnern darf. Also bitte etwas freundlicher, das Rheinhessen-Gesicht darf gerne strahlen!«

Inga zog Elvis' Hemd zurecht und fing an, ihn nachzupudern. Der alte Traktor erwachte zum Leben, sein Besitzer, ein knochiger Winzer mit Baskenmütze, parkte ihn einige Meter weiter an einer Stelle, an der die Apfelbäume besser zur Geltung kamen. Sascha gab derweilen Anweisungen, wie sich die beiden Assistenten mit ihren Reflektoren positionieren sollten. Elvis verdrehte die Augen und schmeckte Puder auf seinen Lippen.

»Rheinhessen-Gesicht, dass ich nicht lache!«, brummte

er misslaunig. »Einmal leichtsinnig Ja gesagt, und schon ist man der Depp vom Dienst!«

Die Sache hatte im März angefangen, vor acht Wochen. 2016 stand unter dem Motto *200 Jahre Rheinhessen*, denn im Jahr 1816 war die Region vom Großherzogtum Hessen, dem sie damals angehörte, zur Provinz Rheinhessen erklärt worden. Dieses Datum galt seither als offizielles Geburtsjahr und wurde nun, zwei Jahrhunderte später, gebührend gefeiert. Die größeren Städte Mainz, Alzey, Worms, Bad Kreuznach und Bingen organisierten Festakte und Ausstellungen, die lokalen Winzer kreierten Festweine, in den Dörfern fanden Wanderungen, Konzerte und Lesungen statt. Nachdem der legendäre Mainzer Rosenmontagszug im Februar wegen Sturmwarnung ausgefallen war, entschied man sich zudem, ihn kurzerhand in einen 200-Jahre-Rheinhessen-Umzug zu verwandeln und im Mai nachzuholen.

Das Jubiläumsjahr lief gut an. Bald schon kam beim Organisationsteam der Landesregierung eine weitere Idee auf: Man hatte zwar ein elegantes Logo entworfen, das auf Broschüren und Flaggen prangte, doch es gab keine großflächigen Plakate anlässlich des Jubeljahres. Wäre es nicht schön, passend zum Frühlingserwachen die Plakatflächen in den Städten dafür zu nutzen? Eilends bildete man einen Ausschuss, der die Aufgabe hatte, bis zum Frühsommer eine Plakatserie zu realisieren, die die Region und ihren Charakter widerspiegelte. Von vorneherein war klar, dass man eine Person als wiederkehrendes Motiv haben wollte, denn diese sollte auch beim Umzug dabei sein und auf dem 200-Jahre-Rheinhessen-Themenwagen mitfahren. Aber wer kam infrage? Die Weinkönigin? Bereits zu sehr ins regionale Marketing eingebunden. Ein Winzer oder ein Kellermeister? Durch die Auswahl würde man Eifersüchteleien im Weingewerbe hervorrufen. Politiker, Stadtvertreter? Zu polarisierend. Künstler, Musiker, Schriftsteller? Zu sehr auf eine Zielgruppe festgeschrieben. Da war guter Rat teuer.

Schließlich rückte das jüngste Mitglied des Ausschusses mit einem Vorschlag heraus. Sie habe, so berichtete die 22-jährige Joëlle leicht nervös, vor sechs Monaten ein Praktikum bei der Allgemeinen Zeitung Mainz gemacht. Eines der Urgesteine der Lokalredaktion, ein Reporter namens Elmar Wissmann, war bei all seinen Terminen stets mit großem Hallo begrüßt worden. Vielleicht, so Joëlles Idee, wäre dieser Mann ja das passende Gesicht zur Rheinhessen-Kampagne. Die anderen waren baff – natürlich! Elvis von der AZ! Den dicken Reporter kannte jeder, er gehörte zur Region wie Weck, Worscht und Woi, seine Zeitungskolumnen genossen Kultstatus. In einem Satz: Sein Konterfei verkörperte wie kein zweites die rheinhessische Gemütlichkeit mit ihrem Sinn für leibliche Genüsse. Dazu kam, dass man mit dieser Wahl niemandem politisch, kulturell oder wirtschaftlich auf die Füße treten würde. Perfekt!

Zwei Tage später stand eine festlich gekleidete Gruppe vor der Tür der AZ-Redaktion am Markt. Der Oberbürgermeister, der Leiter des Festausschusses, die Ministerin für Kultur und Soziales sowie mehrere Beigeordnete drückten dem überraschten Elvis einen Präsentkorb in die Hand und teilten ihm mit, er wäre zum Rheinhessen-Gesicht des Jahres 2016 gewählt worden, herzlichen Glückwunsch auch. Im Blitzlichtgewitter des Fotografen fragte der Oberbürgermeister ganz nebenbei, ob Elvis sich denn vorstellen könne, beim kommenden Jubiläumsumzug auf einem der Wagen mitzufahren. Und ob er vielleicht sogar für den einen oder anderen Schnappschuss zur Verfügung stehen würde, selbstredend mit minimalem Zeitaufwand. Etwas überrumpelt von der Gesamtsituation sagte Elvis Ja – eine Entscheidung, die seine Planung auf Wochen hinaus durcheinanderwirbeln würde.

Seither hatte Elvis Fototermine im Hechtsheimer Kirchenstück hinter sich gebracht, im Weindepot unter der Walpodenstraße, in der Eckelsheimer Kirchenruine, beim Alzeyer Wartbergturm, am Roten Hang in Nierstein, in der Ingelheimer Kaiserpfalz und an der Wormser Liebfrauenkirche. *Der eine oder andere Schnappschuss* entpuppte sich als groß angelegte Fotoaktion mit Beleuchter, Make-up, Requisiten und minutiöser Planung von Licht und Tageszeit. Elvis wurde in Kleider gesteckt, die er privat nie tragen würde, man ließ ihn hocken, stehen, knien, kauern und liegen, er bekam einen Schemel, damit er neben dem Weinfass größer wirkte, und musste den Bauch einziehen, weil dieser zu viel Schatten warf. Dazu kamen Schichten aus Puder und Make-up, wenn sein Gesicht glänzte oder in der untergehenden Sonne zu wenig Farbe hatte.

Das alles wäre ja noch erträglich gewesen, doch es gab etwas, das Elvis' Laune endgültig in den Keller katapultierte: die Getränke. Natürlich war auf jedem Foto der Wein als heimlicher Hauptdarsteller dabei, eine Flasche im Gegenlicht, ein Fass im milden Kerzenschein. Doch das, was Elvis im Glas hatte und immer wieder mit Genuss trinken sollte, war eine Mogelpackung: Apfelsaft statt Weißwein und Rote-Bete-Saft anstelle von Rotwein. Die Erklärung war geradezu banal – diese Flüssigkeiten, so hieß es, sähen auf den Fotos *echter* aus als Wein, sie hätten kräftigere Farben und eine schönere Schattierung. In Elvis' Augen war das ein Sakrileg sondergleichen ... Gab es etwas, das kräftigere Farben und eine schönere Schattierung hatte als Rheinhessenwein? Niemals! Und selbst wenn, dann ganz bestimmt nicht Apfelsaft und Rote-Bete-Brühe!

Die heutige Fotoserie in Zornheim erwies sich als neuer Tiefpunkt. Elvis versaute sich die Hände an dem öligen Gestänge des Traktors, der Schweiß lief ihm von der Stirn, der Wind ließ seine spärlichen Haare zu Berge stehen, als stünden sie unter Strom. Als Notlösung blieb der kratzige Strohhut.

»Dafür hab ich verdammt noch mal was gut bei der Stadt Mainz! Und wehe, es gibt beim Umzug auf diesem Jubiläumswagen auch nur Plörre«, knurrte Elvis, während der Requisiteur ihm frischen Apfelsaft einschenkte und Inga den Strohhut mit doppelseitigem Klebeband auf seiner Kopfhaut befestigte. Er hatte bereits vier Gläser Apfelsaft und sieben Gläser Rote Bete intus und fühlte sich wie ein Saftfass. Sein einziger Trost war Sascha Kopp, der Cheffotograf. Als langjähriger AZ-Profi war Sascha mit der Umsetzung des Projekts betraut worden, seine entspannte Professionalität ließ die Arbeit für Elvis einigermaßen erträglich werden. Und mehr noch: Sascha kannte den Reporter gut genug, um bei jedem Termin in einer seiner Kirataschen eine Flasche Riesling bereitzuhalten, wohltemperiert durch einen Stapel Kühlakkus.

Aus eben jener Flasche reichte er Elvis ein Piffchen. Mit einem verächtlichen Seitenblick auf das Apfelsaftglas leerte dieser den Riesling und schnaufte durch.

»Danke, Sascha. Ohne dich würde ich hier durchdrehen.«

Der Fotograf lachte. Er war eineinhalb Köpfe größer als Elvis, hatte wenig Haare, einen kecken Bart und trug eine kleine Brille.

»Kein Problem. Ich will schließlich ein gut gelauntes Rheinhessen-Gesicht auf den Fotos und keinen Miesepeter.«

»Dann sorg dafür, dass ich in Zukunft nicht mehr auf einen solchen Rumpeltraktor klettern muss und mir einen Bandscheibenvorfall hole«, grantelte Elvis und griff in die Kameratasche, um sich nachzugießen.

Mit einem Augenzwinkern kramte Sascha ein Blatt hervor und schwenkte es vielversprechend. »Du hast keine Lust auf alte Traktoren? Dann habe ich gute Nachrichten für dich. Morgen steht ein Shooting im Stadtpark auf dem Programm – und dieses Schätzchen wird dabei sein.«

Elvis warf einen Blick auf das Blatt. Seine Augenbrauen wanderten einen Millimeter nach oben, was bei ihm einem Begeisterungssturm gleichkam. »Oha. Na gut, da können wir dann mal ein, zwei Fotos mehr machen.«

*

Hinter der Residenz am Wald ließ die Dämmerung die Bäume schwarz werden, die erleuchteten Fenster des Gebäudes schauten wie allwissende Augen ins Abenddunkel. Der Park war leer, die Senioren hatten die kühlen Bänke längst gegen ihre warmen Zimmer oder einen der Salons getauscht.

Cedric trug bereits normale Straßenkleidung statt des Pflegerkittels, er hatte heute die Tagschicht übernommen und freute sich, zeitig nach Hause zu kommen. Seine Frau Magdalena war Halbitalienerin und machte einmal im Monat ihre berühmten *Tagliatelle Aglio Olio Peperoncino*, selbstredend mit handgemachten Nudeln, jeder Menge Knoblauch und einer Schärfe, die dem Teufel alle Ehre machte. Heute war der Tag aller Tage, Cedric hatte seine Kollegen schon vorgewarnt, dass er morgen eine monstrröse Knoblauchfahne vor sich herschieben würde. Bei den Heimbewohnern musste er sich weniger Sorgen machen, die meisten der alten Leutchen hatten keine besonders feine Nase mehr.

Obwohl er seit einer Viertelstunde Schichtende hatte, war Cedric noch immer im Haus unterwegs. Den Ausraster von Professor Aarsiegel konnte er nicht vergessen, er wollte noch einmal nach dem alten Herrn schauen. Aarsiegel war seit vier Jahren in der Residenz, seine Tochter hatte ihn angemeldet, nachdem er zu Hause nicht mehr alleine zurechtkam. Sie lebte mit ihrer Familie in Hamburg und konnte sich nicht um ihn kümmern, seine Frau war schon lange tot. Aarsiegel war damals noch einigermaßen gut orientiert gewesen. Cedric hatte ihn als höflichen Menschen kennengelernt, als Kavalier der alten Schule, der stets »bitte« und »danke« sagte und den Damen die Tür aufhielt.

Doch der Nebel in seinem Kopf verdichtete sich. Das Jetzt wurde unwichtig, das Gestern war allgegenwärtig. Seine Tochter besuchte ihn, so oft sie konnte, sie fertigte all die Bilderrahmen an, die seine Wände füllten. Sein Gedächtnis umgab ihn jeden Tag, gepresst in Papier, ausgeschnitten und aufgehängt. Trotzdem wurden die lichten Augenblicke seltener, der Professor saß teilnahmslos im Lehnstuhl oder ließ sich ohne äußere Regung durch den Park führen. Die Situation verschlechterte sich weiter, als die Tochter schwer erkrankte. Sie bekam Leukämie und konnte nicht mehr nach Mainz kommen. Seither fehlte jedes Bindeglied zum früheren Leben des alten Mannes.

Und dann seine Reaktion heute! Die große dunkelhaarige Frau schien irgendeine Saite in ihm zum Klingen gebracht zu haben, etwas war durch das Grau des Vergessens nach oben gekommen, kurz nur, aber ungestüm. Danach hatte Aarsiegel sich wieder in sein unsichtbares Schneckenhaus zurückgezogen und Cedric war nicht mehr an ihn herangekommen.

Nun klopfte der Pfleger am Zimmer 114, wartete eine Sekunde und öffnete die Tür.

»'n Abend, Herr Aarsiegel. Ich wollte eben mal ...« Er stockte erschrocken. Die *Tagliatelle Peperoncino* waren mit einem Mal unwichtig geworden.

*

In den Redaktionsräumen der Allgemeinen Zeitung war der Abend eingekehrt. Die große Fensterfront im ersten Stock bot einen Panoramablick über den Mainzer Markt, die Straßenlampen erhellten das Pflaster mit den parallel verlaufenden Linien und ihrem Mittelpunkt, der aus Sandstein gemeißelten Heunensäule. Dahinter erhob sich majestätisch der Dom, ebenfalls angestrahlt. Aus den hohen Fenstern des Gotteshauses schimmerte Licht, es fand wohl eine Messe statt oder ein Orgelkonzert.

Michael Jacobs seufzte und reckte seine Arme, die Gelenke knackten. Der Redakteur hatte einen langen Tag hinter sich, er war der letzte Mohikaner hier oben, sein Schreibtischlicht beleuchtete eine einsame Insel aus Papier und Notizen. Schluss für heute. Als letzte Amtshandlung hob er ein Paket vom Boden auf, es war schwer und so groß, dass er mit beiden Händen zupacken musste. Ein Direktkurier hatte das Paket heute Vormittag geliefert, es machte einen edlen Eindruck, kein schnöder Karton, sondern eine schwarz glänzende Holzoberfläche. Klavierlack, so wie's aussah.

Die Empfängeradresse lautete *Allgemeine Zeitung Mainz, Lokalredaktion, Markt 17*. Das Paket war auf Michaels Platz gelandet, weil er für die städtische Kultur zuständig war und sämtliche Sendungen aufs Auge gedrückt bekam, die keinem speziellen Namen oder Ressort zugeordnet werden konnten. Er öffnete es und fand darin eine zweite Kiste, helles Holz diesmal, geschwungene Buchstaben waren eingebrannt, *Christian Adalbert Kupferberg & Cie*, der alte Firmenname der Kupferberg-Kellerei, dazu ein Wachssiegel. Sehr elegant. Neugierig stellte Michael die Kiste auf seinen Schreibtisch und brach das Siegel. Im Inneren lagen drei bauchige Sektflaschen. Kupferberg Nostalgie Cuvée, eine Spezialabfüllung, die zu den besten des Hauses zählte. Aber er wusste noch immer nicht, was es damit auf sich hatte, einen Absender suchte er vergebens, ebenso einen Brief oder eine Karte. Michael nahm die Flaschen heraus und drehte sie, nein, auch hier kein Hinweis. Die mittlere Flasche fühlte sich allerdings seltsam an, sie war zwar ebenso schwer wie die anderen, doch nichts schwappte, so, als wäre gar keine Flüssigkeit darin. Michaels Neugierde war geweckt. Er klopfte mit dem Knöchel gegen das Glas und zupfte am Etikett. Nanu, was war denn das? Mit etwas Geschick ließ sich das Etikett lösen, doch nicht nur das Papier, nein, die gesamte Flasche war eingeschnitten, er konnte das Etikett samt darunterliegendem Glas herausheben. Im Inneren der Flasche lag, auf schwarzem Samt gebettet, ein USB-Stick in Form eines fein ziselierten goldenen Schlüssels.

»Na, da hat sich aber jemand Mühe gemacht«, meinte Michael halblaut zu sich selbst und steckte den Stick in seinen PC. Der Bildschirm wurde dunkel, dann war zu orchestraler Musik ein Flug über den Dom und die Mainzer Innenstadt zu sehen. Michael erkannte die Ludwigsstraße und den Schillerplatz, schon ging es den Kästrich hinauf, die Mauern der Kupferbergterrassen kamen in Sicht. Eine tiefe, Vertrauen erweckende Männerstimme erklang: »Mainz. Vieltausendjährige Domstadt am Rhein, Heimat von Johannes Gutenberg, Universitätssitz und politisches Zentrum von Rheinland-Pfalz. Hier, wo sich Geschichte, Wissenschaft und Kultur zu einem einzigartigen Lebensgefühl vermischen, liegt die Wiege der Sektkellerei Kupferberg.«

In diesem Stil ging es weiter, der Film beschrieb den Werdegang der Kellerei, von den Anfängen im Jahr 1850 über den Ausbau der gewaltigen Kelleranlagen bis hin zur Weltmarke Kupferberg.

»Na, lernst du ein bisschen was über deine Heimatstadt? Wird ja auch mal Zeit.«

Ohne dass Michael es bemerkt hatte, war Elvis hereingekommen und schaute ihm über die Schulter. Dieser Trick klappte allerdings nur, wenn der eine saß und der andere stand. Denn Michael war groß, knapp 1,90, er trug seine Haare halblang und bildete damit einen Kontrapunkt zu dem kleinen, dicken Elvis mit seinen schütteren Fransen.

»Ich mache hier Zeitungsarbeit und lächle nicht nur in die Kamera, du Posterschönheit«, gab Michael zurück. Seit Elvis seinen freiwillig-unfreiwilligen Nebenjob als Rheinhessen-Model angetreten hatte, kam er zu den unmöglichsten Zeiten in die Redaktion. Michael musste grinsen, wann immer er in der Stadt eines der Plakate sah – Elvis zwischen Reben, Elvis im Trullo, Elvis bei Kerzenschein im Weinkeller.

Gemeinsam ließen sie den Film weiterlaufen, der berichtete, wie die Sektproduktion 1965 nach Mainz-Hechtsheim ausgelagert wurde. 2004 übernahm Henkell die Marke Kupferberg, der Name blieb aber weiter untrennbar mit Mainz verbunden.

Elvis ließ die perfekt inszenierten Bilder an sich vorüberziehen und fühlte sich gelangweilt. Imagefilme waren für ihn wie Bonbons: süß und zuckrig, aber bald schon gelutscht und spurlos verschwunden. Ihm war allerdings klar, dass jemand eine hübsche Stange Geld in die Produktion des Clips investiert haben musste. Der Film schloss mit Eindrücken der heutigen Gebäudenutzung: ein erstklassiges Restaurant, Säle für Veranstaltungen, vermietete Büroräume, Kellerführungen mit Sektproben, ein stimmungsvoller Garten für Feierstunden aller Art.

»Aha«, brummte er, »und was soll das Ganze jetzt?«

Wie als Antwort erschien ein Logo auf dem Bildschirm, bronzefarbene Buchstaben auf schwarzem Grund, *Eventschmiede von Batten*.

»Ach, darum geht's!« Michael deutete auf den Bildschirm. »Die Verpachtung der beiden Tiefenkeller bei Kupferberg! Hast du mitgekriegt, oder?«

Elvis nickte halbherzig. Durch die Fotoaktionen bekam er viele Mainzer Neuigkeiten nur am Rande mit. Alles, was er wusste, war, dass die beiden tiefsten Keller der ehemaligen Sektkellerei zu einer Mischung aus Weinlager und Eventfläche umgestaltet werden sollten, beides für Gutbetuchte. Hinter dem Ganzen steckte eine Eventfirma aus Köln. Die anstehende Verpachtung spaltete die Mainzer Bevölkerung. Die einen begrüßten die geplante Instandsetzung der seit Langem leer stehenden Tiefenkeller. Die anderen schimpften auf den »Ausverkauf der Stadtgeschichte«, und das auch noch an einen Ortsfremden.

Inzwischen hatte sich das Bild erneut verändert und zeigte einen Mann um die 50 in tadellosem Anzug. Er stand in einem Stahl-und-Glas-Büro, das einer Architekturzeitschrift entsprungen sein musste. *Konstantin von Batten,* verriet eine Einblendung, *Geschäftsführer der Eventschmiede von Batten.*

»Sehr geehrte Mainzerinnen und Mainzer, liebe Freunde von Kupferberg.« Sein Lächeln war so weiß, dass es förmlich blendete. Das gebräunte, scharf geschnittene Gesicht mit dem gewollt verwegenen Dreitagebart sah haargenau so aus, wie sich Lieschen Müller den Chef einer Eventschmiede vorstellte, auch wenn sie nicht wusste, was eine solche Firma eigentlich machte.

»*Tempus fugit* – die Zeit eilt, und auch ein altehrwürdiges Gebäude wie das der Kupferberg-Sektkellerei muss Schritt halten mit den heutigen Entwicklungen. Deshalb freut es mich außerordentlich, Ihnen in Form dieses USB-Sticks symbolisch den Schlüssel überreichen zu dürfen für die neuen Wein- und Kulturräume, die tief unter den alten Mauern entstehen werden. Was finden wir im Moment dort unten? Zwei Tiefenkeller, die zwar auf eine lange Geschichte zurückblicken, aber schon seit Jahrzehnten ungenutzt sind.«

Das Bild wechselte und zeigte zwei zusammenhängende Kellergewölbe in trüben Farben. An den rohen Wänden zogen sich lange Reihen Sektflaschen entlang, Staub lag auf den Flaschen, grünliche Flechten überzogen die Decke. Der Fotograf hatte eine statisch-langweilige Perspektive gewählt, Michaels und Elvis' Reporteraugen erkannten, dass das Bild zusätzlich entfärbt und mit einem künstlichen Grauschleier versehen war.

»Diese unscheinbaren Räume bekommen bald neues Leben eingehaucht, sie werden zu einem Schnittpunkt zwischen Gestern und Heute, zwischen Tradition und Moderne. Sie werden zur *Vinakothek.*«

Musik setzte ein, das Bild fing an, sich zu verwandeln. Es drehte sich langsam, dabei wuchsen computeranimierte Regale, Edelstahltische und Podeste aus dem Boden.

»Altes Ambiente und neue Ideen finden zusammen. Zeit bringt Ruhe, Zeit bringt Kraft. Sektflaschen, die seit Jahrzehnten dort lagern, werden in Szene gesetzt, ohne ihre Würde zu verlieren.«

Vor den alten, staubigen Flaschen erschienen Glasscheiben, versteckt angebrachte Strahler gaben ihnen farbige Akzente. Ein raumhoher Weintresor aus poliertem Holz strebte in die Höhe. Sitzecken kamen dazu, eine Espressobar, eine Bühne, Lampen, beleuchtete Wandnischen, Statuen und figürliche Kunst.

»Kultur, Kommunikation, Genuss. All das wird erfahrbar und erfassbar, ein Austausch auf hohem Niveau, bei dem der Mensch im Mittelpunkt steht.«

Halb transparente Figuren blendeten ein, Menschensilhouetten, die lässig umhergingen, am Plaudern waren und mit den Hüften zum Takt der Musik wippten.

»Eventfläche? Meeting Point? Weinkeller? Kunstgalerie? Café? Szenetreff? Von allem etwas. Die *Vinakothek* wird eine neue Facette für Mainz sein, ein kreativer Raum für Weinkenner und Kulturliebhaber, für Künstler und Musiker, für Menschen, die offen sind für das Ungewöhnliche.«

Nun war wieder von Batten zu sehen, diesmal in einem der Kupferberg-Keller, umgeben von raumhohen Flaschenregalen. Er hielt ein Sektglas in der Hand.

»Ich freue mich, all das mit Ihnen gemeinsam zu erleben. Genießen Sie die beiden Nostalgie-Cuvée-Flaschen als kleine Vorfreude, alle weiteren Informationen zum *Vinakothek*-Projekt warten auf Sie in den Katalogen, die sich im Boden der Sektkiste befinden. Sehr zum Wohl, auf eine erfolgreiche Zukunft für Mainz, für Kupferberg und für die *Vinakothek*.« Er hob das Glas mit einem Hochglanz-Lächeln, Buchstaben gruppierten sich: *Eventschmiede von Batten. Willkommen in der Vinakothek.*

»Da haut aber jemand auf den Putz«, meinte Elvis und fing an, am Boden der Kiste zu fummeln. Er fand von Battens geschwollenes Gerede gruselig. Allein von dem Spruch, dass der Mensch im Mittelpunkt stehe, bekam er Brechreiz, anscheinend hatten sämtliche Banken, Versicherungen und jetzt auch Eventagenturen ein Dauerabo darauf. Leider zeigte sich allzu oft, dass nicht der Mensch, sondern der Umsatz im Mittelpunkt stand, wenn es hart auf hart kam. Er wandte sich an Michael. »Was macht er sonst so, dieser von Batten?«

»Ist ein ziemlicher Hans Dampf. Firmenevents und Inszenierungen, er hat eine Cateringfirma und ein paar Vermiet-Objekte, eine Modelagentur und eine lange Liste an DJs und Bands, die er vermittelt. Alles schnieke, alles für die Kölner Schickeria. Und jetzt streckt er seine Pfoten eben auch nach Mainz aus.«

Elvis hatte es geschafft, den Boden der Kiste zu lösen. Tatsächlich, darin war ein Fach integriert, in dem Faltblätter steckten, allesamt mit dem Logo der Eventschmiede, allesamt auf edlem Papier. Mer strunze net, mer hun. Er konnte sich an fünf Fingern abzählen, dass die AZ nicht der einzige Empfänger dieser ganz besonderen Sektkiste war. Heimlich freute er sich, dass das Projekt in Michaels Ressort fiel. Von so viel Hochglanz bekam er ganz schnell eine Etepetete-Allergie.

»Wann geht's denn los mit dem Zauber?«

»Nächsten Montag schon. Am kommenden Sonntag ist der Festumzug, muss ich dir ja nicht sagen.«

Elvis verzog das Gesicht, als er an den 200-Jahre-Rheinhessen-Umzug und seinen prominenten Platz auf dem Jubiläumswagen erinnert wurde.

»Am selben Tag macht Kupferberg auch eine Veranstaltung, eine ziemlich große Party. Deshalb will von Batten erst danach mit dem Umbau loslegen. Vielleicht befürchtet er, einer der Gäste würde ihm einen Sack Mörtel klauen.«

Er gähnte ausgiebig, aber wohlerzogen hinter vorgehaltener Hand.

»Wird bestimmt ein Spaß, mit diesem blasierten Typen ein Interview zu machen. Kümmere ich mich morgen darum, jetzt mach ich heim, war ein langer Tag. Gute Nacht und bis morgen.«

Elvis hob zerstreut die Hand zur Verabschiedung, mit den Gedanken war er noch bei von Batten und dessen hochtrabenden Plänen. Sicher, Mainz war nicht gerade klein, aber wenn diese *Vinakothek* tatsächlich auf die oberen Zehntausend abzielte, wäre eine Stadt wie München, Hamburg oder Berlin sicher die bessere Wahl gewesen.

Er drehte die Flaschen nachdenklich in der Hand und fragte sich, warum von Batten sich ausgerechnet für Mainz entschieden hatte.

*

»48 … 49 … 50! Yee-haw!«

Jubel brach los, der durchtrainierte junge Mann ließ die Garderobenstange los, an der er gerade 50 Klimmzüge gemacht hatte. Die Umstehenden klopften ihm auf die Schulter, Sprüche flogen hin und her, das Testosteron war förmlich zu riechen.

Im Hintergrund saß ein untersetzter Mann, der älter war

als die Übrigen. Sein Gesicht war länglich, die Ohren auch, dazu kam ein Überbiss. Eine gewisse Ähnlichkeit mit Fernandel in dessen Paraderolle als Don Camillo ließ sich nicht leugnen. Auf dem Tisch vor sich stand ein Bier, seine Miene war gequält. In Augenblicken wie diesen merkte Hauptkommissar Laurent Pelizaeus deutlich, dass die 40 längst passé war. Normalerweise machte er sich wenig Gedanken über sein Alter, im Präsidium in Mainz gab es jüngere und ältere Kollegen, alles gut gemischt. Hier allerdings hatte Laurent das Gefühl, der graue Wolf inmitten eines jungen Rudels zu sein.

Angefangen hatte alles vor zwei Wochen mit einem Brief des Innenministeriums, Abteilung interne Aus- und Weiterbildung. Jeder Polizist des Landes Rheinland-Pfalz musste pro Jahr mindestens drei Fortbildungstage absolvieren, eine Pflicht, die Laurent mit schöner Regelmäßigkeit ignorierte. Nun allerdings schrieb ein Verwaltungssachbearbeiter mit unleserlicher Unterschrift an den Kommissar, dass er dringend aufgefordert sei, seine angesammelten neun Fortbildungstage innerhalb der nächsten Wochen anzutreten. Laurent klickte gottergeben durch die Angebote der Bildungshäuser des Landes. Sämtliche Kurse, die ihn auch nur halbwegs interessierten, waren ausgebucht, inklusive Nachrücker und Warteliste. Die einzige Schulung, die noch Kapazitäten hatte, trug die klangvolle Bezeichnung *Kraft und Körpergefühl – Selbstverteidigung als modernes Element im Polizeidienst*. Wohl oder übel trug Laurent seinen Namen ein und fuhr hin.

Seit gestern hockte er nun also in Nisterberg mitten im Westerwald, wo sich Fuchs und Hase Gute Nacht sagten. Das Schulungszentrum entpuppte sich als nüchterner 70er-Jahre-Zweckbau mit Waschbetonflair, die Kantine war grauenvoll und das Bett durchgelegen wie eine Hängematte. Das alles wäre ja noch zu ertragen gewesen, wenn ihm wenigstens die Kursinhalte gelegen hätten. Doch weit gefehlt – *Kraft und Körpergefühl* bestand aus sporttheoretischem Unterricht mit lateinischen Muskelbezeichnungen und den entsprechenden praktischen Übungen in der benachbarten Turnhalle. Großartig!

Die anderen Teilnehmer waren allesamt Sportskanonen, die sich den Kurs freiwillig und mit Begeisterung ausgesucht hatten. Sie konnten die Muskelpartien ebenso perfekt herunterbeten wie der Unterrichtsleiter, und auf den Trainingsmatten legten sie sich gegenseitig mit wachsender Begeisterung aufs Kreuz. Bereits morgens vor dem Frühstück trabte die Truppe geschlossen durch den Wald, in jeder Pause wurden Lockerungsübungen eingeflochten, und sogar jetzt, beim Feierabendbier in der Kantine, kannte der Bewegungsdrang keine Grenzen. Laurent schnaufte, als sich der Nächste an der Garderobenstange hochzog und anfing, Klimmzüge zu machen.

Es war aber nicht nur die schiere Körperlichkeit, die ihm das Gefühl gab, alt zu sein. Nein, auch die allgegenwärtigen Smartphones und die Selbstverständlichkeit, mit der sie in jeden Lebensbereich eingebunden wurden, waren ihm suspekt. Klar, er hatte auch ein iPhone, doch schon die Ziffer dahinter kannte er nicht. Damit telefonierte er, verschickte SMS, las E-Mails und blätterte im Internet, das war's. Seine jungen Kollegen hatten diese Dinger aber ständig an der Hand kleben, alles wurde fotografiert, gefilmt, gepostet, kommentiert und herumgezeigt, und das in einem Tempo, dass ihm fast schwindelig wurde. Wie hatte die Menschheit nur überleben können, als die Telefone noch Spiralkabel und Wählscheibe besaßen?

Obwohl – auch die Mainzer Polizei ging mit der Zeit. Seit einem halben Jahr besaß sie ein ressortübergreifendes Computerprogramm, das die einzelnen Bereiche verknüpfen und den Informationsfluss beschleunigen sollte. Es hieß offiziell *Dienststellen-Einsatz-Programm der Polizeikräfte*, doch mit einem Mainzer Augenzwinkern war das System intern längst schon auf seine Anfangsbuchstaben reduziert worden: *DEPP*.

Gelangweilt von den Klimmzugmeisterschaften öffnete Laurent *DEPP* auf seinem Handy und schaute die aktuellen Einträge durch. Jede Meldung, die bei der Polizei einging, war in verkürzter Form aufgelistet, dazu kamen weitere Informationen wie Dienststelle und Sachbearbeiter. Müßig wischte er durch die Tabelle und wünschte sich nach Hause. Im Moment war es herrlich ruhig in Mainz, er las kaum brisante Einträge. Ein Ladendiebstahl im Kaufhof, eine Trunkenheitsfahrt auf dem Lerchenberg, eine Prügelei mit blutiger Nase in der Altstadt. Und eine Meldung vom Gonsenheimer Seniorenheim: Einer ihrer Bewohner, ein demenzkranker Mann, wurde vermisst. Laurent musste schmunzeln, als er las, dass der Alte ausgerechnet an seinem 80. Geburtstag getürmt war. Die Geschichte vom Hundertjährigen, der aus dem Fenster stieg und verschwand, kam ihm in den Sinn. Nun ja, vielleicht erlebte der Senior ja ähnlich haarsträubende Abenteuer im beschaulichen Rheinhessen wie Allan Karlsson in der großen weiten Welt.

»Na, Laurent, fit für morgen?«

Der Kursleiter Matthias, der sich von allen Matze rufen ließ, setzte sich rittlings auf einen Stuhl und riss ihn aus seiner Kontemplation.

»Öh, ja, schon, glaub ich.«

Matzes Anwesenheit machte ihn nervös. Der Mann war

gute zehn Jahre älter als Laurent, seine Haare waren eisgrau, doch er hatte eine Top-Figur und Muskeln aus Stahl. Mit den deutlich jüngeren Kursteilnehmern konnte er locker mithalten, Laurent kam sich neben ihm träge und aufgeschwemmt vor.

»Das ist gut, morgen wird's nämlich richtig anstrengend. Da üben wir Jiu Jitsu, Selbstverteidigung beim Messerangriff. Hammer, sag ich dir, da war alles Kinderkacke bis jetzt!« Er lachte dröhnend, während sich Laurent ein mühsames Lächeln abrang. Großartige Aussichten!

*

Im ersten Moment dachte Irmi an ein Erdbeben. Ein dumpfer, fast unterschwelliger Knall verhallte, die Schwingung war noch zu spüren, sie hörte, wie die Tassen im Küchenschrank klapperten. Ein Erdbeben – hier in Mainz? Doch, das hatte es vor ein paar Jahren schon einmal gegeben, das wusste Irmi. Stocksteif lag sie in ihrem Bett und konzentrierte sich auf alles, was um sie herum geschah. Durch die Ritzen ihres Rollladens sickerten das Mondlicht und die Beleuchtung der Martin-Luther-Straße. Vereinzelt waren Autos zu hören, zwei, drei Hunde hatten angefangen zu kläffen. Kam noch mal etwas? Ein zweiter Knall, eine weitere Erschütterung? Vielleicht sollte sie aufspringen und herausrennen, auf die Straße, in Sicherheit?

Irmi spitzte die Ohren. Da, da war etwas! Doch nein, es war nur Hellmuth, der neben ihr lag und zu schnarchen anfing. Auch ein Erdbeben, aber eines, das sie kannte!

»Psst, Ruhe!«, zischte sie und knuffte ihn in die Schulter. Er grunzte, ohne richtig aufzuwachen, und drehte sich zur Seite. Das Schnarchen verstummte.

Sie lauschte weiter. Nichts, auch die Hunde hörten auf zu bellen. Gerade wollte Irmi durchatmen, da passierte es wieder: ein Knall, so tief, dass er eher zu spüren, als zu hören war. Als hätte es in weiter Entfernung eine Explosion gegeben. Erneut klirrte das Geschirr, Irmi hörte das Blut in ihren Ohren rauschen.

Diesmal war auch Hellmuth aufgewacht.

»Wassndas?«, murmelte er schlaftrunken und ließ einen kleinen Furz fahren.

»Ein Erdbeben! Oder so was! Wir müssen raus hier!« Irmi schlug panisch ihre Decke weg und tastete mit den Füßen nach ihren Pantoffeln.

»Quatsch, Erdbeben.« Hellmuth kratzte sich die Bartstoppeln und rückte sein Kissen zurecht. »Bleib liegen und schlaf, da ist irgendwas umgefallen oder so. Oder ein Auto ist wo gegengefahren.«

»Das war kein Auto! Das war ... irgendwie ...« Irmi suchte nach Worten, fand keine und legte sich entnervt wieder ins Bett. Sollte ein Mann nicht seine Frau beschützen, wenn es gefährlich wurde? In ihrer Vorstellung sah sie Daniel Craig, der sie an seinem starken Arm nach draußen führte, während um sie herum die Wände einstürzten. Inzwischen hatte Hellmuth wieder angefangen zu schnarchen, größer hätte der Kontrast zu ihrer Wunschvorstellung kaum sein können.

Irmi lag noch eine ganze Weile wach und spitzte die Ohren, der merkwürdige Knall kam aber nicht wieder. Irgendwann dämmerte sie in den Schlaf hinüber, doch das Geräusch verfolgte sie bis in ihre Träume. Was mochte das nur gewesen sein?

DIENSTAG, 3. MAI 2016

Die dicke weiße Made kroch unerbittlich näher, Zentimeter für Zentimeter. Staub wallte auf, ein kreischendes Geräusch fräste sich in Tinnes Ohren. Schweißtropfen liefen über ihre Haut, gerieten in die Augen, ließen sie blinzeln, und wieder ertönte das schrille Geräusch, lauter als vorher. Das Wesen war auf Armeslänge an sie herangekommen, Tinne kauerte auf dem Boden und robbte rückwärts, ihre Beine stießen an die Wand, sie konnte nicht weiter zurück. Die Made bäumte sich auf, Staub wirbelte überall auf und verstopfte jede Ritze. Tinne merkte, dass sie keine Luft mehr bekam, sie musste trocken würgen, die Gier nach Sauerstoff wurde übermächtig, bis sie mit einem Ruck den Mundschutz vom Gesicht riss. Bertie tat ihr gegenüber dasselbe. Der Tellerschleifer, den er in der Hand hielt, hörte auf zu rotieren, das Geräusch erstarb, der Staub setzte sich. Beide atmeten durch.

»Mannometer, da erstickt man ja fast drin.« Bertie wischte mit der Hand über sein Gesicht, das wie mit Mehl gepudert aussah. Sowohl er als auch Tinne trugen weiße Hauben und weiße Overalls, Berties stämmige Figur füllte den Stoff komplett aus und ließ ihn wie eine Albinomade aussehen.

»Und es ist so heiß!«, stöhnte Tinne, die das Gefühl hatte, im eigenen Saft zu kochen. Neben ihnen befand sich die nackte Wohnzimmerwand ihrer Vermieter, die Tapete fehlte, Mauerlöcher und Schlitze waren grob verputzt.

Alle Möbel im Raum trugen weiß gezuckerte Abdeckplanen, sie sahen aus wie die zugehängte Einrichtung eines Hauses, in das seit Jahrzehnten niemand einen Fuß gesetzt hatte. Die heutige Aufgabe von Tinne und Bertie war mit wenigen Worten zu umreißen: Tinne begradigte mit grobem Schleifpapier die ärgsten Unebenheiten der Wohnzimmerwand, hinter ihr rückte Bertie mit dem Tellerschleifer nach. Dessen rotierende Scheibe hobelte die Wand spiegelglatt, allerdings mit höllischen Geräuschen und einer Staubentwicklung, gegen die ein Sandsturm ein laues Lüftchen war.

Die beiden waren nicht die Einzigen, die in dem Haus in der Wilhelmstraße werkelten. Im ersten Stock, dem Zuhause von Tinne, Bertie und Axl, hämmerten Berties Taxikollegen und klopften Schlitze in die Wände. Als wäre das noch nicht genug Krach, erbebte das Gebäude in unregelmäßigen Abständen – der Verursacher war Axl, der in einem Bobcat-Minibagger saß, die Fundamentmauern des Hauses von außen freibuddelte und mit der Schaufel immer wieder ans Mauerwerk stieß. Der Zustand, in dem sich das Gebäude befand, trieb Tinne fast die Tränen in die Augen: Statt in einer gemütlichen WG wohnte sie momentan auf einer Großbaustelle.

Das schiefe Nachkriegshaus hatte vor fünf Jahren für sie eigentlich nur eine Zwischenlösung sein sollen. Damals war sie von ihrem Lebensgefährten sitzen gelassen worden, mehr oder weniger gleichzeitig hatte sie in ihrem Job die Kündigung bekommen. Arbeitslos, in Jammerstimmung und mit klitzekleinem Geldbeutel war sie auf Wohnungssuche gegangen, das WG-Zimmer in Bretzenheim kam wie gerufen, um erst einmal ein Dach über dem Kopf zu haben und in Ruhe weitersuchen zu können. Doch aus der

Verlegenheitslösung wurde nach und nach ihr Zuhause, was nicht zuletzt an den beiden Mitbewohnern lag. Der lange, spindeldürre Axl war Metallkünstler und Rockmusiker, der kleine, dicke Bertie arbeitete als Taxifahrer. Seine Kollegen vom Taxidienst Laurenzi gingen in der WG ein und aus, und auch Axls Bandkollegen waren gern gesehene Gäste. Passend zur Hausnummer 47 hatte das Haus bald schon seinen Spitznamen weg: »Kommune 47«. Vierter im Bunde war Mufti, ein kräftiger Kater mit rotbraunem Fell, der als Kommunenlieblingstier Narrenfreiheit besaß und nach Strich und Faden verwöhnt wurde. Die Eigentümer des Hauses, ein altes, stocktaubes Ehepaar, lebten im Erdgeschoss und ließen ihren Mietern bei allem freie Hand. Sie freuten sich über das quirlige Leben, das in ihren Mauern herrschte. Tinne fühlte sich hier rundherum wohl, es wäre ihr nie in den Sinn gekommen, die Kommune gegen eine langweilige und anonyme Neubauwohnung einzutauschen.

Vor zwei Monaten änderte sich die Situation allerdings grundlegend: Probleme mit dem baulichen Zustand des Hauses traten auf. Sicher, die Kommune 47 hatte schon immer ihre Extravaganzen gehabt – im Sommer war sie zu heiß und im Winter zu kalt, der Wind blies durch alle Fugen, im Keller glitzerte die Feuchtigkeit an den Wänden, und das Warmwasser brauchte manchmal etwas Zuspruch, bis es gleichmäßig floss. Jedes Problem war aber mit etwas Improvisationstalent oder einem um drei Ecken befreundeten Handwerker zu lösen gewesen.

Bis an einem kalten Märztag die Heizung von einem Tag auf den anderen ihren Dienst quittierte. Bertie und Axl brachten sie nicht mehr zum Laufen, also wurde ein Fachmann geholt. Der kletterte in die Tiefen des Kellers und kam mit sorgenvoller Miene wieder hoch. Nicht nur die Heizung sei defekt, berichtete er, sondern – viel schlimmer – der Öltank habe ein Leck und die Bodenplatte einen Riss, sodass Heizöl ins Erdreich sickere. Das müsse er leider dem Bauamt melden, das sei in solch einem Fall Vorschrift.

Von da an rissen die Hiobsbotschaften nicht ab. Das Bauamt schickte einen Gutachter, ein spaßbefreites Trockenbrötchen, das komische Geräusche mit der Nase machte und damit alle in den Wahnsinn trieb. Die Immobilie, so stellte das Brötchen nach stundenlanger Begutachtung fest, sei in einem substanzgefährdenden Zustand und damit sanierungspflichtig. Es legte eine mit Paragrafen garnierte Liste vor, die die akuten baulichen Mängel auflistete: statische Schwächen durch die geborstene Bodenplatte, Durchfeuchtung und Schimmelbefall der Kellermauern aufgrund fehlender Außendrainage, Brandgefahr bei einer Vielzahl der Stromleitungen, Schwermetall im Leitungswasser durch die verbauten Bleirohre, die Heizung müsse stillgelegt werden, und der Wärmeverlust durch das ungedämmte Dach sei so immens, dass eine neue Betriebserlaubnis mehr als fraglich sei. Schlussendlich gewährte das Brötchen eine zehnwöchige Frist, innerhalb derer die Mängel beseitigt werden mussten. Ansonsten würde die weitere Vermietung der Immobilie von der Bauaufsichtsbehörde untersagt werden – und damit würden Tinne, Axl und Bertie auf der Straße stehen.

Da war guter Rat teuer. Die Eigentümer hatten eh nur die Hälfte mitbekommen und schauten ihre Mieter mit großen Augen an. Die drei Freunde telefonierten sich die Finger wund und versuchten, günstige Handwerker zu bekommen, um zumindest die gröbsten Probleme aus der

Welt zu schaffen. Doch selbst die billigsten Angebote überstiegen die vorhandenen Mittel bei Weitem – das Vermieterehepaar hatte als Rentner ein schmales Budget, und die drei Kommunenmieter waren auch nicht gerade auf Rosen gebettet.

Zwei Tage später stand ein Bauträger vor der Tür, ein feister Mann in schlecht sitzendem Sakko. Der liebe Gott alleine wusste, wie er von ihrer Notlage erfahren hatte, doch er lieferte die – seinen Worten nach – perfekte Lösung für alle: Die Eigentümer sollten Gebäude und Grundstück auf ihn überschreiben, er würde dafür sorgen, dass alles wieder ins Lot käme. Nach kritischem Nachfragen stellte sich heraus, dass er nicht im Traum daran dachte, das alte Haus zu erhalten. Sein Plan war, es plattzumachen und auf das Sahnegrundstück sechs neue Wohneinheiten zu pferchen. Die momentanen Mieter würden natürlich, so beeilte er sich hinzuzufügen, bei der Vergabe bevorzugt behandelt, niemand müsse befürchten, plötzlich auf der Straße zu stehen. Sein Autoverkäuferlächeln gefror, als Tinne die Tür weit aufmachte und die beiden Männer ihm nahelegten, ganz schnell Fersengeld zu geben.

Die Kommune rief einen Kriegsrat ein, Berties Kollegen kamen dazu. Nach langem Hin und Her war der Entschluss gefasst: Tinne, Axl, Bertie und die Taxi-Brigade würden das Haus eigenhändig wieder auf Vordermann bringen. Für jedes Gewerk fand sich ein Fachmann im erweiterten Bekanntenkreis, der gegen kleines Entgelt die grundlegenden Handgriffe erklärte, für alles andere gab es Baumärkte, YouTube und das gute alte Versuchs- und-Irrtum-Prinzip.

So wurden die drei Kommunenmieter und die Brigade Stammkunden beim Bretzenheimer Hornbach, das Haus in der Wilhelmstraße verwandelte sich in eine Baustelle. Das Vermieterehepaar kam zum Glück in der Einliegerwohnung von Freunden unter, sodass die Heimwerker auf niemanden Rücksicht nehmen mussten. Doch es ging trotz größtem Arbeitswillen nur quälend langsam voran, keiner war Profi, viele Arbeiten mussten doppelt gemacht werden, weil beim ersten Mal etwas schiefging oder das Ergebnis zum Gruseln aussah. Tinne hätte nie gedacht, dass sie einmal wochenlang im Blaumann auf allen vieren herumkriechen würde, um Leerrohre zu legen, Horizontalsperren einzuziehen und frisch verputzte Wände abzuschleifen. Zu ihrem Glück – oder Pech, wie man's sah – leitete sie im aktuellen Semester nur ein einziges Seminar an der Uni, deshalb konnte sie ihre Zeit dort gut einteilen.

»Auf geht's, nicht einschlafen. Noch eine Bahn, dann sind wir durch.« Bertie gab ihr einen aufmunternden Schubs und zog die Maske über Mund und Nase. Der Tellerschleifer jaulte, eine Staubwolke quoll aus dem Gerät, Tinne beeilte sich mit ihrer Maske. Kaum hatte sie die automatisierten Bewegungen aufgenommen – Schleifpapier falten, auf den neu verputzten Stellen ansetzen, mit viel Druck kreisen lassen –, da schweiften ihre Gedanken auch schon ab.

Der gestrige Besuch bei Professor Aarsiegel ging ihr nicht aus dem Kopf. Wie intensiv seine Augen gewesen waren, wie emotional der seltsame Vortrag aus ihm herausgequollen war! Die Striche auf ihrem Arm taten weh, beim Duschen hatte sie gesehen, dass die Haut noch immer wund war. Tinne hatte am Abend noch im Internet nach einer Simona gesucht, die früher einmal im Historischen Seminar gearbeitet hatte, doch erfolglos. Nun fragte sie sich, ob der Professor tatsächlich über ein altes

Forschungsprojekt geredet hatte oder ob es nur sinnlose Satzfetzen gewesen waren. Sie würde es wohl nie herausbekommen.

Der Tellerschleifer erstarb, sie schaute auf. Dietmar, der Chef des Taxidienstes Laurenzi, stand in der Tür. Er trug uralte Arbeitsklamotten und war mit rotem Steinstaub bedeckt – Schlitzeklopfen in Backstein, das wusste Tinne inzwischen. In seiner Hand hielt er das schnurlose Telefon der Kommune.

»Für dich, Tinne. Die Polizei.«

Die Polizei? Laurent vielleicht? Aber warum sollte er auf dem Festnetz anrufen und nicht auf ihrem Handy? Außerdem war er auf irgendeiner Fortbildung und wollte sich erst wieder von Zuhause melden. Sie griff nach dem Telefon und ging in den Flur, wo die Arbeitsgeräusche etwas gedämpft waren.

»Nachtigall, hallo?«

»Guten Tag, Frau Nachtigall, entschuldigen Sie die Störung. Werner Abel mein Name, Schutzpolizei Mainz. Ist es richtig, dass Sie gestern in der Residenz am Wald waren, in Gonsenheim?«

Tinne nickte, als könne der Mann am anderen Ende der Leitung sie sehen.

»Ja, das stimmt. Ich habe einen ehemaligen Dozenten besucht, Professor Aarsiegel.« Ein Verdacht kam in ihr hoch. Der Professor hatte sich so aufgeregt bei ihrem Besuch – vielleicht ging es ihm nicht gut? Hatte er einen Herzanfall oder so etwas bekommen?

»Warum? Ist … ist etwas mit ihm?«

»Er ist verschwunden. Die Heimleitung hat uns gestern Abend informiert, über Nacht haben unsere Kräfte das Gelände und das nahe Waldstück abgesucht, aber ohne

Erfolg. Sie sind in der Liste des Heims als letzter Besucher vermerkt, und mich würde interessieren, ob Sie eine Auffälligkeit bemerkt haben bei Herrn Aarsiegel. Hat er vielleicht etwas erwähnt, einen Ort oder eine Person? Etwas, das uns bei der Suche helfen könnte?«

Tinne brauchte eine Sekunde, um das Gehörte zu verdauen. Der Professor – verschwunden?

»Eh, ja, nein, also, er hat einiges erzählt, aber es waren mehr so … Bruchstücke. Er ist ja ziemlich dement, wissen Sie, und er hat wohl einige Details aus seinen alten Forschungen durcheinandergeworfen. Napoleon hat er erwähnt, einen Kampf gegen Windmühlen, so Zeug eben. Aber nichts, bei dem ich einen Ort herausgehört hätte oder eine reale Person.«

Ihr kam eine Idee.

»Haben Sie denn schon mit dem Pfleger Cedric gesprochen? Der kennt ihn, glaube ich, etwas besser, und bei der zweiten Hälfte unseres Gesprächs ist er dabei gewesen.«

»Ja, das haben wir. Er hat aber im Prinzip dasselbe gesagt wie Sie: Herr Aarsiegel war aufgebracht und verwirrt. Keine konkreten Aussagen, sondern nur – wie hat er es genannt? – Kauderwelsch.«

Werner Abel verabschiedete sich höflich von Tinne und bat sie, sich zu melden, wenn ihr noch etwas einfallen oder der Professor plötzlich vor ihrer Tür stehen würde. Nachdem Tinne das Telefonat weggedrückt hatte, stand sie reglos im Flur. Kauderwelsch – oder auch nicht.

Sie fasste einen raschen Entschluss, meldete sich bei Bertie ab und rannte nach oben in ihr Zimmer. Zehn Minuten später trug sie saubere Kleidung und strampelte mit dem Fahrrad los. Die fixe Idee ließ sich nicht mehr vertreiben: Ihr Besuch im Pflegeheim hatte den Nebel in Aarsiegels

Kopf durchsichtig werden lassen und einen längst vergangenen Vorfall wieder lebendig gemacht.

War der Professor aufgebrochen, um das zu beenden, was er damals angefangen hatte?

*

Ein Dutzend Menschen hatte sich im Mainzer Stadtpark versammelt, einem großen Areal im Osten der Stadt. Gewundene Wege schlängelten sich zwischen Rasen und Bäumen, es gab einladende Bänke, den gepflegten Rosengarten und ein Bassin mit Enten und Flamingos, die für die Kinder die heimlichen Stars waren. Unterhalb des Parks schob sich der Rhein breit durch sein Bett, die Eisenbahnbrücke mit ihrem klassischen Sandsteinkopf vollendete die Farbpalette aus Naturgrün, Wasserblau und Steinrot. Im September fand hier an zwei Wochenenden der Mainzer Weinmarkt statt, dann quoll der Stadtpark über vor Menschen, doch heute waren die Wege spärlich besucht. Lediglich auf einer ebenen Rasenfläche unterhalb des Rosengartens drängten sich Spaziergänger, Jogger und Hundehalter. Man wiegte die Köpfe und machte lange Hälse.

»Schon schön, oder?«, meinte ein älterer Herr.

»Ach was, wie willst du denn da reinkommen? Und wenn du drin bist, kommst du nie wieder raus, du mit deinem Rücken.« Seine Frau verschränkte die Arme. »Und total unpraktisch, ist ja kein Platz für gar nix.«

»Den nemme Sie auch nit zum Einkaufe odder für de Ikea«, kommentierte ein dicker Mann in breitem Meenzerisch. »Normalerweis habbe Se noch drei, vier annere dehääm stehe.«

Ein junger Kerl, vielleicht ein Student, hatte leuchtende

Augen und konnte sich nicht sattsehen. Seine Freundin musste lächeln und hielt ihr Handy hoch.

»Komm, stell dich mal nebendran.«

Er nahm eine Pose ein, die nach Besitzerstolz aussah, sie fotografierte und postete das Bild bei Facebook. *Sind unter die Großverdiener gegangen. Neues Spielzeug für Jan. Ab jetzt High Society.* Ein Emoticon mit Dollarzeichen und eines mit Augenzwinkern schlossen den Post.

Das, was die Leute diskutieren ließ, war ein Automobil. Aber nicht irgendeins, o nein, sondern ein Wagen, der für viele als einer der schönsten galt, die je gebaut wurden. Sogar die Frau mit dem Faible fürs Praktische musste zugeben, dass der 1972er Jaguar E-Type Cabrio in Knallrot ein Augenschmaus war. Das geschwungene Haifisch-Maul, die schier endlos lange Motorhaube, das kurze Heck und der Innenraum, der knapp geschnitten war wie ein Maßanzug – all das verströmte das Flair von altem englischem Adel, von einer Zeit, in der dieser Wagen vor dem Herrenhaus geparkt war und Lord und Lady an sonnigen Tagen damit eine Spritztour über ihre Ländereien unternahmen.

Ein Stück entfernt stand Dirk Fuhrmeister, der Chef des Autohauses Fuhrmeister in Hechtsheim, er wachte mit strengem Blick über die rote Katze. Das Autohaus war auf die beiden britischen Marken Jaguar und Land Rover spezialisiert und im gesamten Rhein-Main-Gebiet bekannt. Dirk Fuhrmeister hatte den E-Type vor einigen Jahren bei einer Auktion in Liverpool erstanden, seither war der *Jag* das Lieblingsstück der gesamten Autohaus-Belegschaft. Dass der Wagen nun als heimlicher Hauptdarsteller für ein 200-Jahre-Rheinhessen-Plakat diente, freute Fuhrmeister sehr, er hatte das Schmuckstück höchstselbst zum Stadtpark gefahren und mit einem Lederlappen jeden noch so kleinen Fingerabdruck weggewienert. Nun waren zwei Requisiteure damit beschäftigt, einen Picknickkorb und einen altmodischen Campingtisch vor dem Auto zu drapieren, dazu kamen eine karierte Decke auf dem Rasen und ein metallener Sektkühler mit einer Flasche Winzersekt.

»Okay, wir wären so weit.« Sascha Kopp trat heran, in der Hand hielt er statt seiner üblichen Spiegelreflexkamera einen weißen Plastikkasten mit Knöpfen und Schaltern. »Wie sieht's bei dir aus, Elvis?«

Der dicke Reporter hielt die Augen geschlossen und reckte seinen Kopf vor wie eine Schildkröte, damit die Visagistin Inga ihn pudern, kämmen und abtönen konnte.

»Wenn der Lack trocken ist, können wir«, knurrte er.

Dirk Fuhrmeister wischte ein letztes Mal über das blitzblanke Blech des Jaguars, unter Saschas Anleitung lehnte Elvis sich vorsichtig an den hinteren Teil der Karosserie. Es kostete ihn einigermaßen Mühe, seine brummige Miene beizubehalten – der Faszination des Oldtimers konnte er sich nicht entziehen. Das war schon gestern so gewesen, als Sascha ihm ein Foto des Wagens unter die Nase gehalten hatte.

Normalerweise machte Elvis sich nichts aus Autos, er bevorzugte seine Vespa und hielt den Hype für übertrieben, der bei jeder neuen Modellgeneration veranstaltet wurde. Wow, eine Kiste mit Stern oder Nieren hatte fünf PS mehr als der Vorgänger und statt 37 jetzt 38 Schalter in der Mittelkonsole. Das war ein Ereignis, das in den Gazetten breitgetreten wurde wie die Geburt eines Gottessohns. Wenn die Menschheit sonst keine Sorgen hatte, dann war ja alles gut.

Doch dieser Jaguar war anders, wie aus der Zeit gefallen, er sah nach purer, nackter Geschwindigkeit aus. Eine elegante Maschine ohne Schnörkel. *Rheinhessen – ein Klassiker*, so lautete der Plakat-Text, der für diese Fotoserie vorgesehen war, und ausnahmsweise hatte Elvis nichts daran auszusetzen.

Sascha positionierte ihn und zeigte, wie er die Arme halten sollte.

»Wo ist deine Kamera? Oder knipst du heute mal mit dem Handy?« Elvis deutete auf den Plastikkasten in Saschas Hand, auf dem ein Mobiltelefon aufgesteckt war.

Der Fotograf machte ein geheimnisvolles Gesicht, trat hinter den Jaguar und hantierte auf Bodenhöhe. Anschließend hängte er den Plastikkasten per Gurt um seinen Hals und betätigte einige Knöpfe. Ein helles Sirren ertönte, es wurde laut wie ein Hornissenschwarm, ein weißes Etwas erhob sich in die Luft und schwebte in zwei Metern Höhe.

»Sach ma, jetzt aber!« Elvis schaute angemessen beeindruckt. »Eine Drohne! Ist in der Fotografenzunft der Wohlstand ausgebrochen?«

»Schön wär's.« Behutsam betätigte Sascha die Hebel der Fernbedienung, die Drohne gewann an Höhe. »Heutzutage gehört so ein Ding fast schon zum Standard. Wenn ich für ein Unternehmen fotografiere oder für ein Event, kommt ganz automatisch die Frage, ob denn auch ein paar Luftbilder inklusive sind.«

Elvis schaute dem Flugapparat nach, der inzwischen die Höhe der umgebenden Bäume erreicht hatte. An der Unterseite hing eine winzige Kamera, so klein, dass sie auf die Entfernung mit bloßem Auge kaum auszumachen war.

»Und das taugt was, das Ding?«, fragte er zweifelnd. Statt einer Antwort hielt Sascha die Fernbedienung mitsamt aufgestecktem Handy schräg. Elvis bekam große Augen und sagte keinen Ton. Das Display des Telefons fungierte als Monitor und zeigte ihm das Bild der Kameradrohne: die satten Farben des Stadtparks, die Bäume, die sich gruppierten wie uralte Wächter. Darunter, leuchtend rot, der Jaguar mit seinen klassischen Proportionen und einladend geöffnetem Verdeck. Er selbst lehnte in legerer Kleidung am Auto, die Picknickdecke neben ihm machte Lust auf ein Tête-à-Tête im Grünen. Über alldem wölbte sich der blaue Himmel mit lockeren Wolken, die Fernsicht war grandios, der Rhein glitzerte, die Eisenbahnbrücke lag wie gezeichnet da. Elvis musste wieder einmal den Hut vor Sascha Kopp ziehen – der Fotograf hatte es geschafft, die Essenz von Mainz und Rheinhessen in einem einzigen Bild zu vereinen.

Nach einer Viertelstunde ging der Akku der Drohne zur Neige, Sascha landete das Gerät und machte sich daran, einen vollen Akku anzukabeln. Elvis nutzte die Pause und schaute sich den Innenraum des Jaguars an. Trotz der urenglischen Herkunft handelte es sich um einen Linkslenker, das Interieur war in beigefarbenem Leder gehalten, aus dem das hölzerne Lenkrad mit seinen drei Metallspeichen regelrecht hervorstach. Jedes Detail verströmte eine dezente Würde, die Elvis gefiel. Eine Idee nahm Gestalt an, er knetete sein Doppelkinn und dachte weiter darüber nach. Ja, das war gut!

»Hey, Dirk«, rief er zu Fuhrmeister herüber, mit dem er – wie mit gefühlten 90 Prozent der Mainzer Einwohner – per Du war, »komm mal 'ne Sekunde rüber.«

Fuhrmeister trat heran. Er war ein stattlicher Mann, einen Kopf größer als Elvis. Dieser fand es sympathisch, dass sein Gegenüber ebenso wie er selbst Koteletten trug, allerdings ein paar Nummern kleiner. Für die Fahrt mit dem Jaguar hatte Fuhrmeister ein klassisches Tweedjackett angezogen und wirkte damit wie ein britischer Earl, der mit seinem Lieblingsauto eine Runde drehte. Elvis erzählte Fuhrmeister von seiner Idee, der wiegte den Kopf, nickte dann aber doch zustimmend. Inzwischen surrte die Drohne wieder in die Höhe, Sascha winkte ihn zurück in Position.

»Hast du dein Spielzeug wenigstens schon mal ordentlich abschmieren lassen?«, fragte Elvis mit einem Blick auf den kleinen weißen Kopter, der nur noch ein Punkt am Himmel war.

»Nur einmal, und das auch noch bei einem unbezahlten Projekt für die Uni.« Der Fotograf rollte die Augen. »Die Uni-Leute haben statt der Kamera einen 3D-Laserscanner drangehängt. Damit kann man quasi aus der Luft in den Boden schauen, ob es archäologische Strukturen im Untergrund gibt. Und vor lauter links und rechts und noch mal zurück bin ich in einen Baum geraten. Zack, das war's. Tinne ist auch dabei gewesen, wundert mich, dass sie es noch nicht ausposaunt hat.«

»Na, dann ist alles klar. Wenn Frau Pechmamsell irgendwo auftaucht, geht eh alles schief. Apropos«, Elvis reckte den Kopf, »vielleicht packst du dein Flatterdings gleich mal weg, da kommt unser Unglücksrabe.«

Im Hintergrund strampelte eine Gestalt auf dem Fahrrad in ihre Richtung, lange Beine, lange Arme, wehende Locken.

»Na, Nachtigallchen, ist dir langweilig geworden auf der Baustelle?«, begrüßte Elvis sie mit Kratzbürstencharme.

Tinne war verschwitzt, so sehr hatte sie in die Pedale getreten. Sie sagte Sascha hallo und wandte sich dann an Elvis. »Hör zu, wir müssen einen Takt reden. Ich bin da auf eine ziemlich schräge Sache gestoßen und will mir deine Meinung dazu anhören. Hast du gleich mal eine Viertelstunde?«

»Wenn's sein muss. Aber jetzt mach mal das Bild frei. Oder willst du auf dem Plakat die rheinhessische Winzertochter geben?«

Tinne lehnte dankend ab und verzog sich in den Hintergrund. Nach 20 Minuten war das Shooting zu Ende. Die Requisiteure packten zusammen, Sascha schaute die Fotos auf dem Handy durch, Fuhrmeister wendete vorsichtig den Jaguar. Für die Fahrt im offenen Wagen hatte er eine karierte Schiebermütze aufgezogen und wirkte damit erst recht wie ein Bilderbuch-Brite.

»Kriegen wir das so hin wie besprochen, Dirk?«, fragte Elvis beiläufig.

»Aber nur, weil du's bist«, lachte Fuhrmeister und drückte auf die Hupe. »Und ich hab was gut bei dir.«

Tinne schaute ihm nach. »Was habt ihr denn vor, ihr beiden?«

Elvis tat, als habe er nichts gehört. Tinne schnaufte genervt, wollte aber endlich ihre Geschichte loswerden. Kaum hatte sie Luft geholt, als Elvis gebieterisch die Hand hob. Ihr erstes Wort blieb auf den Lippen hängen.

»Was auch immer es ist, das du mir erzählen willst«, er drehte sich um und ging den Weg hoch zum Favorite Parkhotel, »nicht auf leeren Magen.«

*

»Puh, das kann alles und nichts sein.«

Fabienne rieb eine Handvoll Erde zwischen ihren Fingern und roch daran.

»Riechen kann ich nichts, sichtbare Verunreinigungen haben wir auch nicht. Aber das hat nichts zu sagen.«

Neben ihr stand Hamid und grub mit der Fußspitze ein Loch in den Boden, als könne er so die darin wohnenden Geheimnisse ans Tageslicht bringen. Er hatte seine Kollegin Fabienne gebeten, die Mittagspause gemeinsam mit ihm zu verbringen und zum Schrebergarten zu fahren. Fabienne war Chemikerin bei Römheld + Moelle, ihr Spezialgebiet waren Altlasten und Bodenverunreinigungen – also genau das, worüber Hamid und Yvonne sich Sorgen machten.

»Wisst ihr denn, was früher hier war? Ist das Gebiet schon immer Gartennutzfläche gewesen?«

Hamid hob die Schultern. »Keine Ahnung, um ehrlich zu sein, da haben wir nicht nachgefragt. Aber diese Schrebergärten hier, die gibt es schon lange, zig Jahrzehnte. Der Verein ist stolz drauf, dass seine Geschichte so weit zurückreicht, das stand dick und fett in unserer Willkommensbroschüre.«

»Hm, Altlasten können leider auch zäh sein. Viele Schrebergärten in Deutschland sind nach dem Zweiten Weltkrieg gegründet worden, als massig Fläche zur Verfügung stand und die Leute auf ihr selbstgezogenes Grünzeug angewiesen waren, weil alles andere knapp war. Was vorher auf den Plätzen gestanden hat, war ihnen ziemlich egal. Wenn das aber technische oder verarbeitende Industrie gewesen ist, liegen oft noch heftige Sachen im Boden.«

Hamid schaute über die Gartenflächen, ein Flickenmuster aus Büschen, Beeten, Rasen, dazwischen blitzten die gestrichenen Hütten als bunte Kleckse.

»Aber nur hier bei uns? Ich meine, bei den Nachbarn wächst ja alles ganz super, nur bei uns nicht.«

»Wisst ihr denn, ob es auf eurer Parzelle schon vorher irgendwelche Probleme gegeben hat?«

Im Nachbargarten war Günther dabei, einen Rosenstrauch auf Schädlinge zu untersuchen. Mit dem Radar des alteingesessenen Schrebergärtners hatte er spitzgekriegt, dass Hamid eine fremde Frau zu Besuch hatte. Prompt war er nach draußen gekommen und verrichtete nun die Rosenkontrolle an der Parzellengrenze. Hamid winkte ihn heran.

»Hallo, Günther, sag mal, die Nadja und du, ihr seid doch schon lange hier. Also, seit vielen Jahren, oder?«

»Ei, Juni 1987«, berichtete Günther in breitestem Meenzerisch. Gleichzeitig bemühte er sich, die schmale, bebrillte Fabienne nicht allzu neugierig anzustarren. »89 bis 91 Kassewart im Verein, 92 bis 97 stellvertretender Vorsitzender, 97 bis 2001 dann Vorsitzender. Und 2004 bis 2006 noch emol, weil es kään Nachfolger für de Mattern Erwin gebbe hat. Sind nur acht Leut im Verein, die länger dabei sinn als wie mir.« Der Stolz war ihm anzuhören.

»Dann weißt du bestimmt auch, ob es schon früher mal Schwierigkeiten gegeben hat mit dem Boden hier bei uns.«

Günther wiegte sein grauhaariges Haupt, als würde er ein Staatsgeheimnis preisgeben.

»Die Parzell, die hat nie gewechselt, gell. Am Anfang, in meine erste Jahre hier, da hot es Pächterehepaar noch viel Gartebetrieb gemacht, und des is auch alles gut gewachse, weiß ich noch, fast besser als bei mir, gell. Abber dann, dann isses eher so e Wocheendhäusje geworde, nur Rasen und e paar Büsch. Und samstags emol Feiern, des isses gewese.« Seine Stimme ließ erkennen, dass eine solche Freizeitnutzung ein Affront gegen den wahren Schrebergärtner war. »Und dann, in de letzte Jahre, da is gar nix mehr passiert, hat alles brachgelege, des Gras war so hoch.« Er deutete die Höhe seiner Knie an. »Ich bin sogar e paarmal rübber und hab gemäht, geht ja nit, wie hot des dann ausgesehe? De Verein hat lang auf die Kündigung gehofft, und dann, letztes Jahr, war se endlich da. Die Parzell ist in de Lostopf gekomme, gell, jetzt seid ihr die Neue.«

Hamid bohrte seine Schuhspitze tiefer in die Erde. Hm, früher war hier alles gut gewachsen, das Gras sogar kniehoch, keine Probleme. Aber nun verkümmerte das Gemüse. Was war da los?

Als hätte Fabienne seine Gedanken gelesen, bückte sie sich und zog einige kleine Glasgefäße aus ihrer Jacke. »Ich nehm mal ein paar Proben. Wenn irgendwas Chemisches oder Mineralisches drinsteckt, kriege ich es im Labor heraus.«

Hamid nickte und murmelte ein Dankeschön. Er war sich allerdings gar nicht so sicher, ob er wirklich wissen wollte, was in diesem Boden verborgen lag.

*

»... *bleibt es morgen sonnig, die 20-Grad-Marke wird an Rhein und Mosel geknackt. Wer also die Gartenstühle noch nicht rausgeholt hat, der sollte das dringend nachholen, denn auch für den Rest der Woche gibt es viel Sonne und frühsommerliche Temperaturen.*

Wir haben noch eine Suchmeldung der Polizei Mainz: Vermisst wird seit gestern Abend der 80-jährige Gerold Aarsiegel aus einem Seniorenheim in Mainz-Gonsenheim. Herr Aarsiegel ist circa 1,75 Meter groß und schlank, er hat weiße, schüttere Haare. Bekleidet ist er mit einer dunklen Stoffhose und einem hellen, gestreiften Hemd. Herr Aarsiegel ist auf Hilfe angewiesen und kann sich nicht orientie-

ren. Hinweise bitte an die Polizei Mainz oder jede andere Polizeidienststelle.

Bei uns geht's jetzt weiter mit SWR3-PopUp, mein Name ist Sabrina Kemmer, hallo an alle im Auto, zu Hause, bei der Arbeit oder wo auch immer Sie uns hören. In den nächsten beiden Stunden habe ich für Sie ...«

*

Die Terrasse des Favorite Parkhotels war gut besucht, kein Wunder, die warmen Maitage lockten die Menschen ins Freie und ließen die noch immer blasse Winterhaut von der Sonne kitzeln. Tinne und Elvis suchten sich einen Platz am vorderen Rand, dort hatten sie den Hotelkomplex im Rücken und die Bäume des Stadtparks vor sich.

Tinne warf einen vorsichtigen Blick in die Karte. Das Favorite als eines der besten Häuser in Mainz spielte preislich nicht ganz in ihrer Liga, das war ihr klar, seit sie in einem Anfall von Großspurigkeit ihren Ex Olaf hierher eingeladen hatte. Olaf gab den großen Weinkenner, ließ sich die besten Tropfen empfehlen und futterte sich durch die rechte untere Spalte der Speisekarte, dort, wo die teuersten Gerichte versammelt waren. Am Ende des Abends hatte Tinne 300 Euro an der Backe, eine Summe, die im Normalfall einem Monatseinkauf bei Aldi entsprach. Immerhin zahlte Olaf das Taxi nach Hause, danke auch.

Das Angebot auf der Terrasse war zum Glück deutlich kompatibler mit ihrem Geldbeutel. Sie begnügte sich trotzdem mit einer gebackenen Kartoffel an Kräuterschmand und einem Espresso, weil die Kommunenrenovierung momentan einen Großteil ihres eh schon schmalen Einkommens verschlang. Elvis war derlei Zurückhaltung fremd, er studierte die Karte, als wolle er seine Doktorarbeit darüber schreiben. Seine Entscheidung fiel auf Mainzer Handkäs, gefolgt von Rote-Bete-Carpaccio und Kalbskotelett mit Steinpilzen, dazu eine Weinschorle und einen Riesling vom Weingut Kühling-Gillot – Ersteres für den Durst, Zweiteres zum Genießen, wie er erklärte. Kaum standen der Handkäs und die Getränke auf dem Tisch, nestelte er seinen Rotkreuzbeutel heraus. In diesem pflegte er sein Rauchwerk aufzubewahren, er drehte eine Zigarette und gab Tinne mit einem gnädigen Kopfnicken Bescheid, dass er nun bereit sei für ihre Geschichte.

Sie verdrehte die Augen über sein Gutsherrengehabe, fing aber folgsam an.

»Also, pass auf. Du kennst doch die Residenz am Wald in Gonsenheim?«

»Klar. Da war 'ne Großtante von mir drin, Tante Trude. Einen solchen Drachen hat die Welt noch nicht gesehen. Den einzigen klitzekleinen Platz in ihrem Herzen hat ihr stinkender Köter gehabt, Joschi, und als sie gestorben ist, hat sie ihre ganze Kohle dem Vieh hinterlassen und dem Hundesalon, in dem Joschi sein räudiges Fell shampooniert bekommen hat.« Elvis sah aus, als wollte er auf der Stelle zu Tante Trudes Grab gehen und ihr posthum die Leviten lesen.

»Ja, okay, ich sehe, du kennst die Residenz«, fasste Tinne geduldig zusammen. »Jetzt hör zu, ich bin gestern dort gewesen, und da ist eine ganz komische Story gelaufen.«

Sie erzählte dem Dicken von ihrem chaotischen Besuch bei Professor Aarsiegel.

»Und das hier, das ist die Serviette, die ich vollgekritzelt und dann wohl in meine Tasche gesteckt habe.« Tinne legte die Papierserviette auf den Tisch, Elvis griff neugierig danach.

La Gageure | Napoleon,

vive le Mayence

Ofenloch
Meister seines Fachs
→ Schandglocke
für den Falschen !!!
votre Gimpel

A le
A → hat den Franzosen
nicht geschmeckt
Köpfe eingezogen,
Gruß v. Uncle Sam
Blick in den Spiegel,
Hosen voll
alles doppelt gemoppelt,
in Eisen gelegt,
Gras wachsen dürfen
Dillegraf!
Kampf gegen Windmühlen
→ letzten Schritt
machen

»Hä? *La Gageure*, hab ich noch nie gehört. Napoleon …
vive la Mayence … Ofenloch?«, entzifferte Elvis. »Schand…
Schandgockel?«

»Schandglocke«, verbesserte Tinne und schämte sich ein
bisschen für ihre Handschrift.

»Und was soll das bitte schön sein? Hat dein Professor
eine Runde Kreuzworträtsel mit dir gespielt?«

»Das hab ich zuerst auch gedacht. Absolut zusammen-
hanglos. Aber jetzt kommt's: Heute früh hat die Polizei
angerufen, Aarsiegel ist über Nacht aus dem Heim verschwunden.«

»Vielleicht ist ihm Tante Trude im Traum erschienen«,
brummte Elvis und gönnte sich einen Schluck Riesling.

»Quatschkopp. Nein, mein erster Gedanke war, dass er
von irgendeiner alten Geschichte besessen ist – ein Rätsel, das er vielleicht irgendwann in seinem Forscherleben
nicht lösen konnte und das seitdem an ihm nagt. Und das
jetzt trotz seiner Demenz nach oben gekommen ist, was
weiß ich, vielleicht sogar wirklich durch meinen Besuch.«

»Aha.« Elvis sah mäßig interessiert aus, nahm sein Rote-
Bete-Carpaccio in Empfang und gab per Handzeichen eine
weitere Weinschorle in Auftrag. »Na, dann schieß mal los
mit deinem Rätsel. *La Gageure*, sogar eingekästelt. 'n fran-
zösisches Rezept, oder was? Kannste ja mal nachkochen,
aber mit viel Sahne, ich komm zum Probieren.«

Seine Überheblichkeit ärgerte Tinne. Sie strampelte sich
ab, um mit ihm zu reden, und er spielte das Großmaul.

»Nein, kein Rezept«, antwortete sie spitz. »Ich habe es
gegoogelt, und *gageure* bezeichnet umgangssprachlich ein
Ding der Unmöglichkeit. Etwas, das nicht sein darf, das es
nicht geben darf. Und das klingt in meinen Ohren schon
eher nach einem Rätsel, oder?«

Elvis schielte auf die Serviette.

»Na«, meinte er, »bei Napoleon und *vive la Mayence* muss ich nicht lange nachdenken. Napoleon ist in seinen Kaiserjahren ja ein paarmal höchstpersönlich hier gewesen.«

»Genau, so weit bin ich auch gekommen. Auf den Rest hab ich mir dann allerdings keinen Reim machen können, deshalb bin ich vorhin an die Uni gefahren und habe ein bisschen recherchiert. Und zwei andere Sachen rausgekriegt ...«

Sie blieb mit der Stimme oben und schwieg, doch der Cliffhanger zog nicht. Elvis schaufelte das Carpaccio in sich hinein, als würde Tinne über das Wetter plaudern. Genervt fuhr sie fort: »Und zwar das mit der Schandglocke und dem Ofenloch. Die Schandglocke, so haben die Mainzer früher die Glocke in der Stephanskirche genannt. Weil das nämlich die einzige Glocke war, die zu Hinrichtungen geläutet worden ist. So, jetzt hat Aarsiegel ja auch Napoleon erwähnt, also habe ich mir die Hinrichtungen zur Franzosenzeit angeschaut. Eine sticht heraus und war ein echtes Spektakel hier in der Stadt. Wir sitzen übrigens in der Nähe vom damaligen Richtplatz.«

»Der Schinderhannes«, kam es von Elvis wie aus der Pistole geschossen. »Der ist hier im heutigen Rosengarten geköpft worden, das war, eh, 1800 und ein paar, oder?«

»1803, im November, richtig. Er hieß ja mit echtem Namen Johannes Bückler, und Schinderhannes hat man ihn genannt, weil sein Vater Schinder war, also einer, der das tote Vieh enthäutet und entsorgt hat, kein besonders ehrbarer Beruf. Bückler hatte schon in jungen Jahren eine Menge auf dem Kerbholz, er war damals eine echte Berühmtheit in der Region. Die Behörden hat er lange Zeit an der Nase herumgeführt. Dann hat die französische Obrigkeit aber immer mehr Druck gemacht, und Bückler war auf einmal Staatsfeind Nummer 1. Und jetzt hör zu, worüber ich gestolpert bin: Um der Verhaftung zu entgehen, hat er sich eine neue Identität zugelegt und ist als fahrender Händler durch die Gegend gezogen. Rate mal, wie er sich genannt hat.«

»Wenn du schon so fragst, tippe ich mal ganz spontan auf Ofenloch.«

Elvis hatte das Carpaccio besiegt und war auf dem Grund seiner zweiten Schorle angekommen. Das Kotelett kam, es war annähernd so groß wie ein DIN-A4-Blatt. Tinne fragte sich nicht zum ersten Mal, wie man so viel essen und trinken konnte, ohne zu platzen. Mit Messer und Gabel ging er zum Angriff über.

»Jakob Ofenloch, ganz genau«, fuhr sie fort und schauderte angesichts seiner Tischmanieren. »Hat ihm aber nicht viel genutzt, er ist trotzdem verhaftet und hier in Mainz hingerichtet worden. Und damit ist die wirre Geschichte von Aarsiegel nicht mehr ganz so wirr, denn die Schandglocke hat tatsächlich geläutet, damals, als Bückler alias Ofenloch auf die Guillotine kam.«

Über sein Kotelett hinweg warf Elvis einen Blick auf die Serviette. »Wenn ich deine Klaue richtig entziffere, steht hier aber *Schandglocke für den Falschen*, sogar mit drei Ausrufezeichen.«

Tinne konnte kaum stillsitzen vor Aufregung.

»Jetzt kommt der Hammer! Genau das hat Aarsiegel nämlich gesagt. Ich hab mich gefragt, was das heißen kann. Und dabei bin ich auf eine irre Sache gestoßen, die immer wieder in der Literatur zu finden ist. Es gibt nämlich eine Theorie, die besagt, dass …«, sie machte eine Kunstpause, »dass es gar nicht der Schinderhannes war, der damals hingerichtet worden ist!«

Elvis gab einen Laut von sich, der wie eine Mischung

zwischen Lachen und Schnaufen klang. »Genau. Und Kennedy ist von den Illuminaten erschossen worden, im Loch Ness lebt ein Saurier, und die Mondlandung hat die NASA in einem Keller in Hollywood gefilmt. Ist klar.«

Er beugte sich vor, als müsse er einem kleinen Kind etwas erklären.

»Hör zu, Mädchen. So etwas kann man in einem einzigen Wort zusammenfassen: Verschwörungstheorie. Es gibt drei Dutzend Augenzeugenberichte über diese Hinrichtung, die Zeitungen waren dabei, Schreiber, das ganze Gerichts- und Behördengedöns und dazu die dreiviertelste Stadt Mainz. Du hast selbst gesagt, dass das eine Riesensache gewesen ist hier in der Gegend.«

»Ja klar, damals sind die Köpfe der ganzen Räuberbande gerollt. Und ja, natürlich hat dieses Spektakel stattgefunden, genauso wie es die Quellen berichten. Ich stelle nur die sehr simple Frage, ob es wirklich Johannes Bückler war, der zum Schafott geführt und geköpft worden ist.«

»Wenn ich's nicht besser wüsste, würde ich vermuten, dass Rasmus mal wieder zu Besuch war und was zu rauchen dabeihatte«, meinte Elvis halb belustigt, halb entnervt und bestellte eine dritte Schorle. Tinnes Gesicht verfärbte sich rötlich, weil Elvis auf ein vergangenes Abenteuer anspielte. Seinerzeit hatte sie mit ebenjenem Rasmus im Kommunenhof einen Joint geraucht und war davon in wahrhaft kunterbunte Sphären befördert worden.

»Nein, kein Rasmus, sondern eine ernsthafte Frage: Was, wenn damals jemand anders als der Schinderhannes hingerichtet worden wäre?«

»Na gut, dann eine ganz ernsthafte Gegenfrage: Gibt es dafür irgendwelche Beweise, die man ernst nehmen kann?«

Tinne kramte eine Handvoll Papiere hervor, die mit

handschriftlichen Notizen bedeckt waren – die Ausbeute ihrer Bibliotheksrecherche.

»Beweise nicht direkt. Aber eine Menge Ungereimtheiten, die mit der Hinrichtung und den Überresten des Schinderhannes zu tun haben. Und zwar«, sie blätterte die Papiere durch, »sind die Leichen der geköpften Räuber direkt danach in ein Zelt gebracht worden, dort haben französische Professoren medizinische Versuche damit gemacht. Sie haben ausprobiert, ob die Körper noch auf elektrischen Strom reagieren und so.«

»Ist ja lecker«, murmelte Elvis, doch Tinne redete schon weiter.

»Der Schinderhannes hatte dabei natürlich einen besonderen Platz, er war ja quasi der VIP unter den Räubern. Und deshalb haben sich die Wissenschaftler entschlossen, sein Skelett zu behalten. Es ist nach Heidelberg in die dortige anatomische Sammlung gekommen, schön aufgehängt und beschriftet. Allerdings war schon früh bekannt, dass das Skelett einen falschen Kopf trägt. Bücklers Schädel hat nämlich ein Frankfurter Professor bekommen für die Sammlung der dortigen Uni.«

»Ja und?«

Sie beugte sich nach vorn, als würde sie ein großes Geheimnis verraten. »Aber beide passen nicht! Es gibt ganz klare Untersuchungen, die das beweisen. Das Skelett ist erstens zu groß, zweitens fehlen zwei verheilte Knochenbrüche, die sich der Schinderhannes bei seiner Flucht aus dem Gefängnis in Simmern zugezogen hatte. Und drittens war er an Tuberkulose erkrankt, in seinen letzten Jahren immer schwerer. Unbehandelte Tuberkulose verursacht eine Knochendeformation an den Rippen, und die fehlt beim Heidelberger Skelett. Und der Schädel? Genauso falsch, er ist auch zu groß, und Bückler hatte einen ausgeschlagenen Backenzahn, der bei diesem Schädel aber noch sauber im Kiefer steckt.«

Elvis hatte Mühe, seine gelangweilte Miene beizubehalten, doch seine Augen blitzten verräterisch. Tinne wusste, dass er angebissen hatte.

»Und jetzt kommt der Bericht eines Richters aus Kirn, Ansgar Nikolaus Becker. Der ist damals extra nach Mainz gereist, um bei der Urteilsverkündung und der Hinrichtung dabei zu sein, weil Bückler und seine Gesellen ein paar Dinger in seinem Bezirk gedreht haben. Danach hat er ein Protokoll fürs Kirner Gerichtsbuch geschrieben, pass auf.« Tinne suchte in ihren Papieren. »Er schreibt: *Bückler sah an seinem letzten Tage gar gesund aus, nicht bleich undt hingefällig wie bei der Urtheilsstunde. Man hatte ihn barbiert undt gekämmt, auch war er stehend grösser undt kräfftiger, als es im Büsserstuhle schien. Es erstaunte mich, wie sehr ein Mann im Antlitz des Thodes wachsen undt blühen kann.«*

»Ein größerer Mann«, murmelte Elvis und zog ihre Unterlagen heran. »Jemand, der anstelle des Schinderhannes aufs Schafott geht.« Er dachte einen Augenblick nach. »Aber seine Verhaftung und der Prozess waren ein Riesenrummel, da müssen die Leute doch sein Gesicht gekannt haben.«

»Eben nicht! Es gab ja noch keine Fotos wie heute, keine Zeitung mit gestochen scharfen Bildern drin. Die meisten Menschen hatten den Schinderhannes nie von Angesicht zu Angesicht gesehen, man hat immer nur über ihn gesprochen oder kleine Handheftchen gehabt, billige Drucke mit irgendwelchen Stichen oder Zeichnungen. Das hatte aber alles wenig mit seinem tatsächlichen Aussehen zu tun. Die Einzigen, die ihn kannten, waren die Prozessbesucher und die Beteiligten des Gerichtsverfahrens. Und die Besucher haben sich vielleicht gewundert, so wie unser Kirner Richter, es aber abgetan, weil man ihn anscheinend frisch rasiert und gekämmt hatte. Das Schafott stand ja abgesperrt auf dem Richtplatz, ziemlich weit weg, und auf die Entfernung haben sich die Leute täuschen lassen.«

Elvis schaute Tinne an, doch sein Blick ging durch sie hindurch. Seine Gedanken waren weit entfernt.

»Angenommen, nur mal angenommen, dass deine Verschwörungstheorie einen wahren Kern hätte. Warum inszeniert jemand einen solchen Hokuspokus?«

»Genau das ist die große Frage«, wisperte sie, als stünden die französischen Wachsoldaten von damals hinter der nächsten Hecke. »So etwas geht nicht mit einem Taschenspielertrick, das waren keine Spießgesellen von Bückler, die nachts nach Mainz geschlichen sind und ihren Hauptmann ausgetauscht haben. Nein, da muss ein richtig großer Plan dahinterstecken.«

Er zog die Serviette zu sich.

»*La Gageure?* Etwas, das es eigentlich nicht geben darf?«

Beide schwiegen und hingen ihren Gedanken nach. Nach einer Weile nahm Elvis den Faden wieder auf.

»Was heißt das? Alibaba Gingel?«

»À la vôtre Gimpel. Hat Aarsiegel auch gesagt.«

Der Dicke kratzte sich am Kopf. »*À la vôtre*, das ist französisch für Prost, oder? Und ein Gimpel ist 'n Vogel.«

»Ja, Gimpel oder auch Dompfaff, und Google hat mir verraten, dass es einen Berg in Österreich gibt, der so heißt. Das war's, und das kriege ich in überhaupt keinen Zusammenhang.« Sie wollte weiterreden, stockte jedoch. Elvis hatte die Hand gehoben und sah aus, als würde er einem Gedankenzipfel nachspüren.

»Moment. Sicher *Gimpel*? Kann er nicht vielleicht auch *Gimbel* gesagt haben?«

»Hm, j… ja, kann sein. Er hat ja ziemlich hektisch geredet. Warum, was ist denn ein Gimbel?«

»Nicht was, sondern wer.« Elvis lehnte sich zurück. »Du hast es wahrscheinlich schon mitgekriegt, ein Teil der Kupferberg-Keller wird verpachtet, an einen Investor aus Köln.«

Tinne nickte, das Thema war in der Kommune einige Male diskutiert worden.

»Gestern kam die offizielle Ankündigung vom neuen Pächter, einer Schmalzlocke namens Konstantin von Batten, mit Film und Sektpräsent und Pipapo. Ist eigentlich Michaels Sache, aber ich hab interessehalber ein bisschen im Archiv herumgeklickt und die Geschichte der Sektherstellung überflogen. Es gab damals einen Typen, Peter Gimbel, der hat hier in Mainz wohl so eine Art frühen Sekt hergestellt und gilt als Urvater des Schaumweins.« Bei den letzten Worten malte er Gänsefüßchen in die Luft. »Und da würde ein *à la vôtre* dann Sinn machen, oder?«

Tinne erhob sich halb aus dem Stuhl vor Aufregung und wurde so laut, dass die Nachbargäste schauten. Ein Erinnerungsfetzen erschien in ihrem Kopf.

»Weißt du was? Ich glaube, Aarsiegel hat tatsächlich irgendwann etwas von Schaumwein erzählt, das habe ich bloß nicht aufgeschrieben. Und hier«, sie zeigte auf die Serviette, »*hat den Franzosen nicht geschmeckt*, das würde ja auch zu dem Thema passen. Was stand in deiner Quelle noch alles drin?«

Der Reporter zauderte. »Hm, das kriege ich nicht mehr zusammen, ich hab's nur überflogen. Da müsste ich nachschauen.«

»Ist vielleicht online verfügbar«, murmelte Tinne eher zu sich selbst. »Und im Fachbereich gibt es bestimmt auch Infos dazu, oder nein, eher im Stadtarchiv. Ich kann …«

»Brich dir mal nicht die Gräten vor Hektik«, unterbrach Elvis ihren halbblauen Denkvorgang, »ich hab 'nen anderen Vorschlag. Und zwar: Morgen Mittag um eins ist schon wieder so ein bescheuertes Postershooting, diesmal bei der Mainzer Sektmanufaktur in Laubenheim. Kennst du?«

Sie schüttelte den Kopf.

»Das ist eine ganz kleine Sektkellerei, die gibt es erst seit ein paar Jahren. Aber die Sachen, die sie machen, kommen gut an und haben sogar schon Preise gewonnen. Der Inhaber heißt Bex, ich kenne ihn, weil ich damals den Artikel über die Eröffnung gemacht habe. Bex ist beim Thema Sekt ein wandelndes Lexikon, er betreibt nicht nur die Manufaktur, sondern hat auch Anteile an französischen Champagnerhäusern. Komm doch einfach mit zum Shooting. Wenn du irgendwas wissen willst über Sekt, über die frühen Jahre und die Verbindung zu den Franzosen – er kann dir schneller weiterhelfen als die staubigen Wälzer im Stadtarchiv.«

Tinne war leicht überrumpelt. »Eh, ja, also, prima, gerne. Das klingt gut, dann wären wir schon mal einen Schritt weiter.«

Elvis stand auf, trank seine Weinschorle aus und bemühte sich, nicht allzu laut aufzustoßen. »Okay, ich hol dich morgen um halb eins ab. Und dann schauen wir mal, ob wir weiterkommen mit dem Kreuzworträtsel von deinem Professor. Tschö.«

Er trollte sich und marschierte in seinem watschelnden Elvis-Gang davon. Tinne schaute ihm nach. Jagte sie einem Hirngespinst hinterher? Oder hatte Aarsiegels Kreuzworträtsel tatsächlich einen realen Hintergrund? Wie auch immer – sie freute sich, dass Elvis an Bord war. Der dicke Reporter hatte pfiffige Ideen und die nötigen Kontakte in Mainz, um bei einer solchen Spurensuche weiterzukommen.

Ihre Freude schrumpfte erheblich, als sie merkte, dass Elvis großzügig auf das Bezahlen seiner Rechnung verzichtet hatte.

*

Ein schwarzer Audi Q7 V12 scherte am Wiesbadener Kreuz ohne Blinker von der linken Spur in die Ausfahrt. Zwei andere Autos mussten bremsen und hupten, doch das schwarze Geschoss ließ sich davon nicht beeindrucken. Konstantin von Batten spürte, wie ihn die Fliehkräfte seitlich in den Ledersitz pressten. Kaum war er von der A 3 auf die A 66 gewechselt, als er auch schon wieder Vollgas gab und sich quer über alle drei Spuren nach links drängelte. Rammstein dröhnte aus den Boxen, genau die richtige Musik für seine schlechte Laune.

Je näher er an Mainz kam, umso weiter sank seine Stimmung. Er hasste die Stadt. Schon früher, zu Studentenzeiten, hatte er sie nicht gemocht und sich geärgert, dass er in Köln keinen Studienplatz für BWL bekommen hatte. Sieben Jahre Mainz, in denen die Wochenenden zu Hause das Schönste gewesen waren. Und heute? Nichts hatte sich geändert, gar nichts! Noch immer war alles wie damals, die Engstirnigkeit, die bräsigen Behörden, das Gewese um Mainz 05, die kleine, gequetschte Innenstadt, und das alles nannte sich dann auch noch Landeshauptstadt. Zum Kotzen. Er verfluchte das Schicksal, das ihn nach so vielen Jahren erneut hierhergeführt hatte.

Von Batten beschleunigte weiter und drängte zwei, drei Schleicher mit der Lichthupe von der Überholspur. Seine ganze Hoffnung war, dass die Sache hier einigermaßen schnell über die Bühne ging. Die Präsentation der *Vinakot-*

hek war jedenfalls ein guter Anfang gewesen, er hatte begeistertes Feedback bekommen vom Kulturamt, vom Rathaus und vom Stadtmarketing. Diese Pseudo-Sektkisten mit dem Schlüssel-USB-Stick waren zwar sündhaft teuer gewesen, aber die Investition hatte sich gelohnt. Er lächelte geringschätzig. Typisch Kleinstädter – ein wenig Lack, ein bisschen Show, und schon waren sie geblendet und fraßen einem aus der Hand. Umso besser. Wenn alles glatt lief, war das Kapitel Mainz in zwei, drei Wochen beendet, mit etwas Glück sogar schneller. Er pries den Tag jetzt schon, an dem er das verdammte Ortsschild nur noch im Rückspiegel sehen würde.

Sein Telefon klingelte, das Multimediasystem fuhr automatisch die Musik herunter und zeigte die Nummer des Anrufers an. Vorwahl 07-472. Belgorod, Russland. Mit einem Mal war von Battens Mund trocken, er brauchte zwei Anläufe, um sich mit Namen zu melden. Die Stimme am anderen Ende war heiser, mit dem schleppenden Russenakzent klassischer James-Bond-Bösewichter. Anfänglich hatte von Batten darüber gespottet, doch das Lachen war ihm längst vergangen.

»Konstantin.«

»Hallo, Jegor.«

»Konstantin, mein Freund. Du weißt, warum ich anrufe.«

»J… ja, natürlich, Jegor, natürlich. Hör zu, ich …«

Die Stimme unterbrach ihn, als hätte er nichts gesagt. »Habe ich beim letzten Mal nicht klar gesprochen, Konstantin?«

»Doch, doch, doch, klar, ganz klar. Ich … ich kann es dir erklären …« Von Batten spürte, wie seine Achseln feucht wurden.

*

Das Quietschen von Gummisohlen auf dem Boden, der Geruch nach Schweiß, das dumpfe Klatschen von Körpern, die auf blaue Turnmatten donnerten. Laurent Pelizaeus fühlte sich an den Sportunterricht in der Schule erinnert. Sein meistgehasstes Fach. Erbarmen.

»Uuuund Griff … Schritt … Schwerpunkt verlagern … Hebel … und Schwuuuuung!«

Matzes Kasernenhofstimme hallte durch die Turnhalle. Klatsch, schon wieder lag jemand auf dem Rücken.

»Das war gut, sehr gut.« Matze klopfte einem der Teilnehmer auf die Schulter. »Vielleicht ein bisschen tiefer gehen beim Umhebeln, dann kriegst du mehr Schwung.«

Das nächste Paar trat auf die Matte, einer hielt ein Holzstück als Messerersatz in der Hand und ging in Angriffshaltung, sein Gegenüber bereitete sich auf die Verteidigung vor. Dann passierte alles blitzschnell – Messerarm packen, umdrehen, Schritt nach vorne, den Körper unter den Angreifer, mit Schwung nach oben und gleichzeitig den Arm des Gegners über die Schulter ziehen, wumms, da lag der Messermann auf dem Rücken und bekam das Knie auf die Brust.

Verstimmt schaute Laurent zu, wie seine gestählten Kollegen den Ablauf mit nicht versiegender Begeisterung trainierten. Er fühlte sich unwohl in seinem alten Trainingsanzug, den er zum Glück noch im hintersten Winkel des Kleiderschranks gefunden hatte. Sicher, Selbstverteidigung war nie verkehrt, aber herrje, er war doch kein Streifenpolizist im Frankfurter Bahnhofsviertel. Für einen gesetzten Hauptkommissar wie ihn war die Gefahr größer, von einem Aktenordner erschlagen zu werden als von einem Gewaltverbrecher.

Er trat dezent in den Hintergrund und hoffte, so lange wie möglich von Matze übersehen zu werden. Seine Gedanken ließen die Turnhalle hinter sich und flogen zurück in die Heimat, nach Mainz. Beim Frühstück hatte er nochmals in *DEPP* geblättert und sich die aktuellen Polizeimeldungen angeschaut. Die Spalte mit dem verschwundenen Pflegeheimbewohner war um zwei Punkte erweitert worden:

04.05.2016 | 12.07 MESZ |
Suchmeldung im Hörfunk erfolgt (SWR 3).
04.05.2016 | 10.16 MESZ |
Letzter Besuchereintrag Pflegeheim: Nachtigall, Ernestine.
Telef. Befragung (Abel) ergebnislos.

Laurent konnte ein Lächeln nicht unterdrücken. Typisch Tinne. Wenn irgendwo etwas passierte, war sie selten weit weg. Er kannte niemanden, der so oft in haarsträubende Verwicklungen geriet wie Ernestine Nachtigall. Vielleicht weckte das seinen Beschützerinstinkt, vielleicht war es aber auch ihr leicht spöttischer Humor, der zielsicher ins Schwarze traf – wie auch immer, die chaotische Historikerin hatte einen Weg in sein Herz gefunden. Es war, als würde Tinnes unkonventionelle Art ihm zeigen, wie bequem und vorhersehbar sein Leben geworden war. Wenn abends in der Kommune Highlife war und der Wein floss, wenn Tinne und Elvis wieder einmal ihre Nase in Dinge steckten, die sie eigentlich nichts angingen, dann … ja, dann wehte ein frischer Wind durch sein Leben, ganz so, als würden die Jahre von ihm abfallen.

Und doch war die Sache kompliziert. Denn Tinne blieb trotz gegenseitiger Zuneigung auf Distanz. Laurent konnte es ihr nicht einmal verdenken. Er selbst war es schließlich, der eine unsichtbare Grenze zog und einen Teil seines Inneren nicht freigab.

Seine Gedanken reisten weiter zurück in die Vergangenheit. Acht Jahre. Fast acht Jahre war es inzwischen her, 96 Monate, 416 Wochen. Auf dem Fahrrad hatte Mona keine Chance gehabt gegen den betrunkenen Autofahrer, der sie von der Straße geschleudert und an der Seite liegen gelassen hatte mit zerbrochenen Knochen und zerrissener Lunge. Das war die schlimmste Nacht in Laurents Leben gewesen, die endlosen Minuten in der Notaufnahme, das Schleifen der Schiebetüren zum OP-Bereich, die sich öffneten und Ärzte mit ernsten Gesichtern ausspien, der Augenblick, in dem alle gemeinsamen Pläne und Ziele platzten wie eine Seifenblase.

Diese Situation hing in Laurent fest, morgens, mittags, abends, nachts. All die Jahre kam es ihm vor, als wäre jedes Lachen und jedes kleine Glück ein Verrat an Mona, mit der er all das eigentlich erleben wollte. Doch dann kam auf einmal Tinne in sein Leben gewirbelt, frisch und sehr lebendig. Laurent fing vorsichtig an, das Gestern gegen ein Morgen auszutauschen.

Doch Tinne war von der ersten Sekunde an gezwungen, gegen jemanden anzutreten, der nur noch in der Erinnerung existierte. War das fair ihr gegenüber? Natürlich nicht. Sie spürte das und zog ihre Konsequenzen. Sie war zwar oft bei ihm, aber eben nie ganz. Nie mit vollem Herzen, nie ohne Notausgang. Inzwischen war mehr als ein Jahr vergangen, seit Tinne das erste Mal in seinem Haus in Gonsenheim übernachtet hatte. Und bis heute brachte sie jedes Mal eine Tasche mit Wäsche und ihre Zahnbürste mit. Leichtes Gepäck, auch im Inneren. Nur keinen Anker werfen.

Laurent war so versunken, dass es eine Weile dauerte, bis ihm die merkwürdige Stille auffiel. Plötzlich war er wieder im Hier und Jetzt, in der Turnhalle, wo ihn 20 Gesichter erwartungsvoll anschauten.

»Hallo, Erde an Laurent!« Matze schnippte übertrieben mit dem Finger. »Ich habe dich gerade gefragt, ob du die Übung vielleicht auch mal mitmachen willst?« Er drückte ihm das Holzstück in die Hand und deutete zur Matte, wo eine Kollegin auf ihn wartete.

»Zuerst bist du der Angreifer, dann tauscht ihr, und Silvia attackiert dich. Okay?«

Laurent nickte matt. Eine bescheuerte Idee, diese Fortbildung! Er schwor sich, in Zukunft nur noch Kurse zu besuchen, bei denen das Mitschreiben die größte körperliche Herausforderung war.

»Auf geht's, Laurent, geh ran, du bist aggressiv, du bist in die Enge getrieben, los, los, los, greif an!«

Matze brüllte wie ein Jahrmarktsschreier, der Kommissar hob gottergeben das Stöckchenmesser und stürmte voran. Zumindest sah Silvia eher zierlich aus und war ein gutes Stück kleiner als er. Damit stieg die Chance, dass sie ihn nicht allzu hart anpackte.

Einen Wimpernschlag später spürte Laurent, wie sich die Welt um ihn drehte. Er wirbelte durch die Luft, die Turnmatte raste auf ihn zu. Beim Aufschlag fragte er sich ganz kurz, was das für ein ekliges, knackendes Geräusch gewesen sein mochte.

*

Um halb eins gingen die Vorhänge der umliegenden Wohnungen zur Seite, Köpfe schauten hervor, einige Nachbarn kamen nach draußen. Man sah ihnen an, dass sie schon geschlafen hatten, hier und dort lugte ein Pyjama unter einem eilig übergeworfenen Hemd hervor. Statt nächtlicher Stille herrschte Aufregung in der Martin-Luther-Straße.

»Ich schwör Ihnen, dass es so war! Und gestern genauso!«
Irmi stemmte die Arme in die füllige Hüfte und schaute die
beiden Polizisten erbost an. Boris Lunz und seine Kollegin Lea Nicklas standen neben ihrem Streifenwagen, das
Funkgerät krächzte, die beiden hatten müde Nachtdienst-
gesichter.

»Hier, Hellmuth, jetzt sag doch auch mal was!« Irmi
schob ihren Mann vor, der mit hängenden Armen und dem
Bauchansatz an einen müden Gorilla erinnerte.

»Also«, er räusperte sich umständlich, »ja, da ... da ist
schon was gewesen. Die Tassen haben geklirrt, und irgendwie hat alles gewackelt. Gestern hab ich noch gedacht, es
wär ein Autounfall oder so, aber heute schon wieder ...
und so dumpf, wie ein Überschallknall.«

»Im Lebe nit Überschallknall«, ereiferte sich ein Nach-
bar. Er nutzte das Intermezzo für eine nächtliche Zigarette, mit der er wedelte wie mit einem Taktstock. »Des is
e Erdbebe gewese, ganz sicher! Hier, des müsse Sie doch
in Ihre Unnerlage habbe, so was, oder?« Mit der Zigarette
zeigte er auf den Streifenwagen, als würde er im Handschuhfach eine Auflistung sämtlicher tektonischer Vor-
kommnisse erwarten.

Boris antwortete gedehnt. »Also ... hm, wir haben keine
Informationen über eine Erdbewegung gestern Nacht
bekommen, so was würden wir vom Landesamt für Geo-
logie und Bergbau auf jeden Fall erfahren, egal wie klein
oder wie schwach.«

Seine Kollegin kannte diesen Tonfall, es war die höf-
lich-offizielle Version von *redet keinen Stuss und lasst uns
endlich wieder abziehen*. Sie musste ihm heimlich zustim-
men – die Leutchen mussten einem verspäteten Silvester-
böller aufgesessen sein oder hatten schlicht und einfach

Gespenster gehört. Aber nun ja, Dienst war Dienst. Mit professionellem Gesicht zog sie eine Mappe hervor.

»Wir werden der Sache nachgehen, dazu brauche ich erst mal Ihre Personalien, bitte. Sie haben uns angerufen, richtig?«

Irmi nickte. »Ja, genau, ja, Irmgald Kussel mein Name, Martin-Luther-Straße 87. Gestern ist der Knall, also, dieser Krach, der ist gestern zum ersten Mal gewesen, so gegen zwölf. Und heute wieder, gerade vorhin, ich bin davon aufgewacht, weil alles gescheppert hat, und nach zehn Minuten wieder, *Bumm!*, und dann hab ich ganz schnell die 110 angerufen. Das war, wie als wenn jemand was in die Luft sprengt!«

Der Mann mit der Zigarette trat einen Schritt vor, sein Mund ging auf und zu, bevor er stotternd Worte fand. »Wis… wisse Se was? In die Luft sprenge …« Sein Arm deutete nach Nordwesten in Richtung Adelungstraße und Landwehrweg. »Da hinne, da liegt die Kasern! Kää 100 Meter weit weg hockt die Bundeswehr! Die mache da vielleicht – Sprengübunge odder so! Odder die teste neue Waffe! Hier, mitte in de Stadt!«

Das Entsetzen stand den Anwohnern ins Gesicht geschrieben. Natürlich, die Kaserne an der Freiligrathstraße! Graue Gebäude, gesichert mit einer Schranke, überall hingen Verbotsschilder, die vor Schusswaffengebrauch warnten! So geheim wie die Area 51 drüben in Amerika!

Die beiden Beamten mussten sich bemühen, nicht die Augen zu verdrehen.

»Ich kann Sie beruhigen«, meinte Boris. »Die GFZ-Kaserne hat nicht das Geringste mit Waffen- oder Bombensystemen zu tun. Da sind Feldjäger untergebracht und eine Hundestaffel, aber keine …«

Der Rest seines Satzes blieb ungesagt. Ein unterschwelliger Knall ertönte, so tief, dass die Luft in Bewegung geriet und die Schallwellen in den Bäuchen der Menschen zu spüren waren. Die Erschütterung ließ den Boden zittern, Irmi hielt sich unwillkürlich am Streifenwagen fest, das Rascheln der Bäume und das Vibrieren von Fensterscheiben waren zu hören. Schließlich herrschte wieder Stille.

Eine Sekunde sagte niemand etwas, dann brachen alle Stimmen gleichzeitig los. Lea umklammerte ihre Kladde wie ein Schutzschild und wechselte Blicke mit ihrem Kollegen. Da hatten die Anwohner der Martin-Luther-Straße wohl doch keine Gespenster gehört.

MITTWOCH, 4. MAI 2016

Das Scharren der Stühle kündete vom Ende der Morgenbesprechung. Jeden Tag um halb neun fand dieses Meeting im Gebäude des Instituts für Rechtsmedizin auf dem Kästrich statt, und zwar im Grauen Salon. Der hochtrabende Name für den großen Konferenzraum war pure Ironie – der graue Teppich, die grauen Möbel und die graue Decke hatten so wenig Salonhaftes wie eine Frittenbude. In einem wahnwitzigen Aufbäumen gegen diese Tristesse hatte jemand schreiend bunte Kunstdrucke an den Wänden verteilt, doch der Schuss ging nach hinten los, nun erinnerte der Raum an die Gummizelle eines verrückten Malers. Trotzdem blieben die Drucke hängen – es war unausgesprochener Konsens, dass Wahnwitz-Kunst immer noch besser war als graues Einerlei.

»Danke und bis morgen dann«, verabschiedete Dr. Tara Feh die Runde. Als Leiterin des Instituts führte sie die Morgenbesprechung persönlich, wann immer sie es zeitlich schaffte. Die Anwesenden griffen nach ihren Unterlagen und Kaffeetassen. Neben den elf festangestellten Rechtsmedizinern waren mehr als 20 Honorarkräfte und Assistenten im Raum, dazu noch zwei Kripobeamte, die die Zusammenarbeit mit dem Polizeiapparat koordinierten.

Zwei Mitarbeiter hatten etwas auf dem Herzen und kamen zu Tara, danach leerte sich der Graue Salon. Sie überflog Mails auf ihrem Smartphone, ihr Assistent François öffnete die Fenster, um frische Luft hereinzulassen.

»Machen wir heute Vormittag weiter mit dem Gutachten im Breuner-Fall?«, wollte er wissen.

»Nein, ich bin bis mittags nicht da. Wenn du Zeit hast, kannst du dich dransetzen, muss aber nicht sein.«

»Dann kümmere ich mich lieber ums Protokoll. Bist du am Gericht?«

Tara lachte verschmitzt. »Nicht ganz. Es ist eher etwas Privates, aber was mich genau erwartet, kann ich dir nicht sagen.«

»Klingt ja geheimnisvoll. Na dann, viel Spaß, bin gespannt, was du zu berichten hast.«

François verschwand, Tara packte ihre Papiere zusammen. Sie wusste selbst nicht so recht, was sie von der überraschenden Vormittagsverabredung halten sollte. Gestern Abend hatte Elvis angerufen und darauf bestanden, dass sie sich die Zeit bis zum Mittag freihalten solle. Widerspruch war zwecklos gewesen. Also verschob sie zwei Termine und fragte sich, was er vorhatte.

Vor vielen Jahren waren sie und Elvis ein Paar gewesen, damals, als sie gerade aus ihrer Heimat Irland nach Deutschland gezogen war und mit dem Medizinstudium anfing. Elvis jobbte beim Radio, seine freche Klappe, sein Witz und seine Schlagfertigkeit zogen sie in den Bann. Und seine Figur, nun ja, um ehrlich zu sein, die war damals auch noch eine andere gewesen als heute. Er war seinerseits angetan von der schlanken Halbirin mit den schwarzen Haaren und den irisierend grünen Augen.

Nach zwei Jahren ging die Beziehung in die Brüche, jeder hatte sich auf eine Weise entwickelt, die im Alltag nicht genügend Substanz für eine gemeinsame Zukunft ließ. Danach hatten sie keinen Kontakt mehr. In der folgenden Zeit fragte sich Tara immer wieder, warum sie Elvis nicht einmal mehr auf Presseveranstaltungen der Polizei oder des Instituts sah, doch inzwischen wusste sie, dass er diese Termine absichtlich gemieden hatte. Elvis hatte an der Trennung viel mehr zu knabbern gehabt als sie, auch wenn er das nie zugegeben hätte.

2014 waren sie sich dann bei einem abenteuerlichen Tinne-und-Elvis-Fall über den Weg gelaufen. Tara hatte den beiden bei der Analyse 400 Jahre alter Knochen geholfen, und Elvis war nach anfänglicher Kratzbürstigkeit aufgetaut. Zu ihrer eigenen Überraschung freute sie sich, als der witzige und gewinnende Elvis immer öfter durch seinen Panzer aus schlechter Laune durchblitzte. Das war nun zwei Jahre her, sie waren seither einige Male aus gewesen, in Weinstuben, im Heilig Geist, auf dem Marktfrühstück. Tara musste zugeben, dass sie die gemeinsame Zeit genoss.

In ihrem Büro tauschte Tara den Laborkittel gegen ihren hellen Burberry-Trenchcoat. Am Ausgang des Gebäudes winkte sie dem Pförtner und trat hinaus auf die Straße Am Pulverturm. Das Institut für Rechtsmedizin lag auf dem Kästrich in direkter Nähe des Gautors, hier gab es viel Grün, die Straßen waren von Bäumen gesäumt, Fahrräder schossen hin und her. Normalerweise genoss sie die frische Luft und das Frühsommerlicht, das durch die jungen Blätter fiel. Heute aber blieb Tara wie angewurzelt stehen und traute ihren Augen nicht. Am Straßenrand stand ein wunderschöner Oldtimer-Jaguar, ein knallrotes E-Type-Cabrio mit offenem Verdeck. Darin saß Elvis, er trug einen Schal, sein Arm hing lässig aus dem Seitenfenster.

»Morsche«, brummte er. »Was ist, Lust auf 'ne kleine Runde?«

Tara brauchte ein paar Sekunden, um sich von ihrer Überraschung zu erholen. »Ooch«, meinte sie leichthin und glitt auf den tief liegenden Beifahrersitz. »Warum eigentlich nicht?«

Kaum saß sie auf dem beigefarbenen Leder, gab Elvis auch schon Gas. Der alte Wagen beschleunigte rasant, seine 276 PS hatten keine Mühe mit der leichten Karosserie. Tara ließ ihre Blicke bewundernd über das Interieur schweifen, über die altmodischen Rundinstrumente mit Metalleinfassung, über die Knöpfe und Schalter. Sie hatte ein Faible für englische Automobile, früher war sie stolze Besitzerin eines MG gewesen, inzwischen fuhr sie einen Range Rover Evoque. Das Livestyle-SUV mit seiner Heerschar an Assistenzsystemen war allerdings meilenweit entfernt vom puristischen Fahrgefühl des Jaguars. Jede Bodenwelle knallte in die Sitze, jede Kurve wollte erobert werden – sie sah, wie Elvis sich anstrengen musste, den Wagen ohne Servolenkung durch die engen Straßen des Kästrich zu bugsieren.

Während der ganzen Zeit ließ der Klang der beiden geschwungenen Auspuffrohre am Heck keinen Zweifel daran, dass hier zwölf Zylinder am Werk waren. Wo auch immer der Jaguar entlangkam, reckten die Leute die Hälse. Viele zeigten den Daumen nach oben oder versuchten, ein rasches Handyfoto zu machen. Elvis nickte huldvoll und winkte wie Prince Charles persönlich.

Am Gautor vorbei fuhren sie über die Pariser Straße und bogen nach Hechtsheim ab. Hier war weniger Verkehr, Elvis entspannte sich etwas. Es war ihm anzusehen, dass er als passionierter Vespafahrer seine Probleme hatte mit dem störrischen Oldtimer. Noch immer sagte er keinen Ton und schaute stoisch geradeaus. Tara warf ihm einen Seitenblick zu.

»So, raus damit. Wie komme ich zu der Ehre, mit einem E-Type abgeholt zu werden?«

Der Reporter ließ sich zwei Spurwechsel Zeit, bevor er antwortete.

»Hmpf, ist eigentlich eher Zufall. Ich hatte gestern ein Shooting mit dem Wagen, Dirk Fuhrmeister hat ihn gestellt. Und er meinte, die Kiste bräuchte mal wieder ein bisschen Bewegung, er selbst kommt aber im Moment nicht dazu. Na ja, dachte ich, dann tue ich ihm halt den Gefallen.«

Tara lächelte still in sich hinein. Typisch Elvis, mit so einer Geschichte anzukommen. Sie hatte noch niemals von einem Oldtimerbesitzer gehört, dessen *Kiste* mal wieder etwas *Bewegung* brauchte und der diese Aufgabe dann mir nichts, dir nichts einem Bekannten überließ. Nein, Elvis hatte diese Sache sorgfältig eingefädelt. Er würde sich allerdings eher die Zunge abbeißen, als zuzugeben, dass er Tara damit eine Überraschung bereiten wollte.

Und die war ihm durchaus gelungen, sie lehnte sich zurück und spürte den Wind in den Haaren. Die Mailuft war weich wie Seide, die Sonne streckte neugierig ihre Finger aus Licht und Wärme aus. Taras letzte Partnerschaft lag lange zurück, und wenn sie an die Beziehungen in ihrem Leben dachte, musste sie sich eingestehen, dass Elvis einen bleibenden Eindruck hinterlassen hatte. Die meisten Männer nach ihm waren Mediziner gewesen, denen der berufliche Aufstieg über alles ging und die sich über kurz oder lang in stromlinienförmige Karrieremaschinen verwandelt hatten. Nicht so Elvis. Dem unangepassten Reporter war es niemals um Vorankommen und Geld gegangen, sondern darum, sein Ding zu machen. Sich selbst treu zu bleiben. Diese Sperrigkeit hatte ihn damals interessant gemacht, und er hatte diese direkte, fast spröde Art noch heute an sich.

Die Fahrt ging über den Heiligkreuzweg hinunter zum Rhein, dann über die B 9 in Richtung Nierstein. Die Strecke war wie gemacht für eine Cabriofahrt – links schob sich der Fluss träge durch sein Bett und umspülte die Bootsanleger, rechts erhob sich der Rote Hang mit seinen parallelen Rebzeilen, deren Perspektive sich im Vorüberfahren von Meter zu Meter verschob. Tara reckte die Arme nach oben. Dass der Vormittag eine solche Wendung nehmen würde, hätte sie niemals gedacht. Elvis linste kurz herüber und zog ein zufriedenes Gesicht. Als er ihren Blick bemerkte, drehte er den Kopf nach vorne wie ein Schuljunge, der beim Spicken erwischt wurde. Sie verkniff sich ein Lachen.

»Wo geht's eigentlich hin? Fahren wir die Standard-Fuhrmeister-Jaguar-Route, die das Auto einmal im Monat hinter sich bringen muss?«

»Nö. Die einzige Regel von Dirk ist: keine Autobahn. Wir fahren noch ein bisschen, dann machen wir Pause.«

Tara fügte sich ihrem Schicksal und genoss die Fahrt in dem offenen Klassiker. Der Weg ging weiter nach Oppenheim, wo sie auf Höhe des Bahnhofs über eines der Elvisplakate kichern musste. Es zeigte den Reporter in weißem Leinenanzug vor dem Alzeyer Schloss, das obligatorische Weinglas in der Hand. Elvis schnaufte und ließ den Jaguar einen Abstecher durch die malerische Altstadt machen, dann weiter über Dienheim hinein ins Rheinhessische. Sie passierten Weinberge und kopfsteingepflasterte Dörfer, schmucke Winzerhöfe und alte Kirchen, und jedes Mal, wenn sie an einer Gruppe Fußgänger oder Radfahrer vorbeikamen, winkten diese ihnen zu.

In Gau-Odernheim schwenkte der E-Type schließlich von der Hauptstraße verbotswidrig auf einen der Wirtschaftswege. Elvis schaukelte das Auto mit größter Vorsicht durch die Schlaglöcher, der Schweiß stand ihm auf der Stirn vor Konzentration, der Weg führte nach oben und war von Sträuchern umgeben. Dann endlich öffnete sich der Horizont, sie kamen auf einer ebenen Fläche mit Tischen und Bänken an. Ein Schild verkündete, dass sie sich nun auf dem Petersberg befanden, einer der höchsten Erhebungen des Rheinhessischen Tafel- und Hügellandes mit stolzen 245 Metern.

»Wow, schön ist das, echt! Hier bin ich noch nie gewesen!« Tara stieg aus und trat an den Rand des Plateaus. Im Südwesten war Alzey zu erahnen, nach Osten hin der Rhein mit seinen Auen, im Norden erkannte sie den Windpark von Wörrstadt. Dazwischen lagen die Wingert und Felder ausgebreitet wie ein Flickenteppich, Straßen mit winzig kleinen Autos verbanden die Dörfer, deren Dächer ein Verwirrspiel aus Rot und Schwarz bildeten.

Elvis nestelte derweilen am Kofferraum. Innerhalb von zwei Minuten hatte er einen der Tische eingedeckt, neben einem herrlich altmodischen Picknickkorb mit angeschnalltem Besteck waren Käse und Wurst aufgereiht, Baguette, Tomaten, Oliven, Spundekäs und sogar hart gekochte Eier. Ein Weinkühler mit einer Flasche Winzersekt stand daneben.

»Auch von gestern. War Dekoration beim Shooting«, erklärte Elvis eilig, als wolle er sich keinesfalls nachsagen lassen, irgendetwas davon absichtlich vorbereitet zu haben. Tara verkniff sich die Frage, warum Parmesan und Salami dann noch immer frisch und die Eiswürfel im Weinkühler nicht geschmolzen waren.

Ein Funken Unwohlsein breitete sich in ihr aus. Bisher waren die Treffen mit Elvis immer unverbindlich gewesen. Kurzweilig und humorvoll, sicher, aber eben unverbindlich. Für Tara war klar, dass daraus auch nicht mehr werden würde. Zu viel Zeit war seit damals vergangen, zu viel war passiert. Die Schnittmenge zwischen ihnen reichte für eine Freundschaft, aber nicht für eine Beziehung – zumindest nicht von ihrer Seite. Bis heute war ihr sonnenklar gewesen, dass Elvis das genauso sah. Nun beschlich sie zum ersten Mal das Gefühl, er könne mehr in ihrem neuen alten Kontakt sehen.

Leicht beklommen schaute sie sich um und nahm die Szene mit anderen Augen wahr. Der rote Jaguar parkte vor der Landschaftskulisse, als hätte ihn ein Werbefachmann drapiert, das Picknick sah köstlich aus, Elvis ließ den Korken der Sektflasche knallen und goss ein. All das schrie förmlich nach einem emotionalen Höhepunkt, und wäre sie als 25-Jährige mit ihrem Herzallerliebsten hier gewesen, hätte sie felsenfest mit einem Antrag gerechnet.

Als könne er ihre Gedanken lesen, räusperte Elvis sich umständlich. »Ja, dann, zum Wohl erst mal«, murmelte er mit der zögerlichen Zurückhaltung eines Menschen, der den Einstieg in ein schwieriges Gespräch suchte. Tara stieß schweigend mit ihm an, nippte am Glas und wartete. Ihre Schultern verspannten sich, als Elvis seinen Sekt hinstellte und tief Luft holte. »Hör mal, ich, eh, ich hätte da etwas zu besprechen. Es, na ja, es betrifft uns beide.«

*

Blau. Himmelblau, Aquamarinblau, Indigoblau. Meeresblau, Dunkelblau, Lapislazuli. Rita gingen die Namen aus, um die verschiedenen Nuancen zu bezeichnen, die eine ungeheure Strahlkraft hatten. *50 Shades of Blue*. Sie konnte nur gequält über ihr Wortspiel lachen.

Verzagt mischte sie die Aquarellfarben auf ihrer Palette. Die Leinwand vor ihr glänzte nass, Strich an Strich fügten sich die Blautöne aneinander. Doch Rita musste zugeben:

Die strahlenden Farben der Chagallfenster waren unmöglich wiederzugeben. Was dort oben funkelte, sah hier pappig und blass aus.

Sie seufzte. Das Bild der blauen Kirchenfenster hätte eigentlich die Krönung ihres *Licht und Farben*-Zyklus werden sollen, 14 Aquarellgemälde, an denen sie die letzten Monate gearbeitet hatte. Für dieses spezielle Bild war sie sogar an Monsignore Meyer herangetreten, den Gralshüter der blauen Fenster und langjährigen Freund von Marc Chagall. Der Monsignore bewegte seinen wallenden Beethoven-Schopf hin und her, erlaubte ihr aber schließlich, mit Staffelei und Farbkasten einen Tag lang ihr Quartier in der Mainzer St. Stephanskirche aufzuschlagen.

Die nächste Schrecksekunde kam am frühen Morgen, als Rita mit ihren Utensilien und der großen Leinwand auf die Kirche zumarschierte. Der vordere Teil und damit der Bereich der Chagallfenster war eingerüstet, offensichtlich plante man Renovierungen an der Außenfassade. Ritas Befürchtung, das Gerüst würde die Fenster abdunkeln, bewahrheitete sich zum Glück nicht – im Inneren der Kirche zeichneten sich die Stege bestenfalls als schwache Silhouetten hinter den Blautönen ab. Also stellte Rita ihre Staffelei auf und ging frohen Mutes an den letzten Teil ihrer Bilderreihe.

Die Werbetrommel war gut gerührt. Die AZ wollte einen Artikel zu *Licht und Farben* bringen, der *Mainzer* hatte positiv reagiert, und von der Galerie *Mainzer Kunst!* war zumindest ein Antwortschreiben gekommen. Auch einen Ausstellungsplatz hatte sie bereits, Ritas Mann Heiner hatte angeboten, die Bilder im Verkaufsraum seiner Ebersheimer Metzgerei aufzuhängen. Sicher, das war alles schön und gut, doch tief in sich hatte sie eine heimliche Hoffnung: ihre eigene Vernissage im Essenheimer Kunstforum.

Und nun das! Mutlos probierte sie eine weitere Blau-schattierung, doch die Darstellung auf der Leinwand blieb kraftlos. Wie sehr beneidete sie Marc Chagall um dessen Genie, um die sichere Hand, mit der er die Kirchenfens-ter gestaltet hatte!

Rita schaute über den Rand ihrer Lesebrille hinweg. Im Altarraum der Stephanskirche wuchsen die blauen Fens-ter in die Höhe, schmal, schlank und sphärisch, wie aus einer anderen Welt. Die Motive zeigten biblische Szenen, Adam und Eva, Abraham und die drei Engel, Moses, der dem Volk die Gesetzestafeln bringt.

In den 1970ern und 80ern hatte der jüdische Künstler Marc Chagall die Fenster als Symbol der jüdisch-christ-lichen Aussöhnung gestaltet, seine halb figürliche, halb abstrakte Darstellung gab ihnen eine ganz eigene Formen-sprache – klare Flächen, starke Farben. Dagegen Ritas Lein-wand: Kleckse, unsichere Striche. Sie sah die Ausstellung im Kunstforum in weite Ferne rücken.

»Gell, das ist schwer, alles so hinzukriegen wie in echt.« Eine ältliche Dame mit Queen-Elisabeth-Hut schaute ihr über die Schulter. Rita zwang sich zu einem Lächeln.

»Es, na ja, es ist noch nicht fertig.«

»Ei, wenn Sie das mal richtig lernen wollen, es gibt einen guten Kurs hier in der Volkshochschule. Den macht ein Kunstlehrer vom Gymnasium, Herr Petter oder Pitter, der macht das ganz toll. Meine Tochter ist da gewesen, und seit-dem malt sie viel, so Sonnenuntergänge und so, wunder-schön.« Die Queen nickte aufmunternd und tippelte davon.

Rita hätte heulen mögen. Wenn sie schon von zufälli-gen Besuchern einen Volkshochschulkurs angeraten bekam, was würde dann erst die Mainzer Kunstszene sagen? Ver-stohlen schaute sie sich um. Zum Glück waren nicht allzu viele Leute in der Stephanskirche. Wie peinlich, wenn eine komplette Reisegruppe um sie herumstehen und Handybilder von ihrem misslungenen Werk machen würde!

Zögernd mischte sie einen neuen Blauton an. Vielleicht doch eine Winzigkeit heller? Ein leises Klopfen fiel ihr auf, kaum hörbar, aber beständig. *Poch, poch.* Sie hielt inne. Stieß einer der wenigen Besucher mit dem Fuß an eine Bank? Nein, alle schlenderten im üblichen Zeitlupen-Besichtigungstempo durch das Kirchenschiff. Das Klopfen hörte auf, ein paar Sekunden später setzte es wieder ein.

Eher durch Zufall schaute Rita nach oben – und erschrak. Hinter einem der blauen Fenster bewegte sich ein Schatten, er wurde größer und kleiner und stieß immer wieder an die Glasflächen. *Poch, poch.*

Das Gerüst! Dort war das Gerüst an der Außenfassade! Vielleicht hatten die Bauarbeiter inzwischen angefangen, und etwas hatte sich losgerissen, eine Halterung oder eine Strebe. Nicht auszudenken, wenn das dahinterliegende Fenster Schaden nehmen würde!

Rita eilte durch die Kirchentür und wandte sich nach rechts zum vorderen Teil des Gebäudes. Sie musste ein Dutzend Schritte rückwärtsgehen, um das Gerüst in voller Höhe überblicken zu können.

»Hallo!«, rief sie. »Hallo, ist da jemand? Da ist was lose, da schlägt was an die Fenster!«

Zu ihrer Überraschung sah sie niemanden auf den Streben, keine Bauarbeiter, das Gerüst war menschenleer. Nanu, was ging denn hier vor?

Gerade wollte sie sich auf die Suche nach jemandem von der Kirchenverwaltung machen, da sah sie hoch oben etwas baumeln. Das musste das sein, was sie von innen wahrgenommen hatte!

Rita ging einen Meter zur Seite, um besser sehen zu können. Eine Sekunde brauchte sie, um zu erfassen, was da oben hing. Dann gellte ihr Schrei über den Kästrich, verfing sich in den engen Gassen und wollte gar nicht mehr aufhören.

*

Die Stimmung in der Kommune 47 war vergleichbar mit dem Showdown eines Gladiatorenkampfs. Die Recken in der Arena, staubig und geschunden, schauten angsterfüllt auf den Daumen des Kaisers, der mit einer winzigen Bewegung nach oben oder unten über Leben und Tod entscheiden würde.

Die staubigen Gladiatoren waren Bertie, Axl und Tinne, deren Arbeitskleidung vor Mörtel und Putz starrte. Der Kaiser war das baubehördliche Trockenbrötchen, das durch jeden Winkel der Kommune kroch.

»Was ist das?« Mit dem Ende seines Zollstocks puhlte das Brötchen, das auf den bürgerlichen Namen Herr Melltau hörte, ein Kabel aus der Wand. Putz bröckelte ab, Tinne hätte Herrn Melltau erwürgen können, denn ebendiesen Putz hatte sie vorgestern in mühevoller Kleinarbeit aufgetragen, glattgestrichen und abgeschliffen.

»Ein, eh, ein Stromkabel«, antwortete Axl einfallslos. Die drei Freunde waren im Bann des Brötchens wie ein Kaninchen im Angesicht der Schlange.

»Das, krs, sehe ich auch«, meinte Melltau spitz und fabrizierte mitten im Satz sein nasales Spezialgeräusch, eine Mischung aus Husten und verstopfter Nase. Damit ging er den Kommunenbewohnern noch mehr auf die Nerven, als er es schon mit seiner schieren Anwesenheit tat.

»Wie viel Quadrat?«

Keiner sagte etwas, bis bei Tinne der Groschen fiel. »Öh, ach so, der Querschnitt. Das sind 2,5 Quadrat. Also, Quadratmillimeter.«

Sie hatte im Zuge der Kommunenrenovierung gelernt, dass es Elektrokabel mit unterschiedlichen Querschnitten gab, je nach elektrischer Belastung.

»Hier überall?« Melltau schaute sich in der Küche um, die aussah wie eine Großbaustelle.

»J... ja. Ja, ich glaub schon.«

Mit dem Zollstock gab er dem Kabel einen Schubs. »Muss, krs, alles raus. Großverbraucher wie E-Herd brauchen vier Quadrat, krs.«

Der Kaiser hatte den Daumen nach unten gesenkt, Tinne glaubte zu sterben. Es hatte eine komplette Woche gedauert, sämtliche Uraltkabel aus der Küche zu entfernen, Schlitze zu schlagen, neue Leitungen zu verlegen und alles wieder zu verputzen. Und jetzt – alles noch mal?! Innerlich machte sie sich eine Notiz, ihren Unikollegen Jasper demnächst durch den Wolf zu drehen. Jasper hatte mit seiner lange zurückliegenden und beinahe abgeschlossenen Elektrikerausbildung geprahlt und ihnen das 2,5er-Kabel empfohlen.

Melltau ging zur Dachbodenklappe, die Freunde schlichen hinterher wie geprügelte Hunde.

Vor einer halben Stunde hatte es geklingelt, das Brötchen war vor der Tür gestanden, hatte mit seinem Dienstausweis gewedelt und einen Zwischenbesuch im Rahmen der behördlichen Gestaltungs- und Erhaltungssatzung angekündigt, zu dem es nach Paragraf blabla bevollmächtigt war. Seither monierte Melltau nahezu alles, was ihm unter die Augen kam – die Noppenfolie der Außenabdichtung hatte eine zu geringe Dicke, das Fugenmaterial war zu grobkörnig, der Putz besaß zu viel Mineralbeimischung, die Wasserrohrmuffen waren falsch abgepresst und, und, und. Tinne war bald schon klar, dass sein Zwischenbesuch nichts anderes war als reine Schikane.

Auf dem Dachboden schaute Melltau sich um wie ein Lauerjäger.

»Wie, krs, sind Sie an die Dämmung herangegangen?«

Tinne hätte ihn für jedes Nasalgeräusch an die Wand klatschen können. Warum ging der Typ nicht mal zum Hals-Nasen-Ohren-Arzt? Sie kochte und hatte Angst, loszubrüllen, sobald sie den Mund aufmachte. Bertie erkannte den brodelnden Vulkan und trat eilig heran.

»Ja, also, Dampfbremse, Mineralwolle, Unterdeckbahn, Hinterlüftung. Alles wie im Lehrbuch.« Er zeigte auf die Dachschrägen. Dort, wo früher die nackten Ziegel jeden Windhauch durchpfeifen ließen, war nun eine Absperrung angebracht. Tinne war auf Du und Du mit sämtlichen Dachsparren, schließlich hatte sie dort lange Tage inmitten kratziger Glaswolle verbracht.

Melltau fingerte an einem Balken herum, erwischte einen Zipfel Dampfbremsfolie und studierte die eingeprägte Nummer am Rand.

»Sd unter nullfünf«, murmelte er und nickte wissend. Nach einer Schweigesekunde fragte Axl vorsichtig: »Und … das heißt?«

Obwohl Melltau kleiner war als Axl, schaffte er es irgendwie, naseweis auf ihn herabzusehen.

»Die Dampfdichtigkeit der, krs, Dampfbremse ergibt sich aus der Kennzahl der Wasserdampfdiffusionswiderstandszahl μ und der Schichtdicke des, krs, Dämmstoffes. Hier«, er tippte mit spitzen Fingern an die Folie, als wäre sie giftig, »haben wir einen sd-Wert von kleiner gleich 0,5, natürlich nach, krs, DIN 4108-3.«

Er blähte die Wangen, als wolle er Kraft sammeln für sein nächstes Nasalgeräusch.

»Mit anderen Worten: diffusionsdurchlässig. Muss alles raus, krs, muss alles neu.«

Der Daumen des Kaisers – schon wieder nach unten. Tinne sah rot und merkte, dass sie drauf und dran war, diesem behördlichen Kotzbrocken eine reinzusemmeln. Es! War! Einfach! Nicht! Fair!

Inmitten ihrer Wutwallungen erklang eine Autohupe, wieder und wieder. Eilig krabbelte Bertie die Dachbodenleiter herunter und schaute aus einem der Flurfenster.

»Herr Melltau?«, rief er mit schlecht überspielter Genugtuung nach oben. »Sieht aus, als gäbe es ein Problem mit Ihrem Auto!«

Wie ein Blitz war Melltau unten an der Haustür, die drei Kommunenbewohner folgten. Draußen im Hof war das Hupkonzert ohrenbetäubend, nun wurde die Ursache sichtbar. Das Haus Nr. 47 verfügte über einen kleinen Innenhof, in dem einige von Axls Stahlfiguren standen, überlebensgroße Chimären, die der Metallkünstler in seiner Werkstatt in Hechtsheim anfertigte. Der Hof war zur Straße hin offen, dort parkte ein weißer Ford Focus mit kleinem blauem Schriftzug *Bauamt Mainz*. Schräg auf der Straße stand ein Taxi, ein Mercedes-Vito-Kleinbus, die Schnauze halb in der Einfahrt zum Hof. Weiter kam er nicht, der Rest der Zufahrt wurde vom Focus blockiert.

Neben dem Taxi hatte sich der Fahrer aufgebaut, ein Zwei-Meter-Hüne mit breiten Schultern und wildem Vollbart, die Ärmel seiner Jacke waren hochgekrempelt. Er langte mit dem Arm durch die Seitenscheibe und hupte. Kaum sah er die Leute in der Haustür, stürmte er auch schon wütend voran.

»Hier, der Ford, is des deiner?« Mit vorgerecktem Kopf

trat er auf Melltau zu, der ihm gerade bis zur Brust reichte und angstvoll einen Schritt zurückwich.

»Eh … also …«, stammelte dieser, doch der Taxifahrer ließ ihn nicht zu Wort kommen.

»Mach, dass de dei Kist wegschaffst, aber ganz schnell! Sonst rappelt's im Kartong, und zwar gewaltig!« Sein Mainzer Akzent klang derb, seine Körpersprache verströmte Aggression. Melltau fühlte sich sichtlich unwohl, reckte aber die Schultern und versuchte, sich auf das sichere Terrain seiner Behördenmacht zu retten.

»Also, hö… hören Sie mal, das ist hier, krs, krs, eine behördliche Begehung, ich, krs, bin als Bevollmächtigter des Bauaufsichtsamtes …«

»Des is mir scheißegal is des!« Der Taximann schüttelte die Fäuste. »Ich hol hier jemand für e Krankefahrt, Dialyse, Stadium 4, e alt Fraa, die kaum krabbele kann, un die werd ich bestimmt nit auf die Gass scheuche, nur weil hier es Bauamt die Einfahrt zuparke tut!« Mit dem Finger zeigte er auf ein weißes Schild mit rotem Kreuz in der Windschutzscheibe, *Krankentransport/Sonderfahrt*.

Inzwischen hatten sich weitere Autos in der Wilhelmstraße gestaut, sie kamen nicht an dem quer stehenden Taxi vorbei und fingen an zu hupen.

Das Brötchen schwitzte. Es unternahm einen letzten Versuch, seine Ehre zu retten, und piepste: »In … diesem, krs, Ton lasse ich nicht mit mir …«

»Du bist ja noch immer nit weg!«, brüllte der Taxifahrer. »Wenn du nit augenblicklich in dei Auto steigst, kriegste eine geklatscht, dass de fortfliegst bis zu dei'm Bauamt!« Er machte Anstalten, nach Melltaus Schlafittchen zu greifen. Panisch rannte dieser zum Focus, krabbelte hinein und ließ den Motor an.

»Ich, krs, ich komme wieder, verlassen Sie sich drauf!«, rief er in Richtung Tinne, Bertie und Axl, bevor er Gas gab und verschwand.

Eine Sekunde sagte keiner etwas, dann atmete Tinne vorsichtig durch.

»Wow, starker Auftritt, Uwe. Wenn Hollywood mal einen neuen Terminator sucht, solltest du dich bewerben.«

Der Taximann lachte, sein aggressives Gehabe war wie weggeblasen.

»Weißte was? Des macht sogar richtig Spaß, mal de starke August zu markiern!« Er stieg in das Taxi und ließ es in die Einfahrt rollen, um den anderen Autos Platz zu machen. Das Krankentransport-Schild verschwand im Handschuhfach.

»Danke, Uwe, das war perfektes Timing.« Bertie hieb ihm auf die Schulter. »Zum Glück bist du gerade in der Nähe gewesen, der Typ hätte uns sonst in den Selbstmord getrieben.«

Uwe Barnickel war Teil der Brigade, er stand in Lohn und Brot beim Taxidienst Laurenzi und hatte in den letzten Wochen ebenso wie die anderen regelmäßige Handwerker-schichten in der Kommune geschoben. Tinne wusste, dass der Hüne eine Seele von Mensch war und keiner Fliege etwas zuleide tun könnte, doch sein Auftritt als böser Bube war durchaus überzeugend gewesen. Sie schaute zwischen Bertie und Uwe hin und her.

»So, und jetzt verratet mal, wie ihr das hingezaubert habt.«

Statt einer Antwort holte Uwe sein Handy heraus und ließ Tinne die letzte WhatsApp lesen. Sie stammte von Bertie und war vor knappen zehn Minuten an die Briga-de-Gruppe gesendet worden:

hilfe!!! stress i d kommunw, bauaufsicjt macht ärger. ablenkng starten!!!

Obwohl sie noch immer voll auf Adrenalin war, schmunzelte Tinne. »Orthografisch eine Fünf minus, aber vom Inhalt her topp!«

»Ist zwischen Tür und Angel in der Küche getippt, halb hinterm Schrank, damit der Amtsschimmel es nicht mitkriegt«, berichtete Bertie stolz. Wieder einmal war Tinne vom Zusammenhalt der Brigade begeistert – wie bei den Musketieren galt: Einer für alle, alle für einen.

Uwe verabschiedete sich, er war eigentlich für eine Tour in Gonsenheim gebucht und hatte die Kommunenrettung als kleines Extra dazwischengeschoben. Bertie eilte nach oben, um einen vorhin angerührten Eimer Haftspachtel vor dem Austrocknen zu bewahren, Axl kletterte in seinen Bobcat-Bagger. Der Minibagger war eine Leihgabe von einer Gartenbaufirma, deren Chef als Freizeitschlagzeuger gemeinsam mit Axl Musik machte. Unter Musikern, musste Tinne feststellen, herrschte ein ähnlicher Zusammenhalt wie unter Taxifahrern.

»Schöne Scheiße. Jetzt muss die ganze Noppenfolie wieder raus, und dickere muss rein«, rief Axl über den Lärm des anspringenden Motors. Tinne nickte stumm. Zwei Wochen hatte Axl gebaggert, bis das feuchte Fundament des Hauses freilag und mit Drainage und Dichtfolie versehen werden konnte. Und jetzt … alles wieder auf Anfang!

Sie winkte Axl matt zu, der den Bobcat davonkriechen ließ in Richtung Fundamentaushub. Auf der Treppe nach oben ins Kommunenstockwerk überkam Tinne eine tiefe Resignation. Nach all den Monaten, nach Dreck, Staub, Hitze und Kälte, nach wunden Knien und blutigen Fingern, nach unendlichen Schlangen an Baumarktkassen und noch längeren nächtlichen YouTube-Heimwerker-Sessions, nach all dem kam dieses … dieses Nasenmonsterbrötchen und zerpflückte die Ergebnisse ihrer Arbeit mit überheblichem Grinsen. Ohne dass sie es wollte, liefen ihr Tränen übers Gesicht. Melltaus Paragrafendrohung kam ihr wieder in den Sinn: … *würde die weitere Vermietung der Immobilie von der Bauaufsichtsbehörde untersagt werden.*

Die liebe, schöne Kommune, ihr Zuhause, war auf dem besten Wege, als unvermietbare Bruchbude abgestempelt zu werden! Im Geiste sah sie Bertie, Axl und sich selbst in einer anonymen Dreizimmerwohnung, quadratisch und langweilig, mit Nachbarn, die bei jedem lauten Wort auf der Schwelle standen und die Hausordnung unter der Türe durchschoben, wenn der Putzdienst nicht rechtzeitig erledigt war.

In der Küche schaute sie sich verzagt um und schniefte. Alles versank in Bohrstaub und Chaos, Werkzeuge lagen herum, überall pappte Malerfolie, die man erst zur Seite schieben musste, wenn man an den Kühlschrank wollte. Ihr eigenes Zimmer hatte es nicht ganz so schlimm erwischt, hier waren nur die Lichtschalter ausgetauscht worden und die Fensterdichtung. Allerdings hatten sich an diesem letzten sauberen Zufluchtsort sämtliche Gegenstände gesammelt, die dem Baudreck nicht zum Opfer fallen sollten: Kleider, Mäntel und Jacken, Schuhe, das Küchengeschirr, zwei Gitarren von Axl, Bettwäsche, Kissen, Berties Star-Wars-DVDs, Muftis Katzenklos, dazu noch Poster, Bilder, Topfpflanzen und ein kitschiger Porzellanengel, von dem sie noch nicht einmal wusste, wem er eigentlich gehörte. Mit einem Augenzwinkern hatten die Männer ein Blechschild an ihre Tür gepappt mit Bombensymbol und Schriftzug *Explosionsgefahr*. Wie passend.

Tinne setzte sich und fühlte sich zum Heulen. Mufti

marschierte herein und sprang auf ihren Schoß. Der Kater verübelte ihnen das Baustellenchaos und verdünnisierte sich so oft wie möglich in Nachbars Garten, doch nun war Tinne dankbar für den kätzisch-warmen Zuspruch. Alles in allem, fand sie, war das Leben im Moment nicht so ganz auf ihrer Seite.

*

Der Mars, der Mond oder zumindest eine Umlaufbahn irgendwo da oben. All das wäre Tara lieber gewesen als der lauschige Petersberg, alles besser als die Situation, in der sie gerade steckte. Elvis hatte sich endlich gesammelt und fing nach einem weiteren Schluck Sekt zu reden an.

»Also, wir beide, du und ich, wir kennen uns ja schon lange. Sehr lange, meine ich.«

Sie nickte stumm.

»Dann war Funkstille, warum und weshalb, ist ja jetzt erst mal egal. Aber jedenfalls, jetzt haben wir uns schon ein paarmal getroffen.«

Wieder nickte sie. Das Gestammel passte überhaupt nicht zu Elvis, der normalerweise eher ein Mann knapper Worte war.

»Und, tja, also, ich habe das Gefühl, dass dir das schon auch Spaß macht und so, und deshalb …«

Er brach ab. Während Tara ihre Hände knetete, stärkte er sich mit einem tüchtigen Schluck und fuhr umständlich fort: »Hm, wie soll ich sagen, wir, na ja, wir sind erwachsene Menschen und können offen reden, und deshalb will ich die Situation, also, diesen Augenblick hier«, Elvis deutete hinter sich auf das Auto und die Landschaft, »das will ich nutzen, um dir etwas zu sagen.«

Tara biss sich auf die Lippen. Nun war es so weit.

»Was jetzt kommt, wird dir sicher wehtun, Tara. Deshalb mache ich es kurz: Das mit uns beiden, das wird nichts. Wir können Freunde sein, aber nicht mehr.« Fast unhörbar fügte er hinzu: »Tut mir leid.«

Tara glaubte, sich verhört zu haben. »W... was?«, stotterte sie. Elvis deutete ihre Reaktion falsch.

»Mir liegt echt viel an dir, wirklich. Aber ... als Freundin, nicht als Partnerin. Weißt du, wir ...« Er stockte, als Tara loslachte, bis ihr die Luft ausging.

»Moment, Moment«, keuchte sie. »Du willst mir gerade sagen, dass das zwischen uns nichts wird? Nichts außer Freundschaft?«

Elvis wusste nicht, wie er reagieren sollte. »Eh, also ...«, stotterte er. Spontan nahm Tara ihn in den Arm.

»Hey, Elvis, alles gut, alles super. Das ist genau meine Meinung, haargenau, so und nicht anders. Freunde gerne, finde ich toll, und das war's. Richtig?«

»Richtig«, nickte Elvis und machte ein Gesicht, als wäre ihm ein Felsbrocken vom Herzen gefallen. Spontan griff er zur Flasche und machte die Gläser voll.

»Und ich dachte, du wolltest, also, du hättest ...«

Tara winkte ab und hielt den Sekt in die Höhe.

»Auf die Freundschaft«, sagte sie kurz und bündig.

»Auf die Freundschaft«, antwortete Elvis erleichtert und trank das Glas in einem Zug leer. Danach saßen sie schweigend nebeneinander, genossen das Licht, die Luft und das Gefühl der Vertrautheit. Schließlich nahm Elvis eine Handvoll Oliven und warf sie in den Mund.

»Greif zu. Muss eh weg«, meinte er bärbeißig. Tara tat wie geheißen und merkte, dass sie Hunger hatte – heute früh war so viel zu erledigen gewesen, dass sie schon zu

Hause E-Mails gelesen und beantwortet hatte, dabei war das Frühstück auf der Strecke geblieben.

»Hier, hör mal«, kaute Elvis, »'ne andere Sache. Als Frau Doktor kennst du dich doch bestimmt mit Demenz aus.«

»Na ja, nur so lala. Ist ja nicht gerade mein Thema, aber ein bisschen was weiß ich schon. Warum, plant ihr was für die Zeitung?«

»Nö, hat mit Tinne zu tun.« Er erzählte Tara von Tinnes Besuch bei Professor Aarsiegel, von dessen Verschwinden und von ihrem Verdacht, dass hinter seinen wirren Sätzen mehr stecken könnte.

»Und jetzt frage ich mich«, schloss er, »ob da überhaupt etwas dran sein kann oder ob sie den Hirngespinsten eines Demenzkranken hinterherrennt. Was passiert da eigentlich im Kopf?«

»Hm, Demenz ist nicht gleich Demenz. Bei alten Leuten ist es meistens die bekannteste Form, Morbus Alzheimer. Ganz kurz und knapp: Es bilden sich Plaques im Hirn, Ablagerungen, und zwar über viele Jahre. Die lassen Neuronen absterben, das Gehirn nimmt an Masse ab und verliert seine Leistungsfähigkeit, es schaltet sozusagen in den Notbetrieb. Die genauen Ursachen sind noch unbekannt, genetische Präposition ist wahrscheinlich, die übrigen Mechanismen kennen wir nicht.«

Elvis nahm eine Scheibe Baguette und türmte Schinken, Salami und Käse darauf, wobei er jede Lage mit einer Schicht Spundekäs festkleisterte.

»Okay, Notbetrieb. Kann beim Notbetrieb überhaupt noch was Richtiges rauskommen?«

»Das hängt vom jeweiligen Patienten ab. Viele Alzheimer-Patienten haben durchaus lichte Augenblicke, bei denen sie orientiert sind und vernünftig handeln. Dann wiederum gibt es Abschnitte von Verwirrtheit, Schweigsamkeit, kaum Reaktionen auf äußere Einflüsse. Andere Phasen verbringen sie in der Vergangenheit, behandeln zum Beispiel ihre erwachsenen Kinder wie Babys. Dabei legen sie oft eine verblüffende Erinnerungsgenauigkeit an den Tag.«

Elvis wollte etwas sagen, hatte die Backen aber dermaßen voll mit Baguette, dass seine Worte zwischen Käse und Wurst stecken blieben.

»Also ja«, nahm Tara seine unausgesprochene Frage vorweg, »schon möglich, dass der Professor Teilstücke seiner Erinnerung wiedergegeben hat, und zwar durchaus korrekt. Manchmal genügt schon ein gewisser Stimulus, um einen solchen Wechsel der Realitätsebene hervorzurufen.«

Schließlich hatte Elvis den Bissen unten und spülte mit dem Rest des Sektglases nach.

»Ein Stimulus, hm. Tinne sagte, er hätte ganz am Anfang etwas gesagt von wegen *wir können endlich weitermachen* oder so. Vielleicht ist er ja kurz davor über etwas gestolpert, das diese Erinnerung ausgelöst hat.«

»Was hat er denn vorher gemacht? War er spazieren oder hat er sich mit jemand anders unterhalten?«

»Keine Ahnung, hat Tinne nichts davon erzählt.« Elvis ging zum Auto und zauberte eine zweite Flasche Winzersekt aus dem Kofferraum. Amüsiert schaute Tara zu.

»Kriegst du das Kätzchen auch noch sicher zurück zum Fuhrmeister mit so viel Sekt intus?«

»Mit Sekt fahr ich besser Auto als ohne«, brummte er und goss die Gläser voll. »So, und jetzt ist Aarsiegel auf und davon. Kann das auch mit diesem Erinnerungsflash zu tun haben, dass er aus dem Heim getürmt ist?«

»Würde passen. Schau, Demenzkranke sind oft in der Lage, komplexe Handlungen durchzuführen, die quasi als fertiger Ablauf im Gedächtnis gespeichert sind und abgerufen werden. Ihre Hobbys oder Verrichtungen im Haushalt. Telefonieren. Manche bedienen sogar Maschinen, nehmen die Bahn oder fahren Auto. Wenn Aarsiegel also tatsächlich in einer, ich sag's mal flapsig, Erinnerungsschleife steckt, kann es sein, dass er auch räumlich an den damaligen Ort des Geschehens zurückwill.«

»Wo auch immer das sein mag.«

»Wo auch immer das sein mag«, echote Tara und nahm einen Schluck. »Wenn der Professor wieder da ist, sollte Tinne noch mal bei ihm vorbeischauen. Immerhin hat er in ihr jemanden erkannt, mit dem er damals gemeinsam gearbeitet hat, und vielleicht kommen dann weitere ...«

Ein nervöses Piepen unterbrach sie, das immer lauter wurde. Sie griff in ihre Tasche zum Handy, meldete sich und hörte schweigend zu. Ihr Gesichtsausdruck wurde ernst.

»Tut mir leid, Elvis, ich muss dringend zurück.« Sie stand auf und warf das Telefon in die Tasche. »Ein Leichenfund bei St. Stephan, die Spurensicherung ist schon dort. Kannst du mich zurück ins Institut bringen, ich muss meine Sachen holen.«

Elvis horchte auf. Eine Leiche? Seine Reporter-Alarmglocken schrillten. Doch bevor er den Mund aufmachen konnte, fügte Tara streng hinzu: »Und du machst einen weiten Bogen um die Stephanskirche, und zwar so lange, bis wir eine Info an die Presse rausgeben, klar?«

Elvis murmelte etwas, das sich entfernt nach Zustimmung anhörte, dann räumten sie den Tisch ab und stiegen eilig in den E-Type. Während der Dicke den Motor anließ und den Rückwärtsgang suchte, war er geistig in Mainz bei der Stephanskirche. Was mochte dort passiert sein?

Vielleicht lag es an der mangelnden Konzentration, vielleicht am letzten Glas Sekt, vielleicht auch an beidem. Tatsache war, dass Elvis als Autofahrer keine allzu große Übung hatte. Und der Wendekreis des roten Oldtimer-Jaguars war groß. Sehr groß.

*

Es klingelte, Tinne schrak von ihrer Arbeit hoch. Sie hatte auf dem Schreibtisch ein Eckchen freigeräumt und korrigierte Seminararbeiten, stinklangweilig, aber genau das Richtige für ihre muffige Laune. Nicht das Brötchen!, war ihr erster Gedanke. Nahm Melltau einen zweiten Anlauf? Sie lauschte einen Augenblick, ob Bertie rennen würde, doch der ackerte wohl irgendwo mit seinem Haftspachtel. Also ging sie nach unten und wischte sich über das Gesicht, um nicht allzu verheult auszusehen.

Dem Mann, der vor der Tür stand, konnte sie allerdings nichts vorspielen. Hauptkommissar Laurent Pelizaeus brauchte nur einen Blick, da nahm er sie auch schon in den Arm und drückte sie an sich. Nun liefen die Tränen erst recht. Tinne hatte zwar keine Ahnung, warum Laurent urplötzlich hier war, eigentlich hätte er im Westerwald auf Weiterbildung sein sollen. Es war ihr aber auch egal, sie genoss seine Umarmung, heulte wie ein kleines Kind und versuchte zwischendrin, ihm vom aktuellen Bau-GAU zu erzählen. Laurent fuhr ihr über die Haare.

»Und … was machst du jetzt eigentlich hier?«, schniefte sie. »Haben sie dich bei der Fortbildung rausgeworfen, weil du dauernd kluggeschissen hast?«

»Nicht ganz.« Er griff neben die Haustür und nahm zwei Krücken zur Hand. Nun erst fiel Tinne auf, dass Laurent etwas schräg auf dem rechten Bein stand und das andere kaum belastete. Er stützte sich auf die Krücken und machte einen vorsichtigen Schritt vorwärts.

»Kapselriss im Knie. Kommt davon, wenn man mit Jungspunden in der Turnhalle Haschmich spielt.«

Unter Tränen musste Tinne lachen. »O nein, armer schwarzer Kater! Und jetzt? Krankgeschrieben und Wunden lecken?«

»Leider nein. Ich bin mehr oder weniger dienstlich hier, lass uns erst mal nach oben gehen.«

Er humpelte hinter Tinne her. Sie wusste nicht so recht, ob sie sich über den unerwarteten Besuch freuen sollte oder eher enttäuscht war, weil doch nur etwas Dienstliches dahintersteckte. Der Brötchenaufruhr hatte sie allerdings so mürbe gemacht, dass sie gar nichts fühlte und einfach weitertappte. Oben machte sie eine Sitzgelegenheit für den Kommissar frei und warf ihre Espressomaschine an. Die Bezzera war eine echte italienische Siebträgermaschine, die im Zuge der Renovierung aus der Küche verbannt worden war und nun Tinnes Kommode einnahm.

»Hör zu, heute ist etwas vorgefallen bei der Stephanskirche, in einem Baugerüst außen am Kirchenschiff«, fing Laurent an. »Ein Mann ist zu Tode gekommen, eine Besucherin hat ihn von unten gesehen und Alarm geschlagen.«

Tinne schaute durch ihn hindurch. Sie wusste von einem Augenblick auf den nächsten, was los war. Das Gebrabbel des Professors. Die Schandglocke, der alte Name der Kirchenglocke von St. Stephan.

»Aarsiegel. Es ist Aarsiegel, habe ich recht?«, fragte sie tonlos.

»Ja. Er hing am Gerüst, auf zwölf Metern, verheddert in Halteseile, die haben ihn stranguliert.«

Ihr Professor. Der scharfzüngige Dozent, der Spaß daran

hatte, seine Studenten zu fordern und sie zu immer besseren Leistungen anzuspornen. Zuerst war seine Erinnerung gestorben, sein Gedächtnis, nun auch noch der welke Körper. Tinne wartete auf die Trauer, fühlte sich jedoch zu stumpf für eine Regung.

»Die Seile haben ihm den Brustkorb zusammengeschnürt, der Spurenlage nach kein Anzeichen für Fremdverschulden und kein Suizid, sieht eher nach Unfall aus. Und deshalb bin ich hier. Ich weiß, dass du ihn im Heim besucht hast und dass er danach verschwunden ist. Mein Kollege Abel hat ja schon mit dir telefoniert, aber jetzt ist es kein verschwundener Patient mehr, sondern ein Toter mit einer nicht alltäglichen Auffindesituation.«

Laurent trank seinen Espresso und ließ ihr Zeit, die Neuigkeit zu verdauen. Tinne merkte, wie ihre Gedanken kreisten. Ihre vage Idee wurde mehr und mehr zur Gewissheit: Es gab ein Geheimnis, das der Professor seit vielen Jahre gehütet und nun mit ins Grab genommen hatte.

»Bei den Ermittlungen haben wir das Problem, dass wir kaum etwas von seiner Tochter erfahren. Die wohnt in Hamburg und ist leider selbst schwer krank, Leukämie, sie kann kaum reden. Die Hamburger Kollegen waren bei ihr in der Klinik, aber mehr oder weniger erfolglos. Uns bleiben also nur die Hinweise, die wir hier in Mainz sammeln können.«

Er straffte sich, als würde er nun in die Rolle des Kommissars schlüpfen.

»Über was habt ihr gesprochen? Kannst du dich an Einzelheiten erinnern, an Namen, an Ereignisse?«

Statt einer Antwort holte Tinne die Serviette hervor. Laurent drehte das knitterige Ding in den Händen und wartete auf eine Erklärung. Sie erzählte ihm von dem, was sie und Elvis inzwischen herausgefunden hatten: Napoleon und *vive la Mayence*, der Hinweis auf Peter Gimbel und dessen frühe Sektherstellung, der Verdacht, dass bei der Hinrichtung des Schinderhannes etwas nicht mit rechten Dingen zugegangen war. Die Schandglocke, die für den Falschen geläutet hatte.

Laurent schwieg, es war ihm anzusehen, wie er die Versatzstücke im Kopf drehte und einen Zusammenhang suchte.

»Diese Schandglocke, gibt es die noch? Ist die heute noch im Turm von St. Stephan?«

Sie schüttelte den Kopf. »Hab nachgeblättert. Die alten Glocken sind im Zweiten Weltkrieg zerstört worden, seitdem hängt eine Ersatzglocke aus St. Emmeran drin, und 2008 sind dann noch drei ganz neue dazugekommen. Das kann nicht der Grund sein, weshalb Aarsiegel da hochgeklettert ist.«

»Haben wir noch mehr? Hat er noch mehr gesagt?«

Tinne machte eine Handbewegung, die alles und nichts heißen konnte. »Der Rest ist noch viel wirrer. Hier, *Köpfe eingezogen, Gruß von Uncle Sam. Blick in den Spiegel, Hosen voll. Gras wachsen dürfen. Dillegraf, Windmühlen.* Und das hier«, sie zog ihren Ärmel nach oben, sodass die Linien sichtbar wurden, »das hat er mir zum Schluss noch auf den Arm gemalt.«

Laurent betrachtete die Zeichnung ohne den Schimmer einer Ahnung. Tinne hatte angefangen, die Striche nachzuziehen, weil Aarsiegels Original bei jedem Duschen blasser wurde. ›Antenne‹ – so hatte sie die Kritzelei getauft, weil ihr kein besserer Vergleich einfiel. Ihre fixe Idee war, das ungelöste Rätsel würde sich genauso in Luft auflösen wie die ›Antenne‹, wenn sie nichts dagegen unternahm.

»Ich habe ein bisschen weitergemacht, ist aber nichts Schlaues dabei herausgekommen. Dieser *Gruß von Uncle Sam*, okay, damit sind wahrscheinlich die USA gemeint. Dann würde *Köpfe einziehen* vielleicht auf den Kalten Krieg anspielen, die Bedrohungslage damals. Immerhin, in den späten 70ern, frühen 80ern, da war der Professor ja längst schon in der Forschung aktiv. Und *Gras wachsen* passt auch dazu, ist ja alles schon ewig lang her. Aber *Spiegel* und *Hosen voll*?«

Laurent überlegte.

»Was sieht man im Spiegel? Sich selbst. Wieso hat er dann die Hosen voll? Fürchtet er sich davor? Oder der Spiegel ist für ihn ein Sinnbild für die Vergangenheit, er schaut quasi zurück und erschrickt. Hm, na ja …« Er verstummte angesichts seiner gewagten Interpretationen. Tinne hob die Achseln und die Hände gleichzeitig.

»Genau das ist das Problem: Nichts ergibt Sinn. Hier, Dillegraf, das klingt wie ein verballhornter Adelsname, gab's ja öfter, dass der Volksmund da kreativ geworden ist. Zu finden war aber nichts, ich habe jetzt mal einen Unikollegen vom Historischen Seminar angemailt, Matthias. Der hat viel mit der Genealogie hier in der Gegend zu tun und weiß vielleicht etwas über diesen Grafen. Total verworren, das Ganze.«

Der Kommissar schaute auf die Serviette und wollte etwas sagen, als die Türklingel ertönte. Tinne fragte sich einen winzigen Augenblick, ob heute allgemeiner Kommunen-Klingel-Tag war – so oft wie heute wurde selten geschellt. Bertie hatte wohl den Sieg über seinen Spachtel-eimer davongetragen, jedenfalls hörte sie ihn rennen. Gleich darauf flog die Tür ohne Anklopfen auf, Elvis stand da mit einem Gesicht wie Regenwetter.

»Mach hin, wir müssen los, du bist ja noch nicht mal umgezogen, hallo, Laurent«, spulte er ohne Punkt und Komma ab. Tinne sprang auf.

»Au verflixt, das hab ich ja total vergessen! Der Termin in der Sektmanufaktur!«

»Fünf Minuten hast du, ich muss eben noch was mit Axl besprechen, komm runter, tschau, Laurent.« Nach diesem zweiten Kurz-und-knapp-Satz drehte er sich um und pol-terte die Treppe herunter.

Tinne raffte mit rotem Kopf ein paar Klamotten zusam-men und verschwand im Bad. Wie unangenehm! Vor lau-ter Melltau-Brötchen und Laurent hatte sie die Zeit völlig aus den Augen verloren. Typisch!

Pünktlichkeit war nicht ihr Ding, sie schaffte es trotz Hetze und Hektik selten, vereinbarte Termine einzuhalten. Es war wie verhext, sie plante ihre Tage ganz normal, aber irgendwann fingen die Minuten an zu fliegen, und plötz-lich geriet alles aus den Fugen. In annähernd 40 Lebens-jahren hatte sie das Geheimnis einer vernünftigen Zeitein-teilung noch nicht entschlüsselt.

In Windeseile kämmte sie den schlimmsten Staub aus den Haaren, wusch ihr Gesicht und schlüpfte in einigerma-ßen vorzeigbare Kleider. Draußen stand Laurent auf seinen Krücken und sah etwas verloren aus. Es tat Tinne leid, dass sie nun so mir nichts, dir nichts aufbrechen musste. Ande-rerseits – es war eh nur ein Dienstbesuch, oder?

»Die Historikerin hat Blut geleckt.« Er lächelte dünn.

»Ein Termin in einer Sektmanufaktur ... das sieht ganz danach aus, als würden Elvis und du auf die Pirsch gehen.« Mit einer Kopfbewegung deutete er zu der Serviette, die auf Tinnes Schreibtisch lag.

»Wir, eh, also, es ist ein Fototermin von Elvis, und ...«, versuchte sie sich lahm zu rechtfertigen. Doch Laurent unterbrach sie: »Ich kenne dich, du bist bei so etwas eh nicht zu bremsen. Ich bitte dich nur, ein bisschen vorsichtig zu sein. Kein Mensch weiß, was dein alter Professor da oben auf dem Gerüst gesucht hat, aber Tatsache ist, dass er jetzt kalt und tot in der Rechtsmedizin liegt.«

Sein Blick war eine Mischung aus Sympathie, Sorgen und Oberlehrer.

»Du verstehst sicher, dass mir das ein klein wenig Bauchweh macht, oder?«

*

Absender:
schroeder.fabienne@roemheld-moelle.de
<Fabienne Schröder, Römheld + Moelle>
Empfänger:
cherifa.hamid@roemheld-moelle.de
<Hamid Cherifa, Römheld + Moelle>
Priorität: Hoch

Betreff: !!! Bodenproben Schrebergarten !!! Wichtig !!!

Hallo Hamid, keine guten Nachrichten. Habe die fünf Bodenproben analysiert, Polyurethanharz und Bleichromat sind in der Erde vorhanden, zwar nur im Mikrogrammbereich, gehören da aber nicht rein. Schon gar nicht in landwirt. genutzte Flächen. Schutzlacke für Metalle, Schutzklasse 7, heute kaum mehr im Einsatz. Eher 1930er bis in die späten 1970er. Habe mich eingelesen, sind häufig zu finden als Rüstungsaltlasten vom 2. Weltkrieg, Beschichtung von Explosivmaterial.

Jetzt die schlechte Nachricht. Mainz ist im Krieg arg zerbombt worden, August 42, St Stephan bis hoch zum Pariser Tor. Also auch dort, wo heute dein Schrebergarten ist!!! Es ist also leider gut möglich, dass ein Blindgänger unter euch liegt!!!

Dazu würden auch die Wachstumsstörungen deiner Pflanzen passen: die Lacke liegen oft Jahrzehnte im Boden, ohne dass etwas passiert. Irgendwann korrodiert dann aber das Trägermaterial und fängt an, die Verbindungen an die Erde abzugeben. Bei euch war zig Jahre/Jahrzehnte nichts zu merken, alles Grünzeug ist gewachsen, aber jetzt verteilt das Grundwasser das toxische Material.

!!! Heißt aber auch, dass die Metallummantelung spröde geworden ist!!! Wenn es echt ein Blindgänger ist und der Zünder ist noch intakt, kann er durch Berührung explodieren. Ich rate dir DRINGEND, nicht mehr zu graben oder zu pflanzen, sondern den Kampfmittelräumdienst zu holen, das geht über Ordnungsamt/Polizei.

Tut mir leid für die schlechten Neuigkeiten. Sag wenn ich noch was helfen kann.

Gruß Fabienne

*

Patryk, Pawel und Piotr schauten sich an und rollten die Augen. Schritte kamen näher, die sich in den lang gestreckten Kelleranlagen vervielfältigten und wie eine Armee klangen. Es war aber keine Armee, sondern nur ein einziger Mann. Der schaffte es allerdings, sich dermaßen wichtig zu machen, als wäre er der Herr Oberfeldwebel persönlich. Den kompletten Vormittag scheuchte Konstantin von Batten die drei Polen schon herum, und es war längst kein Ende in Sicht.

»Ist ja noch immer nichts passiert. Herrgott, macht ihr hier Wodkapause?«

Pawel schluckte eine gepfefferte Antwort herunter. Er sprach am besten Deutsch, fast akzentfrei, deshalb blieben die beiden anderen meist stumm und überließen ihm das Reden.

»Nein, Herr von Batten, wir machen keine Pause, erst recht keine Wodkapause«, erklärte er betont freundlich. »Ich habe Ihnen ja schon vorhin gesagt, dass der Einbau nicht ganz einfach ist und wir ein bisschen herumprobieren müssen. Das kostet Zeit.«

Von Batten schüttelte entnervt den Kopf. Sein Maßanzug und die italienischen Designerschuhe wirkten fehl am Platz in den Kellern von Kupferberg. Hier, wo die Gewölbe aus alten, dunklen Steinen gemauert waren und staubüberzogene Flaschen in Regalen lagerten, hätte eher ein Winzermeister mit Lederschürze gepasst oder ein gebeugter Mönch. Von Batten schaute sich das Werk der drei Polen an, das eine Baulampe grellweiß erleuchtete.

»Das ist alles? So weit wart ihr doch schon vor einer Stunde!« Er zeigte auf zwei stählerne Scharniere, die in die alten Steine eingefügt waren. Die glänzenden Stäbe und die verputzten Flächen sahen aus wie Wunden in der Wand.

»Nein, Herr von Batten, waren wir nicht«, erklärte Pawel geduldig. »Die Tür, die eingehängt werden soll, ist sehr, sehr schwer, deshalb müssen wir sie genau einpassen. Das ist bei einer so alten Wand schwierig, weil die Fugen ausplatzen und die Steine dann keinen festen Halt mehr bieten. Deshalb müssen wir Anker einsetzen und mit Füllmasse auskleiden, um die Tragkraft zu erhöhen. Das habe ich Ihnen alles schon vorhin erklärt.«

Es war ihm anzusehen, dass er sich zurückhalten musste. Die drei Handwerker waren seit fast zehn Jahren so etwas wie das Schweizer Taschenmesser bei Kupferberg – was auch immer zu tun war, sie erledigten es. Undichtes Dach? Tropfende Rohre? Verzogene Fenster? Ein Kurzschluss in der Elektrik? Pawel, Piotr und Patryk krempelten die Ärmel hoch und machten sich an die Arbeit. Da sie stets im Dreierpack auftraten, wurden sie der Einfachheit halber nur 3P genannt. 3P sorgten dafür, dass in den alten Gemäuern alles rundlief, sie gehörten quasi zum Inventar und waren es nicht gewohnt, wie Schuljungen behandelt zu werden. Doch dieser Wichtigtuer von Batten schaffte es, die drei zur Weißglut zu bringen.

»So, dann sitzen eure Anker jetzt hoffentlich fest, sonst hängt die Tür ja in vier Wochen noch nicht. Ich dachte, ich hätte mich klar ausgedrückt: In diesem Tiefenkeller da unten, da bin *ich* jetzt Hausherr, und ich möchte, dass hier eine massive und abschließbare Tür davorkommt. Und zwar heute. Nicht morgen, nicht übermorgen oder an Weihnachten.«

Pawel warf einen langen Blick auf den Durchgang. Dahinter war eine eiserne Wendeltreppe zu sehen, die sich nach unten in die Dunkelheit schraubte. Das war der Zugang zu den beiden Tiefenkellern, die in den letzten Wochen für viel Furore gesorgt hatten. 3P waren sich einig: Schade, dass dieser Teil der Kelleranlagen nun in fremde Hände ging. Sicher, die Tiefenkeller waren ungenutzt, aber es hatte immer wieder Pläne gegeben, sie zu modernisieren und in die Vermarktung des Gebäudes einzugliedern. Dieser Zug war nun wohl endgültig abgefahren. Denn neben den neu angebrachten Scharnieren lehnte eine Stahltür an der Wand, bleischwer und maßgefertigt, sie würde in Zukunft die Tiefenkeller verschließen. Und der sympathische Herr von Batten hatte mehrfach betont, dass ausschließlich er und seine Mitarbeiter dort das Hausrecht hätten. Pawel nickte überdeutlich, als habe er es mit einem begriffsstutzigen Kind zu tun.

»Ja, alles klar, die Tür wird heute noch fertig. Wenn die Füllmasse um die Anker ausgehärtet ist, setzen wir sie ein und richten sie aus. Dann können Sie ein Schloss anbringen, und keiner kommt mehr hinein, wenn Sie das nicht wollen.«

Ohne eine Antwort drehte von Batten sich um und ging den Weg zurück zum Haupthaus, zum Ein- und Ausgang der Kelleranlagen. Seine schlanke Gestalt vermischte sich mit der Dunkelheit, die nur von einzelnen gelben Lampen durchbrochen wurde.

3P schauten ihm nach. Nun endlich meldete sich auch Patryk zu Wort.

»*Idiota*«, war das Einzige, was ihm zu diesem Knaben einfiel.

*

Tinne klammerte sich an Elvis, der wie ein Henker fuhr und seine Vespa durch die Wilhelmstraße prügelte.

»Heeey, mach langsam! Willst du uns umbringen?«, schrie sie.

Vor einer Minute war sie auf den Sozius geklettert, nachdem Elvis schon mit laufendem Motor im Hof gestanden hatte. Der Dicke schob aus unerfindlichen Gründen eine Stinkelaune vor sich her und sagte nicht mehr als das Allernötigste. Dementsprechend fuhr er auch.

»Boaaah, pass auf!« Tinne zog die Luft ein, als die Vespa eine Mutter mit Kinderwagen schnitt und die Beschimpfungen der Frau hinter ihnen her schallten. »Sag mal, tickst du noch richtig? So eilig haben wir's auch nicht, wir sind doch in 20 Minuten da unten in Laubenheim!«

Am Ende der Wilhelmstraße bog Elvis nach rechts in die Albert-Stohr-Straße, Richtung Anschluss B 40. Hinter den Tennishallen riss er die Vespa aber plötzlich nach links in den Sprinterpfad.

»Bist du übergeschnappt? Du fährst doch total falsch!«

Elvis sagte noch immer keinen Ton. Tinne gab auf, hielt sich fest und hoffte, die wilde Fahrt zu überleben. Der Sprinterpfad war ein schmales Gässchen, halb zugewachsen und wenig frequentiert, das Restaurant Zum Olivenbaum hatte hier eine Handvoll Parkplätze. Nach 50 Metern stoppte Elvis so hart, dass Tinne mit der Nase an seinen Helm knallte.

»Aua! Was wollen wir denn hier?«

»Wir steigen um«, beschied er kurz und bündig und führte sie um einen Busch herum. Tinne fiel die Kinnlade herunter. Dort stand, gut versteckt im wuchernden Grün, der Oldtimer-Jaguar, den sie beim Shooting im Stadtpark gesehen hatte. Doch die Katze war lädiert – am Kotflügel auf der Fahrerseite prangte eine hässliche Delle, der Lack war abgesplittert, das Blech auf gut und gern einem halben Meter Länge eingedrückt.

»O Mist, was ist denn da passiert?«

»Erzähl ich dir unterwegs, steig ein.«

Bald darauf schoss der E-Type auf der B 40 in Richtung Pariser Tor und von dort weiter nach Hechtsheim.

»Hab ich mir ausgeliehen, vom Fuhrmeister Dirk«, grummelte Elvis. »Und dann ist mir das kleine Malheur da passiert. Vorhin gerade. Kann ich so nicht zurückbringen, der Dirk macht mich einen Kopf kürzer.«

»Glaub ich gerne.« Tinne wusste nun, warum Elvis so schlecht gelaunt war. Eine Delle in einem Oldtimer bereitete kein Vergnügen, erst recht, wenn es nicht der eigene war.

»Und was willst du jetzt machen? Einen AZ-Aufkleber draufpappen und hoffen, dass Fuhrmeister es nicht merkt?«

»Haha, Superwitz. Ich hab gerade mit Axl geredet, ob er jemanden kennt.« Das war nicht allzu weit hergeholt, denn der langhaarige Altrocker fuhr selbst einen Oldtimer, eine 1953er Harley-Davidson Panhead, deshalb gab es in seinem Bekanntenkreis viele Schrauber und Motorfreaks.

»Er hat mir tatsächlich jemanden empfohlen, einen Spezialisten für englische Autos, in Sprendlingen. BVC, *British Vintage Cars*, der Typ ist wohl ein echter Tipp in der Szene. Nach dem Fototermin fahre ich direkt hin, ich kann nur hoffen, dass er die Sache wieder ins Reine kriegt. Schöne Scheiße, in Zukunft gibt's Ausflüge nur noch mit dem Tretroller.«

Er fasste in kurzen Worten seine Tour mit Tara zusammen und schilderte den abrupten Aufbruch nach ihrem Anruf.

»Und ich hab noch immer keine Ahnung, was da los gewesen ist bei der Stephanskirche«, schloss er.

Mit Wucht kam die schlimme Neuigkeit zurück, die Tinne gerade von Laurent erfahren hatte.

»Da weiß ich ausnahmsweise mehr als du«, murmelte sie und brachte Elvis auf den neuesten Stand. Der Reporter schürzte die Lippen.

»Aus deinem kleinen Kreuzworträtsel wird allmählich eine spannende Sache.«

Tinne schwieg und merkte, wie sie sich in der Vergangenheit verlor. Erinnerungen kamen und reihten sich aneinander wie Seifenblasen. Die Vorlesungen des Professors, großes Kino, wenn er wie ein Conférencier die trockensten historischen Stoffe lebendig werden ließ und 100 Studenten an seinen Lippen hingen. Das sommerliche Beisammensein in seinem Garten, ein Uhr nachts, der Wein warm, der Grill kalt, völlig egal, alles perfekt, sprühende Lebensfreude, Aarsiegel mit strahlenden Augen mittendrin. Auf der anderen Seite seine übervorsichtige Art, wenn es um die Forschung ging. Alles in doppelter Ausfertigung, Papiere sorgfältig weggeschlossen, antike Bücher nur hinter Feuerschutztüren, strenge Zurechtweisungen, wenn jemand ohne Handschuhe daranging. Niemals halbe Sachen, immer ganz und gar. Tinne spürte, wie sich ein trauriges Lächeln in ihr Gesicht stahl.

Und nun war er tot, umgekommen auf einem Gerüst an der Stephanskirche. Die Schandglocke kam ihr wieder in den Sinn. War der Professor von der Vorstellung besessen gewesen, die alte Totenglocke hinge noch dort oben im Turm?

Ohne dass sie es gemerkt hatte, waren sie durch das verwinkelte Zentrum von Hechtsheim gekurvt und hatten die Laubenheimer Höhe hinter sich gelassen. In Laubenheim bog Elvis in die Marienhofstraße ein und bremste vor einem stolzen Hof, dessen weißer Putz den Bruchsteinsockel und die roten Kantsteine aussparte. *Mainzer Sektmanufaktur,* verriet ein Schild, graue Buchstaben auf gefrostetem Glas. Elvis fuhr in den Innenhof. Neben einem schicken weißen Mercedes Coupé mit schwarzen Angeberfelgen war noch Platz, er bugsierte den E-Type so lange herum, bis dieser mit der Fahrerseite zur Wand parkte und die Delle von der Straße aus nicht sichtbar war.

»Sicher ist sicher«, meinte er und machte sich auf den Weg zu einem halbrunden Kellerportal, über dem ein zweites Sektmanufaktur-Schild hing. Die Tür stand offen und erlaubte den Blick in einen überraschend großen Keller, der sich unter dem gesamten Haus durchzog. Eiserne Streben liefen quer zur Decke und vermittelten eine Atmosphäre früherer Industriekultur, Dutzende Holzfässer reihten sich rechts und links aneinander.

Elvis wurde mit großem Hallo empfangen, Sascha war schon da, zwei Assistenten bauten Scheinwerfer auf, der Requisiteur verteilte Kerzen, Inga wühlte in ihrem Schminkkoffer. Weiter hinten stand ein Mann in Jeans und Hemd.

»Hi, Bex«, begrüßte Elvis ihn. »Ist das dein neues Geschäftsmodell – den Sektkeller als Fotobude zu vermieten?«

Der Mann lachte. »Ganz genau, aber nur für Nacktfotos. Mach dich schon mal frei, ich halt mir so lange die Augen zu.«

»Haha.« Elvis drehte sich zu Tinne. »Der Witzfink hier ist Bex, von dem ich dir erzählt habe. Er ist der Inhaber der Manufaktur und Mister Sektwissen höchstpersönlich.«

Zu dem Mann gewandt fuhr er fort.

»Ich hatte dich ja angerufen, wir haben nämlich eine Spezialaufgabe für dich. Es geht um die Geschichte der Sektherstellung, wie das hier in Mainz war zur Zeit der Franzosen, vielleicht hast du ein paar Minuten dafür.« Im letzten

Augenblick fiel ihm seine Kinderstube ein, er machte eine wedelnde Handbewegung zu Tinne hin.

»Das ist übrigens Tinne, von der ich dir am Telefon erzählt hab. Die ist Historikerin und steht auf komische Rätselspielchen. Wird dir gleich Löcher in den Bauch fragen.«

Sie ärgerte sich über seine uncharmante Vorstellung. Wenn Elvis schlecht gelaunt war, konnte er ein echtes Aas sein. Sie betrachtete den Mann genauer. Er war nicht mehr jung, bestimmt schon 50, und hatte ein interessant geschnittenes Gesicht: Es bildete ein Dreieck, das bei den Augen breit anfing, nach unten zum Kinn immer schmaler wurde und dort in einem Grübchen endete. Sein Mund war so klein und rund, dass Tinne sich ernsthaft fragte, wie er von einem belegten Brötchen oder einem Hamburger abbeißen konnte. Dieses Problem schien er allerdings zufriedenstellend gelöst zu haben, denn sein Hemd spannte über einem kleinen Bauchansatz. Alles in allem kein hübscher Kerl, doch seine Augen zwinkerten verschmitzt.

»Hallo, ich bin Tinne Nachtigall, freut mich.« Artig schüttelte sie dem Mann die Hand. Sie wusste nicht so recht, wie sie ihn anreden sollte – Bex, war das sein Name oder nur ein Spitzname? Und du oder Sie? Elvis duzte ihn, sie war mit Tinne vorgestellt worden, kannte ihn aber nicht. Vorsichtshalber hielt sie den Mund, um nicht in eine Peinlichkeit zu tappen.

»Tag, ich bin Bex. Also, eigentlich Oliver Becks, aber das sagt kein Mensch. Schön, dich kennenzulernen, Tine.«

Na also. Erleichtert nickte sie.

»Fast richtig. Nicht Tine, sondern Tinne, mit Doppel-n.«

Sie rechnete mit einer Nachfrage, der üblichen Reaktion auf den seltsamen Namen. Stattdessen warf er ihr einen amüsierten Blick zu.

»Soso. Trinkst du denn auch Schweizer Wein?«

Tinne guckte verdattert. Hä?

»Na, eine Tinne, das ist ein altes Schweizer Volumenmaß für Wein. So um die 40 Liter. Nicht gewusst?«

Sie lief rötlich an und kam sich blöd vor. Ihren Rufnamen hatte sie tatsächlich noch nie gegoogelt, sondern immer gedacht, es wäre ein Kunstwort ohne weitere Bedeutung. Ihr jüngerer Bruder Florian hatte Tine, kurz für Ernestine, in seinen Kindertagen nicht richtig aussprechen können und *Tinne* gesagt. Der ulkige Name hatte sich über die Jahre verselbstständigt und war hängen geblieben. Von einem Weinmaß namens Tinne hatte sie noch nie gehört.

Zu ihrer Erleichterung ließ Sascha einen halblauten Pfiff ertönen und signalisierte ihnen, den Mittelgang freizumachen. Elvis hatte inzwischen ein kariertes Hemd angezogen und wurde von Inga gepudert. Er zog ein Gesicht, als würde er gleich daran versterben.

Bex ging mit Tinne in den hinteren Bereich des Kellers. Je weiter sie kamen, umso feuchter und schwerer wurde die Luft. Es roch nach Alter, nach Holz und nassem Stein.

»Soso, du interessierst dich also für die Historie von Sekt. Warum, willst du ein Buch schreiben oder so?«

Tinne war froh, dass er das Thema wechselte und nicht weiter über das Weinmaß sprach. Sie nahm sich vor, zu Hause sofort danach zu googeln.

»Nein, ist für die Uni. Ich habe einen Lehrauftrag am Historischen Seminar, und nächstes Semester will ich einen Kurs anbieten über die Kulturgeschichte des Schaumweins, natürlich mit besonderem Fokus auf Mainz.«

Die kleine Schwindelei hatte sie sich vorher ausgedacht. Sie wollte ihre Aarsiegel-Serviettenrecherche nicht herausposaunen, solange sie nicht wusste, was wirklich dahintersteckte.

»Aha, okay. Na, gut, dann gibt's jetzt mal die Sekthistorie im Zeitraffer.« Er überlegte kurz, um einen Anfang zu finden. »Also, wenn wir heute etwas zu feiern haben, stoßen wir gerne mit Sekt an, klar. Das ist aber nicht immer so gewesen. Ganz am Anfang, da war schäumender Wein eher ein Unglücksfall, *Teufelswein* haben die Leute dazu gesagt. Und das kam so: Nach der Lese, also im Spätjahr, hat man den Wein gären lassen und ihn danach in Flaschen abgefüllt. Ab und zu ist es aber passiert, dass der Wein nicht komplett vergoren war. Die Kellermeister haben das nicht gemerkt, ihn trotzdem abgefüllt und die Flasche verschlossen. Und was ist dann passiert?«

Er blieb mit der Stimme oben, als würde er auf eine Antwort warten. Tinne fühlte sich an ihre Schultage zurückerinnert, an Situationen, in denen sie ohne den Hauch einer Ahnung aufgerufen wurde. Sie fing an, sich eine Antwort zurechtzustottern.

»Eh, es ist … es ist …«

»Richtig!«, fiel Bex ihr ins Wort. »Es ist erst mal gar nichts passiert, denn der Wein hat sich über die kalten Wintermonate quasi schlafen gelegt.«

»Ja, genau«, murmelte Tinne, die etwas komplett anderes hatte sagen wollen.

»So, und dann kommt das Frühjahr, es wird wärmer. In den Flaschen steckt aber noch Hefe drin, nämlich die Reste der unvollständigen Vergärung. Die Hefe fängt wieder an zu arbeiten, es kommt zu einer zweiten, nicht geplanten Gärung. Von außen sieht man es nicht, aber in den Flaschen drinnen, da steigt der Druck und steigt und steigt. Und dann …«

Bex klatschte in die Hände, dass Tinne zusammenfuhr. Der Knall wanderte als unruhiges Echo durch den Kellerraum.

»Dann fetzt die erste Flasche in Tausend Scherben, und weil die Flaschen alle schön nebeneinander liegen, macht es nur noch bäm, bäm, bäm. Der Kellermeister kommt herunter und watet knietief in den Scherben und in dem, was sein Wein fürs nächste Jahr hätte sein sollen.« Er hielt sich die Fäuste mit gereckten Zeigefingern an die Stirn und grinste maliziös. »Teufelswein!«

Tinne musste lachen. Sie las in seinen Augen dieselbe Begeisterung, die sie selbst für Geschichten aus der Vergangenheit empfand.

»Hey, du wärst ein guter Dozent geworden. Leute, die so plastisch erklären können, sind Mangelware an der Uni.«

Er zögerte eine Sekunde. »Um ehrlich zu sein, ich hätte für mein Leben gerne Geschichte studiert. Aber da gab's zu Hause keine Diskussion: Wirtschaftswissenschaft war gesetzt, das war der Wille meines Alten, sonst hätte er den Geldhahn zugedreht. Aus der Traum von einem spannenden Forscherleben.«

Tinne hielt die Klappe. *First World Problems*, und zwar vom Feinsten. Sie hätte liebend gerne Familienvermögen und einen Geldhahn gehabt, statt während des Studiums jeden Kreuzer umdrehen zu müssen. Wenn sie an das Mercedes Coupé mit den Protzfelgen im Hof dachte, schien es Bex auch heute nicht gerade schlecht zu gehen. Aber er war ihr sympathisch, deshalb wollte sie keine Grundsatzdiskussion über die Ungerechtigkeit der Welt vom Zaun brechen.

Im Hintergrund waren laute Stimmen zu hören, Elvis beschwerte sich über etwas. Tinne und Bex lugten um die Ecke und mussten sich das Lachen verbeißen: Der dicke Reporter saß rittlings auf einem der Fässer wie Münchhausen auf der Kanonenkugel, in einer Hand hielt er eine Kerze, in der anderen ein Sektglas. Sascha redete ihm gut zu und versuchte, mit der Kamera eine passende Perspektive zu finden, doch Elvis war am Schimpfen und sah nicht gerade aus wie das glückliche Rheinhessen-Gesicht 2016.

»Jedenfalls«, nahm Bex den Faden wieder auf, »wenn ein paar Flaschen diese zweite Gärung überstanden hatten, fanden die Leute den schäumenden Wein darin gar nicht übel. Aber sie schafften es nicht, diesen Prozess irgendwie zu kontrollieren, bis 1668 die Abtei Hautville in der Champagne einen neuen Kellermeister bekam, einen Benediktinermönch namens Dom Pérignon.« Er schaute sie an, als wolle er sagen: Na, jetzt muss der Groschen aber fallen.

Mit Kennermiene nickte Tinne. Dom-Pérignon-Champagner kannte sie tatsächlich, in Geschäften standen die Flaschen allerdings in den Regalen, die für sie monetär nicht infrage kamen.

»Es ranken sich viele Legenden um diesen Dom Pérignon, einige erzählen sogar, er sei blind gewesen. Tatsache ist aber, dass wir ihm ein paar segensreiche Erfindungen verdanken, ohne die wir heute keinen Schaumwein trinken würden.« Aus einem Wandregal nahm Bex eine Flasche heraus und deutete auf den Korken, der auf sekttypische Art mit Drähten verschlossen war.

»Hier, eine der Erfindungen, die auf ihn zurückgehen. Die *Agraffe*, der Drahtkorb. Der hält den Korken bombenfest in der Flasche. Und hier«, er drehte die Flasche und zeigte Tinne den nach innen gewölbten Boden, »das ist auch eine Idee von ihm, die *Culot de Bouteille*, der konkave Boden. Dadurch wird die Flasche stabiler und hält dem Druck besser stand.«

Behutsam legte er die Flasche ins Regal zurück.

»Mit solchen Verbesserungen hat Dom Pérignon es geschafft, die zweite Gärung einigermaßen kontrollierbar zu machen. Man sagt ihm auch den legendären Spruch nach, als er seinen verbesserten Schaumwein gekostet haben soll: *Venez mes frères, vite, je bois des étoiles!* Eilt herbei, meine Brüder, ich trinke die Sterne!«

»Ich trinke die Sterne«, wiederholte Tinne. Hier, in dem alten Keller, umgeben von Holzfässern, klangen die Worte geradezu magisch. Ihr Kopfkino führte sie in französische Klostermauern, wo Fackeln brannten und zuckende Schatten warfen. Ein gebeugter Mönch in schwerem Gewand hielt eine Flasche in die Höhe wie den Heiligen Gral, seine blinden Augen waren milchig weiß, ein Lächeln umfing seine faltigen Züge. *Je bois des étoiles ...*

Ein Klirren und eine Schimpfkanonade brachte sie unsanft in die Gegenwart zurück. Beim Shooting war ein Tablett mit Gläsern umgestürzt und hatte sich über Elvis ergossen, er sah aus wie eine gebadete Katze. Inga fing an, seine Haare zu frottieren, sein Schimpfen ging in Jammern über. Tinne musste ein Kichern unterdrücken. O je, nicht gerade Elvis' großer Tag heute!

»Okay, so ist also der Champagner erfunden worden. Und hier in Mainz, wie ...«

»Moment, Moment, Miss Ungeduld.« Bex hob die Hände, als wolle er einen Schnellzug bremsen. »Dieser frühe Schaumwein mag vielleicht lecker gewesen sein, aber er war nicht sehr ansehnlich. Denn die Hefe, die die zweite Gärung hervorgerufen hat, ist noch immer darin herumgeschwommen, und es musste erst eine Frau ran, bis das Problem gelöst war. Die Witwe Clicquot.«

Veuve Clicquot. Der zweite Name, den Tinne kannte, Flaschen mit auffälligem orangefarbenem Etikett. Auch diese Marke war leider jenseits ihrer Finanzschallgrenze.

Bex führte sie zu einem schrägen, halbhohen Holzaufsteller. Darin waren Flaschen in Reih und Glied angeordnet, ihre Böden zeigten nach oben, die Hälse steckten in Aussparungen. Tinne hatte solche Aufsteller schon oft gesehen, sie standen in Straußwirtschaften und Restaurants als Blickfang.

»Die Witwe und ihr Kellermeister haben das hier erfunden.« Bex klopfte mit den Knöcheln auf das Holzgestell. »Das Rüttelpult. Darin werden die Flaschen eingesteckt und dann jeden Tag ein klitzekleines bisschen gedreht, nach einer genauen Vorgabe. Über Wochen wird die Neigung immer weiter verändert, sodass die Flaschen immer steiler stehen. Dadurch sammelt sich die Hefe als eine Art Pfropf im Hals.«

Tinne schaute das Rüttelpult an und ging den Vorgang im Geist durch.

»Und dann? Ich meine … okay, die Hefe ist im Hals, aber sie steckt doch noch immer in der Flasche, oder?«

»Richtig. Jetzt kommt der letzte Schritt, das sogenannte Dégorgieren.« Er nahm eine der Flaschen aus dem Rüttelpult, ohne ihre schräge Position zu verändern. »Dabei öffnet man die Flasche, der Hefepfropf schießt durch den Druck raus, dann wird sie ganz schnell wieder verschlossen. Geübte Kellermeister machen das per Hand, meistens werden die Flaschenhälse aber vorher in ein Eisbad getaucht und gefroren, dann können das auch Maschinen.«

Mit den Fingern deutete er das rasche Öffnen und Schließen an.

»Trotzdem gehen ein paar Schlucke verloren, die werden durch Rohsekt und ein kleines bisschen Zucker ersetzt, die *Dosage*. Damit bekommt der Sekt seine Geschmacksrichtung – extratrocken, trocken, halbtrocken, süß. Zum Schluss dürfen die Flaschen noch ein paar Monate reifen.«

Er machte eine allumfassende Handbewegung.

»Und diesen ganzen Vorgang, also Flaschengärung, *Agraffe*, Rüttelpult, Dégorgieren und *Dosage*, das nennt man die *Méthode Champenoise*. Heutzutage wird diese Methode natürlich nicht nur beim Champagner angewendet, sondern bei vielen hochwertigen Sekten, auch hier in der Sektmanufaktur. Aber sie ist nun mal in der Champagne erfunden worden, deshalb der Name *Champenoise*. Der Ausdruck ist sogar gesetzlich geschützt, da sind unsere französischen Freunde sehr patriotisch.«

Ein freches Grinsen ließ ihn wie einen Lausbuben aussehen.

»Ich erinnere mich, dass eine Weinzeitschrift mal eine kühne Theorie aufgestellt hat: Die Methode wäre ursprünglich hier in Deutschland erfunden worden, und die Franzosen hätten sie quasi kopiert. Hui! Du kannst dir vorstellen, was da los war – ein Shitstorm ist gar nichts gegen das, was auf die arme Redaktion eingeprasselt ist.« Er ging in Deckung und musste über seine eigene Slapstickeinlage lachen.

Es machte Tinne Spaß, ihm zuzuhören. An sich war sie kein großer Sektfan, bei Geburtstagen oder bei Feiern an der Uni stieß sie damit an, klar, aber in der Kommune gab es so gut wie nie Sekt. Und Champagner kannte sie nur vom Hörensagen, das Brimborium darum kam ihr ziemlich großspurig vor. Die Geschichte dieses Getränks war aber mehr als spannend, das musste sie zugeben.

»Okay, und wie ist das jetzt …«

Der Rest ihrer Frage ging in lautem Poltern und einem gellenden Schrei unter. Sie rannte zum Mittelgang, Bex folgte ihr. Was um Himmels willen war nun schon wieder los? Als sie die Bescherung sah, biss sie sich auf die Lippen, doch es half nichts: Sie platzte heraus vor Lachen. Elvis klemmte zappelnd zwischen zwei Fässern, die Beine gen Deckengewölbe gereckt, sein Hintern war auf Tauchstation. Ganz offensichtlich hatte er sich fürs Foto locker-lässig hinsetzen wollen und war nach unten durchgerutscht. Sascha zerrte an seinem Arm, der Requisiteur mühte sich an den Beinen ab, über alldem erklang Elvis' Schimpfkanonade im Dauerfeuer.

»Und ihr zwei dahinten, ihr könnt gleich abhauen dorthin, wo der Pfeffer wächst!«, keifte er in ihre Richtung und strampelte so wild, dass der Requisiteur einen Schuh an den Kopf bekam. Tinne und Bex verkniffen sich die nächste Lachsalve und eilten zu Hilfe. Zu viert schafften sie es, Elvis' stämmigen Körper aus dem Zwischenraum zu ziehen und ihn wieder auf die Füße zu stellen. Sein Hintern war in einer Pfütze gelandet und tropfte, sein Gesicht war knallrot, das Hemd über und über schmutzig. Er sah aus wie eine wohlgenährte Vogelscheuche.

»Das letzte Mal, ich sag's dir!« Er schwenkte seinen Finger unter Saschas Nase, dem es genauso schwerfiel, ernst zu bleiben, wie Tinne. »Keine Fotos mehr, kein Getue und Geschminke und noch mal linksrum und rechtsrum. Aus und vorbei, letzte Fotoaktion, auf den restlichen Plakaten kann sich zur Abwechslung mal der OB zum Horst machen. Ich stell mich am Sonntag noch auf diesen Jubiläumswagen, meinetwegen, und das ist es für den Rest des Jahres gewesen!«

Es dauerte eine Weile, bis Sascha den aufgebrachten Reporter wieder einigermaßen beruhigt hatte. Nach einem Piffchen aus der traditionellen Rieslingflasche durfte Inga ihn sogar wieder nachschminken. Seine Bedingung war aber klar: nur noch Fotos ohne körperliche Verrenkungen!

»Alles entspannt, Elvis, wir sind gleich durch.« Sascha schenkte ihm nach. »Noch ein, zwei Porträts, das war's.« Während der Requisiteur im Hintergrund Flaschen umräumte, wandte Elvis sich an Bex.

»Und, hast du Madame Neugierig weiterhelfen können mit deinen Mainzer Sektgeschichtchen?«

»Da sind wir eigentlich gerade dabei gewesen. Die Mainzer haben nämlich ihre ganz eigenen Erfahrungen mit Schaumwein gemacht, und dabei haben sie sogar die champagnerverwöhnten Franzosen verblüfft. Das alles war zur napoleonischen Zeit oder kurz davor, also Ende 18., Anfang 19. Jahrhundert.«

Tinne spitzte die Ohren. Aha, nun kamen sie zum interessanten Teil.

»Damals hatte Mainz ja ziemlich wilde Zeiten erlebt«, fuhr Bex fort. »Die Deutschen, die Österreicher und die Franzosen haben sich um die Stadt gebalgt. Die Mainzer haben sich aber – damals wie heute – nicht die Lust am Feiern vergällen lassen, und 1790 gab Kurfürst von Erthal einen Maskenball. Dabei gab es etwas zu trinken, das den Leuten gut geschmeckt hat, nämlich einen prickelnden Wein. Kannte man aus Frankreich, klar, Champagner, aber eben nicht aus Deutschland. Das ist einem der französischen Häuptlinge zu Ohren gekommen, General Custine. Der hat den Kellermeister des Kurfürsten herbeiziticren lassen, einen Mann namens Peter Gimbel.«

Bex brach ab, weil Sascha Elvis ein wenig eindrehte und ihm erklärte, wie er sein Sektglas halten solle. Tinne hätte ihn am liebsten geschüttelt, damit er weiterredete. Peter Gimbel, genau wie in Aarsiegels Rätselworten! Doch Elvis musste erst ein paarmal freundlich lächeln, *klick*, *klick*, dann war Sascha zufrieden. Bex nahm den Faden wieder auf.

»Gimbel hat dem General dann erklärt, wie es zu dem prickelnden Wein kam. Er hatte nämlich einen Schwager in Frankreich besucht und dort zugeschaut, wie Champagner gemacht wurde. Die *Méthode Champenoise* eben. Das hat ihn schwer beeindruckt, und zu Hause in den kurfürstlichen Kellern hat er versucht, das Verfahren nachzuahmen. Und wohl mit ziemlichem Erfolg, denn der General hat Gimbels Sekt probiert und war dermaßen begeistert, dass er ihm auf der Stelle einen französischen Orden verliehen hat.«

»Moment«, hakte Tinne ein. Dieser Teil der Geschichte passte nun gar nicht zu dem, was auf ihrer Serviette stand: *Hat den Franzosen nicht geschmeckt.*

»Dieser General, der mochte Gimbels Sekt? Da bist du dir sicher?«

»Freilich, da gibt es sogar ein Protokoll, das die Ordensverleihung dokumentiert. Und damit ist in Mainz am Rhein der allererste Sekt auf deutschem Boden hergestellt worden, zumindest offiziell und mit Brief und Siegel.«

Wieder gab es eine Zwangspause, Elvis wurde nachgepudert, in Position gerückt und ausgeleuchtet. *Klick, klick, klick.*

»Okay.« Tinne versuchte, die neuen Informationen einzuordnen. »Wie ist es dann weitergegangen mit Peter Gimbel und dem Schaumwein?«

»Na ja, sein kurfürstlicher Sekt hat Furore gemacht, andere haben die Methode bald nachgeahmt. Um 1900 hat es in Mainz dann schon mehr als zehn Sektkellereien gegeben, die bekannteste ist natürlich Kupferberg, seit 1850. Die meisten Unternehmen sind aber bis zu den Weltkriegen pleitegegangen, nur Kupferberg ist eine echte Erfolgsstory geworden. Heute ist es aber so, dass viele Kunden eher Klasse statt Masse wollen, und das ist ein Riesenglück für neue Kellereien wie die Sektmanufaktur. Was wir hier machen, ist klein, aber fein.« Nicht ohne Besitzerstolz hob er die Hände und schloss den Keller mit all seinen Fässern und Flaschen ein.

Tinne wollte ihn nicht kränken und schaute sich mit angemessener Bewunderung um. Doch in Gedanken war sie noch immer bei Peter Gimbel und den Worten auf der Serviette. *Hat den Franzosen nicht geschmeckt* – wie passte das mit dem zusammen, was sie gerade von Bex gehört hatte?

»Hm, noch mal zurück zur Franzosenzeit … Weißt du da noch mehr Interessantes? Ich meine, was haben die Franzosen denn sonst noch über den deutschen Schaumwein gesagt?«

»Keine Ahnung, da gibt es keine weiteren Quellen dazu, zumindest keine, die ich kenne. Die Sache mit dem General und dem Orden wissen wir auch nur, weil die Franzosen sehr ordentlich Buch geführt haben über alles Administrative. Mehr ist dazu nicht vermerkt worden.«

Ernüchterung machte sich in Tinne breit. Kein Hinweis auf *La Gageure*, auf das Ding, das es nicht geben durfte? Ihr fiel etwas ein.

»Was ist mit Napoleon? Der war doch hier in Mainz, ein paarmal sogar. Hat der denn etwas zu tun gehabt mit Gimbels Sekt oder ganz generell mit dem Mainzer Schaumwein?«

Wenn Bex ihr spezielles Interesse seltsam fand, ließ es er sich zumindest nicht anmerken.

»Nö, nichts, soweit ich weiß. Napoleon fand Mainz, oder besser *Mayence*, ja sehr schön, er wollte eigentlich eine *Bonne Ville de l'Empire* daraus machen, eine der Vorzeigestädte seines Reichs.«

Tinne nickte, das war ihr Fachgebiet an der Uni. Der französische Kaiser hatte große Pläne mit *Mayence*, die zum Teil sogar umgesetzt wurden: Er gliederte Kostheim und Kastel wieder in den Stadtbund ein, auf sein Betreiben wurde die Große Bleiche zum Rhein hin durchgebrochen und als Prachtstraße ausgebaut. Auch die heutige Ludwigsstraße ging auf Napoleon zurück, sie wurde damals als *Grande Rue Napoléon* angelegt. Doch die Völkerschlacht bei Leipzig und das anschließende Ende seiner Herrschaft ließen alle weiteren Pläne unverwirklicht. Die verlorene Schlacht brachte sogar ein großes Unglück über Mainz: Die geschlagenen französischen Truppen schleppten 1813 bei ihrem Rückzug den Flecktyphus ein, der sich rasend schnell in der Stadt ausbreitete und mehr als 20.000 Todesopfer forderte.

»Napoleons Schreiber haben viel über Mainz notiert«, fuhr Bex fort, »und in den Stücklisten in Paris sind viele Gegenstände verzeichnet, die Napoleon mitgenommen hat oder die ihm geschenkt worden sind. Wie gesagt, so etwas haben die Franzosen pingelig genau aufgeschrieben. Aber es gibt keine historischen Quellen über etwas, das mit Schaumwein zu tun gehabt hätte. Tut mir leid, da kann ich dir nicht weiterhelfen.«

Sascha war fertig und bat Bex herüber, damit beim Abbau des Sets nicht noch mehr Gläser zu Bruch gingen. Tinne stand abwesend daneben. Nichts weiter zu Gimbel und seinem Sekt? Keine Verbindung zu Napoleon?

»Mach ma Platz.« Elvis drängte sich an ihr vorbei nach draußen, wischte Puder vom Gesicht und griff nach seinem Rotkreuzbeutel. Sein Nervenkostüm verlangte dringend nach einer Zigarette. Halbherzig bedankte Tinne sich bei Bex, der ihr eine Flasche *Manu Factum* schenkte und ihr anbot, bei der weiteren Seminarvorbereitung zu helfen. Auf dem Weg zum Auto musste sie sich eingestehen, dass die Spur Sekt-Gimbel-Napoleon im Sand verlaufen war. Wie sollte sie jetzt weitermachen?

»Moment, Tinne, eine Sekunde«, rief Bex ihr nach. Sie gab Elvis Zeichen, der schon im Jaguar saß und ungeduldig winkte.

»Hör zu, eine Sache ist mir gerade eingefallen. Ich weiß nicht, ob das interessant für dich ist, weil du ja ein wissenschaftliches Seminar planst, und na ja, es ist eher so etwas wie eine Legende. Hat aber mit Napoleon und Peter Gimbel zu tun.«

Tinne wurde aufmerksam. Selbst wenn eine Legende nicht gerade das war, was sie suchte, wollte sie trotzdem jede noch so kleine Spur verfolgen.

»Hast du denn schon mal von den sagenhaften Kaiserflaschen gehört? Nicht? Dann pass auf.« Er legte los, und keine Minute später rutschten die Puzzleteile in Tinnes Kopf mit einem fast hörbaren Geräusch an ihre Plätze.

*

Laurent Pelizaeus saß zu Hause und ließ sich müßig durch die Weiten des Internets treiben. Er hatte das Bein hoch gelegt und Kühlakkus mithilfe eines Schals auf die Kniescheibe gebunden. Seine Improvisation half, die Schmerzen ließen allmählich nach. Der Vormittag war ein bisschen zu heftig gewesen für seinen Kapselriss. Das Autofahren ging, zum Glück hatte sein A4 Automatikgetriebe. Doch das Laufen und vor allem das Treppensteigen waren eine Qual. Nun hatte er sich den Nachmittag freigenommen, um nicht die nächsten Tage komplett auszufallen. Neben ihm dampfte eine Tasse Kaffee, die AZ war griffbereit, dazu einige Akten aus dem Präsidium. Der Fernseher lief, aber ohne Ton, die Terrassentür stand offen und ließ den Duft des Frühsommers herein. Eigentlich hatte Laurent sich vorgenommen, Untersuchungsberichte durchzublättern, doch sein Tablet und die Verlockungen des WWW gewannen. Er klickte sich durch die Seiten der FAZ, der Welt und der Zeit, seine Gedanken schweiften aber immer wieder ab. Der Tod des alten Professors ging ihm nicht aus dem Kopf. Was für eine seltsame Geschichte! Und diese merkwürdigen Rätselworte auf Tinnes Serviette. Gegen Windmühlen kämpfen, irgendein Graf. Blick in den Spiegel, die Hosen voll. Und den Kopf einziehen. Wie war das? Schönen Gruß von Uncle Sam.

Interessehalber gab er die Worte *Gruß von Uncle Sam* bei Google ein, die Ergebnisse waren aber wirr. Tinne hatte den Kalten Krieg erwähnt, hm, könnte stimmen. Kopf einziehen. Eine Bombe? Ein Flugzeug? Oder eher so etwas wie eine biologische oder atomare Bedrohung? Laurent dachte an seine Jugend zurück. Er war Jahrgang 1970, in seiner Schulzeit gehörte die Eiszeit zwischen den USA und der UdSSR zum Alltag. Aufrüstung, der NATO-Doppelbeschluss, Pershings, Reagan, Breschnew. Ein dritter Weltkrieg schien zum Greifen nah, die Zeitungen waren voll mit immer neuen Hiobsbotschaften.

Apropos. Vielleicht fand er in Presse- und Fernseharchiven einen Hinweis auf etwas, das die Leute den Kopf einziehen ließ. Er klickte sich durch die Suchmasken von ARD und ZDF, durch die *Eines Tages*-Rubrik von Spiegel Online und durch die endlosen Listen der dpa, der Deutschen Presse-Agentur. Nichts, seine vagen Suchworte brachten entweder keine oder gleich Tausende Treffer. Vielleicht sollte er sich mehr auf die Mainzer Region beschränken. Also weiter zu den regionalen Quellen. Das Archiv der AZ war allerdings erst ab den späten 1990ern online geschaltet, und die Suchmaske des Stadtarchivs erforderte eine Anmeldung vor Ort in der Rheinallee.

Der Kommissar trank seinen Kaffee und schüttelte den Kopf über sich selbst. Da vergeudete er seine Zeit mit schrägen Rätselsprüchen! Andererseits musste er zugeben, dass ihn dieses Versuch-und-Irrtum-Spiel reizte. Er begann zu verstehen, warum Tinne bei historischen Geheimnissen nicht lockerlassen konnte. Trotzdem, es gab schließlich in seinem Polizistenjob genug zu tun, da musste er nicht den Robert Langdon für Arme geben.

Er öffnete *DEPP*, um sich einen Überblick über die aktuelle Situation in den Dienststellen zu verschaffen. Noch immer nicht viel los, es war eine ruhige Zeit in Mainz. Eine Meldung war skurril, Anwohner in Hechtsheim hatten einen nächtlichen Knall gemeldet, das Geräusch konnte von einer Streife bestätigt werden. Zu dumpf und zu laut für einen Böller, hieß es im Protokoll, Ursache nicht erklärbar. Soso. Auch zum Tod des alten Mannes gab es einen neuen Vermerk, der Leichnam war zur Obduktion in die Rechtsmedizin gebracht worden. Das übliche Vorgehen bei Todesfällen mit ungewöhnlichen Begleitumständen. Laurent rechnete damit, dass die Akte bald geschlossen werden würde. Unfalltod, selbst verschuldet.

Er klickte weitere Meldungen durch. Schon bequem, dieses Programm, er verstand nicht, warum sich viele Kollegen dagegen sträubten. Bei den vielen Möglichkeiten ...

Da durchzuckte ihn eine Idee. Moment, was hatte der IT-Nerd bei der Vorstellung von *DEPP* gesagt? »Im dritten *Drop Down Level* haben Sie *Direct Access* zum *Content Management System* des Rheinland-Pfälzischen Innenministeriums, da sind sämtliche *Cases* in *Incident Folders* ge-

wrappt und können per *Database Request gelaucht* werden, und zwar nach *Fuzzy Logic*-Kriterien« ... oder so
ähnlich jedenfalls. Laurent erinnerte sich an die Runde seiner Kollegen, als das Programm erklärt wurde: Die üblichen Streber schrieben jedes Wort mit, doch die meisten
hockten mit gläsernen Augen da und ließen den Vortrag an
sich vorbeirauschen. Er selbst hatte das Geschehen amüsiert verfolgt und sich gefragt, ob der Typ eigentlich auf
Deutsch oder auf Englisch referierte. Nun aber machte er
sich in den zahlreichen Untermenüs von *DEPP* auf die
Suche. Wenn er die Worte des Nerds richtig deutete, gab
es einen Bereich des Programms, der Zugang zur Daten-
bank des Innenministeriums hatte. Und wo, wenn nicht
dort, würde er Informationen über etwas finden, vor dem
die Bürger den Kopf eingezogen hatten?

Nach einigen Fehlversuchen war Laurent in die Tiefen
des Programms vorgestoßen und entdeckte einen Verweis
mit dem Logo des Ministeriums. Aha, hier entdeckte er
eine Eingabemaske, die nach *Fuzzy Logic*-Kriterien aussah, was auch immer das sein mochte. Er sollte einen Zeit-
raum auswählen und entschied sich für 1970 bis 1980, als
Suchbegriffe gab er *Gefahr*, *Panik*, *USA* und *Luft* ein. Die
Sanduhr wollte nicht mehr stoppen, die Trefferliste wurde
länger und länger. Bombendrohungen, Demonstrationen
für und gegen die amerikanische Politik, Korrespondenz-
noten des Auswärtigen Amtes, eine Flugzeugentführung,
ein Zwischenfall im Atomkraftwerk Biblis und vieles mehr.
Er seufzte. Zu ungenau, nichts davon betraf Mainz, und
nirgendwo war von einer echten Panik in der Bevölkerung
die Rede. Er fügte *Mainz* als Suchbegriff dazu und änderte
Luft in *Luftraum*, dann in *Wolken, Höhe, Flughöhe, Atmosphäre*. Noch immer unendlich viele Einträge.

»Wer weiß, Tinne, vielleicht hatte dein Prof ja Angst vor Star Trek und den Klingonen?«, knurrte er und fügte mehr aus Spaß den Begriff *Weltall* hinzu. Die Trefferliste schrumpfte zusammen, es blieben nur vier Einträge übrig. Drei davon waren Protestkundgebungen gegen den von den USA geplanten SDI-Raketenabwehrschild. Der vierte aber ließ Laurents Augen groß werden.

»Das gibt's doch gar nicht!« Mit fliegenden Fingern öffnete er den daneben stehenden Link, der eine kleine Materialsammlung enthielt, Texte und ein Bild. Er brauchte nur einen einzigen Blick, um zu wissen, dass er einen Volltreffer gelandet hatte.

»Natürlich! *Blick in den Spiegel*. Du bist echt raffiniert gewesen, alter Professor!«

In Windeseile lud er die Grafik herunter und schickte sie an Tinnes E-Mail-Adresse. Als Betreffzeile tippte er *Gruß von Uncle Sam, bitte Kopf einziehen!* und einen Smiley.

Danach lehnte Laurent sich zurück. Sein Kaffee war kalt geworden, aber egal, der kleine Detektivausflug in die Vergangenheit war es wert gewesen. Nun rief die Arbeit aber überlaut, er nahm die Unterlagen vom Tisch und vertiefte sich in das erste Protokoll. Da klingelte sein Handy. Verflixt, es lag im Flur, er musste seine knieschonende Position aufgeben und humpelte hinaus. Vielleicht Tinne? Hatte sie seine Nachricht schon gelesen?

Es war aber nicht Tinne, sondern ein Anruf, den er nicht erwartete.

»Hallo, Laurent, Tara hier. Hast du Zeit, eben mal in die Rechtsmedizin zu kommen? Es gibt Neuigkeiten, die dir nicht so gut gefallen werden.«

✳

Der rote Jaguar beschleunigte, als er Laubenheim hinter sich ließ und die L 431 in Richtung Bodenheim erreichte. Der Fahrtwind verwirbelte Tinnes Haar – ein E-Type war ganz klar nicht für ihre Körpergröße entworfen, ihr Kopf ragte halb hinter der niedrigen Frontscheibe hervor. Wäre das Dach geschlossen, würde sie eine Beule in den Stoff drücken. Neidisch schaute sie zu Elvis herüber. Dessen Koteletten führten zwar ein böiges Eigenleben, doch seinen spärlichen Haaren konnte der Wind nichts anhaben. Der echte Elvis, so vermutete Tinne, musste seine Haartolle bei Cabriofahrten mit einem Liter Pomade festzementiert haben. Sie mühte sich ab, ihren Schal um den Kopf zu schlingen. Das Ergebnis sah allerdings aus wie eine missglückte Vollverschleierung, sie ließ es sein und gab sich den Windgeistern hin.

Die beiden waren auf dem Weg nach Sprendlingen zu dem British-Car-Spezialisten. Eigentlich hatte Tinne nicht mitfahren wollen, sondern vorgehabt, den Rest des Tages ihren Mitbewohnern auf der Kommunen-Baustelle zu helfen. Doch nun brannte sie darauf, Elvis von Bex' letztem Hinweis zu erzählen, denn der Reporter hatte ja schon im Auto gesessen und nichts davon mitbekommen. Er winkte allerdings nur ab und gab ihr Zeichen, erst mal den Mund zu halten. Der Jaguar forderte seine ganze Konzentration, er kämpfte mit dem störrischen Wagen und nahm jeden Kreisverkehr als persönliche Herausforderung. Ein Handtuch auf dem Fahrersitz sorgte dafür, dass sein nasser Hintern keine Flecken auf dem Leder hinterließ, in den Kurven rutschte er aber darauf hin und her wie ein betrunkener Seemann auf dem Kutter. Endlich hatten sie die engen Bodenheimer Gassen hinter sich gelassen, die Landstraße führte nun in sanften Schwüngen nach Gau-

Bischofsheim. Er schüttelte die Hände am Lenkrad aus und lockerte die Schultern.

»So, dann schieß mal los, bevor du an deinen Neuigkeiten erstickst.«

»Okay, also«, Tinne brachte sich in Position, »es gibt da tatsächlich etwas, das mit Peter Gimbel und Napoleon zu tun hat. Es ist zwar eine Legende, aber, hey«, sie hob die Stimme, als Elvis mit miesepetrigem Gesicht abwinkte, »gerade wir zwei sollten wissen, dass hinter Legenden mehr stecken kann als Schall und Rauch.«

Elvis schnaufte, musste aber zugeben, dass Tinne und er bei ihren vergangenen Abenteuern immer wieder diese Erfahrung gemacht hatten. Alte Sagen hatten oft einen historischen Kern, das stimmte schon. Er machte eine unwirsche Bewegung, um sie zum Weiterreden aufzufordern.

»Also, Gimbel hat einen Sekt gemacht, der durchaus mit dem französischen Champagner mithalten konnte, er hat ja auch einen Orden dafür gekriegt. Da waren die Mainzer natürlich sehr stolz darauf, und dann sind sie auf eine Idee gekommen: Warum, haben sie sich gefragt, sollte nicht auch Napoleon höchstpersönlich von ihrem Sekt probieren? Also haben sie einen Glasmacher beauftragt, Flaschen mit Bienen zu verzieren, den Wappentieren Napoleons, Gimbel hat die allerbesten Grundweine ausgewählt und versektet, und dann sind die Flaschen mit dem Wachssiegel vom damaligen Bürgermeister Franz Konrad Macké versehen worden. Drei solcher Flaschen haben die Mainzer hergestellt und sie sehr passend *Kaiserflaschen* genannt. Diese drei Kaiserflaschen wollten sie Napoleon schenken, bei seinem ersten Besuch in 1804. Aber – und jetzt kommt's! – er hat sie nie erhalten.«

Sie machte ein Gesicht, als erwarte sie tosenden Beifall, doch Elvis schaute unbeeindruckt geradeaus.

»Und woher will Bex das wissen? Aus dem deutsch-französischen Märchenalmanach?«

»Nein«, antwortete Tinne spitz. »Es gibt Handwerker-rechnungen und Kellerlisten, meint Bex, die die Herstellung dieser Kaiserflaschen bezeugen. Er will zu Hause mal schauen, er glaubt, ein paar Unterlagen darüber zu haben. Und dass Napoleon die Flaschen nicht bekommen hat, das beweisen die fehlenden Aufzeichnungen darüber. Es gibt keinen Vermerk, weder in den Akten vom *Département du Mont-Tonnerre* oder in den Pariser Archiven noch in den Aufzeichnungen seiner Schreiber, die ihn auf Reisen begleitet haben. Und bei so etwas waren die Franzosen sehr genau, da ist jeder Hosenknopf notiert worden.«

Mit mechanischen Bewegungen lenkte Elvis den Jaguar hinter Gau-Bischofsheim auf die Rheinhessenstraße. Es war ihm anzusehen, dass sein Hirn arbeitete.

»So, und jetzt pass auf.« Tinne konnte vor Aufregung kaum stillsitzen. »Ich bin mir ziemlich sicher, dass wir damit das erste Geheimnis gelöst haben: Diese Kaiserflaschen sind *La Gageure*, das Ding, das es nicht geben darf!«

»Aha. Wieso und warum?«

»Ganz einfach: drei Flaschen mit Mainzer Schaumwein, der mit dem besten französischen Champagner mithalten kann, und das alles als Geschenk für Napoleon Bonaparte – das muss für die französische Obrigkeit ein Schlag ins Gesicht gewesen sein. Wie hat Aarsiegel es ausgedrückt: *Das hat den Franzosen gar nicht geschmeckt! Pas possible, c'est une gageure!* Das ist unmöglich, das ist etwas, das es nicht geben darf!«

Die Tatsache, dass Elvis nicht sofort über diese Theorie spöttelte, zeigte, wie sehr sie ihn beschäftigte. Tinne wartete, bis er Ebersheim durchkurvt hatte, dann spielte sie ihren letzten Trumpf aus.

»Und an genau dieser Stelle kommt der Schinderhannes ins Spiel.« Sie schaute ihn listig an. »Weil, diese Kaiserflaschen, die hat Napoleon ja nie gekriegt. Und der Schinderhannes, der ist verurteilt worden, weil er ein Räuber und ein Dieb war. Sogar ein *Meister seines Fachs*, hat der Professor gesagt. So, jetzt frag ich dich: Was kann ein Räuber und ein Dieb am besten?«

Es dauerte keine Sekunde, bis Elvis ihren Gedanken folgen konnte. Er lachte ungläubig.

»Das ist doch wohl nicht dein Ernst, oder? Du willst behaupten, der Johannes Bückler hätte diese Kaiserflaschen geklaut? Das ... 'tschuldigung, Tinne, das ist der größte Käse, den ich je gehört hab!«

»Ist es gar nicht«, beharrte sie. »Überleg doch mal. Angenommen, die Franzosen sehen die Kaiserflaschen tatsächlich als *Gageure*, als ein rotes Tuch für ihr Champagner-Selbstbewusstsein. Da waren die Mainzer bestimmt sehr vorsichtig und haben die Flaschen weggeschlossen, bevor die Franzosen auf dumme Gedanken kommen und sie verschwinden lassen. Okay so weit?«

Der Jaguar machte eine Schlangenlinie, als Elvis sich halb zu Tinne umdrehte. Sein Reporter-Kombinationshirn war angesprungen, er fuhr halblaut fort: »Die Franzosen ziehen aber einen Trumpf aus dem Ärmel, nämlich den Schinderhannes. Der klaut schon sein ganzes Leben lang, also sind die Sektflaschen für ihn kein Problem, egal, wie viele Schlösser und Riegel die Mainzer davorgemacht haben.«

»Ganz genau«, übernahm Tinne. »Der Schinderhannes fordert aber eine Gegenleistung, nämlich schlicht und einfach seine Freiheit. Jetzt haben die Franzosen aber ein Problem, denn die halbe Stadt wartet auf die Hinrichtung vom Schinderhannes. Damit sie als Hüter von Recht und Ordnung ihr Gesicht wahren, muss jemand anders auf die Guillotine steigen. Also inszenieren sie ein kleines Schauspiel und bringen einen anderen Verurteilten dazu, Bücklers Rolle zu übernehmen. Und schon läutet die Schandglocke für den falschen Mann.«

Elvis dachte nach, dann hob er einen Finger. »Ja, ja, schön ausgedacht, Frau Professor. Aber warum das ganze Brimborium? Die Franzosen hatten damals ja das Sagen, Mainz war Französisch, und Punktum. Wenn sie diese Flaschen gewollt hätten, dann hätten sie sie eingefordert, und wäre irgendein deutscher Hanswurst auf die Idee gekommen, die Dinger zu verstecken, dann hätten sie ihn ratzfatz in den Knast geschmissen und fertig.«

»Nein, das wäre absolut in die Hose gegangen. Schau, die Franzosen hatten keinen leichten Stand, für viele Mainzer waren sie nichts anderes als Besatzer. Man hatte sich einigermaßen arrangiert, aber der Friede war brüchig. Wenn die Franzosen diese Kaiserflaschen, auf die die Stadt ja sehr stolz war, per Gesetz einkassiert hätten, wäre das eine ziemliche Bombe gewesen. Nein, die Franzosen mussten das stiller und feiner machen. Bei einem Diebstahl, herrje, da konnten sie die Hände heben und sagen: *Excusez-moi*, da 'abben wirr nischts mit zu tun.«

Beide schwiegen und ließen sich den Fahrtwind um die Nasen wehen. Der E-Type hatte Nieder-Olm passiert, Elvis ließ die zwölf Zylinder auf der kerzengeraden Strecke nach Stadecken-Elsheim röhren.

»Zum Gestammel deines Profs würde das zumindest passen«, rief er gegen den Auspuffsound an. »Kann ja sein, dass er bei seinen Forschungen auf irgendwelche Quellen gestoßen ist, aus denen er sich all das zusammengereimt hat. Aber dann verrat mir mal, warum er damit nie an die Öffentlichkeit gegangen ist. Ich meine, hallo, jeder Historiker würde mit solchen Ergebnissen ein Riesenfass aufmachen, Artikel und Bücher schreiben und was weiß ich noch alles. Er hat aber all die Jahre den Mund gehalten. Warum?«

»Weil er das Rätsel nicht hat knacken können!« Der Fahrtwind riss Tinne die Worte vom Mund. Sie merkte, wie immer mehr Details zueinanderfanden. »Nehmen wir mal an, diese Kaiserflaschen gibt es noch irgendwo, vielleicht haben die Franzosen sie damals versteckt. Aber der allerletzte Hinweis fehlt, und genau das ist Aarsiegels heimliche Besessenheit gewesen in all den Jahren. Selbst in seinem Demenzkopf hat er die Bruchstücke noch parat gehabt, und jetzt, gerade jetzt, muss ihn irgendetwas daran erinnert haben. Deshalb war er so aufgeregt, als ich bei ihm war.«

»Das Versteck der legendären Kaiserflaschen«, wiederholte Elvis nachdenklich. »Das wäre tatsächlich ein Geheimnis, das man nicht einfach so teilt.«

Tinne ging ihre Theorie noch mal im Kopf durch. Schlüssig, durchaus – aber damit war auch schon Ende der Fahnenstange. Ihr Kombinationsvermögen hörte genau hier auf, der Rest der Serviette war ihr weiterhin so schleierhaft wie zuvor.

Der E-Type hatte Stadecken-Elsheim hinter sich gelassen, die Straße führte in sanften Kehren nach Jugenheim. Elvis bremste hinter einem Traktor ab und reckte den Kopf, um den Gegenverkehr abschätzen zu können. Als sich eine Lücke auftat, ließ er den Motor hochdrehen und schoss vorbei, ohne sich um Blinker und derlei Kleinigkeiten zu kümmern. Tinne schüttelte den Kopf. Der Dicke pflegte stets über die *bekloppten Autodrängler* zu schimpfen, wenn er auf seiner Vespa saß. Kaum hatte er einen PS-starken Wagen unter dem Hintern, konnte es ihm selbst nicht schnell genug gehen. Männer halt.

»Vielleicht sollten wir das Ganze mal von der anderen Seite angehen?«, meinte Elvis und bemühte sich, den Jaguar am Ausbrechen zu hindern. »Angenommen, dein Prof ist tatsächlich auf das Geheimnis dieser Kaiserflaschen gestoßen, dann hat er doch zig Jahre daran geforscht. Da muss es doch einen Riesenstapel Papiere geben. Was weiß ich, Notizen, Ergebnisse, sonst was. Vielleicht hilft es uns, wenn wir mal einen Blick in seine Aufzeichnungen werfen. Weißt du, wo die sind?«

»Ja, sehr genau sogar. Im Altpapier, und zwar seit zwei Jahren.«

Elvis verbarg seine Überraschung gekonnt, legte den Jaguar in eine Kurve und wartete auf weitere Erklärungen.

»Und zwar: Aarsiegel hat in Bretzenheim gewohnt, in einem Haus in der Albanusstraße, wir sind dort ein paar Mal Grillen gewesen. Als es losging mit seiner Demenz und er ins Heim gekommen ist, hat seine Tochter das Haus verkauft, um seine Unterbringung zu finanzieren. Sie lebte damals ja schon in Hamburg und war mit dem Ausräumen ziemlich überfordert, deshalb hat sie seine Bücher und Journale an die Uni gegeben, zu uns in seinen alten Fachbereich. Seine Aufzeichnungen, seine Notizen, der ganze Papierkram, der ist im Haus geblieben. Und dann sind die Entrümpler gekommen.«

Elvis blies die Backen auf. »Hoppla, schade, Marmelade. Was ist mit seinen Büchern, die ihr jetzt an der Uni habt? Ist da …«

»Fehlanzeige«, schnitt Tinne ihm das Wort ab. »Sind alle bei meinem Chef gelandet, bei Professor Raffael. Ich hätte mitgekriegt, wenn da etwas über den Schinderhannes oder so drin gewesen wäre. Nein, ich kann mir denken, dass er das Ganze als sein persönliches Geheimprojekt angesehen hat, als eine Aufgabe, die er noch zu Ende bringen wollte.«

Und nun war er tot. Wieder wurde ihr bewusst, dass sie einer der letzten Menschen war, mit denen der Professor gesprochen hatte. Vielleicht sogar der allerletzte.

*

Die Gummistopfen von Laurents Krücken quietschten auf dem PVC-Boden, während der Kommissar durch die langen Flure des Instituts für Rechtsmedizin humpelte. Vor ihm lief Tara Feh, den weißen Kittel offen, einen Stapel Unterlagen im Arm. Sie hatte stets einen schnellen Schritt an sich, das mochte Laurent, der selbst nicht gerne trödelte. Doch heute bremste er sie aus wie ein alter Mann, an jedem Durchgang musste sie auf ihn warten und ihm die Türen aufhalten.

Er mochte das Institut nicht. Die nüchternen Gänge und die mausgrauen Türen hätten zwar zu jedem beliebigen Bürokomplex gehören können, doch hier lag der Geruch nach Tod in der Luft. Fein nur, kaum spürbar, vielleicht auch nur in der Fantasie des Kommissars vorhanden, aber trotzdem – er wurde das Gefühl nicht los, die Leichen würden nach Formalin riechen, nach Desinfektionsmittel und Verwesung, der Geruch quoll in seiner Vorstellung unaufhörlich aus den Edelstahl-Schubfächern im Keller.

Und genau dorthin waren sie nun unterwegs. Tara hatte außer einer knappen Begrüßung nichts gesagt und ihn per Handzeichen aufgefordert, ihr nach unten zu folgen, hinabzusteigen in den Hades. So nannten die Institutsmitarbeiter das Tiefgeschoss, in dem sich die Kühlfächer und die großen, glänzenden Untersuchungstische befanden. Laurent fand den Namen durchaus passend, die weiß gekachelten Totenhallen trafen seine Vorstellung von der Unterwelt ziemlich genau.

Tara öffnete eine stählerne Schiebetür, sie betraten einen der Obduktionsräume. LED-Kränze warfen ein bläuliches Licht, die Temperatur sank um einige Grade. Der Geruch nach Vergänglichkeit, den der Kommissar so sehr hasste, war hier allgegenwärtig. Drei Tische standen nebeneinander wie große Särge, jeder mit Instrumentenkonsole und einer Abluftanlage. Auf dem rechten lag ein unförmiges Etwas unter einer grünen OP-Decke. Weiter hinten erhoben sich Regale mit Gläsern, Chemikalien und Schutzanzügen. Geradezu grotesk wirkte eine metallene Magnetwand, an der farbenfrohe Notizen, Postkarten und freche Sprüche hingen. Es war, als wollten die bunten Kleckse trotzig gegen die sterile Atmosphäre ankämpfen.

»Ich bin noch nicht durch mit der Obduktion. Aber es gibt ein paar Sachen, die du jetzt schon wissen solltest.«

Tara schlug die Decke zurück und offenbarte den mageren Körper von Gerold Aarsiegel. Der Leichnam sah verloren aus auf dem großen, blanken Tisch. Laurent hatte im Laufe seiner Dienstjahre schon viele Leichen gesehen, trotzdem wirbelte ihn die unmittelbare Nähe des Todes immer wieder durcheinander. Der plötzliche Wunsch übermannte ihn, Aarsiegel aus dem Hades wegzubringen und irgendwo unter Bäumen zur Ruhe zu betten. *Memento mori.* Er rief sich zur Ordnung und betrachtete den Körper näher.

Aarsiegels wächsernes Gesicht war eingefallen, der Mund stand leicht offen. Sehnen zogen sich am Hals entlang, der Adamsapfel stand hervor wie eine Wucherung.

Die knochigen Arme und der Brustkorb waren von Striemen verfärbt, hier mussten ihn die Seile des Gerüsts eingeschnürt haben. Laurent war froh, dass die innere Leichenschau noch nicht begonnen hatte, bei der die Organe durch einen Schnitt vom Hals bis zum Nabel freigelegt und entnommen wurden.

»Schau hier.« Tara nahm eine Lampe und beleuchtete einen Bereich des linken Oberarms. Laurent beugte sich vor und sah bläuliche Verfärbungen, genau wie auf dem restlichen Oberkörper.

»Und? Die Stricke, nehme ich an.«

»Nein. Keine Reißbewegung, sondern Druck. Die anderen Stellen weisen Schürfungen auf, wo die Seile am Kleidungsstoff gerissen haben. Hier ist aber senkrechter Druck ausgeübt worden, und zwar mit großer Kraft.«

Laurent schwieg und hörte weiter zu. Er wusste, dass Tara ihn nicht ohne triftigen Grund hergeben hätte. Sie nahm ein Probengefäß zur Hand, ein transparentes Glaskästchen mit einzelnen, getrennten Fächern. Darin lagen Winzigkeiten, hier eine Fluse, dort ein Krümel.

»Das sind die Schabeproben seiner Fingernägel. Ist einiges zusammengekommen, er hatte wohl schon länger nicht mehr die Hände gewaschen. Normaler Dreck, seine eigenen Hautschuppen, ein bisschen organisches Material, wahrscheinlich Holz von den Gerüstplanken, an denen er entlanggeklettert ist. Und natürlich viele Naturfasern von den Seilen, an denen er hing. Er muss mehrere Minuten versucht haben, sich zu befreien, bevor sich die Seile zugezogen und ihm den Brustkorb eingeschnürt haben. Interessant ist aber das hier.«

Sie deutete auf eines der Fächer. In den gläsernen Deckel waren Linsen eingefräst, die den Inhalt vergrößerten. Laurent erkannte ein feines Etwas, vielleicht blau, vielleicht schwarz.

»Stoff?«

»Richtig. Eine Gewebefaser von einem dunkelblauen Kleidungsstück, Polytetrafluorethylen, also Gore-Tex.«

»Nicht von ihm.« Es war eher eine Aussage als eine Frage. Tara nickte. »Passt zu keinem seiner Kleider.«

»Vielleicht hat er im Laufe der 24 Stunden seit dem letzten Händewaschen irgendwann einen solchen Stoff angefasst und …« Er brach ab, als sie den Kopf schüttelte.

»Die Schichtung unter den Fingernägeln zeigt, dass diese Faser ganz zum Schluss dazugekommen ist. Nach dem Holz, aber noch vor den Seilen.«

Laurent warf einen Blick auf den dürren Leichnam. Nun wusste er, warum Tara ihn hergebeten hatte. Sie deckte den Körper wieder zu.

»Das ist aber noch nicht alles. Die richtig schlechten Neuigkeiten sind nebenan. Komm mit.«

*

Sprendlingen lag wie ein Häuserklecks mit Kirchturm inmitten der umgebenden Weinberge, im Hintergrund, jenseits des Rheins, erhoben sich die grünen Hügel des Rheingaus. Tinne war noch niemals hier gewesen. Schade eigentlich. Viele Dörfer in Rheinhessen hatten ihre Besonderheiten, historische Gebäude, tolle Restaurants. Warum nicht öfter mal rausfahren, den Bus nehmen, einen Tag lang Tapetenwechsel machen?

»Sach ma, weißt du, wo hier die Erzbergerstraße ist?«, unterbrach Elvis ihre Gedanken, während der Jaguar am Ortseingang auf einen Kreisel zurollte.

»Nö, keine Ahnung. Aber wart mal.«

Sie wühlte in ihrer Jacke und förderte ihre aktuellste Errungenschaft zutage: ein neues Mobiltelefon. Nun ja, neu traf es nicht ganz, es war ein ziemlich in die Jahre gekommenes Samsung S3, dessen Rückseite ein schriller Motörhead-Aufkleber zierte. Aber immerhin – sie besaß ein Smartphone.

Nach langen Jahren der Prepaid-Handyverträge hatte sie vor einiger Zeit einen Festvertrag abgeschlossen, der ihr ein einigermaßen zeitgemäßes Mobiltelefonleben ermöglichte und sich trotzdem mit ihrem schmalen Uni-Salär verbinden ließ. Ihr steinaltes Nokia mit Monochrome-Display war von Funktionen wie E-Mail und Internet allerdings weiter entfernt als die Erde vom Mond, für ein neues Smartphone reichte der Sparstrumpf aber auch nicht. Dankenswerterweise sprang Axl ein und vermachte ihr sein altes S3. Tinne freute sich darüber, auch wenn Axls Hardrock-Aufkleber nicht ganz ihr Stil war.

Natürlich hatte sie versucht, das Handy wieder in den Urzustand zu bekommen, doch der Motörhead-Sticker pappte fester als Pattex. Dazu kam, dass als Klingelton *Eruption* von Eddie Van Halen eingestellt war und es keine weiteren Sounds zur Auswahl gab – Axl musste das Telefon per Kabel an seinen Computer angeschlossen und in Kleinarbeit sämtliche vorinstallierte Klingeltöne gelöscht haben. Ihr Mitbewohner war eben nicht nur beim Ausbuddeln von Fundamenten gründlich. Also ließ sie das Telefon, wie es war, und nahm sich vor, demnächst ihre geliebte Wallace-and-Gromit-Melodie aufzuspielen. Bis dahin machte Eddie sie immer wieder höflich, aber lautstark auf Anrufe aufmerksam.

Nun wollte sie ihr neues Onlinedasein nutzen, um Elvis den Weg in die Erzbergerstraße zu weisen. Ein Symbol in der Infoleiste zeigte eine E-Mail an. Von Laurent, aha. *Gruß von Uncle Sam, bitte Kopf einziehen! :-)* als Betreff, kein Text, nur ein Bild im Anhang. Nanu? Schnell öffnete sie Google Maps und sagte Elvis, wo er abbiegen musste. Dann klickte sie die Mail auf. Es dauerte, bis die Datei heruntergeladen war. Als das Bild endlich auf dem Display erschien, glaubte sie zu träumen.

»Ich werd verrückt!«

Sie fuhr zu Elvis herum, der den E-Type gerade in den Hof einer kleinen Werkstatt bugsierte. *BVC British Vintage Cars* stand am offenen Tor.

»Ist ja der Hammer! Das hat der Professor gemeint! Der Gruß von Uncle Sam, das …«

»Mist, verdammter!«, platzte Elvis dazwischen und fing hektisch an, am Lenkrad zu kurbeln. Tinne brach ab. Was war denn nun los? Der Hof der Werkstatt war zugestellt mit Autos in verschiedenen Erhaltungszuständen, britische Marken dominierten, zwischen den Wagen lagen Reifen und Motorblöcke, an den Wänden hingen Blechschilder mit altmodischer Werbung. Zwei Männer standen neben einem ausgeweideten Land Rover und fachsimpelten. Nichts Ungewöhnliches. Was hatte Elvis denn?

Einer der Männer drehte sich um und winkte ihnen fröhlich zu. Da verstand sie Elvis' Bredouille – es war Dirk Fuhrmeister!

»Ich tick aus, das gibt's doch wohl nicht!«, presste Elvis zwischen den Zähnen hervor und ließ den E-Type nach links schwenken, zur Mauer hin, damit die Delle nicht zu sehen war. Fuhrmeister machte sich auf den Weg herüber, Elvis riss die Fahrertür auf und hastete um den Wagen in einem Tempo, das Tinne bei ihm nicht für möglich gehalten hätte. Amüsiert schaute sie zu. Das versprach spannend zu werden.

»Hey, Dirk, das ist ja mal 'ne Überraschung!« Elvis fing Fuhrmeister auf halber Strecke ab und schüttelte seine Hand wie einen Pumpenschwengel.

»Ganz meinerseits, Elvis, mit dir hätte ich hier echt nicht gerechnet. Was ist los, liebäugelst du jetzt auch mit einem *British Car*?«

Der Dicke lachte ein wenig zu laut. »Ooch, ist ja schon ein tolles Fahrgefühl. Ich will einfach mal die Augen offen halten nach was Gebrauchtem, du weißt ja, mit dem AZ-Gehalt wird man nicht gerade Millionär.« Er stand da wie ein Fels in der Brandung und bewegte seinen breiten Körper nach links und rechts, wann auch immer Fuhrmeister Anstalten machte, sich näher auf den Jaguar zuzubewegen.

»Dann bist du hier genau richtig. Joe hat ein echtes Händchen für gute Gebrauchte und kann die unmöglichsten Ersatzteile besorgen.« Fuhrmeister deutete nach hinten zu dem zweiten Mann, der fast im Motorraum des Land Rovers verschwand. »Ich bin selber gerne hier, man kann super fachsimpeln mit ihm, und das eine oder andere Schnäppchen hab ich ihm schon direkt vom Hof weggekauft.«

Er schaffte es, mit einer halben Drehung an Elvis vorbeizukommen, und steuerte auf den Jaguar zu. Tinne hatte Mitleid mit dem Reporter, dem der Schweiß auf der Stirn stand. Sie stieg aus. Vielleicht konnte sie Fuhrmeister ein wenig ablenken.

»Hallo, Herr Fuhrmeister, ich bin Tinne Nachtigall. Ein echt toller Wagen, das muss ich schon sagen.«

»Tag, Frau Nachtigall, danke für die Blumen. Sind Sie denn auch mit dem Chauffeur zufrieden?«

Hinter Fuhrmeister machte Elvis verzweifelt Handzeichen, ihn hinzuhalten.

»O ja, Elvis fährt wie ein junger Gott«, log sie. »Total entspannt.«

»Ist ja auch ein entspanntes Auto.« Fuhrmeister schmunzelte und fing an, um die Front des Wagens herumzugehen. Noch zwei Schritte, dann musste er die Delle sehen. Im letzten Augenblick blieb er stehen und wandte sich wieder Tinne zu.

»Übrigens, wie war der Ausflug? Elvis hat ja angedeutet, dass er eine bezaubernde Lady zu einer Fahrt ins Grüne einladen will.«

Es dauerte eine Sekunde, bis Tinne kapierte, was er meinte. Elvis hatte ihm wohl von dem geplanten Ausflug mit Tara erzählt, und nun meinte Fuhrmeister, Tinne wäre die Glückliche gewesen. Gerade wollte sie den Mund aufmachen, um die Sache klarzustellen, als Elvis an ihr vorbeistürmte und sie mit sich zog.

»Super. Super war's, gell, Schnuckelmausi?« Er umfasste Tinnes Taille und drückte sie blitzschnell neben sich an den Wagen, sodass ihre beiden Hinterteile die Beule verdeckten. Fast gleichzeitig hatte Fuhrmeister die Autofront umrundet.

Tinne stand da wie vom Donner gerührt, Elvis' Hand an ihrer Hüfte. Wie bitte? Schnuckelmausi?! Sie holte tief Luft und entschloss sich, ihm zuliebe die kleine Komödie mitzuspielen. Aber eine Retourkutsche musste sein, keine Frage. Sie ließ ihrerseits die Hand auf seinen Rettungsring klatschen und legte ein bezauberndes Lächeln auf.

»Aber klar, war ganz toll, mein Pupsiknödel.«

Elvis' Lächeln gefror, Fuhrmeister gluckste und zwinkerte ihnen verschwörerisch zu.

»Na, dann will ich euch zwei Turteltäubchen nicht länger stören, ich muss eh zurück ins Autohaus. Anfang der

Woche bräuchte ich den Wagen wieder, Elvis, wir können ja telefonieren.«

Nach einem letzten besitzerstolzen Blick auf den Jaguar ging er davon, rief dem Werkstattinhaber einen Gruß zu und setzte sich in einen schicken Discovery. Während er vom Hof fuhr, sahen sowohl Tinne als auch Elvis ganz genau, dass seine Lippen das Wort *Pupsiknödel* formten und er sich vor Lachen schüttelte.

Die beiden verharrten bewegungslos, bis das Auto verschwunden war, dann machten sie sich aus ihrer verkrampften Umarmung frei und redeten gleichzeitig los: »Dir ist schon klar, dass ich damit gewaltig was guthabe bei dir? Schon alleine das Schnuckelmausi kostet dich ein Abendessen!«

»Pupsiknödel – hast du noch alle Tassen im Schrank? Was glaubst du, wie schnell sich das rumspricht in Mainz?!«

Sie funkelten sich an, bis sie von einer entspannten Stimme unterbrochen wurden.

»Wenn ihr demnächst fertig seid mit eurem Krach, dann könnt ihr mir ja sagen, was ich für euch tun kann.« Der Werkstattmann stand amüsiert neben ihnen.

»Öh, ja, hm, hallo erst mal.« Elvis sammelte sich und versuchte, seine Würde wiederzufinden.

»Joe Kessler, hallo. Die Katze hat 'nen Kratzer abgekriegt, wie's aussieht.« Seine ölschwarzen Finger fuhren über die Delle, Lack blätterte ab. Kessler trug einen Blaumann und war so lang und dünn, dass die Arbeitshosen gleichzeitig schlackerten und Hochwasser hatten. Seine grauen Locken und die tiefen Furchen im Gesicht ließen ihn alt aussehen, obwohl er gerade mal Mitte 40 sein mochte, dazu kamen unglaublich schlechte Zähne. In der Hand hielt er eine E-Zigarette, aus der er dann und wann einen Zug nahm.

Elvis zückte seinerseits den Rotkreuzbeutel und fing an, eine Zigarette zu drehen. Beiläufig rückte er mit einer Halbwahrheitsgeschichte heraus, in der der E-Type, ein auf die Straße springendes Kind und ein beherztes Ausweichmanöver die Hauptrollen spielten. Dass sich Joe Kessler und Dirk Fuhrmeister kannten, passte ihm ganz offensichtlich nicht in den Kram.

Tinne ließ die beiden Männer reden und schlenderte über den Hof. Die Mail von Laurent versetzte sie in Tatendrang, sie konnte kaum erwarten, Elvis davon zu berichten. Per Google suchte sie weitere Infos und zog ein Blatt Papier aus ihrer Tasche. Darauf war, leicht vergrößert, die Mitschrifts-Serviette zu sehen. Sie hatte das Original in weiser Voraussicht auf den Uni-Kopierer gelegt und zehnmal vervielfältigt, denn das dünne Gewebe wurde durch das ständige Auf- und Zuklappen mürbe. Ihre Augen schweiften darüber. Hier ein Wort, dort ein Wort. Es passte, und wie es passte! Endlich kamen sie einen Schritt weiter in diesem seltsamen Fall!

Doch erst musste sie sich in Geduld üben, die Männer standen noch immer mit Kennermiene neben dem Jaguar. Also schaute sie sich die anderen Autos an, teilweise regelrechte Ruinen, teilweise aber auch Schmuckstücke. Ein eigener Wagen, das wäre schon etwas. Und dann noch mit Stil wie ein klassisches britisches Modell! Ihr war allerdings klar, dass das Wunschdenken war, egal, ob polierter Jaguar oder gebrauchter Dacia. Wenn schon ein neuer Mobilfunkvertrag zur finanziellen Herausforderung wurde, lag ein eigenes Auto in unerreichbarer Ferne.

Der Werkstattbereich ging in ein halb offenes Büro über, dort hingen allerlei Fotos und Urkunden an der Wand. Diese verrieten, dass Joe Kessler eigentlich Joachim hieß und eine feste Größe in der Oldtimer-Szene war. Die Bilder zeigten ihn bei Veranstaltungen inmitten von altem Blech, im Hintergrund wahlweise das Kolosseum, der Eiffelturm, die Porta Nigra und der Mainzer Dom. Ganz schön aktiv, der gute Joe. Viel interessanter fand Tinne allerdings den Kaffeevollautomaten, der darunter stand und ihre Koffeinlust weckte. Ob sie wohl …?

»Ei, nemme Se sich, wenn Se wolle.«

Eine stämmige Frau saß hinter dem Schreibtisch, fast verdeckt von einem gigantischen Ficus. Sie schaute über ihre Lesebrille, am Hals und an den Fingern klimperten Ketten und Ringe. Das ließ Tinne sich nicht zweimal sagen, sie zapfte einen Espresso und gleich noch einen. Dann kam Elvis auch schon in seinem üblichen Watschelgang an, der an einen übergewichtigen Erpel erinnerte.

»Okay, ist am Laufen. Joe zieht die Kiste vor und schaut, dass er sie übers Wochenende fertig kriegt.« Über den Preis schwieg er sich aus, Tinne konnte sich aber vorstellen, dass ihn sein Wendemanöver eine hübsche Stange Geld kostete. Nun war aber Zeit, ihm von Laurents Mail zu berichten. Sie zückte ihr Handy.

»Hier, hör zu …«, fing sie an, doch Elvis unterbrach sie.

»Erst mal Gas geben. Wir müssen zum Bus an die Grundschule, und zwar hurtig. Der fährt in vier Minuten.«

Stimmt, sie mussten ja irgendwie nach Mainz zurück, daran hatte Tinne gar nicht gedacht. Ergeben hastete sie hinter dem Reporter her und hatte das Gefühl, vor Mitteilungsbedürfnis zu platzen. Die 650 des ORN fuhr ihnen fast vor der Nase weg, Elvis warf sich im letzten Moment halb vor den roten Bus und erzwang einen Stopp, der ihm eine Schimpfkanonade des Fahrers einbrachte. Dann saßen sie endlich, Tinne öffnete das Bild, das Laurent ihr geschickt hatte. Ohne ein weiteres Wort hielt sie Elvis das

Handy vors Gesicht. Der Dicke schob ihre Hand zurück, um den richtigen Abstand zu finden, dann blinzelte er und ließ den Mund offen stehen.

*

Rohe Menschengestalten bevölkerten einen weiß gekachelten Raum, als hätten halbfertige Homunkuli die Herrschaft übernommen. Die lebensgroßen Stoffpuppen kauerten und lagen auf dem Boden, manche angezogen, manche nackt. An einer Wand ragten Halterungen hervor, an denen die Körper stehend eingehängt waren, auf einem Regal lagen Hölzer, Schlagstöcke, Eisenstangen und Modelle von Schusswaffen. In diesem Raum, der zum Hades gehörte, stellten die Gerichtsmediziner und ihre Kollegen von der Kripo Fallszenarien nach. Die Puppen waren die Opfer, es wurde am Objekt ausprobiert, aus welcher Richtung Schläge ausgeführt worden waren, wie ein Schusskanal zustande kam oder welche Kräfte nötig waren, um ein bestimmtes Verletzungsbild zu erzeugen.

»Mit den Verdachtsmomenten der Obduktion habe ich eine Versuchsreihe gestartet.« Tara trat an eine der Puppen heran, die an einer Vielzahl grober Stricke baumelte. Es sah aus, als habe eine gewaltige Spinne ihr Opfer eingesponnen. Daneben hingen die Fotos, die der Polizeifotograf auf dem Gerüst der Stephanskirche geschossen hatte, Laurent sah den toten Aarsiegel auf identische Weise eingesponnen.

»Ich habe die Auffindesituation nachgestellt. War gar nicht so einfach, wir hatten nicht genug Stricke, ich musste im Bauhaus noch welche kaufen.« Tara lächelte ein schmales Lächeln. »Aber das Ergebnis ist eindeutig: Er kann sich nicht alleine so verheddert haben. Egal, wie er sich gedreht und gewendet haben mag – Fakt ist, dass ihn jemand in die Seile gewickelt und vom Gerüst gestürzt hat.«

Laurent merkte, wie sein Geist in Zeit und Raum zurückreiste. Der alte Professor klettert vorsichtig am Gerüst nach oben, behutsam, Fuß über Fuß, Hand über Hand.

Die Aluminiumplanken schwanken, es geht ein Wind, Aarsiegel klammert sich an die Querlattung, seine Fingernägel schaben Holzspäne ab. Weiter nach oben führt ihn sein Weg, immer weiter, zu einem Ziel, das nur er alleine kennt. Die Hausdächer werden klein, Autos schrumpfen zu Spielzeugen, Mainz sieht aus wie eine Modellstadt. Dann schiebt sich plötzlich ein Schatten hervor, ein eisenharter Griff packt ihn am Oberarm, quetscht seine Haut, drückt auf die Blutgefäße. Seile werden um ihn geschlungen, roh, grob, schnell, der Professor wimmert und stößt den Angreifer von sich, doch seine schwache Gegenwehr bewirkt nichts. Seine Hand krallt sich in die Kleidung des anderen, reißt daran, ein Faden wird abgerissen und verhakt sich unter den Fingernägeln, da passiert es auch schon – ein Schlag lässt den alten Mann taumeln, sein Fuß tritt ins Leere, mit einem Schrei stürzt er ab. Nach einigen Metern ist sein Fall zu Ende, die Schnüre bremsen ihn und ziehen sich mit brutaler Gewalt zusammen. Seine Rippen knacken, Luft wird aus den Lungen gepresst, fahrig zerren seine Finger an den Seilen, kratzen in Todesangst Fasern heraus, doch schon ist sein Brustkorb zugeschnürt, Luft, Luft, die Schwärze kommt, die Hände baumeln herab, die Augen richten sich auf die Unendlichkeit. Weiter oben auf dem Gerüst verschwindet der Schatten so schnell, wie er aufgetaucht ist.

Der Kommissar schaute auf die eingesponnene Puppe, ohne sie wirklich zu sehen. Von nun an ermittelte er in einem Mordfall. Der Schatten hatte Aarsiegel aus dem Weg geräumt, weil der Professor ein Geheimnis hütete, das unerkannt bleiben sollte. Es gab aber noch jemand, der diesem Geheimnis nachspürte und sich damit in größte Gefahr begab: Ernestine Nachtigall.

Und vor einer halben Stunde hatte er, Laurent, ihr ein weiteres Puzzleteil zur Lösung geschickt.

*

»Der Spiegel! *Blick in den Spiegel* – da wäre ich in tausend Jahren nicht draufgekommen! Na klar, bei dem Titelbild hat garantiert jeder Mainzer die Hosen voll gehabt.« Elvis drückte mit seinen dicken Fingern auf Tinnes S3 herum und vergrößerte das Bild, eine Aktion, die beim Schaukeln des Busses nicht ganz einfach war.

»1979, soso. Ich erinnere mich sogar ganz, ganz dunkel an diese *Skylab*-Geschichte. In den Jahren bin ich in Berlin gewesen und hab beim Radio gearbeitet, und ja, da hatten wir das Thema ein paar Wochen im Programm.«

»Ich hatte überhaupt keine Ahnung davon, da bin ich gerade mal zwei gewesen.« Tinne nahm das Handy und wechselte zu einer anderen Anwendung. »Aber ich hab ein bisschen herumgestöbert. Guck mal hier.«

www.geschichte-der-bundesrepublik.de/1979/pan-orama/334408910932.pdf

Juni/Juli 1979. Ein altersschwaches Weltraumlabor der NASA hielt Süddeutschland in Atem. Der 33-Tonnen-Koloss *Skylab* trudelte in einer unkontrollierten Abwärtsspirale auf die Erde zu, eine genaue Prognose zum Einschlagsort gab es nicht. Klar war nur: Das Labor würde in einem Korridor zwischen 50 Grad Nord und Süd niedergehen, und das mit einer erheblichen Aufprallenergie. Die Bevölkerung in Süddeutschland war verunsichert, es kam zu

Hamsterkäufen, viele richteten in ihren Kellern private Schutzräume ein. Letztendlich erwies sich die Panik als unbegründet, *Skylab* stürzte am 11. Juli 1979 in Westaustralien ab und richtete keine Schäden an. Die zurückhaltende Informationspolitik der USA sorgte allerdings für eine nachhaltige Verstimmung zwischen Bonn und Washington.

Elvis überflog den Text. »So, jetzt wissen wir, was es mit *Köpfe einziehen* auf sich hat. Aber sind wir deshalb schlauer?«

Tinne konnte kaum stillsitzen, die anderen Fahrgäste im Bus schauten bereits komisch zu ihnen herüber.

»Klar sind wir das! Der Professor war nämlich an der Uni dafür bekannt, dass er ein richtiger Kontrollfreak war, wenn es um Unterlagen und Papiere und so was ging. Seine Assistenten mussten jeden Fitzel kopieren und in Ordnern ablegen. Im Keller vom Philosophicum hat er sogar einen Schrank gehabt, in dem er Kopien von allen Seminararbeiten aufgehoben hat, für den Fall, dass mit den Originalen etwas passiert. So war er drauf, das war ein echter Tick von ihm.«

Sie musste Atem holen, die Sätze sprudelten geradezu aus ihr heraus.

»Und jetzt stell dir Folgendes vor: Aarsiegel forscht über Jahre an einem Thema wie den Kaiserflaschen, er liest und sucht und sammelt und schreibt, das ist seine heimliche Leidenschaft. Und dann, eines Tages, kommt die Nachricht – wow, ein Ami-Satellit ist außer Kontrolle und wird irgendwo zwischen 50 Grad Nord und Süd runterdonnern. Hallo?! Mainz liegt haargenau auf dem 50. Breitengrad, das gibt ihm schon mal ein mulmiges Gefühl. Und dann schaut er auf das aktuelle Spiegel-Cover, peng, Mainz in

Gefahr? Spätestens jetzt schiebt er Panik. Egal, wie gering die Chance ist, dass tatsächlich etwas passiert – er hat sein persönliches Worst-Case-Szenario im Kopf. Und handelt danach.«

Sie zog das kopierte Serviettenblatt hervor und zeigte triumphierend auf die Worte:

alles doppelt gemoppelt,
in Eisen gelegt

»Da! Wird jetzt klar, oder?«

Elvis war fast in Deckung gegangen vor ihrem Redeschwall. Nun lugte er zaghaft auf das Blatt.

»Alles doppelt gemoppelt … ich würde sagen, er hat alles kopiert. Und es danach wortwörtlich in Eisen gelegt, in etwas Stabiles, was weiß ich, in eine Kiste oder einen Tresor oder so.«

»Ganz genau! Aber das ist noch nicht alles.« Wieder wedelte sie mit dem Blatt.

Gras wachsen dürfen

»Es hat Gras darüber wachsen dürfen! Kapierst du's? Ich hab die ganze Zeit gedacht, er meint damit so was wie: Die Sache ist in Vergessenheit geraten. Aber nein, er hat von echtem Gras geredet!«

Elvis ließ sich von ihrer Aufregung anstecken und wurde

lauter. »Er hat das Ding verbuddelt! Es ist eingegraben, irgendwo unter der Erde!«

»So ist es, und das passt hundertprozentig zu ihm. Aarsiegel hat nie gekleckert, sondern immer geklotzt, wenn es um Dokumente gegangen ist. Dieser Satellit am Himmel, der muss ihm wahre Albträume beschert haben, deshalb hat er seine Unterlagen kopiert und in Sicherheit gebracht – in Eisen und unter die Erde!«

Tinne klappte den Mund zu und schaute sich um. Sämtliche Mitfahrer hatten ihre Gespräche eingestellt und schauten die große Frau und den dicken Mann an, die mit einem Blatt Papier fuchtelten und sich dabei fast anbrüllten.

»'tschuldigung«, murmelte sie und bekam wieder einmal rote Ohren. Mit der Nase rückte Elvis an die Serviettenkopie heran, als wolle er Details erschnüffeln.

»Aber warum so kompliziert?«, fragte er mit gedrosselter Lautstärke. »Diese Satellitengefahr war doch nur diesseits vom 50. Breitengrad. Theoretisch hätte es doch gereicht, den ganzen Kram zu kopieren, in den Kofferraum zu packen und ihn wegzufahren. Irgendwo weiter nördlich, Koblenz oder Gießen wären ja schon weit genug gewesen. Dort ein Schließfach gemietet, und gut.«

Tinne schüttelte entschieden den Kopf.

»Das hätte Aarsiegel nie gemacht. Seine Ergebnisse in einer fremden Stadt, ohne seine Aufsicht? Keine Chance. Er wollte seine Materialien immer im Blick haben, immer wissen, was damit passiert. Und erst recht bei einem Projekt wie *La Gageure*, an dem ihm persönlich so viel gelegen hat.«

»Aha, mhm. Wenn du damit recht hast, dann bleibt wohl nur die große Preisfrage nach dem *Wo*. Er kann diese Kiste oder diesen Tresor ja theoretisch überall vergraben haben.«

»Und das glaube ich eben auch nicht. Denn wenn er

wirklich sicher sein wollte, dass kein Dritter durch einen dummen Zufall darauf stößt, kommt eigentlich nur ein einziger Ort infrage. Sein eigenes Grundstück nämlich.«

Elvis stutzte. »Passt das? Ich meine, hat er Platz gehabt dafür?«

»Ohne Ende! Das Grundstück in der Albanusstraße ist echt groß, so eine 70er-Jahre-Riesenparzelle, mit Gartenhütte und Teich und allem. Wenn wir zum Grillen dort waren, haben wir uns gefühlt wie irgendwo auf dem Land und nicht wie in der Stadt.«

Beide schwiegen und ließen die Erkenntnisse durch den Kopf gehen. Der Bus war inzwischen auf Höhe des ZDF angekommen, er passierte den Bereich der Sendeschüsseln, die aussahen, als hätte ein wissbegieriger Geheimdienst seine metallenen Lauscher aufgestellt.

»Aber jetzt mal langsam«, meinte Elvis nach einer Weile. »Du hast doch vorhin erzählt, dass das Haus inzwischen verkauft worden ist, oder?«

»Ja, schon. Aber die neuen Besitzer werden wohl kaum das ganze Grundstück umgegraben haben. Und wie ich Aarsiegel kenne, hat er das Ding schön tief versteckt.«

»Und wie willst du die Suche angehen? Mit deinem Schäufelchen in der Hand klingeln und fragen, ob du die nächsten Wochen im Garten buddeln darfst?«

»Erst mal hingehen und schauen«, beschloss Tinne. »Ich bin ja seit Jahren nicht mehr dort gewesen und weiß vieles nur von Professor Raffael. Außerdem müssen wir eh in diese Ecke, weil dein Roller noch dort steht.«

»Auch wieder wahr.«

Sie stiegen in Bretzenheim auf Höhe Weyer's Erntehof aus und marschierten stramm die Hans-Böckler-Straße entlang zum Olivenbaum, auf dessen Parkplatz sie die Vespa gegen den Dellenjaguar getauscht hatten. Elvis fischte die Helme aus dem Sitzfach. Eigentlich war darin nur für einen einzigen Helm Platz, aber er beschränkte sich auf eine Art Topfdeckel mit Kinnriemen, weil sein Kopf die Dimensionen jedes normalen Helms sprengte. Glück für Tinne, dadurch passte ihrer auch noch in das Sitzfach. Die Vespa brummte los. Die Albert-Stohr-Straße war zwar eine Einbahnstraße, aber Elvis scherte sich wie üblich nicht um solche Nebensächlichkeiten, sondern fuhr verbotswidrig bergab zur Albanusstraße.

»Dieses Weltraumlabor«, rief er über den Rasenmähersound nach hinten, »das ist völlig unspektakulär in Australien runtergekommen, haben wir ja vorhin gelesen. Die ganze Panik umsonst. Wer sagt dir denn, dass der Professor danach nicht den ganzen Kram wieder ausgebuddelt hat?«

»Warum sollte er? Es waren doch bloß Duplikate, und die hatten unter der Erde einen guten und sicheren Platz. Er wird kaum den Spaten geschwungen haben für ein paar olle Kopien, sondern sich gefreut haben, dass er noch mal ein Back-up mehr hat. Jede Wette, dieser Tresor, der liegt seit Jahr und Tag irgendwo dort versteckt.«

»Du hast dir aber auch für alles eine Antwort zurechtgelegt«, knurrte Elvis und gab Gas. Sie knatterten die Albanusstraße entlang, Tinne schaute sich um. Die Hausnummer wusste sie nicht mehr, dazu kam, dass sich viele Häuser verändert hatten. Es war Generationswechsel in Bretzenheim, junge Leute rückten nach und brachten frische Farben, Carports, Wintergärten oder gleich komplett neue Häuser mit. Bald schon waren sie am Ende der Straße, ohne dass sie Aarsiegels Haus wiedergefunden hatte. Elvis wendete und fuhr langsam zurück.

»Hier irgendwo. Es war in der Mitte …«, murmelte Tinne. Dann war die Erinnerung wieder da, sie erkannte das Nachbarhaus mit dem schmiedeeisernen Tor und die gegenüberliegende Garage, die schon damals mit einem kitschigen Delfin bemalt gewesen war.

Nur an der Stelle, an der das Haus des Professors gestanden hatte, war nichts mehr wie vorher. Entgeistert kletterte Tinne von der Vespa. Das große Grundstück war geteilt worden in drei Parzellen, auf jeder kauerte ein neues Einfamilienhaus mit winzigem Garten. Die Büsche, das Gartenhaus, der Teich – all das gab es nicht mehr, das Grundstück war komplett umgestaltet. Was auch immer dort im Boden gelegen haben mochte, es war nicht mehr da.

*

Der Polizeiwagen von Lea Nicklas und Boris Lunz wurde abwechselnd blau und grau, je nachdem, ob ihn das Licht einer Straßenlampe streifte oder nicht. Die Martin-Luther-Straße, der Karcherweg, die Zeppelinstraße, alle lagen in nächtlicher Stille, es war halb eins, selten kam ihnen ein Auto entgegen.

»Wie der *Knall von Wedding*, kennste den?«, fragte Boris. Seine Kollegin schüttelte den Kopf.

»Das ist auch so'n Ding, geht jetzt schon ein paar Jahren so. In Berlin-Wedding gibt's nachts immer wieder einen Monsterknall, alles scheppert, die Leute wachen auf. Stand sogar in der Bild und war im Fernsehen.«

»Und, gibt's 'ne Erklärung?«

Er zuckte die Achseln. »Bis jetzt nicht. Die haben echt viel versucht, haben sogar Peilmikrofone aufgestellt, mit denen man die Richtung und die Entfernung von Schall messen kann. Nix. Kommt aber immer wieder.«

»Na toll. Dann hat das Geräusch jetzt hier ein Brüderchen gekriegt, und wir haben den Knall von Mainz, oder was?«

Lea und Boris hatten sich stillschweigend geeinigt, ihre heutige Streifenrunde vermehrt im nördlichen Teil von Hechtsheim zu absolvieren. Die Sache mit dem dumpfen Knall beschäftigte sie, sie hatten Kollegen gefragt und sich sogar durch das neue Polizeiprogramm *DEPP* geklickt. Alles ohne Ergebnis. Nun hofften sie darauf, das Geräusch nochmals in flagranti zu erleben und schnell reagieren zu können.

»Wenn wir noch zwei Runden gedreht haben, müssen wir aber mal weiter in die Altstadt, sonst ...«

Lea verstummte erschrocken, als ein dumpfer Schlag die Luft vibrieren ließ. Der Druck war in ihrem Inneren und in den Ohren zu spüren, auch Boris fasste sich unwillkürlich an die Brust. Sie bremste den Wagen scharf ab, da flammten schon erste Lichter in den Fenstern auf, Hunde fingen an zu kläffen.

»Wo kam es her?« Hektisch schaute Boris sich um, doch sie wusste nicht, was sie antworten sollte. Der Knall war überall gewesen, drinnen und draußen, oben und unten. Boris versuchte, im dunklen Himmel etwas zu erkennen, eine Rauchwolke vielleicht, irgendetwas, gleichzeitig gab Lea Gas. Eine Kurve, zwei Kurven, noch immer nichts. Menschen kamen aus den Häusern gelaufen.

»Haben Sie gehört, wo das hergekommen ist?«, fragte Boris eine Gruppe. Alle schüttelten den Kopf, redeten durcheinander und zeigten in verschiedene Richtungen. Auch zwei weitere Anwohner konnten nichts Genaueres sagen, schließlich stieß Boris entnervt die Luft aus.

»Das bringt nichts. Will uns da irgendwer vergackeiern? Wir müssen Messgeräte aufstellen wie die in Berlin.«

Lea lenkte den Streifenwagen auf die Adelungstraße, die auf einer Seite vom dunklen Grün der daneben liegenden Schrebergartensiedlung begrenzt war. Ein Kleinbus fiel ihr auf, ein weißer Kastenwagen, der halb auf dem Bürgersteig zwischen den Büschen parkte. Eine Person lehnte daran, eine Frau, dunkel gekleidet, sie hielt ein Tablet in der Hand. Mit dem Kinn machte Lea Boris darauf aufmerksam und fuhr heran. Nummernschild FR für Freiburg, registrierte sie automatisch.

»Hallo, guten Abend. Eben war hier ein merkwürdiges Geräusch zu hören, eine Art Knall. Haben Sie mitbekommen, wo das hergekommen ist? Oder ist Ihnen sonst etwas aufgefallen?«

Die Frau hob den Kopf, blieb aber entspannt am Kleinbus angelehnt. Sie war älter, bestimmt schon 60, sehr groß und schlank, eine gepflegte Erscheinung mit dunklen Locken und sportiver Kleidung.

»Das Geräusch habe ich gehört, ja, es hat regelrecht gedröhnt.« Ihre Stimme war ruhig und ohne erkennbaren Dialekt. »Aber die Richtung habe ich leider nicht feststellen können, es kam von überall.« Sie machte eine kleine Handbewegung, als wolle sie in alle Himmelsrichtungen zugleich deuten.

»Sonst nichts, keine Personen, niemand, der es eilig gehabt hätte? Fahrzeuge?«

Sie schüttelte den Kopf. »Nein, da kann ich Ihnen leider nicht helfen.«

Lea wartete, ob die Frau noch etwas sagen würde, diese blieb aber stumm und schaute die Beamten abwartend an.

»Okay, danke, dann mal gute Nacht.«

Während Lea anfuhr, beobachtete sie die Frau im Rückspiegel. Diese lehnte weiterhin bewegungslos am Kastenwagen, nur die Hand mit dem Tablet hob sich. Lea hätte nicht sagen können, warum, aber ihr Bauchgefühl regte sich. Die Frau war fast zu entspannt gewesen, kein bisschen nervös, das Geräusch schien sie nicht beunruhigt zu haben. Noch etwas fiel ihr auf: Die Fremde hatte das Tablet mit einer unauffälligen Bewegung zum Körper gedreht, der Bildschirm war für die Polizisten keine Sekunde zu sehen gewesen. Irgendwie merkwürdig, oder? Sie ärgerte sich, dass sie das Kennzeichen des Kleinbusses nicht notiert hatte, und traf eine schnelle Entscheidung.

»Boris, ich fahr eben schnell zurück zu der Frau, ich will mir die Autonummer aufschreiben.«

Ihr Kollege nickte knapp, sie fuhr die Külbstraße zurück, weil die Adelungstraße in ihrer vorderen Hälfte eine Einbahnstraße war. Als sie wieder um die Ecke bogen, zog Lea scharf die Luft ein.

Die Stelle, an der eben noch der weiße Bus gestanden hatte, war leer.

DONNERSTAG, 5. MAI 2016

»DieMainzerBauaufsichtAbteilungzweiJensTetzlaffGutenMorgen?«

»Morsche, Jens. Na, welchem arglosen Häuslebauer schmeißt ihr heute wieder Knüppel zwischen die Beine?«

»Elvis! Ich wusste gar nicht, dass die Reporterzunft schon so früh auf ist. Dachte immer, bei der AZ rührt sich nix vor zehn.«

»Haha. Daheim alles in Ordnung? Was machen Andrea und die Jungs?«

»Alles am Laufen, ruhiges Fahrwasser. Nils geht nächste Woche auf Schüleraustausch, England, eine Woche, und ich glaub, die Andrea macht sich mehr Kopp als er.«

»Na, dann soll sich der Bub Weck und Worscht mitnehmen, wer weiß, was es dort zu beißen gibt. Und wir, wir müssen demnächst auch mal wieder los, zum Humberto, es wär an der Zeit.«

»Auf jeden Fall! Aber horch, was ist los, du rufst doch nicht einfach nur zum Babbeln an.«

»Ja gut, pass auf, tatsächlich was Fachliches. Und zwar: In der Albanusstraße 54, da ist vor ein paar Jahren neu gebaut worden. War früher ein großes Grundstück, jetzt stehen drei einzelne Häuser drauf. So, mich würde interessieren, ob beim Bau, also bei der Ausschachtung und so, oder bei Erdarbeiten, irgendetwas gefunden worden ist. Das hätte man euch doch gemeldet, oder?«

»Der Reporter spricht in Rätseln. Was soll denn gefunden worden sein? Wenn's 'ne Leiche oder ein Goldschatz ist, ja, dann kriegen wir's gemeldet. Wenn's alte Socken sind, dann eher nicht.«

»Ein Tresor oder so etwas. Groß, aus Metall, und irgendwo auf dem Grundstück verbuddelt.«

»Ui. Also, das hätten wir mitgekriegt, ganz bestimmt. Warte, ich schau mal im System. Albanus…, was?

»54.«

»Moment … ah ja, 2014 neu 'rausgemessen und auf-geteilt, Abriss, Bauträgerprojekt, 2015 bezogen. So, jetzt hier … Vermerke. Nö, nix. Da ist nichts eingetragen über irgendeinen Fund.«

»Hm, kann so ein Tresor noch dort drin liegen in der Erde?«

»Kaum. Bei der Flächengestaltung ist hier angegeben, dass bis zwei Meter alles aufgemacht worden ist wegen der Drainage. Dann müsste dein Tresor schon richtig, richtig tief liegen. Was ist los, bist du hinter der Beute aus 'nem Banküberfall her?«

»Nee, keine Sorge, ist alles sauber, eher so was Histori-sches. Aber vielleicht kannst du mal schauen, ob ihr irgend-was über den Vorbesitzer habt. Das ist ein Professor gewe-sen, ein Herr Aarsiegel mit Doppel-a.«

»Elvis, du weißt, dass ich keine personenbezogenen Daten rausgeben darf. Am Telefon nicht, und an die Presse schon zehnmal nicht.«

»Ist nicht für die Presse. Jetzt stell dich nicht so an, muss ja keiner wissen.«

»Da kann ich richtig Ärger kriegen, das ist kein Jux.«

»Komm, Steak und Wein beim Humberto gehen auf mich, und zwar ganz großer Bahnhof.«

»Aber auch nur aus-aus-ausnahmsweise, haste gehört?

Also, wie? Aarsiegel? Hm … ja, hier, Vorname Gerold. Albanus 54 hat er gekauft 1966, Grundbuch zusammen mit seiner Frau, dann Umschreibung auf ihn 1996, dann Löschung 2014, keine Baulasten. Er hat noch zwei weitere Wohnungen hier in Mainz, eine mit 78 Quadratmetern in der Quintinsstraße, eine mit 35 in Finthen, Poststraße. Beide vermietet, sind 2014 an seine Tochter überschrieben worden. Das war's.«

»Mehr nicht? Mist.«

»Warte, hier ist noch ein Pachtvermerk. Moment, da muss ich in ein anderes Verzeichnis … ah ja, hier. Und zwar, der Aarsiegel war Pächter von einem Schrebergarten, Anlage Sonntagsfriede e. V., das ist beim Pariser Tor, Landwehrweg, da oben. 1974 bis 2015, so viel kann ich sehen.«

»Ein Schrebergarten, na, das ist doch was. Welche Parzelle ist es denn gewesen?«

»Das ist hier nicht drin, das verwaltet der Verein selbst und der lässt sich da nur sehr ungern in die Karten schauen. Mehr gibt's nicht, sorry, da musst du dein Glück direkt bei den Vereinsmeiern versuchen. Ich sag dir aber gleich, dass du da mit einem Glas Wein und einem Rumpsteak nicht weit kommst.«

»Da haste mir schon mal weiterhelfen können, Jens. Danke, Gruß daheim, und Humberto machen wir demnächst klar.«

»So und nicht anders. Ciao, Elvis.«

*

»Batzler Ekkehart, hallo?«

»Guten Tag, Herr Batzler. Mein Name ist Elmar Wissmann von der Allgemeinen Zeitung Mainz. Ich interessiere mich für eine bestimmte Parzelle auf dem Gelände von Sonntagsfriede, und zwar ...«

»Bezirk.«

»Wie bitte?«

»Es ist ein Bezirk. Der Verein Sonntagsfriede verwaltet einen Kleingartenbezirk, kein Kleingartengelände.«

»Aha, danke. Also, ich habe eine Frage zu einer bestimmten Parzelle auf dem *Bezirk* von Sonntagsfriede, nämlich ...«

»Wollen Sie eine Pachtvormerkung? Ausschließlich per Losverfahren, Übergabeeinschreiben mit Rückschein, online nicht möglich, und im Moment ist die Wartezeit 12 Monate, mindestens.«

»Nein, ich sage es jetzt zum dritten Mal – ich brauche eine Auskunft über eine Parzelle, im Prinzip nur eine Adressauskunft auf dem Gelände ...«

»Bezirk.«

»... Adressauskunft auf dem Bezirk, und zwar über die des ehemaligen Pächters Gerold Aarsiegel. Es geht um ...«

»Völlig ausgeschlossen. Wir geben grundsätzlich keine Informationen über unsere Pächter heraus, unsere Statuten sind da sehr eindeutig.«

»Ja, Herr Batzler, ist völlig in Ordnung, ich will ja nur für eine Zeitungsunterzeile wissen, welche Parzelle ...«

»Presseinformationen nur nach Anmeldung, und nur schriftlich, und nur mit Gegenzeichnung vom Vorsitzenden, Herrn Dr. Löffler, und dem ersten und dem zweiten Beirat, Herr Lahm und Herr Scholles.«

»Nein, nein, stopp, kurzer Dienstweg, und ohne Zeitung. Ich mache Ihnen einen Vorschlag, ich komme eben mal zu Ihnen aufs Gelände, und ...«

»Bezirk.«

»… Bezirk. Ich komme zu Ihnen in den Bezirk, erkläre Ihnen in aller Ruhe, was …«

»Sie kriegen keine Auskunft, da gibt es Vorschriften, klipp und klar. Als eingetragener Verein und rechtsfähige Körperschaft obliegt uns die Vereinsautonomie, Paragraf 5, Absatz 2 Bundeskleingartengesetz, und deshalb …«

»Herr Batzler? Hallo, hallo, Herr Batzler!«

»Ja, was?«

»Darf ich Ihnen wenigstens ein Pfund Erbsen vorbeibringen?«

»Wozu?«

»Damit Sie was zu zählen haben für den Rest des Tages. Wiederhören.«

*

»Alexander Mohr?«

»Axl, schmeiß mal die Tinne rüber, aber hurtig.«

»Moin, Elvis, hui. Blendende Laune heute, was? Ich hol sie.«

»Hi, Elvis. Du, vorhin ist …«

»Klappe halten, zuhören. Auf dem Grundstück von deinem Professor ist nix gefunden worden, aber er …«

»Aarsiegel ist ermordet worden, da oben auf der Stephanskirche.«

»Was?! Sag das noch mal!«

»Laurent ist vorhin hier gewesen, auf dem Weg zur Arbeit. Tara hat bei der Obduktion rausgekriegt, dass irgendjemand Aarsiegel in die Gerüstseile gewickelt und runtergestoßen hat. Mord, es ist Mord gewesen, Elvis.«

»Das, eh, schockt mich gerade ein bisschen.«

»Ja. Mich auch. Jedenfalls, Laurent wollte natürlich, dass

wir nichts mehr unternehmen, bis die Polizei rausgekriegt hat, was dahintersteckt und was da oben auf dem Gerüst genau passiert ist.«

»Und?«

»Ich … na ja, ich hab ihn ein bisschen angeschwindelt und gesagt, die Sache hätte sich eh als Niete entpuppt, als dementes Gefasel. Weißt du, ich will da jetzt weiterkommen, und er hätte sich total quergestellt, du kennst ihn ja. Er ist abgedampft, ziemlich sauer.«

»So einen Kampfgeist lob ich mir! Wenn du willst, kannst du demnächst bei der AZ anfangen. Na gut, dann bringe ich jetzt mal meine Neuigkeiten. Also, beim Abriss und beim Bau in der Albanusstraße ist nichts gefunden worden, obwohl sie das Grundstück mehr oder weniger umgepflügt haben. Aber – und jetzt kommt's! – Aarsiegel hat bis letztes Jahr eine Schrebergartenparzelle gepachtet, oben am Pariser Tor, und zwar seit 1974. Das passt wie die Faust aufs Auge, denn dort hat er 1979 bei der Satellitenpanik alles Mögliche verbuddeln können und war sich sicher, dass keiner außer ihm da oben was zu suchen hat. Das Problem ist: Ich beiße bei dem Schrebergartenfuzzi auf Granit. Aus dem kriege ich noch nicht mal raus, welche Parzelle die von Aarsiegel gewesen ist. So eine Kackbratze hab ich schon lange nicht mehr erlebt.«

»Oh, hm. Wenn wir noch nicht mal wissen, wo Aarsiegel auf dem Gelände seine …«

»Bezirk.«

»Was?«

»Der Kleingärtner spricht von einem Bezirk, nicht von einem Gelände.«

»Willst du mich veräppeln, oder was?«

»Siehste mal, was ich schon alles durchgemacht hab heute.

Aber hör, mir ist da was eingefallen: Was ist mit Aarsiegels Tochter? Du hast erzählt, dass sie damals das Haus verkauft hat und so. Bestimmt weiß sie was über die Parzelle.«

»Hm, das Problem ist, seine Tochter ist schwer krank, das weiß ich von Laurent. Sie liegt in einer Klinik in Hamburg und ist kaum ansprechbar. Fehlanzeige, leider. Aber wollen wir nicht einfach mal hingehen zu dem Gelä… dem Bezirk?«

»Und dann? Willst du herumlaufen und jeden Laubenpieper einzeln fragen, ob sein Vorgänger zufällig Gerold Aarsiegel hieß? Der Professor war seit zig Jahren im Heim, ergo seit zig Jahren nicht mehr auf seiner Parzelle. Die meisten werden ihn gar nicht mehr kennen, selbst wenn du ein Foto von ihm herumzeigst.«

»…«

»Hallo, Tinne? Noch da?«

»Elvis, eben hast du eine richtig gute Idee gehabt. Das mit dem Foto, das kann uns weiterbringen!«

»Wie jetzt? Willst du allen Ernstes durch die Schrebergärten latschen und … eh, Tinne? Hallo? Na so was, glatt aufgelegt!«

＊

Zum zehnten Mal blieb die Sackkarre auf dem unebenen Boden stecken, Hamid ließ einen arabischen Fluch vom Stapel. Deutsch war eine schöne Sprache, er mochte ihre Bildhaftigkeit und die ewig langen Satzklammern, aber arabische Flüche waren einfach unübertroffen. Leider ließ sich die Sackkarre davon nicht beeindrucken, er musste sie mit schierer Gewalt nach hinten zerren, lupfen und weiterschieben.

»Erst die Möbel! Das Kleinzeug noch nicht!«, rief er

Yvonne zu, die kistenweise Geschirr und Küchenkram zum Sprinter schleppte. Der Transporter mit Römheld + Moelle-Beschriftung parkte vor der Zufahrt zu den Sonntagsfriede-Parzellen in der Rudolf-Diesel-Straße, er sollte im Laufe des Nachmittags die Möbel und das Inventar der Cherifa'schen Laube aufnehmen.

Nach der Hiobsbotschaft von Fabienne hatte Hamid sich im Internet über das Thema Blindgänger eingelesen und zu seiner Beruhigung erfahren, dass die alten Zünder recht robust waren. Wenn man nicht gerade mit einem Spaten oder einer Baggerschaufel darauf stieß, passierte nichts. Das leuchtete Hamid ein, sonst würden in Deutschland mehr oder weniger täglich durchgerostete Weltkriegsbomben hochgehen. Yvonne und er hatten sich danach entschlossen, in einer Hauruckaktion die Hütte auszuräumen und die Inneneinrichtung zwischenzulagern. Denn wer wusste schon, wie die Behörden bei einem solchen Blindgängerverdacht reagierten? Zum Schluss würde man sie nicht mehr auf das Grundstück lassen, und wenn eine solche Bombe nicht entschärft werden konnte, wurde sie kontrolliert gesprengt, das hörte man ja immer wieder. Also hatte Hamid sich den Nachmittag freigenommen und einen der Firmen-Sprinter geliehen, um den Spontanauszug über die Bühne zu kriegen. Später würde er den Behörden und der Kleingartenverwaltung Bescheid geben, dann konnten die Dinge ihren Lauf nehmen.

Hamid kehrte mit der leeren Sackkarre zurück zur Laube. Musik dudelte, das Möbelschleppen wurde zumindest ein klein wenig von SWR3 versüßt.

»Langsam, Mene, nicht so hastig«, ermahnte er seine Tochter, die beim Ausräumen der Laube unbedingt helfen wollte, aber ständig im Weg herumstand. Die Große,

Sofia, war verschwunden, was Hamid nicht unrecht war. Auf den üblichen geschwisterlichen Zank verzichtete er gern an diesem anstrengenden Nachmittag.

Als er mit einer Kommode durch die Tür wankte und die Sackkarre beladen wollte, kam Sofia angerannt. Mit dem intuitiven Blick aller Väter sah Hamid sofort, dass etwas nicht in Ordnung war. Das Mädchen hatte Tränen in den Augen und rannte, als würde es vor etwas flüchten.

»Papapapapapa!« Sofia flog förmlich in seine Arme.

»Was ist denn, mein Schatz, was ist los?«

»Da, da hinten, da hockt eine Frau im Gebüsch, ich hab mich ganz doll erschreckt!« Tränen liefen. Hamid drückte das Köpfchen an sich und inspizierte gleichzeitig die Heckenreihe am Ende des Grundstücks.

»Komm, zeig mir mal, wo.«

Wildes Kopfschütteln, Hände vors Gesicht. »Will da nicht hin! Will nicht!«

»Na komm, ich pass auf dich auf. Und wenn wir da eine böse Frau sehen, dann nehme ich sie und steck sie ins Regenfass!«

Ein verheultes Auge erschien zwischen den Fingern. »Echt, ins Regenfass?«

Er nickte feierlich. »Ins Regenfass! Und jetzt auf!«

Sofia hielt sich sicherheitshalber mit beiden Händen an ihm fest, während sie ihn zu der Hecke führte. Hamid schaute sich um. Der Grünstreifen grenzte an einen der schmalen Wege, die kreuz und quer durch das Areal schnitten. Zu sehen war niemand, auch die Nachbarparzellen waren verwaist.

»Hier, genau hier!« Sofia zeigte auf einen der Büsche. Hamid inspizierte ihn. Nichts zu entdecken.

»Hm, vielleicht hat die Frau was verloren und hat sich gebückt, um es zu suchen.«

»Nein, Papa, neinneinnein! Sie hat hier gehockt und rein-geschaut, ganz still!«

»Wie hat sie denn ausgesehen, die Frau?«

»Groß. Und dünn. Mit Haaren, so.« Die Kleine wuschelte durch ihre üppigen Locken. »Und alt.«

Hm, alt war in Kinderaugen relativ. Jeder über 20 war für Sofia und Mene alt.

»Da ist sie gewesen und hat geguckt, ich hab's genau gesehen! Ganz genau!« Wieder kullerten Tränen.

»Schsch, ist ja gut, mein Engel, ich glaub dir das. Warum solltest du das denn erfinden, hm?«

Das Schluchzen versiegte, die beiden machten sich auf den Rückweg zur Laube. Hamid warf einen letzten Blick über die Schulter. Irgendetwas ging hier vor, das spürte er.

*

Tinne strampelte gegen den Wind an. Heute zeigte sich der Mai von seiner trüben Seite und passte damit perfekt zu ihrer Stimmung. Das Gespräch mit Laurent hatte sie ins Schleudern gebracht, mehr als sie Elvis gegenüber zuge-ben wollte.

Jemand hatte den alten Professor ermordet, diese Erkenntnis sickerte erst nach und nach in ihr Bewusstsein. Anfangs hatte sie versucht, sich einzureden, alles wäre nur ein dummer Zufall. Eine klassische Verkettung unglückli-cher Umstände, wie es so schön hieß. Seine Demenzerkran-kung hatte Aarsiegel auf das Gerüst getrieben, und dort traf er auf – ja, auf wen? Auf einen Einbrecher, der in die Kirche einsteigen wollte? Auf einen entflohenen Krimi-nellen? Einen Drogendealer? Schnell wurde ihr klar, dass sie sich etwas vormachte, denn natürlich hing alles zusammen: Aarsiegels Auftritt im Heim, seine Flucht, sein Aufstieg auf das Gerüst. Und der Mord. Das Geheimnis des Professors musste jemandem so wichtig sein, dass er dafür zu töten bereit war. Die Kaiserflaschen?

Tinne musste zugeben, dass sie sich bisher nie viele Gedanken um den Wert von Wein gemacht hatte. Eine Flasche für 1,99 war Plörre, klar, für zehn Euro bekam man einen guten Wein und für 20 einen sehr guten. Damit endete ihr Horizont. Bertie und Axl waren da schon deutlich weiter, die beiden holten ab und an eine Auswahl bei regionalen Winzern und veranstalteten eine private Weinprobe in der Kommunenküche. Dann wurde geschnüffelt und geschwenkt, geschnalzt und geschmatzt, Stachelbeere wurde erschmeckt, Leder und Tabak gerochen, der Abgang war lang und die Mitte wuchtig. Doch auch die Männer brachten selten eine Flasche mit, die mehr als 50 Euro kostete.

Dass es da ganz andere Dimensionen gab, wurde Tinne nach einer schnellen Internetrecherche klar. Flaschen um die 2.000 Euro waren durchaus gängig, und je älter und seltener der Wein war, umso schneller ging der Preis nach oben. Sogar in den Mainzer Kupferberg-Kellern lagerten Flaschen aus den Anfängen des Unternehmens, die mit 5.000 Euro und mehr gehandelt wurden. Das waren aber noch Peanuts gegenüber französischen Jahrhundertjahrgängen – für einen 1836er Château Lafite sollte der Käufer dann schon mal 300.000 Euro in der Tasche haben.

Richtig interessant wurde die Sache aber bei den sogenannten *bouteilles affirmées*, den *selbstbewussten Flaschen*, die mit einer bekannten Persönlichkeit verbunden waren – Sonderabfüllungen, signierte Exemplare, künstlerische Einzelstücke. Ein Supermarktrotwein, den Frank Zappa mit Ölfarbe zugekleistert hatte, ging bei einer Versteigerung für eine halbe Million weg, noch mehr brachte eine Flasche mit einem von Muhammad Ali gestalteten Etikett.

Tinne konzentrierte sich auf *bouteilles affirmées* berühmter Staatsmänner. Fündig wurde sie bei einer Sonderabfüllung für Thomas Jefferson, dem dritten Präsidenten und einem der Gründungsväter der USA. Im Jahr 1787 wurden 20 Flaschen zu seinen Ehren abgefüllt, von denen heute immerhin noch 13 existierten. Das waren verhältnismäßig viele, trotzdem wurde jede einzelne – Tinne schlackerte mit den Ohren – nicht unter 1,5 Millionen Dollar gehandelt! Sie brauchte nicht viel Fantasie, um sich vorzustellen, welchen Wert dann die sehr speziellen Kaiserflaschen hatten, die eigens für Napoleon Bonaparte hergestellt worden waren und von denen es auf der ganzen Welt nur drei Exemplare gab. Wenn sie nach einem Grund gesucht hatte, warum der alte Professor sterben musste – hier war er.

In Gedanken versunken erreichte sie die Residenz am Wald. Die Senioren im Park waren eingemummelt, eine einsame Taube pickte unsichtbare Krümel. Im senffarbenen Empfangsbereich fragte Tinne nach dem Pfleger Cedric und wurde in den Pausenraum verwiesen, der sich im Erdgeschoss hinter der großen Treppe befand. Der Mann mit dem Kinnbart trank aus einer *Der frühe Vogel kann mich mal*-Tasse, kippelte mit dem Stuhl und blätterte in einer Mountainbike-Zeitschrift.

»Hi, erinnern Sie sich noch an mich?«

Er erschrak, fiel fast nach hinten und ließ die Zeitschrift fallen.

»Oh, eh«, es dauerte eine Sekunde, dann nickte er, »ja, Sie waren bei Professor Aarsiegel. Als er sich so aufgeregt hat und verschwunden ist.«

Er stand auf und schüttelte ihr die Hand.

»Schlimme Sache mit dem Professor. War ein Schock für uns alle, als die Polizei aufgetaucht ist und davon berichtet hat. Ich mochte ihn, er war ein komischer Kauz, aber eine echte Persönlichkeit.«

»Ging mir genauso. In der Sache hätte ich übrigens eine Frage an Sie. Oder besser eine Bitte.«

Er hob eifrig den Finger. »Kein Problem, ist schon vorbereitet. Ich hole sie.«

Begriffsstutzig schaute Tinne ihn an.

»Na, die Kuchenbox. Sie wollen doch Ihre Kuchenbox holen, oder?«

Ach je, die Box mit dem Krüppelkuchen, daran hatte Tinne überhaupt nicht mehr gedacht.

»Nein, nein, darum geht's nicht, die, öh, die schenke ich dem Heim. Können Sie doch bestimmt brauchen. Mich interessieren die Bilderrahmen, die beim Professor im Zimmer hängen. Da würde ich gerne, also, wenn's irgendwie geht, mal draufgucken.«

Noch während sie redete, verriet sein Gesicht, dass ihr die Antwort nicht gefallen würde.

»Oh, da muss ich Sie leider enttäuschen. Schauen Sie, freie Zimmer müssen bei uns ziemlich schnell renoviert werden, weil, na ja, Leerstand kostet Geld, und die Warteliste ist lang. Die Rahmen haben wir schon zu Oxfam gegeben, das war im Nachlassvertrag so geregelt. Tut mir leid.«

Tinne ließ die Schultern hängen. Mist! Die Bildergalerie in Aarsiegels Zimmer war ihre einzige Hoffnung gewesen, eine Spur des Parzellengrundstücks zu finden. Soweit sie sich erinnerte, waren Fotos und Schriftstücke aus seinem gesamten Leben versammelt gewesen, beruflich und privat, alles bunt gemischt. Vielleicht gab es ja einen Schnappschuss im Schrebergarten, der die Umgebung zeigte, die Laube, die Nachbarhütten, irgendetwas zum Wiedererkennen. Klar, es war eine kleine Hoffnung gewesen, aber immerhin. Und nun – alles weg, alles bei Oxfam. Der Secondhand-Laden in der Altstadt verkaufte gespendete Gebrauchtwaren. Die Leute dort arbeiteten schnell, sicherlich hatten sie die Rahmen längst schon säuberlich gestapelt und die Papiere allesamt weggeschmissen.

Cedric bemerkte ihre Enttäuschung und machte eine hilflose Handbewegung.

»Sorry, da hätten Sie ein klein bisschen früher Bescheid geben müssen. Ich hab gestern den ganzen Nachmittag hier gehockt und die Rahmen leer gemacht, da hätten Sie mir prima helfen können.«

Tinne schaute ihn an wie eine Erscheinung. »Wie, die Rahmen leer gemacht?«

»Na ja, die Bilder und die Zeitungsartikel und all die Fotos, das sind ja alles persönliche Erinnerungen. Die gehen an seine Tochter nach Hamburg zurück, die hat sie damals ja auch hergebracht. Und die leeren Rahmen, die haben wir halt zu Oxfam gefahren.«

Erschrocken ging er zurück, als Tinne einen Riesenschritt auf ihn zutrat.

»Die Sachen, die Bilder und so, sind die noch hier?«

»Äh, j… ja, also«, er war überrumpelt, »die gehen erst morgen mit dem Paketdienst weg.«

»Kann ich mal reinschauen? Wäre das möglich?«

Cedrics Blick wanderte unstet umher. »Also, das wird nicht gehen, fürchte ich. Das ist alles privat und gehört jetzt seiner Tochter, da kann ich nicht einfach so darüber verfügen.«

»Bitte, es ist echt wichtig!« Tinne schrie fast.

Seine Körpersprache wurde abweisend, er verschränkte die Arme.

»Ich sage doch, nein. Hören Sie, ich komme in Teufels Küche, wenn ich hier private Dinge von Verstorbenen rausgebe. Was wollen Sie überhaupt damit?«

Spontan entschied Tinne sich für die Wahrheit. »Diese komischen Sachen, die er erzählt hat – das ist nicht einfach nur Gerede gewesen. Da steckt eine Geschichte dahinter, ein Geheimnis, das ihn das Leben gekostet hat. Und genau das will ich entschlüsseln. Das ist, glaube ich, das Mindeste, was ich für ihn tun kann.«

Cedric schwieg, sein Gesicht wurde weich. Tinne spürte, dass es vorhin keine Floskel gewesen war: Er hatte den alten Herrn wohl wirklich gemocht.

»Okay«, sagte er schließlich leise, »ich habe zwar keine Ahnung, weshalb, aber ich glaube Ihnen. Kein Mensch sollte so sterben wie der Professor. Geben Sie mir eine Minute, Sie kriegen, was Sie haben wollen.«

Die nächste halbe Stunde war Tinne damit beschäftigt, das Leben von Gerold Aarsiegel durchzublättern. Seine Tochter musste unendlich viel Zeit investiert haben, um alles zusammenzutragen – die Kinderbilder, Urlaubsszenen, Zeitungsausschnitte, wissenschaftliche Veröffentlichungen, seine Doktorurkunde, Eintrittskarten, Pressefotos und vieles mehr. Es war, als hätte die Tochter ihrem Vater das Rüstzeug geben wollen, um gegen den unheimlichen Feind in seinem Kopf anzukämpfen. Vergebens, leider. Tinne empfand Zuneigung zu der Frau, die sie gar nicht kannte und die nun selbst sehr krank war.

Aarsiegel hatte ein bewegtes Leben gehabt. Die Kinderbilder in Schwarz-Weiß zeigten ihn als dürres Kriegskind inmitten von Trümmern, später kamen Farben und bescheidener Wohlstand, ein VW Käfer, stolzes Posieren vor einem italienischen See, die Hochzeit in strengem Anzug, dann Geburtstagsfeiern in der Mode der 1970er, die Tochter als kleines Mädchen mit einem Stoffhund, der größer war als sie. Aarsiegels Frau mit herzlichem Lachen, Bilder von Fernreisen, die Golden Gate, ein Elefant irgendwo in Afrika. Die Jahre gingen dahin, die Tochter schoss in die Höhe, Herr und Frau Aarsiegel wurden gleichermaßen grau, sie dicker, er dünner, aber immer mit einer gegenseitigen Zuneigung, die ihre Gesichter strahlen ließ.

Tinnes Gedanken schweiften ab. Warum schaffte sie es nicht, eine solche Beziehung zu führen? Die Jahre mit ihrem Ex Olaf waren im Nachhinein betrachtet nur eine Bühne gewesen für den einzigen Star, den es geben durfte: ihn selbst. Sie war mitgelaufen, hatte Bequemlichkeit mit Liebe verwechselt und sich immer weiter gebückt, bis sie fast zerbrochen wäre. Und nun? Seit fast zwei Jahren ging es auf und ab mit Laurent. Es gab Zeiten, da fühlte sie sich in seinen Armen so wohl wie nirgendwo sonst auf der Welt, sie schlumpften den ganzen Tag im Pyjama herum, tranken Kaffee aus riesigen Bechern und schauten Miss Marple, obwohl sie die Dialoge fast schon mitsprechen konnten. Und dann kamen Tage, in denen sie sich eingeengt fühlte, zerquetscht von seiner Fürsorge, ihr fehlte die Luft zum Atmen in der Wattewelt, die Laurent für sie baute.

Natürlich, er meinte es nicht böse. Sie wusste, dass der Unfall seiner Frau ein Stück aus ihm herausgerissen hatte, unersetzlich, unwiederbringlich. Seitdem würde er alles, was ihm am Herzen lag, am liebsten in eine Glaskugel stecken und vor allem Unheil der Welt bewahren. Dass das nicht ging, dass sich das Schicksal einen feuchten Kehricht um das Bemühen eines Laurent Pelizaeus scherte, machte ihm zu schaffen. Das war wohl so ein Männer-Ding, beschützen und bewahren, bei ihm potenziert durch das, was Mona zugestoßen war.

Und sie, Tinne Nachtigall? Sie brauchte Freiheit, Bewegungsraum, sie wollte ihre Entscheidungen selbst treffen und sich vor niemandem rechtfertigen müssen. Selbstsüchtig? Vielleicht, aber hey, sie war fast 40 und verdammt noch mal stolz darauf, auf eigenen Beinen zu stehen. Na, da stehst du aber gut, zischte sie sich selbst ins Ohr, mutterseelenalleine auf deinem Tinnefels im Tinnemeer auf dem Tinneplaneten.

Stimmte schon, es tat gut, nicht allein durchs Leben zu stapfen, sondern jemanden zu haben, der abends anrief, der zuhörte, mit dem man lachen und weinen konnte, der Wolkengesichter für einen entdeckte und das Lieblingsessen kochte, wenn die Welt zu groß und zu dunkel war. Und ja!, dieser Jemand war Laurent für sie. Doch es gab eine schmale Grenze zwischen dem, was sie genoss, und dem, was sie nervte. Wo genau diese Grenze verlief, hatten weder er noch sie bis jetzt herausgefunden, und so lange verließ keiner sein eigenes Revier.

Vorhin zum Beispiel, als er dagewesen war und ihr von Taras Obduktionsergebnissen berichtet hatte, da hätte sie sich am liebsten von ihm festhalten lassen und ihm die Schulter vollgeheult. Doch da war schon die Falte zwischen seinen Brauen gewesen, der strenge Kommissar, der dem kleinen Mädchen verbieten wollte, die Nase in Erwachsenendinge zu stecken. Es war purer Trotz gewesen, dass sie ihn angeschwindelt hatte, und dumm noch dazu. Sie waren im Streit auseinandergegangen, wie so oft, und nun war wieder Funkstille, bis einer von ihnen seinen Stolz überwand und zum Telefonhörer griff.

Tinnes Hände hatten derweilen mechanisch die Bilder und Texte durchgeblättert, nun stockte sie. Vor ihr lag ein Foto, farbig, schon leicht verblasst. Es zeigte eine Gruppe von Menschen, Aarsiegel in der Mitte mit vollem Haar und Oberlippenbart, seine Frau daneben, er trug eine Schürze, die ihm zu kurz war, neben ihm qualmte ein Grill. Die Leute standen auf einem Rasengrundstück, hinter ihnen erhob sich eine Hütte aus Holz, nicht gerade klein, mit einer ausladenden Veranda und Blumenkästen an den Fenstern. Im Hintergrund konnte Tinne weitere Hütten erkennen, hier und da wehte eine Fahne, sie glaubte, das stilisierte Rund von Mainz 05 darauf zu erkennen. Am linken Bildrand war eine Art Torbogen angeschnitten, eher ein Brett an einer langen Stange, vielleicht ein Eingangsportal. Auf der Rückseite entdeckte sie eine handschriftliche Notiz, Bleistift, sehr dünn: *21. Juni 76, Grillfest, 2jähriges Schrebern bei Sonntagsfriede.*

Bingo! Eilig suchte sie den Rest des Kartons durch, doch das Bild war das Einzige seiner Art. Und nun? Mitnehmen? Sie war zwar sicher, dass Aarsiegels Tochter das Fehlen eines einzigen Fotos nicht auffallen würde, es kam ihr trotzdem schäbig vor. Also nutzte sie die Kamerafunktion ihres neuen Handys und machte eine Reihe Fotos, die das Schrebergartenbild in verschiedenen Größen und Winkeln zeigten. Das musste genügen. Danach schaute sie rechts und links in den Flur, sah Cedric aber nirgends, also legte sie eine kleine Dankeschön-Notiz auf die Kiste.

Mit neuem Mut lief Tinne in die Eingangshalle zurück. Es konnte weitergehen! Eher beiläufig nahm sie zwei Männer wahr, die am Empfang standen und mit der Hausdame redeten, einer untersetzt und mit Krücken, der andere groß und muskulös. Die Erkenntnis kam eine Millisekunde später: Laurent und sein Kollege Axel Börner! Verflixt! Was die Kommissare im Heim machten, war nicht schwer zu erraten, sie ermittelten im Fall des toten Professors. Doch Laurent war so ziemlich der letzte Mensch, den sie hier treffen wollte – einerseits wegen ihres Krachs heute Morgen, andererseits würde er sofort durchschauen, dass sie geflunkert hatte und weiterhin auf Aarsiegels Spur war. Tinne fuhr herum, doch zu spät, schon deutete die Frau zur Treppe und damit in ihre Richtung. Im allerletzten Augenblick entdeckte Tinne etwas neben sich, halb versteckt zwischen Pflanzengrün – eine Winzig-winzig-Chance, um aus dieser Situation herauszukommen.

Laurent drehte seine Krücken vom Empfang weg, stützte sich darauf und humpelte in die Eingangshalle.

»Nicht schlecht, Herr Specht.« Seine Augen schweiften über den großzügigen Raum mit Freitreppe. »Da könnte ich später auch mal meinen Lebensabend verbringen.«

»Bei unserer Pension – knapp«, meinte der gewohnt wortkarge Axel Börner neben ihm.

»Sehr knapp«, bestätigte Laurent. »Es sei denn, wir machen nebenbei den Hausmeister, den Gärtner und den Nachtwächter, und zwar gleichzeitig.«

Die beiden Kommissare gingen auf den Lift zu, der neben der Treppe in die Höhe führte. An der Wand stand zwischen Topfpalmen ein Rollstuhl mit einer zusammengekrümmten Person darin. Sie hielt den Kopf gesenkt und hatte die Kapuze ihrer Jacke darüber gezogen, die Beine steckten unter einer Decke. Auf den ersten Blick hielt Laurent sie für ein altes Mütterchen, krumm von den Jahrzehnten. Dann sah er, dass die Person ungewöhnlich groß war. Nanu? Er kniff die Augen zusammen. Auf irgendeine Weise kam ihm die Gestalt vertraut vor.

»Sag mal, spinne ich oder was?«, murmelte er halblaut zu sich selbst und schwang seine Krücken. Je näher er kam, desto sicherer wurde er sich. Verärgerung wallte in ihm auf, gerade wollte er die Hand ausstrecken und die Kapuze lupfen – da erschien wie aus dem Nichts ein stämmiger Pfleger mit Kinnbart.

»Na, Frau Schigiol, haben die Kollegen Sie hier vergessen, hm?« Der Pfleger nahm die Handgriffe des Rollstuhls und umkurvte die beiden Polizisten elegant. »Ts, ts, ts, dabei wollten Sie doch schon vorhin Ihre Runde durch den Garten drehen. Na, dann begleite ich Sie mal, wir zwei sind doch auch ein hübsches Paar, oder?« Er nickte den Kommissaren freundlich zu und schob den Rollstuhl zum Ausgang. Die Gestalt darin rührte sich nicht, schnell wie ein Blitz waren die beiden aus der Glastür heraus und verschwunden.

»Was denn?«, fragte Börner und folgte dem Blick seines Kollegen.

»Nichts.« Laurent fuhr sich über die Augen und schüttelte den Kopf. »Gar nichts. Ich fang schon an, Gespenster zu sehen.«

Am Parkplatz, weit weg vom Gebäude, hielt Cedric den Rollstuhl an. Tinne zog die Kapuze herunter, ihr Herz klopfte noch immer wild.

»D… danke, das war …«, stammelte sie. »Wieso, woher haben Sie …?« Sie machte eine Handbewegung, die alle Fragen zusammenfasste.

»Ich habe von hinten gesehen, wie die beiden Bullen aufgekreuzt und Sie in den Rolli gehechtet sind«, wisperte er und hielt einen wachen Blick auf die wenigen Senioren auf den Bänken, die aber alle mit sich selbst beschäftigt waren.

»Ganz ehrlich: Ihnen traue ich es eher zu als denen, herauszukriegen, was hinter dem Tod des Professors steckt.« Mit einer Kopfbewegung scheuchte er sie zum Parkplatz. »Und jetzt ab durch die Mitte, bevor jemand was spitzkriegt.«

Das ließ Tinne sich nicht zweimal sagen. Sie strampelte sich unter der Decke hervor, die zum Glück im Rollstuhl gelegen hatte, und schoss auf ihrem Fahrrad davon. In Gedanken war sie bei dem Foto, das auf ihrem Handy gespeichert war. Das nächste Puzzleteil.

*

Die Tür sah massiv aus, Stahl, mit einem Riegel und einem schweren Bügelschloss. Die gelblichen Lampen des Kellers wurden reflektiert, als wären matte Glühwürmchen in dem Metall eingeschlossen.

»Diese Sicherheitstür haben wir für die Zeit des Umbaus anbringen lassen, danach wird der Eingang natürlich etwas eleganter aussehen.«

Michael Jacobs nickte und schrieb ein paar Worte auf seinen Block. Sein Gefühl hatte ihn nicht getrogen, der AZ-Bericht über die neue *Vinakothek* gestaltete sich schwierig. Es war ein Geduldsspiel gewesen, mit dem neuen Pächter einen Ortstermin in den Kellergewölben zu vereinbaren. Auch jetzt wirkte von Batten ungeduldig, als wäre der Zeitungstermin nur eine lästige Pflicht. Er öffnete das Schloss, geräuschlos schwang die Tür auf, kühle Luft kam heraus. Ein steinerner Absatz wurde sichtbar, sonst blieb alles dunkel.

»Sie halten mich sicher nicht für unhöflich, wenn ich vorgehe«, sagte von Batten mit einem schmalen Lächeln und hantierte an einem Verteiler, der trübe Lampen angehen ließ.

Die beiden Männer standen vor einer rostigen Eisentreppe, die sich spiralförmig in die Tiefe schraubte. Während sie die Stufen hinabgingen, brachte ihr Gewicht die Konstruktion zum Knarzen. Die Luft wurde schwer und feucht.

»Sie spüren gerade am eigenen Leib, weshalb diese Keller seit vielen Jahren ungenutzt sind.« Von Battens Stimme schallte geisterhaft nach oben. »Die Treppe ist statisch völlig hinüber, und die Be- und Entlüftung hier unten spottet jeder Beschreibung. Dazu kommt, dass es keinen Notausgang gibt und keinen Brandschutz. Aus diesen Gründen hat die Stadt bisher jede öffentliche Nutzung untersagt.«

»Und Sie haben nun doch eine Genehmigung bekommen für Ihre *Vinakothek*?«

»Die Eventschmiede von Batten hat ein überzeugendes Konzept vorgelegt, das alle kritischen Punkte entschärft. Die Stadt war schon vom ersten Entwurf so begeistert, dass die Genehmigung ohne weitere Nachbesserung erteilt wurde.«

Michael schrieb den druckreifen Satz im Licht der letzten Glühlampe mit. Sie waren am Fuß der Wendeltreppe angekommen und standen vor einer weiteren Tür. Diese war im Gegensatz zur oberen Eingangstür alt und rostig, von Batten brauchte Kraft, um den Riegel zu lösen. Dahinter lag Dunkelheit.

»Treten Sie näher.« Der Hall seiner Stimme ließ einen großen Raum vermuten. Eine Sicherung klickte, Glühlampen tauchten die Mauern in gelbes Licht.

»Oh!«, konnte Michael nur sagen. Als alter Zeitungshase hatte er schon viel gesehen, doch in die beiden Tiefenkeller von Kupferberg war sogar er noch niemals vorgedrungen. Vor ihm lag ein hohes Gewölbe mit einem offenen Durchgang zum ebenso großen Nachbarkeller. Die Beleuchtung war schummrig, an den Wänden bröckelte der Putz, doch all das wurde wettgemacht durch einen absoluten Blickfang: raumhohe Stapel aus Flaschen, Hunderte und Aberhunderte, die sich links und rechts entlangzogen. Die strenge Symmetrie verlieh dem Gewölbe eine sakrale Atmosphäre und erinnerte an einen mittelalterlichen Klosterkeller. Weiter hinten verlor sich das Licht, dort waren in Nischen weitere Gegenstände gestapelt, es mochten Teile von alten Produktionsanlagen sein oder handwerkliches Gerät.

»Das sind die beiden Tiefenkeller. Jeder Keller hat bei Kupferberg einen eigenen Namen, und diese beiden heißen Main und Donau.« Von Batten hob die Arme wie ein Priester. »Bald schon werden sie *Vinakothek* heißen und ein neues Highlight in der Mainzer Szene sein.«

Michael konnte seine Augen nicht von den Mengen an Flaschen lösen, die wie eine Armee an den Wänden aufgereiht waren. Große und kleine waren darunter, bauchige und schlanke, gedrungene und zierliche. Dank zahlreicher Zeitungsbesuche bei Kupferberg wusste er, dass sich in den weitläufigen Kelleranlagen mehr als 700.000 Flaschen befanden und dass 12.000 davon noch gefüllt waren. Hier unten lagerten ausschließlich gefüllte, wie ihm ein Blick auf die verschlossenen *Agraffes* verriet.

»Da vorne«, von Batten machte zwei Schritte, »wird die Eventlounge entstehen, dahinter die Bar, ganz hinten die Tanzfläche. Der Durchgang zum Nachbarkeller wird vergrößert, dort ist ein Weincabinet mit 800 Einheiten vorgesehen, die Galerie und ein Espresso Corner.«

»Espresso Corner«, murmelte Michael beim Schreiben, dann hob er den Kopf.

»Was ist das da?« Er zeigte auf die Gegenstände in den hinteren Nischen, die im trüben Licht kaum zu erkennen waren.

»Das sind Reste der einstigen Bierbrauerei, die Adalbert Kupferberg beim Ausbau übernommen hat. Viele der Keller wurden neu gemauert, aber einige waren bereits Bestand, sie wurden vorher als Braukeller genutzt.«

Von Battens Vortrag klang auswendig gelernt, Michael fragte sich, wie oft er diese Show hier unten schon inszeniert hatte.

»Als leidenschaftlicher Sammler hat Kupferberg sämtliche Restbestände übernommen, wir werden sie zwischenlagern müssen, denn der Pachtvertrag erstreckt sich auf die kompletten Kelleranlagen mitsamt Inhalt.«

Die Sammelwut des Gründers war tatsächlich grenzenlos gewesen, das wusste Michael. Ihm verdankte das Haus die weltgrößte Kollektion an Sekt- und Champagnergläsern. Die Bedeutung des letzten Satzes von Battens wurde ihm erst mit Verspätung bewusst.

»Mitsamt Inhalt?« Er warf einen Blick auf die vielen Flaschen. »Das heißt, die Flaschen sind auch Teil des Pachtvertrags?«

»Ja, sie machen die besondere Atmosphäre der Räume aus. Es ist aber klar festgelegt, dass sie weder umgeräumt noch irgendwie bewegt werden dürfen.«

Michael überlegte eine Formulierung. »Nun ja, die Flaschen hier im Haus sind ja durchaus Raritäten, da sind Abfüllungen dabei, die bis in die Zeit Adalbert Kupferbergs zurückgehen. Als Getränk sicher nicht mehr genießbar, aber mit enormem Sammlerwert. Wie wollen Sie verhindern, dass Ihre Gäste mal eben so eine unter den Mantel stecken?«

Wieder lächelte von Batten schmal und humorlos. »Wir installieren raumhohe Glaswände davor, bruchsicher, die Flaschen werden optisch mit farbigen Lichtakzenten betont. Dazu kommt eine Alarmanlage, die ab einer gewissen Schwingung der Glaswände aktiviert wird. Die Flaschen sind sicherer als in Abrahams Schoß, sonst wäre Kupferberg überhaupt nicht bereit gewesen zu verpachten.«

»Aha. Und wie wollen Sie die baulichen Probleme lösen, die Sie vorhin angesprochen haben?«

»Stromversorgung, Frisch- und Brauchwasserrohre und eine Lüftungsanlage werden neu gelegt, dazu kommt eine *TankFoam*-Schaumsprinkleranlage aus dem großindustriellen Bereich. Einen Notausgang realisieren wir im Schacht des ehemaligen Flaschenaufzugs, der führt vom Nachbargewölbe hoch auf das obere Kellerniveau. Und die Treppe wird durch einen ovalen Edelstahl-Freischwinger ersetzt, mit einem vollverglasten Fahrstuhl in der Mitte.« Er machte eine genau nuancierte Pause. »Weitere Fragen, Herr Jacobs?«

Seinem Tonfall war anzuhören, dass er den Termin als beendet ansah. Michael mochte den Typen nicht und entschied sich für eine kleine Provokation: »Sie investieren hier eine ganze Menge Geld. Was machen Sie, wenn Ihre Geschäftsidee nicht funktioniert? Wenn die Gäste ausbleiben oder Ihr Szene-Treff die Szene gar nicht interessiert?«

Von Battens überheblicher Gesichtsausdruck veränderte sich nicht. »Da brauchen Sie keine Sorgen zu haben, Herr Jacobs, meine Ideen funktionieren immer. Ich lade Sie gerne, sagen wir, in sechs Monaten ein in die proppenvolle *Vinakothek*, dann trinken wir gemeinsam auf die, die weiterkommen. Und auf die, die ewig auf der Stelle treten.«

Als von Batten den Journalisten wenig später nach oben begleitete, spürte er dessen Abneigung wie ein elektrisches Feld. Das war ihm aber egal. Solange er seine Geschichte weiterhin überzeugend rüberbrachte, war alles in bester Ordnung. Das Ziel rückte näher, jetzt nur nicht die Nerven verlieren. Er verschränkte die Arme hinter dem Rücken, damit das Zittern seiner Hände unbemerkt blieb.

*

»Hallo? Hallo, ist jemand hier?«

Die Stimmen übertönten das Radio und ließen Hamid innehalten, der gerade die Eckbank auseinanderschraubte. Er trat vor die Laube. Am Zaun standen zwei Leute, ein dicker Mann mit rundem Gesicht, das durch buschige Koteletten noch runder wurde, und eine Frau. Eine große, schlanke Frau mit Locken. An seinem Hals fing eine Ader an zu pochen.

»Entschuldigung, wir ...«, fing die Frau an, doch Hamid war mit zwei, drei großen Schritten da.

»Sie da!« Er spießte sie förmlich mit seinem Zeigefinger auf. »Sie sind das gewesen, vorhin, hinten in den Büschen, habe ich recht? Machen Sie das öfter, irgendwo herumhocken und Kinder erschrecken?«

Die Frau schaute ihn bestürzt an. »Eh, ich ... nein, also ...«

»Und wissen Sie was?«, fuhr er ihr über den Mund. »Sie verschwinden jetzt auf der Stelle, sonst hole ich die Polizei, und dann können Sie denen erklären, was Sie hier rumzuschleichen haben!«

Der dicke Mann schaltete sich ein. »Moment, Moment, mal ganz langsam. Keiner schleicht hier rum und ...«

Er verstummte, als Hamid den Arm hob und winkte.

»Sofia!« Seine Tochter kam gemeinsam mit Yvonne und Mene den Weg entlang, sie waren beim Sprinter gewesen.

»Sofia, ist das die Frau gewesen von vorhin? Die im Busch gesessen hat?«

Die Kleine reckte sich, linste hinter Yvonne hervor und

schüttelte den Kopf. »Nö. Die hier ist viel jünger. Und hübscher.«

Der Dicke machte ein komisches Geräusch zwischen Schnauben und Husten, Hamid entspannte sich etwas.

»Oh, eh, dann Entschuldigung.« Er winkte ab, als wolle er das Thema abhaken. »Wie kann ich Ihnen denn helfen?«

Die Frau hielt ihr Handy hoch. »Das hier auf dem Bild, das ist doch Ihre Parzelle, oder?«

Das Display zeigte ein Foto, es glänzte etwas und war ganz offensichtlich von einem Papierbild abfotografiert worden. Ein paar Leute in altmodischen Kleidern, ein Grill, im Hintergrund eine Laube, die Hamid bekannt vorkam. Er schaute nach hinten. Tatsächlich, seine Laube. Die Blumenkästen gab es heute nicht mehr, die Büsche und Bäume sahen anders aus. Aber links war der Eingang zu *Sonntagsfriede* zu erahnen, ein Schild, das von Rundhölzern gehalten wurde. Und auch die Gartenhütten im Hintergrund stimmten überein. Yvonne kam heran und schaute darauf.

»Ja, das ist unser Grundstück«, nickte sie, »aber das Foto muss ja schon ewig alt sein. Wo haben Sie das her?«

Der dicke Mann ignorierte ihre Frage und deutete auf die abgeschlagenen Möbel und die Kisten. »Ziehen Sie aus oder ein?«

»Aus, aber nicht dauerhaft. Es … hm, es gibt ein Problem mit dem Boden, das erst gelöst werden muss.«

Die beiden tauschten einen Blick, den Yvonne nicht richtig einordnen konnte.

»Was ist das für ein Problem, wenn ich fragen darf?«

Hamid runzelte die Stirn. »Ich weiß zwar nicht, was Sie das angeht, aber es gibt Lackspuren im Boden. Schutzlack für Metall, und eine Expertin meinte, dass dieser Lack wohl früher in der Rüstungsindustrie eingesetzt worden ist. Mit

anderen Worten: Es kann sein, dass hier eine Weltkriegsbombe liegt, ein Blindgänger.«

Die Frau machte ein Gesicht, als hätte sie gerade einen
Sechser im Lotto gewonnen.

»Ich glaube, ich kann Ihnen sagen, was wirklich in Ihrem
Boden liegt. Es ist kein Blindgänger, sondern etwas viel Span-
nenderes.« Sie deutete auf die Laube. »Haben Sie die Stühle
schon rausgeräumt? Ist nämlich eine längere Geschichte.«

»Hallo, Fabienne, Hamid hier.«

Der Mann, der sich als Hamid Cherifa vorgestellt hatte,
hielt sein Telefon in die Höhe, damit alle zuhören konnten. Der Lautsprecher war eingeschaltet.

»Du hast doch letztens diese Bodenproben bei uns
genommen und das mit dem Schutzlack rausgefunden, der
beim Bombenbau eingesetzt worden ist. Jetzt sind zwei
Leute hier, die haben eine andere Vermutung, und zwar,
dass es ein eingebuddelter Tresor sein könnte oder so etwas.
Kann das stimmen?«

Tinne spitzte die Ohren. Sie und Elvis hatten den Cherifas eine halbe Stunde lang erzählt, was sie in den letzten Tagen herausgefunden hatten. Aus Ungläubigkeit war
Zweifel geworden, dann Interesse. Nun wollte Hamid
einen Expertenrat.

»Also, theoretisch ja. Aber erstens müsste dieser Tresor
dann schon ziemlich alt sein, und zweitens hat der Besitzer
gute Kontakte zur Industrie gebraucht. Das Mittel, das ich
entdeckt habe, heißt Peridor, es ist in der Waffentechnik
benutzt worden und später dann im Anlagenbau, und zwar
bis 1980. Danach hat man es durch umweltverträglichere
Produkte ersetzt. Das heißt, euer Tresor muss vor 1980
damit behandelt worden sein.«

Tinne und Elvis nickten unisono. Passte, die *Skylab*-Panik war im Sommer 1979 gewesen.

»Und Peridor ist nie für die private Anwendung verkauft worden, sondern immer nur im großtechnischen Bereich. Höchste Schutzklasse, kein Zeug, um zu Hause den Zaun zu streichen. Also muss euer Mann einen Draht zur chemischen oder verarbeitenden Industrie gehabt haben.«

Hamid warf den beiden einen fragenden Blick zu.

»Uni?« Tinne redete lauter, damit sie am Telefon verstanden wurde. »Universität, Forschungseinrichtung, Institut für Chemie?«

»Klar, das wäre möglich.« Fabiennes Stimme klang blechern über den kleinen Lautsprecher. »Unis und Fachhochschulen haben Peridor beziehen können, keine Frage.«

Hamid bedankte sich und legte auf.

»Höchste Schutzklasse, das klingt absolut nach Professor Aarsiegel.« Tinnes Stimme kiekste vor Aufregung. »Er hat nur das allerbeste Mittel genommen, das er kriegen konnte, da hat sich garantiert von seinen Uni-Kollegen aus der Chemie beraten lassen.«

Die vier Erwachsenen saßen auf einer halben Eckbank und improvisierten Getränkekisten-Hockern in der Laube, die Kinder bauten Türme aus leeren Umzugskartons. Hamid hatte auf einem Gaskocher marokkanischen Kaffee aufgebrüht und musste Tinne bereits zum zweiten Mal nachschenken. Ihm und seiner Frau war die Hoffnung anzusehen, dass vielleicht doch keine Bombe unter ihren Salatköpfen schlummerte.

»So, und jetzt die Frage aller Fragen.« Elvis stand auf und schaute vom Eingang nach draußen. »Wo sind die Probleme mit Ihren Pflanzen denn am größten? Dort würde ich die Quelle der Lackverunreinigung vermuten und damit Aarsiegels Tresor.«

Hamid zögerte. »Da … tja, da gibt es keine besseren und schlechteren Stellen, würde ich sagen. Alles wächst gleich schlecht, überall.«

Tinne stutzte.

»Wie kann das denn sein? Wenn der Tresor den Lack an die Erde abgibt, muss es doch so etwas wie ein, na ja, ein Schadstoffgefälle geben.«

»Die Sache ist die: Fabienne hat uns erklärt, dass der Schutzlack sich über Jahre ablöst, am Anfang nur ein bisschen, dann immer mehr. Der Boden speichert die Substanz, da passiert erst mal gar nichts. Und ab einer gewissen Sättigung gibt die Erde das Zeug dann an die Pflanzenwurzeln ab. Aber dieser Punkt kommt quasi überall gleichzeitig, weil sich die Schadstoffe so lange haben kumulieren können. Auf diese Weise finden wir nicht raus, wo der Tresor verbuddelt ist, leider.«

Alle schwiegen, die Turmbauanleitungen von Sofia und die Widersprüche ihrer kleinen Schwester waren zu hören.

»Eine Metallsonde vielleicht?«, schlug Yvonne zögerlich vor. »So ein Ding, mit dem Schatzsucher über die Felder laufen und nach Münzen suchen?«

Elvis schüttelte den Kopf. »Geht nicht tief genug. Die Geräte packen gerade mal 20 oder 30 Zentimeter. Aarsiegel wird seinen Tresor aber schön tief eingebuddelt haben. Wer weiß, vielleicht hat er sogar einen Tag ausgesucht, an dem keiner von den Nachbarn da war, und ist mit schwerem Gerät angerückt. Mister Hundertprozent würde ich auch das zutrauen.«

Ernüchtert trat Tinne neben Elvis und schaute auf das Grundstück. Die Cherifas hatten ihnen berichtet, dass sie

mit 450 Quadratmetern eine der größten Parzellen zuge-
lost bekommen hatten. 450 Quadratmeter – und keine Idee,
wo sie ihre Suche beginnen sollten!

*

Die Fenster der Kommune 47 durchbrachen die Dämmerung des frühen Abends. Doch es war kein gemütliches
Licht, sondern der kalte Schein von Baustrahlern, der Tinne
an die anstehenden Renovierungen erinnerte. Ihr schlechtes
Gewissen regte sich und wurde größer, als sie ihr Fahrrad
in den Hof lenkte. Ein Teil war mit rot-weißem Flatterband abgehängt, es zog sich zwischen den Stahlmonstern
entlang und umgab einen Stapel Dielenbretter, der an einer
Wand lehnte. Zweifelsohne das Werk von Axl, der sich zur
Bauaufsicht berufen fühlte und seine Sicherheitsvorkeh-
rungen manchmal bis zum Exzess trieb. Aber immerhin,
bisher hatte es außer blutigen Fingern und blauen Flecken
noch keine Unfälle gegeben, toi, toi, toi.

Tinne schloss ihr Fahrrad ab. Sie war heute schon wieder den ganzen Tag auf Achse gewesen, ohne den Männern auch nur einen Handstrich zu helfen! Ihre Mitbewohner waren zwar gutmütig und ließen sie ziehen, damit
sie an ihrem Professorengeheimnis weitermachen konnte.
Doch ihr war klar, dass der Tag X bald schon anbrechen
und das Trockenbrötchen vor der Tür stehen würde. Und
die Kommune war noch nicht einmal ansatzweise in einem
vorzeigbaren Zustand. Sie seufzte. Das würde eine lange
Nacht werden, Schwielen an den Händen eingeschlossen.

Zu ihrer Überraschung tönte aber kein Baulärm durchs
Treppenhaus, sondern Johlen und Lachen. Sie lugte in die
Küche. Der Anblick war sehenswert.

Zwischen Abdeckfolien und Farbeimern hatte sich eine Gruppe versammelt, die nach einer Mischung aus Fassenacht, Theaterfundus und Improvisationstalent aussah. Axl, Bertie und die Hälfte der Brigademitglieder steckten in kunterbunten Kostümen und redeten durcheinander, während sie gegenseitig die Kleidung zurechtzupften. Uwe entdeckte Tinne zuerst.

»Achtung, Achtung, die Frau Professor ist da! Macht emol, die Vorstellungsrunde!«

Kichernd stellten sich die Männer und Frauen in eine Schlange, Tinne zog die Augenbrauen hoch. Die Brigade hatte ihr von Anfang an den Ehrentitel *Frau Professor* verpasst, weil sie an der Uni arbeitete. Um welche Vorstellungsrunde es ging, war ihr allerdings schleierhaft.

Dietmar trat nach vorne. Er trug einen römischen Überwurf, geschnürte Sandalen und einen großen runden Schild. Nach bedeutungsschwangerem Räuspern reckte er sich.

»Ich bin Nero Claudius Drusus. Um die Zeit von Christi Geburt gründe ich das römische Legionslager Moguntiacum und lege damit den Grundstein für die Entwicklung der Region.«

Es folgte Bertie. Er hatte eine Kutte an, die ihn wie einen übergewichtigen Dorfpfarrer aussehen ließ, seinen Kopf zierte eine Perücke mit Tonsur.

»Ich bin Bischof Willigis«, sprach er gestelzt und warf einen schnellen Blick auf den Spickzettel in seiner Hand. »Im Jahr 975 beginne ich mein größtes Werk für die Stadt und das Umland: den Hohen Dom St. Martin zu Mainz.«

Nun verstand Tinne: Die Brigade stellte diejenigen Persönlichkeiten nach, die das heutige Rheinhessen im Laufe der Jahrhunderte beeinflusst hatten. Sie musste ein Kichern unterdrücken, als Margarete an der Reihe war. Die Ur-

Mainzerin steckte in einem sackförmigen Klostergewand mitsamt Haube und bemühte sich, so etwas wie Hochdeutsch zu sprechen.

»Ich bin Hildegard von Bingen. Mein Wissen über Kirche, Medizin, Musik und Kunst ist zwar schon fast 1.000 Jahre alt, aber in Rheinhessen noch immer lebendig.«

Uwe hatte seinem grauen Bart einen roten Schimmer verpasst, Tinne tippte auf Color-Haarspray. Ein Überwurf mit Fellkragen ließ den Hünen herrschaftlich aussehen.

»1184 feiere ich, Friedrich I., genannt Barbarossa, hier die Schwertleite meiner Söhne. Die Chronisten werden später sagen, es sei das größte Fest des Mittelalters gewesen.«

Bei Axls Auftritt war es endgültig um Tinne geschehen. Der spindeldürre Altrocker trug eine lederne Handwerkerschürze und einen künstlichen Vollbart, seine langen Haare waren unter einem Käppi versteckt.

»Ich bin Johannes Gutenberg«, nuschelte er durch seinen Bart. »Im Jahr 1450 erfinde ich den Buchdruck mit beweglichen Lettern und mache damit den Weg frei vom Mittelalter in die Neuzeit.«

Maximilian, den alle Mäx riefen, war der Nächste. Seine Figur war nicht schwer zu erraten: blauer Waffenrock, ein Zweispitz auf dem Kopf und die Hand vor der Brust in die Knopfleiste geschoben. Er zog den Bauch ein.

»Um 1800 sorge ich, Napoleon Bonaparte, für eine Neueinteilung des Rheinlandes. Daraus entsteht bald schon die Region, die heute Rheinhessen genannt wird.«

Als Letzter machte der kleine Micha einen Schritt nach vorne. Hier musste Tinne rätseln – er trug als Verkleidung lediglich einen dunklen Anzug, an dem das Mainzer Wappen angesteckt war.

»Viele berühmte Menschen sind gekommen und gegangen, und auch ich stelle mich in den Dienst der Stadt und der Region. Rheinhessen und Mainz leben hoch, das sagt euer alter Oberbürgermeister Jockel Fuchs!«

Sein rollendes Franken-R wollte zwar nicht so recht zu seiner Rolle passen, doch egal, die übrigen Brigadiere klatschten und pfiffen und auch Tinne stimmte ein.

»Na gut, Leute, super Show«, meinte sie, als sich das Tohuwabohu wieder gelegt hatte. »Aber was hat's damit auf sich? Wollt ihr eine Laienspielgruppe gründen, weil euch so langweilig ist?«

»Oh nein, viel besser. Warte, ich erzähl es dir gleich.« Bertie schob die Malerfolie vor dem Kühlschrank zur Seite und holte eine Platte Fleischwurst heraus, dazu Schoppenwein und Sprudelwasser. Dietmar steuerte Paarweck bei, Margarete hatte Gurken griffbereit, Mäx eine Senftube, Axl zauberte Gläser aus seinem Zimmer. Innerhalb einer halben Minute hatte sich die Kommunenbaustellenküche in eine Weinstube verwandelt, die Brigade stieß auf ihre Verkleidungskünste an. Nur Barbarossa-Uwe beschwerte sich, weil es für ihn kein Kaiserbrötchen gab, und erntete damit einen großen Lacher. Aus dem Nichts erschien Mufti, strich allen um die Beine und schaute so herzzerreißend wie sämtliche YouTube-Kätzchen zusammen. Aufgrund ihrer Handwerkerfehlzeiten sah Tinne darüber hinweg, dass der Kater reihum verbotenerweise mit Wurststücken gefüttert wurde.

»So, jetzt aber, was habt ihr vor mit eurem Outfit?«

»Also«, Bertie zwängte einen titanischen Bissen herunter, »der Elvis ist ja als Rheinhessen-Gesicht nicht nur auf sämtlichen Plakaten drauf, sondern er fährt auch auf dem Jubiläumswagen mit. Weißte ja, am Sonntag, beim 200-Jahre-Umzug.«

Tinne nickte, sie hatte Elvis' Wehklagen über sein leichtfertiges Okay schon mehrfach erdulden müssen.

»Das wird eine ziemliche Gaudi, ich meine, hey, wann hat man schon mal einen Umzug im Mai statt im kalten Februar, und deshalb haben wir uns überlegt, dass wir mitmachen. Und zwar nicht einfach nur nebenherlaufen, nee, wenn schon, dann wollen wir mit Elvis gemeinsam auf dem Jubiläumswagen stehen.«

Sie begann zu ahnen, was es mit den Verkleidungskünsten ihrer Freunde auf sich hatte.

»Also haben wir versucht, was zu deichseln. Die Margarete hat eine Cousine, die ist Friseurin, und einer ihrer Kunden spielt im selben Volleyballverein wie der Schwippschwager von einem der Leute, die den Umzug organisieren. Über diesen kurzen Dienstweg haben wir unsere Idee ein gereicht, dass nämlich berühmte rheinhessische und Mainzer Persönlichkeiten quasi wiederauferstehen und auf dem Wagen mitfahren. Tja, was soll ich sagen?« Bertie strahlte und hob das Glas. »Heute kam Post, der Vorschlag ist angekommen, die Stadt Mainz freut sich auf unsere Teilnahme!«

»Auf Rheinhessen!«

»Auf den Umzug!«

»Auf uns!«, klangen die Stimmen durcheinander. Dietmar sorgte mit einer römisch-feldherrischen Geste für Ruhe.

»Und das Beste daran ist: Wir haben uns damit auch gleich für den Abend zurechtgemacht.« Er zupfte an seinem Römergewand, das immer weiter nach unten rutschte und fast wie ein Saunatuch aussah. »Bei Kupferberg ist am Sonntag nämlich auch was los, eine Party im Fasskeller, die *Fass-Nacht*.« Er blieb mit der Stimme oben und wartete, bis Tinne das Wortspiel kapiert hatte. »Da gehen wir danach hin. Freier Eintritt, aber nur in Verkleidung. Und ich würde sagen«, sein Blick schweifte über die Runde, »vom Outfit her sind wir ganz weit vorne!«

Das Gejohle ging in die zweite Runde, nun wurde auf die Fass-Nacht angestoßen. Jemand drückte Tinne ein Schoppenglas in die Hand, ergeben trank sie mit. Typisch Brigade – sie schaffte es immer, dort zu sein, wo etwas los war.

Die Taxileute schwatzten in unverminderter Lautstärke. Trotz der entspannten Atmosphäre wurde Tinne der Baustellenlook der Küche überdeutlich bewusst. Ihr schlechtes Gewissen regte sich wieder, sie nahm Axl zur Seite.

»Ich bin heute schon wieder auf Achse gewesen und hab euch hier im Haus allein werkeln lassen. Seid ihr denn ein Stück weitergekommen? Sag mir mal, was ich heute Abend noch tun kann.«

Als einziger Vegetarier in der Runde hielt er eine Tofuwurst in der Hand und hatte seinen Gutenbergbart unters Kinn gezogen, um essen zu können. Als er die Nase krauszog, ahnte Tinne, dass es keine guten Neuigkeiten gab.

»Hm, ist leider nicht so super gelaufen. Und zwar, wir haben unten bei den Vermietern ein paar Bodendielen weggestemmt, um einen Leitungsschacht zu finden. Dabei sind wir auf ein ziemliches Problem gestoßen. Jemand muss vor zig Jahren unter den Dielen Filz verlegt haben, warum auch immer, jedenfalls, der ist komplett verschimmelt. Muss alles raus und neu gemacht werden, und das bedeutet, dass wir die ganze neu gemachte Innendämmung an den Wänden gerade wieder rausreißen können.« Er schwenkte seine Tofuwurst mit einer hilflosen Bewegung. »Manchmal wünsche ich mir Röntgenaugen, um in die Wände und die Böden gucken zu können. Dann müssten wir nicht alle Arbeiten zweimal machen.«

Tinne hätte am liebsten auf der Stelle losgeheult. Nun wusste sie, was es mit den Dielenbrettern im Hof auf sich hatte. War dieses Haus denn verhext? Es kam ihr vor wie eine steinerne Hydra – egal, welchen Baustellenkopf man abschlug, es wuchsen zwei neue nach. Die Kommunenrettung war weiter entfernt als je zuvor.

Nach einer gemurmelten Verabschiedung ging sie in ihr Zimmer. Das Explosionsgefahr-Schild an der Tür kam ihr vor wie eine selbsterfüllende Prophezeiung, denn der Raum platzte fast aus den Nähten: Jeden Tag wurden neue Sachen hineingepackt, alles stapelte sich, sie fand kaum mehr frische Wäsche, geschweige denn ihre Arbeitsmaterialien für die Uni. Nun liefen tatsächlich die Tränen. Sie beneidete ihre Mitbewohner, die die Situation mit einer gehörigen Portion Fatalismus ausblenden und sich einen schönen Abend mit der Brigade machen konnten. Das klappte bei ihr nicht, schlechte Nachrichten zogen sie erbarmungslos nach unten. Halb blind kramte sie im Chaos, bis sie eine Handvoll CDs fand. Oh ja, Tom Waits war jetzt genau das Richtige, *The Heart of Saturday Night*.

Während Tinne der Musik lauschte, sehnte sie sich nach Laurents tiefer, voller Stimme. Wenn er sprach, fühlte sie sich geborgen wie in einer flauschigen Decke, sie liebte es, von ihm etwas vorgelesen zu bekommen, auch wenn es nur ein schnöder Zeitungsartikel war. Doch das Telefon war tabu, das würde sonst aussehen, als käme sie angekrochen. Niemals! Vor Ärger über ihre eigene Dickköpfigkeit heulte sie noch mehr.

Die vage Hoffnung beschlich sie, dass er sich vielleicht gemeldet haben könnte. Das Motörhead-Handy zeigte tatsächlich eine Nachricht an, eine E-Mail. Ihre Hoffnung zerstob, es war nur etwas Dienstliches von der Uni. Sie

brauchte eine Sekunde, um den Namen einordnen zu können. Matthias Purr, richtig, das war der Genealogie-Typ,
den sie wegen dieses merkwürdigen Grafen angemailt hatte,
wegen Aarsiegels Dillegraf. Vielleicht gab es doch noch
eine positive Nachricht am heutigen Abend?

Empfänger: Ernestine Nachtigall, M.A., Histori-
sches Seminar
<nachtigalle@uni-mainz.de>
Absender: Dr. Matthias Purr, Historisches Seminar
<purrm@uni-mainz.de>

Betreff: RE: Dillegraf – wer kann das sein?

Hallo Tinne, wie bist Du denn auf diesen Namen
gekommen??? Ich habe sämtliche Listen durchgese-
hen und auch am Institut für Geschichtliche Landes-
kunde nachgefragt. Nada. Eine entfernte Namens-
beziehung gibt es zu einem Grafengeschlecht zu
Mörsberg und Dill im Hunsrück um das Jahr 1070,
aber das hat mit dem Mainzer Raum gar nichts zu
tun. Einen einzigen Querverweis habe ich entdecken können, ziemlich schräg und sicher nicht das,
was Du suchst :-/ Ich habe ihn trotzdem beigefügt.

http://www.kinderquatsch.org/txtwsd/sammel/
abzreime/

Hätte Dir gerne weitergeholfen!

Grüße Matthias

Kinderquatsch? Tinne fühlte sich leer und mutlos, allein die Webadresse klang schon völlig Banane. Sie klickte auf den Link. Eine Seite öffnete sich, die nach Baukasten aussah und vor bunten Texten und zappelnden GIFs nur so strotzte. Erbarmen! Es ging um Kinderabzählreime, *Wer kennt welche?*, fragte die Kopfzeile. Tinne scrollte durch und blieb schließlich an einem Eintrag hängen.

> Ene mene Dillegraf,
> zappel zappel wie de Aff,
> wink dei'm Zwilling, witt, witt, witt,
> der macht dann des Tänzche mit.
>
> *altes Kinderlied aus Bad Kreuznach*

Tinne war drauf und dran, sich die Decke über den Kopf zu ziehen. Ein Abzählreim aus Bad Kreuznach! Argh! Was hatte das bitte schön mit den verschwundenen Kaiserflaschen zu tun? Da war ja das Hunsrücker Grafengeschlecht noch eine bessere Spur!

Sie sackte auf ihre Couch und plättete dabei zwei Blusen, einen Vorhang und ein Star-Wars-Fanzine, es war ihr aber egal. Mit einem Kugelschreiber malte sie mechanisch die ›Antenne‹ auf ihrem Arm nach. So rätselhaft wie der ganze Fall. Aarsiegels Worte vernebelten sich mehr und mehr, statt klarer zu werden. Und die einzige echte Fährte, nämlich der vergrabene Tresor, steckte an einem toten Punkt fest. 450 Quadratmeter, unter denen irgendwo, in unbekannter Tiefe, ein Metallklotz lag, vor drei Jahrzehnten dort vergraben. Dazu kam die neue Hiobsbotschaft von der

Renovierungsfront, die unendlichen Handwerkerstunden, die noch warteten. Sie hörte Axl draußen mit den anderen lachen, seine Worte von vorhin kamen ihr wieder in den Sinn. Das Haus. Die Schäden. Doppelte Arbeiten.

Auf einmal setzte sie sich kerzengerade hin, eine Erkenntnis gleißte in ihr auf. Von einem Augenblick auf den nächsten wusste sie, wie sie diesen Tresor finden konnten.

FREITAG, 6. MAI 2016

Ekkehart Batzler machte seinen morgendlichen Spaziergang durch den Kleingartenbezirk, die Hände waren auf dem Rücken gefaltet, die Augen schweiften aufmerksam umher. Gelegentlich grüßte er einen frühen Pächter, hier und dort schaute er etwas genauer hin, wenn ihm etwas auffiel. Einer dieser jungen Leute, die sich inzwischen immer öfter als Schrebergärtner versuchten, hatte ihm unlängst das Wort *Kontrollgang* an den Kopf geworfen. Batzler schnaufte. Wie frech war das denn? Er würde ja wohl noch durch die Anlage spazieren dürfen, schließlich war er in die Verwaltung eingebunden, und zwar nicht unerheblich. Was konnte er dafür, wenn ihm dabei die eine oder andere Unregelmäßigkeit ins Auge sprang?

Hier zum Beispiel, die Hecke von Parzelle 68, Kesselbrincks, die war zu hoch, ganz eindeutig. Er hatte zwar wie üblich einen Zollstock in der Jackentasche, doch sein geschultes Auge reichte, um zu erkennen, dass die erlaubte Grenzbepflanzungswuchshöhe von 1,20 Meter überschritten wurde. Im Geist machte er sich eine Notiz, die Kesselbrincks bei nächster Gelegenheit darauf anzusprechen.

Im nordöstlichen Bereich des Bezirks war ungewöhnlich viel los, Batzler beschleunigte seinen Schritt, freilich ohne auffällig zu eilen. Aha, das war bei den Neuen, Cherifa, oder wie sie hießen. Hatten gestern alle möglichen Möbel hin und her getragen, da wollte er eh schauen, ob das mit rechten Dingen zuging. Als er näher kam, lief er automatisch schneller. Himmel, was war denn das?

Das Grundstück war mit rot-weißem Flatterband abgesperrt, Menschen liefen umher, jemand trug eine Stahlkiste herbei, Planen und Absteckstangen lagen bereit. Alles vermittelte den Eindruck einer groß angelegten Aktion. Batzler rannte fast. Kurz vor dem Grundstück hielt ihn ein dicker Mann mit Koteletten auf, der eine blaue Latzhose trug und nicht sehr freundlich unter seinem Bauhelm hervorschaute.

»Stopp, Zutritt verboten.«

»Also, hören Sie mal, was geht denn hier vor? Ich bin der Verwalter dieses Kleingartenbezirks, Ekkehart Batzler, und ich verlange Aufschluss über das, was hier passiert!«

Das Gesicht des Dicken wurde, soweit möglich, noch finsterer.

»Der Herr Batzler, soso. Dann hören Sie jetzt mal gut zu. Dieser Bereich unterliegt ab sofort dem Bundesamt für Gefahrenabwehrverordnung, die hoheitsrechtlichen Belange sind ausnahmslos auf uns übergegangen, das Hausrecht ebenfalls. Paragraf 17, Absatz 3 PVC-ZDF.«

Batzlers Mund stand offen. Wie ... was? Sein Gegenüber trat einen Schritt zur Seite und deutete auf ein Schild, das hinter ihm verborgen gewesen war.

»Und jetzt räumen Sie das Gebiet zu Ihrer eigenen Sicherheit.«

Mit großen Augen glotzte Batzler auf das Metallschild. Es zeigte eine Bombe und den Schriftzug *Explosionsgefahr*.

»Eine ... Bombendrohung?«

»Blindgängerfund, Zweiter Weltkrieg. Sie werden behördlich informiert, sobald wir wissen, um welche Art von Explosivkörper es sich handelt und wann die Entschärfung anberaumt ist. Bis dahin«, der dicke Mann wedelte mit der Hand, »muss ich Sie dringend bitten zu gehen, Sie befinden sich im sicherheitsrelevanten Bereich. Traben Sie ab, Mann, aber dalli!«

Der Kleingartenbezirksverwalter war so perplex, dass er widerspruchslos Fersengeld gab. Eine Weltkriegsbombe! Und nun? Für diesen Fall, so fürchtete er, gab es keine Richtlinien in den Vereinsstatuten. Es war lange her, dass Ekkehart Batzler nicht wusste, wie er reagieren sollte.

»Okay, wir sollten ein paar Stunden Ruhe haben. Jetzt aber hurtig!« Elvis schaute dem eingeschüchterten Verwalter nach.

»Paragraf 17 vom PVC-ZDF, da muss man erst mal darauf kommen«, meinte Tinne und zerrte die Stahlkiste über den Rasen.

Er rückte seinen Helm zurecht. »Ohne dein Baustellenspielzeug wäre ich nicht so glaubhaft rübergekommen.«

Heute früh hatte Tinne als Allererstes einen Rundumschlag in der Kommune gemacht und alles mitgenommen, was einen gewissen Showeffekt versprach: Helme, Arbeitsklamotten, Stangen, Folien, Markierungsstäbe, Axls rotweißes Band und das Warnschild an ihrer Zimmertür. Sie war sich vorgekommen wie ein Gemischtwarenhändler, als sie sich voll beladen auf Elvis' Sozius gezwängt hatte. Aber immerhin – es war ihr gelungen, eine halbwegs glaubhafte Bombenentschärfung zu inszenieren. Nun ja, zumindest für den Wichtigtuer eben hatte es gereicht.

Elvis packte mit an, gemeinsam stellten sie die Kiste neben zwei jungen Männern ab. Mit viel Überredungskunst hatte Tinne es geschafft, die beiden zum *Sonntagsfriede* zu bestellen, sie waren Doktoranden des Instituts für Archäologie und starteten auf einem Notebook gerade kompliziert aussehende Programme. Die Cherifas schauten interessiert zu, Hamid hatte sich nach Tinnes frühem Anruf heute freigenommen. Die Mädchen waren im Kindergarten und in der Schule.

»Was genau habt ihr jetzt vor? Wie wollt ihr diesen Tresor aufspüren?«, fragte Hamid. Sie waren inzwischen beim konspirativen Du angelangt.

»Mir ist gestern Abend eingefallen, wie es vielleicht klappen könnte.« Tinne mühte sich mit dem Verschluss der Kiste. »Mein Mitbewohner hat über unsere Hausrenovierung geredet und gesagt, er hätte gerne Röntgenaugen, um zu sehen, was alles in den Wänden und den Böden steckt. Und genau so etwas brauchen wir hier.«

»Röntgenaugen?« Yvonne schaute auf den Rasen. »Also doch das, was ich gestern vorgeschlagen habe? Eine Metallsonde?«

»Keine Sonde. Etwas viel Besseren. Und hier kommt auch schon die Hauptperson: Chefpilot Sascha Kopp!«

Der Fotograf tauchte an der Grenze des Grundstücks auf und lachte bei seiner Vorstellung. »Mach mal halblang, Tinne, wir wissen ja noch gar nicht, ob es überhaupt funktioniert.« Er begrüßte die Doktoranden, holte seine Kameradrohne aus der Metallkiste und fing gemeinsam mit den beiden an, einen optischen Apparat daran zu befestigen. Sascha hatte sich spontan bereit erklärt, vorbeizukommen und seine Drohne mitzubringen. Seine Bezahlung war schnell ausgehandelt: ein üppiges Frühstück im Altstadtcafé. Tinne nickte ihm dankbar zu und erklärte weiter: »Das da, das ist ein 3D-Laserscanner von der Uni, vor ein paar Wochen haben wir gemeinsam mit Sascha eine archäologische Befliegung gemacht. Mit dem Scanner kann man quasi in die oberen Erdschichten schauen, die Auswertungssoftware auf dem Notebook interpretiert die Daten und zeigt, was darunter liegt. Normalerweise sucht man damit Gebäudereste oder antike Straßen, aber vielleicht lässt sich auch unser geheimnisvoller Tresor aufspüren.«

»Was zeigt dieser Scanner denn in der Erde? Umrisse? Metall?« Hamid war fasziniert von der Technik, man sah ihm an, dass er die Drohne am liebsten selbst fliegen würde.

»Nein, er zeigt Unregelmäßigkeiten in der Bodenschichtung, also Stellen, an denen mal gegraben worden ist.«

»Oh.« Sein Blick wanderte zwischen dem Grundstück und dem Kopter hin und her. »Das ist nicht so gut, weil, wir haben hier so ziemlich überall gegraben. Die Parzelle war zugewuchert, und …« Er verstummte, als Tinne den Kopf schüttelte.

»Nein, das ist ja gerade der Trick bei dem Scanner. So etwas wie Spaten oder auch landwirtschaftliche Maschinen, Traktoren und so, die verändern die Bodenstruktur nur bis zu einer gewissen Tiefe, 30 oder 40 Zentimeter, vielleicht einen halben Meter, da passiert nicht viel. Aber eine Grabung, die tiefer geht, verändert die Substanzdichte. Und das kann der Scanner sehen. Nach Jahren und Jahrzehnten, manchmal sogar noch nach Jahrhunderten.«

Die Rotoren der Drohne erwachten summend zum Leben. Sascha hatte die Fernbedienung vor sich geschnallt. »Ich wäre so weit, wir können starten.«

Tinne schaute zu den Doktoranden. Die beiden saßen auf der Kiste, hatten ihr Notebook vor sich und hoben ebenfalls die Daumen.

»Na gut, los geht's«, sagte sie mit möglichst viel Enthusiasmus in der Stimme. »Dann hoffen wir mal, dass wir eins und eins richtig zusammengezählt haben.«

Die weiße Drohne ließ die umstehenden Grashalme flattern und schoss in die Höhe. Die Suche hatte begonnen.

*

Mit der linken Hand hielt Konstantin von Batten eine Stablampe in die Höhe, seine Rechte umklammerte einen kleinen Bildschirm mit metallenem Schwanenhals. Am Ende des Halses saß eine Minikamera, ein LED-Ring um die Linse sorgte für Helligkeit. Von Batten hatte das System bei einem Automobilzulieferer bestellt, es wurde normalerweise in Werkstätten eingesetzt, um in verwinkelten Motorräumen auf Fehlersuche zu gehen. Trotz der zierlichen Abmessungen war es nicht gerade leicht, ein Akku brachte zusätzliches Gewicht. Er spürte, wie seine Hand zu zittern begann.

Behutsam zog er den Schwanenhals zwischen staubigen Flaschen hervor und setzte den Bildschirm auf dem Boden ab. Es war kalt in den Tiefenkellern, die trüben gelben Lampen schienen mehr Licht zu fressen, als sie gaben. Die Stablampe mit ihrem grellen Schein nahm sich dagegen aus wie ein Suchscheinwerfer. Von Batten atmete durch. Trotz der Umgebungstemperatur war ihm warm, kein Wunder, er trug über seinem Maßanzug einen Ganzkörper-Overall, dazu Handschuhe und einen Mundschutz. Der Herr Chefarzt auf dem Weg zum OP, dachte er grimmig. Der Vergleich war gar nicht so weit hergeholt, denn das, was er hier tat, erinnerte tatsächlich an eine Operation, an einen Eingriff, bei dem es auf Konzentration und Genauigkeit ankam.

Von Batten nahm das Gerät wieder auf und korrigierte den Winkel der Kamera um eine Winzigkeit. Der raumhohe Flaschenstapel erhob sich vor ihm, die endlosen Reihen aus Drahtverschlüssen starrten wie tausend Augen auf ihn herab. Sorgfältig platzierte er den Schwanenhals in einem der Zwischenräume, die die liegenden Flaschen aussparten. Zentimeterweise schob er die Kamera voran, immer darauf bedacht, das Glas so selten wie möglich zu berühren. Die Staubschicht darauf war empfindlich, jeder Kontakt hinterließ eine sichtbare Spur. Endlich war die Linse an den Flaschenböden angekommen, von Batten leuchtete mit der Stablampe in die Lücke. Noch immer die falsche Position. Sein Atem ging schneller vor lauter Anstrengung, sein Kopf näherte sich dem Regal. Der Mundschutz verhinderte, dass er beim Ausatmen den Staub von den Flaschen blies. Noch einen Zentimeter nach vorne, ein klein wenig eindrehen. Jetzt!

Der LED-Lichtkranz beschien das Etikett der Flasche, der Monitor zeigte das Bild der Kamera. Staubig zwar, aber trotzdem deutlich konnte von Batten die Worte lesen, die auf dem Etikett standen. Er kippte den Schwanenhals ein Stück weit, nun erfasste die Kamera das Etikett der Flasche daneben.

Vorsichtig zog er das Gerät zurück, bevor seine Hand zu sehr zitterte. Es waren beides Flaschen aus der hauseigenen Produktion, ein Kupferberg Gold von 1928, ein Rieslingsekt von 1910. Das, was er suchte, war nicht dabei. Aber immerhin, das System funktionierte.

Von Batten warf einen Blick auf die Flaschen, die sich rechts und links von ihm erstreckten. Es war noch viel zu tun.

*

Elvis war bei seiner fünften Zigarette angekommen, Tinne wurde von Hamid mit marokkanischem Kaffee versorgt. Unablässig surrte die Drohne über die Schrebergartenparzelle, alle 15 Minuten musste der Akku getauscht werden. Zum Glück besaß Sascha ein Dutzend davon, sodass die Befliegung ohne größere Unterbrechung weitergehen konnte.

Tinne saß bei den Doktoranden auf der Kiste und behielt den Notebookbildschirm im Auge. Das Scanprogramm zeigte ein verwirrendes Geflecht aus farbigen Linien: Struktur, Dichte und Wassersättigung des Bodens. Anfänglich hatte Tinne rein gar nichts erkannt, inzwischen konnte sie zumindest die einzelnen Parameter auseinanderhalten. Von einer echten Interpretation des Bildes war sie aber noch weit entfernt.

Das hatten die Doktoranden deutlich besser drauf. Immer wieder ließen sie die Drohne stoppen oder ein Stück zurückfliegen. Das waren Stellen mit auffallender Struktur, bei denen sie die Wellenlänge des Lasers stufenweise änderten, um den Kontrast zu optimieren. Diese Feinarbeit machte das Vorgehen quälend langsam, dazu kam, dass sich bis jetzt jede Abweichung als Fehlalarm entpuppt hatte. Inzwischen waren sie im hinteren Drittel des Grundstücks angekommen. Die vorderen Bereiche, auf die Tinne eher getippt hatte, waren ergebnislos geblieben.

»Da. Da ist wieder was«, meinte einer der beiden und gab Sascha Zeichen, die Drohne in der Luft stehen zu lassen. Der andere, der es an Rauchmenge locker mit Elvis aufnehmen konnte, klickte routiniert die Einstellungspalette des Programms an. Das Bild zuckte unruhig, einige Linien bekamen Zacken, andere Einbuchtungen, genau wie unzählige Male vorher. Aus Gründen, die für Tinne unerfindlich waren, wurden die Doktoranden plötzlich aufgeregt.

»Ein bisschen tiefer. Und ein langsamer Überflug. Und wieder zurück«, wiesen sie Sascha an und klebten mit den Augen am Bildschirm.

»Also, das hier, das sieht richtig gut aus«, meinte der Dauerraucher zu Tinne. »Eine Anomalie, ungefähr zwei auf drei Meter, strukturelle Dichte unter 0,4, das heißt tief, richtig tief. Und schon ziemlich verpresst, also lange her, mehr als 20 Jahre auf jeden Fall.«

Tinne wurde von der Aufregung angesteckt. Die Stelle, über der die Drohne schwebte, lag ein paar Meter neben der Laube, nahe an der Begrenzung zum Weg. Nun würde sich zeigen, ob sie richtig kombiniert hatte. Rasch telefonierte sie, dann bat sie Sascha und die Doktoranden, noch den Rest des Grundstücks zu überprüfen. Nach 20 Minuten waren sie durch, ergebnislos; die Stelle neben der Hütte blieb die einzige Auffälligkeit.

Alle versammelten sich dort und schauten zu Boden wie bei einer Beerdigung. Rasen, ein paar Büsche, nichts Auffälliges. Zweifel regten sich in Tinne. Nun ja, versuchte sie sich zu beruhigen, was hatte sie erwartet? Ein Hinweisschild mit der Beschriftung *zum Tresor hier entlang*?

Hamid trat an ihre Seite. Er war ein gutes Stück kleiner und musste zu ihr aufschauen.

»Und jetzt? Nehmen wir Schaufeln und graben, bis wir etwas finden? Da brauchen wir aber eine Weile.«

Sie schüttelte den Kopf. »Nein, das werden wir sehr viel schneller und besser hinkriegen, hoffe ich.« Eine Autohupe ertönte, sie knipste ein Lächeln an. »Und schon geht's los!«

Sie lief zur *Sonntagsfriede*-Zufahrt. In der Rudolf-Diesel-Straße stand ein kleiner Fahrzeugkonvoi: zwei Taxis, in ihrer Mitte ein schwarzer T5-Bus mit Anhänger, darauf der Bobcat-Minibagger vom Kommunenhof.

»Hallo, Sie da«, Bertie schaute aus dem Bus und drückte auf die Hupe. »Ich hab gehört, Sie brauchen die Männer vom Bau!«

Eine Viertelstunde später grub sich die Schaufel des Minibaggers ins Erdreich und schüttete den Aushub daneben. Axls lange Gestalt passte kaum in die Fahrerkabine. Doch er hatte in den letzten Wochen so viel Zeit mit der Maschine verbracht, dass er sie fast so gut beherrschte wie seine E-Gitarre. Bertie, Dietmar, Uwe und die Cherifas standen daneben. Weiter hinten waren Sascha und die Doktoranden damit beschäftigt, ihr Equipment zusammenzupacken.

»Jetzt können wir nur hoffen, dass wir richtigliegen mit unserer Vermutung.« Elvis verschränkte die Arme. »Wenn das dort unten kein Tresor ist, sondern doch eine Weltkriegsbombe, dann haben wir nicht mehr allzu viel Spaß auf diesem Erdenrund. Testament gemacht, Frau Nachtigall?«

Tinne wünschte sich, er würde einfach den Mund halten. Sie war nervös und hibbelig, nestelte an ihren Hosentaschen und war auf dem besten Weg, sich ein Loch in die Unterlippe zu nagen. Was, wenn sie tatsächlich einen katastrophalen Fehler gemacht hatte? Wenn sie all die Leute hier in Gefahr brachte wegen eines Hirngespinsts, wegen der gestammelten Worte eines Demenzkranken?

Ihr Herz machte einen Satz, als die Baggerschaufel in gut zwei Metern Tiefe auf Metall kratzte.

»Ho-ho, Erstkontakt!«, brüllte Axl über den Motorenlärm und ließ den Bagger herankriechen. Behutsam dosierte er die Kraft der Schaufel, schob Erde zur Seite, grub eine Winzigkeit tiefer. Dann endlich war zu sehen, was dort in der Erde lag: eckig, angerostet, ziemlich klein und an einer Seite vom Bagger zerkratzt, aber ganz eindeutig ein Tresor.

Elvis atmete so tief durch, dass es trotz Baumaschine zu hören war. Schweigend hielt er Tinne die erhobene Hand hin. Sie klatschten sich ab und Tinne wäre vor Erleichterung fast zerflossen. Ein großer Teil von Aarsiegels Kreuzworträtsel war gelöst!

»Und jetzt zackig«, knurrte der Reporter, »ich kann mir vorstellen, dass wir nicht mehr lange unsere Ruhe haben.«

Mit einer Kette wurde der Tresor herausgehievt, dann packten alle mit an, um das Grundstück wieder in seinen Urzustand zu versetzen: Axls Bobcat schüttete das Loch zu, Yvonne drapierte Gras und losgerissene Büsche darüber, Tinne sammelte die Baustellenrequisiten ein. Der Tresor fand seinen Platz in der Baggerschaufel, Axl ließ die Maschine wieder auf den Anhänger kriechen. Die Autos wendeten, Dietmar und Uwe machten mit ihrem regulären Taxidienst weiter. Tinne stieg in den T5, Elvis auf seine Vespa. Ihr Ziel war die Hechtsheimer Metallwerkstatt von Axl – der perfekte Ort, um einem 37 Jahre alten Tresor seine Geheimnisse zu entlocken.

»Wir halten euch auf dem Laufenden!«, rief Tinne den Cherifas zu, die am Ausgang standen und winkten. Elvis stemmte sich im Sattel hoch. »Und schönen Gruß an Arschkeks Batzler, wenn er sich wieder hertraut!«

Strammen Schrittes näherte sich Ekkehart Batzler dem nordöstlichen Teil des Bezirks, im Schlepptau hatte er den Vereinsvorsitzenden Dr. Löffler und den ersten und zweiten Beirat, die Herren Lahm und Scholles.

»Und ohne jede Vorankündigung, das müssen Sie sich

mal vorstellen!«, ereiferte er sich. »Ein Aufwand, als wär's ein Hochsicherheitstrakt! Alles abgesperrt, überall Schilder, ein Wachmann ...«

»Wo genau, Herr Batzler?«, unterbrach ihn Dr. Löffler. Er war aus einer Sitzung gerufen worden, der *Sonntagsfriede*-Verwalter hatte am Telefon den Untergang des Abendlandes heraufbeschworen, mindestens.

»Da vorne, gleich da. Hier sehen Sie schon ...«

Batzler schwieg entgeistert. Er sah – nichts. Keine Absperrung, keine Behörden, keine Schilder.

»Hier?«, fragte Herr Scholles nach.

»Eh, j... ja.« Vorsichtig schaute Batzler sich um, doch nein, er war richtig. Die Eheleute Cherifa saßen auf der Veranda, tranken Kaffee und grüßten gut gelaunt. Ein Bild wie aus einem Kleingarten-Werbeprospekt.

»Hier ... hier war vorhin alles voll mit Leuten«, stotterte Batzler und spürte Flecken im Gesicht. »Gefahrenabwehrverordnung nach PVC-ZDF, so hieß es, glaube ich.«

Dr. Löffler ließ seinen Blick über das Grundstück schweifen. Nichts aufgegraben, nichts gekennzeichnet. Er zwang sich zur Ruhe, als er sich Batzler zuwandte, doch er merkte, dass sein linkes Augenlid zu zucken begann.

Von der Veranda aus sah Hamid vergnügt zu, wie der großspurige Verwalter das bekam, was die deutsche Sprache *einen Einlauf* nannte. Yvonne hatte ihm letztens ein anderes Wort dafür beigebracht, wie hieß es noch? Genau, *zusammenfalten*. Auch schön.

Nach einer langen Tirade, in deren Verlauf Herr Batzler immer kleiner und blasser wurde, gingen die Männer davon, drei mit wütenden Schritten, einer wie ein geprügelter Hund.

»Was für ein aufregender Tag, hm?«, meinte er zu Yvonne und gab ihr einen Kuss. Für heute hatten sie genug Schrebergarten-Abenteuer erlebt, sie packten zusammen und machten sich auf den Weg zum Ausgang. Ausnahmsweise waren sie mit dem Auto hier, eine Faulheit, die Hamid inzwischen bereute. Denn sein Wagen war schon den ganzen Vormittag von einem Zweite-Reihe-Parker zugestellt gewesen. Auch vorhin, als ihre neuen Freunde weggefahren waren, hatte das fremde Auto an derselben Stelle gestanden. Doch nun war alles wieder gut, Hamid und Yvonne konnten unbehelligt ausparken.

Der weiße Kastenwagen, der stundenlang auf der Straße gestanden hatte, war verschwunden.

*

Das Ticken einer Uhr war zu hören und manchmal ein Auto, sonst nichts. Nach einer Weile holte Elvis tief Luft.

»Noch 'n Glas?« Er schenkte nach, ohne auf Antwort zu warten. Tinne konnte sich zwar nicht erinnern, wann sie zum letzten Mal um halb zwei nachmittags Wein gebechert hatte, doch nun war eh alles egal. Mutlos warf sie einen Blick auf das, was einmal eine Sammlung wissenschaftlicher Unterlagen gewesen war und nun aussah wie Gullischlamm.

Dabei hatte alles gut angefangen. Axl war in seiner Werkstatt mit dem Schweißbrenner an den Tresor herangegangen, die Flamme fraß sich zentimeterweise um den Knauf, in dem der Schließzylinder steckte. Nach einer gefühlten Ewigkeit kippte das rotglühende Metallstück nach außen, alle zogen die Füße weg und Axl öffnete vorsichtig die Tür. Nein! Tinne schlug vor Schreck die Hand vor den

Mund – ein Wasserschwall plätscherte heraus, brackige Brühe, darin schwammen aufgelöste Papiere und zerfaserte Blätter ... die traurigen Reste von Professor Aarsiegels Kopien. Er mochte damals den hochwertigsten Tresor ausgewählt haben und den allerbesten Schutzlack. Doch gegen den Zahn der Zeit war das Metall nicht gefeit gewesen, irgendwann hatte Grundwasser einen Weg ins Innere gefunden.

Mit einem bleischweren Gefühl der Enttäuschung packten sie ihre Sachen zusammen. Elvis fuhr mit der Vespa zu seiner Wohnung, Tinne ließ sich vom Minibaggertransport in die Kommune mitnehmen. Dort stieg sie auf ihr Fahrrad und radelte in die Stadt. Sie hatten vereinbart, den durchweichten Haufen so gut wie möglich in Augenschein zu nehmen, und zwar bei Elvis zu Hause. Das staubige Baustellenchaos in der Wilhelmstraße wollten sie den Papieren nicht auch noch zumuten.

Nun saßen sie seit einer halben Stunde in Elvis' Wohnung, Klarastraße, dritter Stock. Die Weinflasche war fast leer, auf dem Couchtisch stand ein deftiger Imbiss aus Frikadellen, Brot und Senf – *ohne Mampf kein Kampf*, war das Credo des Reporters, wenn etwas nicht nach Plan lief. Tinne war nicht hungrig, aber der Wein lief gut rein.

»Danke«, murmelte sie mit leichter Verspätung, nahm einen Schluck und wandte sich wieder den Papieren zu. Sie lagen auf Plastikmüllsäcken, damit sie nicht die Bodendielen wässerten.

»Die Originale im Altpapier, die Kopien ersoffen. Wie in einem schlechten Rheinhessenkrimi«, meinte Elvis lakonisch und gönnte sich eine Frikadelle. Sie hatten den nassen Papierbrei auseinanderklamüsert, so gut es ging. Alles klebte aneinander, ein einziger Brei aus Zellstoff. Eine

Handvoll Blätter war leichter zu lösen gewesen, sie lagen separat auf dem Couchtisch und trockneten. Doch außer bläulichen Buchstabenresten war nichts darauf zu erkennen.

Kauend ging der Dicke nach draußen auf die Dachterrasse, um zu rauchen. Tinne hatte keine Lust auf Gesellschaft, sie wollte eigentlich nur alleine sein. Am liebsten wäre sie daheim ins Bett gekrochen, obwohl sie sich normalerweise in Elvis' Wohnung wohlfühlte. Entgegen seines Kleidergeschmacks – Oversize-Hemden und No-Name-Jeans – war seine Einrichtung stilsicher, Antiquitäten und farbige Drucke setzten Akzente, der helle Dielenboden wirkte einladend. Das Cello in der Ecke war keine Staffage, Elvis beherrschte es gut und tat Tinne oft den Gefallen, etwas für sie zu spielen. Nur Pflanzen gab es keine, bis auf eine Ausnahme: ein schrumpeliger Kaktus auf dem Fensterbrett. Dieser Kaktus, ein Tombola-Gewinn, hieß Freddy und war Elvis' Gesprächspartner. In einer weinseligen Stunde hatte er Tinne gestanden, dass er oft mit Freddy als seinem Alter Ego diskutierte und der Kaktus ihn manchmal zu Dingen trieb, für die er sich zu faul, zu müde oder zu bequem fühlte. Als Dankeschön goss er das stachelige Ding in schöner Regelmäßigkeit, und zwar mit Wein. Tinne beobachtete Freddy nun schon ein paar Jahre lang, der Kaktus hatte sich in all dieser Zeit keinen Millimeter verändert. Tief in sich vermutete sie, dass er längst schon tot und mumifiziert war, doch sie hütete sich, das Elvis gegenüber zu erwähnen.

»Und jetzt? Irgendwelche Ideen? Ich nämlich nicht.« Der Reporter kam zurück und brachte einen Schwall Zigarettenrauch mit sich. Tinne sagte nichts. Was auch? Klar hatte sie Ideen, jede Menge sogar: die Reparaturarbeiten in der Kommune unterstützen, Laurent anrufen und sagen, dass sie sich schafsdumm verhalten hatte, ehrgeizig sein und an der Uni mehr zustande bringen als einen unterbezahlten Lehrauftrag. Oh ja, an Ideen mangelte es Frau Nachtigall nie. Die Durchführung war das Problem.

Sie räusperte sich, ihre Stimme kratzte.

»Das ist's gewesen. Ende Gelände, würde ich sagen.« Der Wein machte sie bräsig. »Was es auch immer mit diesen Kaiserflaschen auf sich hat, wir werden es wohl nie herausfinden.«

Elvis wollte etwas erwidern und setzte sich gleichzeitig hin, ein wenig zu schnell, denn er stieß mit der Hüfte gegen sein Weinglas. »Kackmist!«, rief er und versuchte, das Glas zu erwischen, doch zu spät, der Wein ergoss sich auf den Couchtisch und die darauf liegenden Blätter. Tinne fuhr aus ihrer Schlaffheit hoch, griff nach einem Taschentuch und drückte es auf die Unterlagen.

»Verflixt, tut mir leid.« Elvis eilte in die Küche und brachte eine Rolle Zewa. Tinne tupfte vorsichtig den Wein von den Unterlagen, da geschah etwas, das sie spontan ihrem frühnachmittäglichen Alkoholkonsum zuschrieb: Für eine kurze Sekunde hatte sie den Eindruck, als wären die bläulichen Buchstaben auf dem Blatt deutlicher zu sehen gewesen. Sie blinzelte und hielt das Papier ins Licht. Nichts, feine Linien ohne Zusammenhang.

Elvis hatte von alldem nichts bemerkt. »Was wir vielleicht …«, fing er an, doch sie brachte ihn mit einem Wink zum Schweigen.

»Schau mal her und sag mir, was du siehst.« Sie nahm ein anderes, trockenes Blatt und tupfte mit dem Finger ein wenig Wein darauf. Nichts. Mehr Wein. Noch immer nichts.

»Was ich sehe? Dass du meinen schönen Weißburgunder vom Karthäuserhof verplemperst«, grummelte er.

Tinne achtete nicht auf ihn, sie wurde mutig und goss einen halben Schluck auf das Papier.

»Nimm doch Wein vom Aldi, wenn du unbedingt …« Elvis stockte, nun sahen sie es beide. Die blaue Farbe verstärkte sich, Schreibmaschinenlettern wurden sichtbar.

»Das … das …«, stotterte Tinne, doch schon ließ der Effekt wieder nach, das Blatt war so unleserlich wie zuvor.

Elvis schaute vom Papier zur Weinflasche und zurück.

»Zauberwein«, hauchte er ehrfürchtig.

Tinne verdrehte die Augen. »Wohl kaum. Da steckt was anderes dahinter.« Vorsichtig goss sie einige Tropfen auf dieselbe Stelle, aber erfolglos, der Trick funktionierte kein zweites Mal. Sie probierte es an einer anderen Ecke des Blattes – die Buchstaben wurden kräftiger und verschwanden wieder. Nanu, was war hier los? Elvis nahm das Papier und drehte es, seine Finger strichen darüber.

»Weißt du, was das ist? Das ist kein normales Kopierpapier, sondern eine Matrizenkopie. Ziemlich alte Technik. Hatten wir ganz früher bei der Zeitung, als elektronische Kopierer noch unbezahlbar waren. Blaue Schrift, genau wie hier drauf.«

Mit einem Stift in der Hand bückte Tinne sich und schob damit den Papierbrei auf dem Boden auseinander.

»Also, das hier sind alles ganz normale Kopien. Schwarze Buchstaben, soweit ich überhaupt irgendwas erkennen kann.«

»Hm, schon möglich, dass dein Professor seine Duplikate für den Tresor aus verschiedenen Quellen gesammelt hat. Wir reden ja über die späten 1970er, da war Kopieren noch nicht so einfach wie heute. Klar gab's schon erste Xeroxmaschinen, aber viel lief eben noch mit Matrizen.«

Tinne nahm eines der getrockneten Blätter vom Couchtisch. Es fühlte sich glatter an als normales Papier. Vielleicht hatten sich die einzelnen Seiten deshalb aus dem verklebten Klumpen lösen lassen.

»Diese Matrizen, wie haben die genau funktioniert?«

»Eh, also, das war so«, Elvis kratzte sich im Nacken, »du hast ein beschichtetes Matrizenblatt in die Schreibmaschine gespannt und darauf getippt, das war sozusagen dein Original. Von dieser Matrize sind dann mit einer Kurbelwalze Kopien gemacht worden, und zwar auf saugfähigem Papier, genau das, was wir hier haben. Das musste man vorher mit einem Spiritusschwamm abreiben, der Spiritus hat in der Walze Farbpartikel von der Matrize gelöst, und diese Partikel sind dann vom Papier aufgesaugt worden. Schwupp, da hattest du deine Kopie. Hat immer ein bisschen nach Spiritus gerochen, deshalb haben wir Schnapspapier dazu gesagt.«

»Spiritus«, überlegte Tinne, »das ist Alkohol. Und der ist auch im Wein. Wenn Alkohol diese Farbpigmente damals dazu gebracht hat, sich von der Matrize zu lösen, dann macht er das jetzt vielleicht wieder, nur umgekehrt.«

»Das Papier hat lange im Wasser gelegen. Vielleicht sind die Pigmente darin eingeweicht, und der Alkohol löst sie wieder heraus, genau so wie er sie damals von der Matrize gelöst hat.« Elvis schlug mit der Faust auf den Tisch. »Das könnte sein, ohne Witz!«

»Wir müssen aber aufpassen, der Vorgang funktioniert nur ein einziges Mal.« Tinne zeigte auf das unleserliche Blatt, das sie doppelt mit Wein beträufelt hatte. »Ich vermute, die Farbe wird ausgeschwemmt. Man sieht sie ein paar Sekunden, und dann sind die Pigmente endgültig weggespült.«

»Und jetzt?«

Sie stand auf, schwankte kurz und wartete, bis sich

das Zimmer nicht mehr drehte. »Jetzt, mein lieber Elvis, kommt der große Auftritt deines Zauberweins.«

Wenig später hatten sie die Vorbereitungen abgeschlossen. Auf Elvis' Küchentisch lag ein sorgfältig gespültes und abgetrocknetes Backblech, auf einem Stuhl daneben stand Tinne, reckte sich in die Höhe und hatte die Kamera ihres Smartphones angeschaltet. Elvis sortierte auf der Anrichte diejenigen Blätter, die einigermaßen unbeschadet aus dem Papierbrei zu retten gewesen waren. Das Licht brannte, zusätzlich warf die Schreibtischlampe einen hellen Schein auf das Backblech. Mit spitzen Fingern legte Elvis eines der Blätter darauf und rückte es in die Mitte.

»So, und jetzt die Mainzer Magie!« Er entkorkte eine weitere Flasche Meier & Meier Weißburgunder, die er eigens aus dem Keller geholt hatte. Man wisse schließlich nicht, so argumentierte er, ob das Weinwunder mit einem anders gekelterten Tropfen genauso verlaufe. Fachmännisch goss er ein Piffchen ein, kostete und nickte zufrieden.

»Können wir dann?«, quengelte Tinne, deren Arme in der unbequemen Position schwer wurden.

»Und los geht's!« Elvis goss mit einer gefühlvollen Bewegung einige Schlucke über das Papier, der Wein verteilte sich gleichmäßig auf dem Backblech.

»Weg, weg, weg mit dir!«
Tinne scheuchte ihn zur Seite und hielt den Finger über den Auslöser, da ging es auch schon los: Die Buchstaben wurden dunkel, innerhalb weniger Sekunden war das Blatt von Schreibmaschinenzeilen bedeckt. Klick, klick, klick, Tinne fotografierte, was das Zeug hielt. Dann war der kurze Augenblick auch schon vorbei, die Zeichen verblassten, bis nichts mehr davon zu sehen war.

Außer Atem wählte Tinne die Galerie des Telefons aus, schaute die Bilder durch und zog zwei oder drei mit den Fingern größer.

»Und?« Elvis sah aus, als wolle er gleich zu ihr auf den Stuhl krabbeln.

»Es klappt«, flüsterte Tinne. »Ich kann's lesen!«

Mit Feuereifer trockneten sie das Blech und bereiteten die nächste Runde vor. Am Ende hatten sie vier Blätter zumindest teilweise lesbar gemacht, mehr Matrizenkopien waren aus dem Papierbrei nicht herauszuholen. Tinne schickte die Fotos per E-Mail an Elvis' Account, er speicherte sie auf seinem Macbook und druckte sie aus. Bald schon lagen die Seiten vor ihnen auf dem Couchtisch, dünne Lettern zwar, aber lesbar. Elvis teilte den Rest des Zauberweins geschwisterlich auf, sie stießen an und Tinne nahm das erste Blatt zur Hand.

*

Die glänzenden Augen des Jungen waren so groß, dass man fast sehen konnte, was dahinter lag. Und dort stand nur ein einziger Satz: So will ich später auch mal sein!

Der Knirps hielt die Hand seiner Mutter und wartete an der Ecke Geschwister-Scholl-Straße und Berliner Straße auf Grün. Vor ihm wummerte Axls Harley-Davidson Panhead, der Altrocker trug einen Stahlhelm und eine Iron-Maiden-Jacke. Er bemühte sich, rockermäßig böse zu gucken, obwohl er am liebsten schallend über den staunenden Knirps gelacht hätte. Na, Kleiner, du wirst mal ein ganz Harter, hm?

Mit einem Extradreh am Gasgriff dröhnte er davon, sobald die Ampel umsprang. Der Vormittag war aufregend gewesen, nun ja, nichts anderes hatte er erwartet, wenn

Tinne und Elvis in einem ihrer Fälle steckten. Dass die Papiere in dem alten Tresor nicht zu lesen waren, tat ihm leid, er hätte den beiden einen erfolgreicheren Ausgang der Baggeraktion gegönnt.

Nun war Axl nochmals auf dem Weg zu seiner Werkstatt. Vor lauter Tohuwabohu hatte er vorhin vergessen, einen Satz Schraubenschlüssel mitzunehmen. Die Werkzeuge in der Kommune bekamen auf geheimnisvolle Weise Beine und verschwanden in einem Paralleluniversum, niemals war das griffbereit, was man gerade benötigte. Um den neuen Durchlauferhitzer im Bad anbringen zu können, brauchte er einen Zwölferschlüssel, und den gab es in seinem wohlsortierten Materialschrank.

Axls Reich befand sich in den Räumen einer ehemaligen Autowerkstatt in Hechtsheim. Er bockte die Harley auf und öffnete das große Tor, der Lichtstreifen beleuchtete die Stahlskulpturen, die in verschiedenen Fertigungsstadien standen, hockten oder lagen. Krallen glänzten, Zähne glitzerten – Axl war sich durchaus bewusst, dass Herr und Frau Neureich seine Chimären nicht unbedingt als Poolzierde kaufen würden. Wollte er auch gar nicht.

Im Halbdunkel tappte er zum Werkzeugschrank und stutzte auf halbem Weg. Durch den hinteren Eingang, eine kleine, selten genutzte Tür, fiel ebenfalls Licht. Nanu? Er lief hin und stellte fest, dass sie ein wenig offen stand. Das Schloss hielt nicht mehr richtig und wackelte. Der Verschleiß der Jahre? Oder ein neuer Schaden?

Axl hatte sich noch nie viele Gedanken über Einbrecher gemacht, hier drin gab es eh nichts zu holen. Am wertvollsten waren seine Flex und das Schweißgerät, die waren aber beide noch da, das sah er auf einen Blick. Also wohl doch eher eine durchgerostete Feder im Schloss.

Er brachte eine Kette samt altem Vorhängeschloss an, um den Eingang zumindest notdürftig zu schließen, und wandte sich dem Werkzeugschrank zu. Neben ihm stand der Tresor auf einer Rollbank, die Tür war offen wie ein Maul aus Metall. Einen winzigen Augenblick fragte Axl sich, ob sie die Tür vorhin nicht zugeklappt hatten. Dann entdeckte er den Zwölfer, den er suchte. Der Tresor war vergessen.

*

Ein kräftiger Schluck Weißburgunder floss in die Blumenerde, ein zweiter folgte.

»Mensch, Freddy, wer hätte gedacht, dass wir beide heute noch was zu feiern haben.«

Elvis nahm den Kaktus von der Fensterbank und hielt ihn in die Höhe wie einst Hamlet den Schädel. Seine Stimme wurde dramatisch.

»Wein oder nicht Wein, das ist hier die Frage! Und weißt du was: Wein!«

Sprach's und goss sein Glas voll.

»Dass wir einen Volltreffer gelandet haben, hat Tinne schon nach den ersten Worten gemerkt. Ist eine Transkription, meinte sie, eine Abschrift oder eine Übersetzung von einem Text aus der Franzosenzeit. Deshalb wohl auch die Matrizenkopie – früher, als historische Dokumente technisch noch nicht kopiert oder gescannt werden konnten, hat man in Archiven öfters solche Transkriptionen abgetippt und verschickt. Dann konnten Forscher zumindest mit dem Wortlaut der Texte arbeiten. Ich sag dir: Was die Frau Professor alles weiß! Man sieht es ihr zwar nicht an, sie ist aber echt ein helles Köpfchen.«

Verschwörerisch beugte er sich zu dem Kaktus.

»Das bleibt aber unter uns, verstanden?«

Tinne strampelte die Große Bleiche entlang und wäre um ein Haar in eine Gruppe Arbeiter gerauscht, die am Neubrunnenplatz eine Bühne für den kommenden Rheinhessen-Umzug aufbauten. Im Kopf war sie noch immer bei der Entdeckung, die sie und Elvis gemacht hatten: ein Tagebuch-Auszug aus der Zeit, als der Prozess gegen den Schinderhannes stattfand! Der Verfasser beschrieb zuerst in knappen Worten die Urteilsverkündung:

Magistrat Georg Friedr. v. Rebmann erkannte 19 Räuber für schuldig, als 20 Joh. Bückler in Morden 3, Thotschlag 2. Nach 2 Stund war die Verkündung verlesen.

Aber richtig spannend wurde der Text erst danach. In der Nacht traf sich der Tagebuchschreiber hinter verschlossenen Türen mit einigen anderen.

Sie hatten 2 Pfaffen Gewände bereitet {nebst Creuz und Schuh}. Ein Gewand zog Ich an, das Zweite kniffen sie Mir darunter vor den Leib, es schien wie ein prachtvoller Ranzen.

Elvis klatschte auf seinen Bauch.

»Sichste, Freddy, manche müssen sich eine Mönchskutte unter die Klamotte schieben, um einen Ranzen zu kriegen, bei mir geht das von ganz alleine. Jedenfalls, unser Mann hat sich als dicker Pfaffe verkleidet und ist zum Holzturm marschiert. Und wer hockt da oben hinter Gittern und wartet auf seine Hinrichtung? Ganz genau, der Schinderhannes!«

Den nächsten Schluck Wein teilte er wieder mit Freddy, obwohl das Kaktustöpfchen fast schon überlief.

»Weiter geht die Scharade: Er tut so, als könne er kaum Französisch, belatschert die Wachleute, und tatsächlich, der angebliche Betbruder darf hoch zum Gefangenen. Aber wie hat er die Posten dazu gekriegt, ihn mit Bückler allein zu lassen?«

Im Thurm gab ich vor, die Beicht zu nehmen, um die Wache weg zu bitten. {Es gelang.}

Tinne fuhr über die Bahnhofsbrücke. Was für ein Husarenstück! Aber es kam noch besser: Der geheimnisvolle Verfasser gab sich Bückler zu erkennen und schlug ihm einen Handel vor: *Er solle für Mich das Gageure stehlen und dafür die Freyheit bekommen.*

100 Punkte, Volltreffer! *La Gageure!* An dieser Stelle hatten Elvis und sie ein kleines Indianertänzchen aufgeführt und sich ein weiteres Glas gegönnt. Denn damit war klar, wer der Verfasser des Tagebuchs war: einer der Franzosen, der zu den Verschwörern um das Verschwinden der Kaiserflaschen gehörte. Endlich erfuhren sie die ganze Geschichte!

Weiter ging's: Der Schinderhannes willigte ein. Aber wie schafft man einen verurteilten Räuberhauptmann aus dem Gefängnis?

Das zweite Pfaffen Gewand aus meinem vorgeblichen Ranzen hüllte ihn, Schlüßel hielt Ich von Stadts wegen für Gatter und Thurm {die kleine Totenthüre zum Fluß}. Wir entschwanden in der Nacht ohne Aufdringen.

Na klar, wenn der geheimnisvolle Verfasser im Auftrag der französischen Obrigkeit unterwegs war, hatte er natürlich auch die passenden Schlüssel dabei. Tinnes Kopfkino sprang an. Im Geist sah sie zwei Männer, die sich durch eine kleine Pforte auf der Rückseite des Holzturms stahlen, beide im Mönchsgewand, die Kapuzen über ihren Köpfen. Sekunden später waren sie in den dunklen Gassen von *Mayence* verschwunden.

Elvis schlich geduckt durch seine Wohnung, als wäre er zu nächtlicher Stunde in der Stadt unterwegs. Den Kaktus schwenkte er wie eine Laterne.

»Da laufen sie, die zwei. Und wohin? Zu dem Platz, wo die Kaiserflaschen verwahrt sind. Wo das ist, sagt er nicht, aber es muss ein Gebäude irgendwo in der Stadt gewesen sein. Denn jetzt geht's los, halt dich fest.«

Dem Joh. Bückler gab Ich einen Beutel, er darauf, Ich konnte kaum schauen, stieg geschwind wie ein Äfflein an Gesims und Fenster in die Höh! Bald war er im Innern. Mag man den Schinder Hannes einen Halsabschneider nennen (ein Lump auch), doch wortbrüchig nicht. Kaum nach ½ Stund standt er hinter Mir, lachend und das Gageure im Beutel auf seinem Rücken. Ein Teuffelskerl!

Spurwechsel! Hand raus! Ampel! Am Fuß der Saarstraße konzentrierte Tinne sich auf den Fahrradweg, der mittelgroße Schwips ließ ihre Reaktionszeit lang werden und die Strecke nach Bretzenheim auch.

Ein Meister seines Fachs, so hatte Aarsiegel gesagt, und genau das war er gewesen: Eine halbe Stunde hatte dem Schinderhannes gereicht, um die Kaiserflaschen aus ihrem Versteck zu stehlen. Das Tagebuch beschrieb im Anschluss, wie die beiden Männer durch Mainz schlichen. Welches Ziel hatten sie?

Wir gingen nach einem Orth, der abgeschieden war (und trotz dem central), das Gageure dort sicher zu bergen. Wieder war es flinker Finger Werk wie Joh. Bückler Thür und

Tor aufgehen ließ. In den Castrum Kellern, wo Balthasar
einlagert, dort verbrachten wir das Gageure und bargen
es wohl. Danach entlies Ich Joh. Bückler in Freyheit, denn
auch Mich mag keiner wortbrüchig schelten.

»Ha! Und jetzt war es ich, der Schlaukopftinne mal was
erklären durfte!«

Elvis wedelte mit dem Zeigefinger vor Freddy.

»Sie hat nämlich blöd geglotzt wegen *Balthasar* und den
Castrum Kellern, aber es ist ganz simpel: Balthasar Bier, das
war eine der ersten Brauereien hier in Mainz, davon gab
es früher ja mal eine ganze Menge. Und Balthasar nutzte
als Lagerstätte die alten Römerkeller oben auf dem Kästrich, eben die *Castrum Kellern*. Balthasar ist später von der
M.A.B. gekauft worden, der Mainzer Aktien Bräu. Kannste
heute noch trinken, im Proviantmagazin. Aber die Römerkeller, Freddy, die sind von der M.A.B. weitergenutzt worden, frei nach dem Motto: Warum neu graben, wenn man
seine Bierfässer einfach in etwas Fertiges reinstellen kann?«

Die Römerkeller! Natürlich! Sie existierten seit der Zeit,
als es auf dem heutigen Kästrich ein römisches Militärla-
ger gegeben hatte, ein *Castrum*, das auch Namensgeber für
das Stadtgebiet geworden war.

Ein Hupen brachte Tinne in die Wirklichkeit zurück, sie
fuhr Schlangenlinien und steuerte eilig wieder zum Fahr-
bahnrand. Links war das ehemalige Café Intakt, in dem sie
früher so manchen wilden Abend verbracht hatte. Doch
Tinne war im Geist noch immer bei den alten Kellern. Im
Mittelalter wurden sie als Weinlager genutzt, das wusste
sie aus einer Vorlesung. Dass sie später zu einer Brauerei
gehört hatten, war ihr neu. Aber nun hatten Elvis und sie

erfahren, dass *La Gageure* dort versteckt worden war, und das machte die jüngere Vergangenheit der Keller interessant.

»Auf einmal hat alles Sinn gemacht, Freddy!«

Im Beisein des Kaktus öffnete Elvis eine weitere Flasche Weißburgunder, die dritte. Oder sogar die vierte? Egal, an Zauberwein sollte man nie sparen.

»Wir haben uns nämlich die ganze Zeit gefragt, warum Aarsiegel so sicher war, dass sich die Suche nach den Kaiserflaschen überhaupt noch lohnt. Ich meine, hey, das alles ist mehr als 200 Jahre her, verdammt viel Zeit für drei Glasflaschen. Aber jetzt wissen wir, was der Professor wusste. Ich sage nur: Kupferberg!«

Triumphierend machte Elvis sein Glas voll und goss einen ebenso großen Schluck in Freddys durchweichte Blumenerde.

»Prost, auf eine der schönsten Launen der Welt! Das ist der gute alte Werbespruch von Kupferberg, und Kupferberg macht auch uns die Laune schön.« Er hielt den Schrumpelkaktus vor sein Gesicht, als würde er ihm ein Geheimnis verraten. »Weil die Kupferberg-Kellerei nämlich vor 150 Jahren oben auf dem Kästrich riesige und tiefe Keller gebaut hat.« Der Kaktus kam noch näher an die Nase. »Und dabei haben sie die bestehenden Römerkeller von der Brauerei übernommen! Bingo!«

Tinne durchquerte Zahlbach und erreichte die Grünflächen des Naturschaugartens, wo manchmal Schafe grasten. Sie trat in die Pedale, um Schwung zu holen für den leichten Anstieg des Mühlwegs, Endspurt, oben lag Bretzenheim. Das Rad schlingerte, die Bäume am Rand kamen gefährlich nah, ein Motorrad hinter ihr bremste vorsorglich ab. Zackiges Tempo, ein geschätztes Promille und eine Straße ohne Radweg waren keine gute Kombi, das musste Tinne zugeben.

Die Aufregung über die neuen Entwicklungen spornte sie an. Kupferberg war bekannt für die historischen Kelleranlagen, für eine gewaltige Sammlung an Gläsern und Flaschen und für viele Exponate aus der Vergangenheit des Unternehmens. Sie und Elvis hatten sich vorgenommen, gleich morgen bei den Betreibern anzuklopfen und vorsichtig das Thema Römerkeller anzuschneiden.

Das Motorrad hinter ihr gab wieder Gas, der Motor klang hochgezüchtet. Aus den Augenwinkeln nahm Tinne die Maschine wahr, groß, schwarz … und viel zu nah. Bevor sie reagieren konnte, trat ihr der Fahrer mit voller Wucht gegen die Beine.

Tinne spürte keinen Schmerz, sondern fühlte sich eigenartig schwerelos. Wie in Zeitlupe kam einer der Bäume auf sie zu, dann wurde die Welt dunkel.

SAMSTAG, 7. MAI 2016

Aus hellen und dunklen Flächen schälte sich ein milchiger Klecks heraus. Er wurde deutlicher, zuerst bekam er Haare, dann ein Gesicht. Laurents Gesicht.

»Hallo, Crashtest-Dummy.« Er lächelte und fuhr mit dem Handrücken über Tinnes Wange, sie sah eine Träne in seinen Augen glitzern. »Schön, dich zu sehen.«

»Was ...« Tinnes Stimme wollte noch nicht so recht, es kam nur Luft statt Worten. Ihr Kopf dröhnte im Rhythmus ihres Herzschlags.

»Jemand hat dich vom Fahrrad geholt, unten in Zahlbach.« Das Lächeln verschwand. »Zeugen haben's gesehen, es war ein Motorradfahrer, schwarz gekleidet, die Maschine auch schwarz. Er hat gewartet, bis du auf der Höhe von einem der Bäume warst, dann hat er zugetreten, mit voller Absicht. Du bist vom Rad gestürzt und gegen den Baum gekracht, in ziemlichem Tempo.«

Im Bruchteil einer Sekunde war die Erinnerung wieder da. Der Rückweg nach Bretzenheim, ihre Schlingerfahrt. Das Motorrad. Tinne blinzelte, ihr Kopf wollte platzen. Mühsam schaute sie sich um. Helle Wände, Neonlicht, ein Dreieck als Haltebügel über dem Bett. Krankenhaus.

Laurent deutete ihren Blick richtig.

»Du bist direkt in die Uniklinik gekommen. Hast wahnsinniges Glück gehabt, meinen die Ärzte. Nichts gebrochen, und dein Helm hat dir Kopf und Kragen gerettet. Aber eine anständige Gehirnerschütterung.«

Zu nah ans Feuer geraten. Das Rätsel von Professor Aarsiegel hatte eine Eigendynamik gewonnen, die sie hierhergebracht hatte, in die Uniklinik. Mit etwas Pech hätte es auch der Stahltisch der Gerichtsmedizin sein können, das war Tinne klar. Sie fühlte sich fürchterlich und wich Laurents Augen aus. Seine Hand suchte ihre und hielt sie fest.

»Hör zu, über alles, was dahintersteckt, reden wir demnächst. Jetzt komm erst mal wieder auf die Beine, okay?«

Er strich ihr die Haare aus dem Gesicht und gab ihr einen Kuss, dann griff er nach seinen Krücken.

»Solange wir nichts Näheres über die Umstände wissen, steht ein Polizist vor deinem Zimmer. Hier kommt keiner ohne Anmeldung rein.«

An der Tür drehte er sich nochmals um und warf ihr einen vielsagenden Blick zu.

»Und auch keiner raus.«

Vier Stunden später langweilte Tinne sich zu Tode. Sie lag in einem Doppelzimmer, das zweite Bett war frei, sicherlich eine Pelizaeus'sche Regelung zu ihrem Schutz. Fernsehen verstärkte ihr Kopfweh, zu lesen hatte sie nichts, deshalb konnte sie nur Däumchen drehen. Ganz offensichtlich war jemand – Laurent? – in der Kommune gewesen und hatte eines ihrer Nachthemden geholt, peinlicherweise das mit dem Chicken-Run-Motiv, nicht gerade ihre erste Wahl für einen Krankenhausaufenthalt. Knie und Ellbogen waren bandagiert, ein kahlköpfiger Arzt und eine Schwester hatten nach den Verletzungen gesehen. Schrammen und Blutergüsse, aber alles halb so wild.

Draußen erklangen Stimmen, eine Debatte. Sie hörte nicht, um was es sich drehte, aber es wurde laut. Dann öffnete sich die Tür, drei Köpfe erschienen, einer rund mit Koteletten, einer rothaarig mit Sommersprossen, einer dünn mit langen Haaren.

»Elvis! Bertie! Axl!« Tinne setzte sich mühsam auf, ihr Schädel rebellierte.

Ihre beiden Mitbewohner begutachteten das Hühnernachthemd und grinsten.

»Haben wir schön ausgesucht, oder?«

Sie schloss die Augen und wünschte sich eine Einzimmerwohnung mit doppeltem Schloss an der Tür. Elvis nahm sie unbeholfen in den Arm.

»Mensch, was jagst du uns denn für einen Schrecken ein!« Er ließ sich auf das freie Bett plumpsen, als würde ihn das Erlebte noch immer entkräften.

Tinne berichtete den dreien, wie es ihr ergangen war und was sie von Laurent erfahren hatte. Elvis wusste, dass die Fahndung nach dem Motorradfahrer ergebnislos verlaufen war, leider hatte niemand das Nummernschild erkannt.

»Und jetzt hast du einen Wachposten vor der Tür, der uns erst gar nicht durchlassen wollte«, empörte sich Bertie. »Er hat extra bei Laurent angerufen deshalb.«

Die beiden Männer ließen einen Stapel Bücher da und eine Tasche fürs Bad, dann machten sie sich wieder auf den Weg mit der Begründung, die Kommunenbaustelle würde sonst zu lange brachliegen. Elvis blieb, Tinne sah seinem Gesicht an, dass es Neuigkeiten gab. Kaum war die Tür zu, legte er los.

»Hör zu, ich glaube, ich weiß, wer hinter alldem steckt. Und zwar, Michael Jacobs hat viel über Kupferberg recherchiert, weil doch in den Tiefenkellern dieser neue Yuppie-Schuppen geplant ist, die *Vinakothek*. Also habe ich ihn angehauen, ob er vielleicht etwas Spezielles über die Firmengeschichte erfahren hat, über die Römerkeller und so.

Und jetzt pass auf: In den Tiefenkellern, genau dort, wo die *Vinakothek* reinsoll, da sind viele Überbleibsel aus der Kupferberg-Geschichte eingelagert. Jede Menge Sekte aus der eigenen Produktion, auch viele andere Sammlerflaschen, die Adalbert Kupferberg zusammengetragen hat. Und«, seine Augenbrauen wanderten in die Höhe, »die Reste der alten Brauereibestände!«

Er rutschte nach vorn und wäre fast vom Bett gefallen.

»Und jetzt pass auf! Michael hat erzählt, dass der neue Betreiber, dieser Konstantin von Batten, nicht nur die Tiefenkeller übernimmt, sondern auch sämtliche Inhalte darin. Er hat Michael eine Riesenkassette gedrückt, wie super die *Vinakothek* wird und wie toll er alles umbauen will, mit Panzerglas vor den alten Flaschen und so. Aber Michael meint, ein Schickimicki-Klub unten in den Kellern wäre eigentlich eine Schnapsidee. Es gibt kaum Parkplätze dort, außer dem Novotel hast du keine anderen Lokale, und das ganze Hipstervolk muss erst mal einen halben Kilometer durch die staubigen Kupferberg-Keller laufen, bevor es unten ankommt. Das wird nie und nimmer etwas, da ist sich Michael ziemlich sicher, erst recht nicht hier im gutbürgerlichen Mainz. Trotzdem hat von Batten gleich mal eine Stahltür drandübeln lassen und den Kupferberg-Leuten klargemacht, dass außer ihm dort unten keiner was zu suchen hat.«

Nun hielt Elvis es nicht mehr auf dem Bett aus, er stand auf und tigerte durch das Zimmer wie ein Aufziehmännchen.

»Mit alldem im Hinterkopf hab ich dann mal ein bisschen recherchiert über ihn, und ich sag dir was: Das ist eine ganz schräge Type. Seine Kölner Eventfirma kommt edel rüber und rührt in allen möglichen Töpfen, aber wenn man weiterbohrt, klingt es schon ganz anders. Da ist von halbseidenen Geschäften die Rede, von laufenden Prozessen wegen Betrugs und Veruntreuung, er soll sogar Verbindungen zur Russenmafia haben.«

Sein Rundgang endete vor Tinnes Bett.

»Und jetzt frage ich dich: Was steckt tatsächlich hinter dieser *Vinakothek* und seiner Alleinherrschaft da unten in den Tiefenkellern? Na, eine Idee?«

Tinne brauchte keine Sekunde, dann fing ihr Hirn auch schon an zu rasen.

»Er weiß Bescheid über die Kaiserflaschen! Die sind, eh, diesndamlsn …«, ihr Kopf war schneller als ihre Zunge, sie musste sich bremsen und Luft holen, »die sind damals in Adalbert Kupferbergs Sammlung gelandet, zusammen mit den ganzen anderen Flaschen und dem Brauereizeugs, und jetzt liegen sie da unten in den Tiefenkellern. Das weiß nur keiner. Außer diesem von Batten!«

»Ganz genau. Und er will sie haben, deshalb hat er das ganze Projekt aufgezogen.«

Elvis verschränkte die Arme und sah so zufrieden aus, als hätte er im Alleingang das Rätsel der Pyramiden gelöst. Tinnes Aufregung legte sich, ihre Gedanken wurden kritischer.

»Aber stopp, warum dann so aufwendig? Ich meine, warum macht er diese Show mit *Vinakothek*-Umbau und allem? Das kostet ihn doch ein Vermögen.«

Der Reporter schüttelte listig den Kopf. »Erst mal gar nicht. Klar, er hat Kohle ausgegeben für einen Architektenplan und ein Sanierungskonzept, und dann haben alle möglichen Stellen in Mainz eine Sektkiste gekriegt mit Ankündigungsfilm drin, super gemacht und auch sicher nicht billig. Aber der echte Ausbau des Kellers, also das, was richtig teuer wird – das steht ja noch aus. Bis jetzt hat er nur viel Schaum geschlagen.«

»Aber trotzdem. Wenn ich was klauen will, dann mache

ich doch nicht ein Riesentrara mit Presse und so. Der Typ weiß doch, was er da unten sucht.«

Elvis hatte sich in Rage geredet und konnte nicht stillstehen. »Klar, er weiß, was er sucht. Aber herrje, Michael hat erzählt, dass da unten Hunderte Flaschen liegen, wahrscheinlich über 1.000, allesamt dicht auf dicht gestapelt und total zugestaubt. Von Batten muss die Etiketten lesen oder die Flaschen sonst wie untersuchen, und zwar ohne jemanden misstrauisch zu machen. Das wäre bei einem schnellen Besuch mit den Kupferberg-Betreibern im Nacken nicht gegangen. Nein, das angebliche *Vinakothek*-Projekt hält ihm schön den Rücken frei, oben gibt's eine abschließbare Tür, und er kann unter dem Deckmäntelchen von Umbauarbeiten tage- oder sogar wochenlang da unten auf die Suche gehen.«

Tinne grübelte über diese Idee nach.

»Und dann?«, fragte sie zögerlich. »Er findet die Kaiserflaschen, und dann?«

»Dann bläst er die ganze Sache ab! Er schmuggelt die Flaschen raus und lässt das Projekt einfach platzen. Investor abgesprungen oder unvorhergesehene Probleme beim Umbau oder er muss seiner Mama beim Bügeln helfen – ganz egal, er wird einen Grund finden. Klar kostet ihn die Vertragsauflösung ein paar Euro, aber darüber lacht er, wenn er die Napoleonflaschen an einen privaten Sammler verkauft hat.«

Tinne schwieg. Ihr Google-Ausflug in die Welt der Weinsammler hatte gezeigt, dass Elvis durchaus richtig lag: Die Kaiserflaschen würden von Batten reich machen, seine Auslagen für die *Vinakothek*-Ankündigung wären da noch nicht mal Portogeld.

Ein neues Fragezeichen erschien.

»Aber ... wie kann er denn überhaupt von diesen Flaschen wissen? Schau, was wir für Klimmzüge gemacht haben, um zumindest ansatzweise hinter die Geschichte zu kommen.«

Elvis machte die Augen halb zu und sah aus wie ein schläfriger Basset, doch Tinne sah das Funkeln in seinem Blick. Er genoss es, ihr einen Schritt voraus zu sein.

»Ich habe noch weiter in seinem Lebenslauf geschnüffelt, und siehe da – er ist als Student hier in Mainz gewesen, 1984 bis 91, BWL. Und gerade mal fünf Jahre vorher hat Aarsiegel den Tresor mit seinen Forschungskopien verbuddelt, das Thema muss für den Professor also noch sehr präsent gewesen sein.«

Tinne konnte ihm nicht folgen. »Ja und? BWL und Geschichte sind nicht gerade Nachbardisziplinen, wie soll er ...«

»Simona«, unterbrach der Dicke sie. »Ich bin sicher, dass er über diese Simona Bescheid gewusst hat. Stell dir mal vor, unser fescher von Batten fängt etwas mit einer süßen Assistentin vom Historischen Seminar an. Bussi, bussi, schmusi, schmusi, und ganz nebenbei plaudert sie von einer spannenden Sache, an der sie gerade mit ihrem Chef dran ist. Die verlorenen Flaschen von Napoleon, wow! Die Beziehung geht in die Brüche, von Batten zieht nach seinem Studium aus Mainz weg, aber diese Story, die behält er im Hinterkopf, all die Jahre. Und jetzt, warum auch immer, hat er losgelegt. Vielleicht braucht er Geld, vielleicht hat er vorgefühlt und einen Sammler gefunden, der heiß darauf ist, was weiß ich. Und schon ist die Sache am Rollen.«

Tinne zog ein Gesicht, sie war nicht überzeugt. »Ich hab im Archiv vom Historischen Seminar gesucht, in der Ehemaligen-Liste und bei Alumni, alles Fehlanzeige. Keine Simona.«

Elvis zuckte die Achseln. »Ein Spitzname vielleicht oder

ein Rufname, und in Wirklichkeit hat sie ganz anders geheißen. Wenn jemand in zehn Jahren nach einer Tinne sucht,
findet er genauso wenig.«

Auch wieder wahr. Tinnes Hirn fühlte sich an wie eine
Weihnachtsgans, vollgestopft mit neuen Informationen.
Das Pochen kam wieder und machte ihr klar, dass sie noch
immer angezählt war. Sie ließ sich zurücksinken und stopfte
ihr Kopfkissen hinter den Rücken, Elvis überraschte sie, als
er ihr dabei half. Unter seiner spröden Schale hatte er sie
ins Herz geschlossen, das merkte sie immer wieder an kleinen Gesten wie dieser.

»So, das waren die guten Neuigkeiten«, brummte der
Dicke und knuffte das Kissen zurecht. »Und jetzt die
schlechten: Ich habe keine Ahnung, wie wir weitermachen sollen. Abgesperrt ist der Keller ja eh schon, und übermorgen, Montag, will von Batten loslegen, angeblich mit
den Umbauten, aber wohl eher mit seiner Flaschensuche.«

Tinnes Denkapparat fuhr wieder hoch, aber in Zeitlupe.
»Einen, eh, Zeitungstermin oder so?«, schlug sie lahm vor.
»Ganz kurzfristig, für morgen?«

»Keine Chance. Er hat Michael klipp und klar gesagt,
dass es ab jetzt keine Pressetermine mehr geben wird.
Außerdem steht morgen die ganze Stadt Kopf wegen dem
200-Jahre-Rheinhessen-Umzug, da käme eine Pressean-
frage ziemlich komisch rüber.«

»Und … wenn wir mit den Kupferbergleuten reden? Die
müssen doch selbst ein Interesse daran haben, dass eine solche Entdeckung nicht in falsche Hände gerät.«

»Also, ehrlich gesagt, glaube ich nicht, dass wir mit unserer Geschichte irgendjemanden überzeugen können. Die
Betreiber von Kupferberg werden den Teufel tun und sich
mit ihrem neuen Pächter anlegen, nur weil wir ihnen eine

bekritzelte Serviette und ein paar Backblech-Schnappschüsse unter die Nase halten.«

Da mochte Elvis recht haben, leider. Geistesabwesend zupfte Tinne an ihrem Chicken-Run-Nachthemd. Etwas spukte in ihrer Erinnerung, eine Kleinigkeit, die jemand zum Thema Kupferberg gesagt hatte. Sonntag … der Rheinhessen-Umzug … die Brigade … ihre Verkleidungen …

»Die Fass-Nacht!« Sie hob den Kopf so schnell, dass der Schmerz zuckte. »Morgen ist bei Kupferberg eine Party, die Brigade hat mir davon erzählt. Fass-Nacht, weil im Fasskeller gefeiert wird.«

»Stimmt, ich hab die Ankündigung in der Redaktion gelesen. Und du meinst, das wäre eine Gelegenheit, um ein paar Stockwerke runterzusteigen in die Tiefenkeller?« Er winkte ab. »Das kannst du leider knicken.«

»Warum?«

»Weil du hier im Heiabettchen liegst mit einem Wachhund vor der Tür, der dich nicht gehen lässt. Und weil ich mich zum Trottel der Nation mache auf dem Jubiläumswagen und ganz schlecht abzischen kann, um eben mal in einen Keller zu klettern und alte Flaschen zu suchen.«

»Aber … dein Umzug geht ja nicht den ganzen Tag, der ist doch am späten Nachmittag vorbei. Danach kannst du hoch zu Kupferberg und dich unters Partyvolk mischen.«

Der Reporter schüttelte den Kopf. »Klappt nicht. Die Fass-Nacht fängt um 14 Uhr an, eine Stunde vor dem Umzug. Ab 17 Uhr gibt es geführte Rundgänge durch die Kelleranlagen, von da an wird in den Gängen Halligalli sein. Die einzige Chance, ungesehen da unten rumzugeistern, wäre also zwischen zwei und fünf. Und da bin ich beim Umzug, entweder bei den Startvorbereitungen oder auf dem Wagen.«

Tinne starrte vor sich hin. Verflixt und zugenäht! Sie weigerte sich, die Waffen zu strecken und jemandem wie von Batten das Feld zu überlassen. Nicht nach all dem, was geschehen war. Eine Idee machte sich in ihrem Kopf breit und ließ sich nicht vertreiben. Es sah so aus, als wäre der morgige Tag die letzte Chance, ein 200 Jahre altes Geheimnis zu lösen. Wenn Elvis nicht konnte, blieb nur eine Möglichkeit: Sie musste selbst in die Tiefe steigen!

Wie auf ein geheimes Zeichen hin klopfte es, der Kahlkopf-Arzt und eine Krankenschwester kamen herein. Die beiden warfen Elvis den üblichen Hier-unerwünscht-Blick zu, er murmelte etwas vom Vorbereitungstreffen des Festkomitees und verzog sich.

»Na, Frau Nachtigall, wie …«, fing der Arzt an, doch Tinne ließ ihn nicht zu Wort kommen.

»Ich will hier raus. Mir geht es prima, ich will heim.«

Doktor Glatze und die Schwester schauten sich an.

»Das ist keine gute Idee, fürchte ich.« Seine Stimme besaß denselben milden Geduldston, den Tinne aus Krankenhaus-Soaps kannte. »Schauen Sie, Sie hatten einen schweren Unfall, und wir müssen sicher sein, dass …«

Sie unterbrach ihn erneut. »Ein bisschen Jod aufpinseln und Pflaster wechseln kann ich selbst, dafür brauche ich nicht hier herumzuliegen.«

Wieder ein schneller Blick zwischen den beiden.

»Das kann ich leider nicht verantworten. Es geht nicht nur um die Hautverletzungen, Sie haben eine mittelschwere Gehirnerschütterung davongetragen, da müssen wir Sie noch etwas unter Beobachtung halten. Mindestens bis Anfang der Woche.«

Das sagte sein Mund, doch Tinne konnte in seinen Augen lesen, was die Sätze eigentlich bedeuteten: Der Kommissar mit den Krücken hat uns ziemlich deutlich klargemacht, dass wir Sie die nächsten Tage hierbehalten sollen, sonst ist der Teufel los.

Sie plumpste aufs Kissen und ließ die Untersuchung über sich ergehen. Natürlich könnte sie darauf bestehen, auf eigene Verantwortung entlassen zu werden. Dann würde aber zehn Minuten später Laurent höchstpersönlich auf der Matte stehen, und die Angelegenheit wäre noch verfahrener, als sie es eh schon war.

Nachdem der Arzt und die Schwester weg waren, ging Tinne zur Tür. Vielleicht war ihre Bewachung inzwischen aufgehoben worden. Fehlanzeige, im Flur saß ein milchgesichtiger Polizist in Uniform, er hatte die Beine von sich gestreckt und sah dermaßen gelangweilt aus, dass er Tinne fast leidtat. Sie nickte ihm freundlich zu, er reagierte mit Verzögerung, als würde seine Zeit langsamer vergehen als ihre. Seufzend hockte sie sich auf ihr Bett. Keine Chance, Laurent hatte ihre Zelle sorgfältig abgeschlossen. Sie würde Hilfe brauchen, um hier herauszukommen und die Kupferbergchance zu ergreifen.

Und Tinne wusste auch schon, wer für eine solche Aufgabe infrage kam. Zeit für Trick 17.

∗

Im Prunkfasskeller von Kupferberg herrschte arbeitsame Atmosphäre. Zwischen den riesigen, mit Schnitzereien verzierten Fässern rückte der Caterer seine Tische zurecht, auf zwei Rollwagen standen Palmen in großen Töpfen, eine Floristin verteilte Blumengestecke. Der DJ schleppte Boxen und war jedermann im Weg.

3P waren ebenfalls zur Vorbereitung der Fass-Nacht

abgestellt worden. Die drei Polen hatten vormittags das Weinlager hergerichtet, den ebenerdig gelegenen Festraum. Nun waren sie ein Stockwerk tiefer im Prunkfasskeller beschäftigt. Pawel zog Verlängerungskabel an den Wänden entlang und richtete farbige Floorspots ein, Patryk und Piotr holten Stehtische aus dem Lager. Die Kupferberg-Betreiber rechneten mit vielen Gästen, deshalb wollten sie die beiden Räume ansprechend dekoriert haben.

Das interne Telefon an Pawels Gürtel klingelte. Er hörte zu, stellte eine knappe Frage und wandte sich an seine zwei Kollegen.

»No dawajcie, na dole czeka robota« – Kommt mit, es gibt unten noch was zu tun.

3P verließen den Fasskeller durch eine alte Tür und betraten das, wofür Kupferberg über die Grenzen von Mainz hinweg berühmt war: die Kelleranlagen. Einst waren es 60 einzelne Gewölbe gewesen, die sich auf sieben Ebenen unter der Erde erstreckten – die tiefsten Sektkeller der Welt. Inzwischen waren Teile davon abgemauert und wurden als private Wine-Bank vermietet, doch die verbleibenden Bereiche waren noch immer beeindruckend genug.

Zielsicher gingen die drei durch dunkle Gänge, in denen nur hier und da Industrielampen brannten. Ihre Wege waren rechts und links von schier endlosen Kolonnen an Flaschen gesäumt, die einander glichen wie ein Ei dem anderen und von Staub und Spinnweben bedeckt waren. Dann erreichten die Männer ihr Ziel: die neu eingepasste Tür, die die Wendeltreppe zu den Tiefenkellern verschloss.

»O to specjalne życzenie od tego głupka«, knurrte Pawel – ein Sonderwunsch von diesem Obertrottel. Er erklärte den beiden, was ihm die Veranstaltungsleiterin gerade ausgerichtet hatte. Herr von Batten wünschte, dass ein Sicht-

schutz zum Tiefenkellereingang aufgestellt wurde, um neugierige Kellerbesucher fernzuhalten.

3P errichteten mit steckbaren Alustreben einen Rahmen, der im Gang vor der Stahltür aufgestellt wurde. Auf die Streben spannten sie eine Leinwand, die mit einer fotorealistischen Steinwand bedruckt war. Dadurch wirkte die Absperrung nicht allzu unpassend in dem historischen Ambiente. Die Männer überprüften ihr Werk mit einem letzten Blick und gingen zurück zum Fasskeller, um den Raum weiter auszugestalten.

*

Dominik Ahrend vertrat sich die Füße. 27 Schritte nach links bis zum Ende des Flurs, dann zurück, 15 Schritte bis zur Glastür und wieder zurück. Jede Stunde gönnte er sich diesen kleinen Auslauf, viermal hin und her, bevor er sich hinsetzte und weiter Löcher in die Luft starrte. Seit heute früh hockte er vor dieser blöden Tür und sorgte dafür, dass kein Unbefugter durchging. Dominik wusste noch nicht einmal, warum die Frau im Krankenzimmer Personenschutz brauchte, irgendetwas wegen eines vorsätzlich herbeigeführten Unfalls. Aber es war zu spüren gewesen, dass sie Hauptkommissar Pelizaeus wichtig war, sehr sogar, also beschränkte Dominik seine Wanderausflüge auf den Bereich des Flurs und verkniff sich einen Abstecher nach unten zum Süßwarenautomat. Immerhin, es ging auf 18 Uhr zu, bald war sein Dienst zu Ende.

Dick und Doof kamen wieder. So hatte Dominik die beiden Vögel getauft, die nun schon mehrfach dagewesen waren, ein rothaariges Dickerchen und ein Lulatsch mit angegrautem Pferdeschwanz. Nachdem Kommissar Pelizaeus bei ihrem ersten Besuch telefonisch sein Okay gegeben hatte, durften die beiden ohne Weiteres hinein und heraus.

»Na, schon Wurzeln geschlagen?«, frotzelte Rotschopf. Dominik verzog keine Miene. Einfach mal die Fresse halten. Die Männer gingen hinein, er lugte hinter ihnen her. Die Frau saß in einem albernen Hühnerpyjama auf ihrem Bett und begrüßte die beiden, dann ging die Tür wieder zu. Zum dritten Mal hatten die Männer volle Taschen dabei, Stofftaschen vom Hugendubel. Entweder trafen sie den Lesegeschmack der Frau kein bisschen, oder sie bauten da drin eine Bibliothek auf.

Bücher, ja, keine schlechte Idee. Dominik hatte sich im Laufe des Tages durch sämtliche Zeitschriften des Besucherzimmers gelesen, das innerhalb seiner Reichweite im Flur lag. Sogar für die Kreuzworträtsel war er sich nicht zu schade gewesen. Wasservogel mit vier Buchstaben. Jesus, wie langweilig. Sollte er morgen noch mal hier eingeteilt werden, würde er ein richtiges Buch mitnehmen, den neuen Preston/Child vielleicht. Pendergast schob keinen Dienst vor Krankenhaustüren, der nicht!

Dick und Doof kamen wieder heraus, drückten ihm einen weiteren Spruch und verschwanden. Die Taschen hatten sie dagelassen, vielleicht war diesmal ja das richtige Lesefutter für das Huhn dabei.

Zwei Kreuzworträtsel später hing Dominik an *alttest. Prophet*, acht Buchstaben, der vierte ein C. Er schrak auf, als mit resolutem Schritt eine Krankenschwester anmarschierte, schon etwas älter, die Haare streng zurückgebunden. Zielstrebig ging sie auf die Zimmertür zu, hatte aber nichts bei sich, keine Patientenmappe, kein Blutdruckmessgerät, kein Verbandsmaterial. Dominik kannte sie nicht, also legte er den alttestamentarischen Propheten zur Seite.

»Hallo, was gibt's, was haben Sie vor?«

Die Schwester musterte ihn. »Es zweite Bett raushole«, gab sie in breitem Dialekt zurück. »Mir habbe nit so viele, dass mer se tagelang leer lasse könne.« Ihre Kopfbewegung zur Tür hin war typisch Meenzerisch, ein wenig grantig, aber mit Augenzwinkern. »Wolle Se helfe? Der Arm des Gesetzes kann ruhig emol e Bett durch die Gegend schiebe.«

Dominik schüttelte grinsend den Kopf. »Nee, leider, ich bin hier der Anstandswauwau und darf nicht weg. Keine Schiebung heute.«

Sie lachte und ging hinein. Wieder warf er einen Blick ins Zimmer. Die Frau lag zugedeckt im Bett, ihr lockiger Haarschopf lugte hervor, ihr Körper zeichnete sich unter der Decke ab. Wahrscheinlich hatten Dick und Doof sie dermaßen zugetextet, dass sie eine Runde pennen musste. Dominik setzte sich wieder und hörte die Schwester hantieren. Dann erschien das andere Bett in der Tür wie ein rollendes Ungetüm. Er sprang auf und half, es um die Ecke zu bugsieren. Bevor er die Zimmertür schloss, sah Dominik, dass die Frau sich nicht gerührt hatte. Das Gepolter des Bettes schien sie nicht gestört zu haben.

»Danke, un nit einschlafe hier im Flur, sonst kehrt Sie die Putzfraa raus!«, meinte die Schwester und rollte das Bett den Flur entlang. Dominik schaute ihr nach. Plötzlich fiel ihm etwas ein.

»Stopp, einen Moment!«

Sie drehte sich halb erschrocken um. Er hob die Zeitschrift.

»Prophet aus dem Alten Testament, acht Buchstaben, der vierte ein C.«

Mit dem Zeigefinger an der Nase dachte sie nach. »Ezechiel?«

Dominik trug das Wort ein und nickte zufrieden. Passte. Die Schwester rollte weiter und verschwand durch die Glastür.

Tinne schwitzte vor Wärme und Aufregung. Als der Polizist etwas gerufen hatte und das Bett stehen geblieben war, hätte sie fast der Schlag getroffen. Nun ging es zum Glück wieder voran, es rumpelte, wenn die Räder über eine Schwelle fuhren.

»Alles gut, Frau Professor, gleich habe mer's gepackt unn sinn draußʼʼ«, hörte sie gedämpft Margaretes Stimme. Sie musste einen seltsamen Anblick bieten: eine Krankenschwester, die mit einem leeren Bett sprach.

Nachdem Tinne sich entschlossen hatte, nicht im Krankenhaus auszuharren, rief sie ihre Mitbewohner an und berichtete ihnen von der Suche nach den Kaiserflaschen. Die beiden waren sofort Feuer und Flamme und ließen eine generalstabsmäßige Brigaden-Rettungsaktion anlaufen. Im Laufe des Nachmittags brachten sie allerlei alte Handtücher und abgelegte Klamotten ins Zimmer, mit deren Hilfe Tinnes Konturen unter der Bettdecke nachgebaut wurden. Auf das Kopfkissen kam eine braune Lockenperücke, die Bertie bei Deiters in der Innenstadt gekauft hatte.

Dann folgte der für Tinne unangenehmste Part: Die Männer lupften die Matratze des Nachbarbetts, Tinne krabbelte auf das darunterliegende Gestänge und legte sich so platt wie möglich hin, dann kam die Matratze wieder auf sie drauf. Nach einigem Gezupfe sah das Bett unberührt aus, Axl und Bertie verabschiedeten sich und machten die Bühne frei für Margarete. Eine Freundin, die in der Uniklinik arbeitete, hatte ihr ohne viel Federlesens einen der weißen Schwesternkittel geborgt, damit war es für sie eine

Kleinigkeit, das Bett aus dem Zimmer zu rollen und sich dabei noch von dem Polizisten helfen zu lassen.

Nun fühlte Tinne sich wie eine Flunder. Sie lag eingepfercht mit dem Gesicht nach unten, die verstellbare Mechanik des Bettes drückte schmerzhaft an Armen und Beinen, die Matratze auf ihrem Rücken fühlte sich schwer wie Blei an. Ihr Kopfweh pulste im Rhythmus ihres Herzschlags.

Langsam kamen ihr Zweifel an ihrer etwas überstürzten Aktion. Laurent hatte sie nicht umsonst unter Bewachung gestellt – die Motorradattacke in Zahlbach war keine Lappalie gewesen. Sie musste an das denken, was Elvis über diesen Konstantin von Batten berichtet hatte: laufende Prozesse, Betrug, Kontakte zur Russenmafia. Nicht gerade jemand, mit dem man sich anlegen sollte. Wenn ihre Theorie stimmte, hatte von Batten auch Professor Aarsiegel zum Schweigen gebracht. Der letzte Mitwisser, der durch seine Flucht aus dem Heim zum Risiko geworden war. Ein tödlicher Angriff auf dem Baugerüst und ein schwarzer Motorradmann … von Batten machte keine halben Sachen, wenn er seine Knochenbrecher losschickte.

Tinne versuchte sich einzureden, dass ihr Plan gut eingefädelt war, denn offiziell lag sie noch immer im Krankenhaus unter Polizeischutz. Natürlich hatte ihr klammheimlicher Ausbruch keine Chance, lange unentdeckt zu bleiben. Aber Laurent würde ihn sicher nicht an die große Glocke hängen, schon alleine, um sie nicht in Gefahr zu bringen.

Türen summten, dann ruckte das Bett. Aha, ein Aufzug. Nun ging es ins Erdgeschoss, dort wartete der nächste Teil ihres Fluchtplans. Tinne bewegte sich eine Winzigkeit, um einem unbequemen Knubbel auf Hüfthöhe auszuweichen. Mehr traute sie sich nicht, wer wusste schon, ob noch jemand im Fahrstuhl war und stutzig wurde angesichts einer sich bewegenden Matratze.

Ihre Gedanken blieben bei Laurent. Sie fühlte sich mies, weil sie ihn schon wieder hinterging. Seine Hand auf ihrer Wange, sein besorgter Blick voller Wärme. Und nun? Ein leeres Bett mit einer deutlichen Ansage: Ich vertraue dir nicht. Ich mache mein eigenes Ding.

Sie schloss die Augen. Verfahrene Kiste. Es würde einen Riesenkrach geben, das war ihr klar, und sie konnte Laurent durchaus verstehen. Es war wohl an der Zeit, ein paar grundsätzliche Dinge in ihrer Vielleicht-oder-vielleicht-auch-nicht-Beziehung zu klären.

Weiter ging die Bettenfahrt, Tinne hörte Stimmen und Kinderweinen, sie waren unten angekommen.

Bertie und Axl hatten sich entschlossen, den Jubiläumsumzug sausen zu lassen und sie stattdessen bei ihrem Tiefenkellerabenteuer zu begleiten. Dafür war Tinne ihnen mehr als dankbar. Auf die Frage, was sie in den Kellern machen wollte, geriet sie allerdings ins Stottern. Tja, was eigentlich? Ihr war klar, dass sie nicht auf Anhieb ins Regal greifen und die Kaiserflaschen hervorzaubern konnte. Dennoch hatte sie sich vorgenommen, dort unten Anhaltspunkte zu sammeln, nach Spuren zu suchen, Fotos zu machen, die Überbleibsel der Brauereiausstattung in Augenschein zu nehmen – alles, was möglich war, um den Funken eines Beweises zu finden.

Sicher, im Laufe von Jahrzehnten waren viele Leute in den Tiefenkellern ein und aus gegangen. Aber die menschliche Wahrnehmung war eine komplizierte Sache: Wenn man nicht wusste, auf was man achten sollte, blieb vieles verborgen. Kein Mensch hatte bis jetzt aktiv nach den Kaiserflaschen gesucht, also gab es reelle Chancen, dass offensichtliche Hinweise noch niemals zur Kenntnis genommen worden waren.

Dazu kam, dass Bex ihr zu Peter Gimbel und den Kaiserflaschen Unterlagen versprochen hatte, die er zu Hause aufbewahrte. Zusammen mit den Auszügen aus dem Tagebuch und dem, was sie nun an Hinweisen in den Tiefenkellern sammeln wollte, konnte sie vielleicht die Generaldirektion Kulturelles Erbe für den Fall interessieren. Oder zumindest ihren Chef an der Uni. Professor Raffael hatte gute Kontakte zur Stadt und würde dafür sorgen, dass man von Batten etwas mehr auf die Finger schaute.

Kampf gegen Windmühlen – Aarsiegels Worte kamen ihr wieder in den Sinn. Sie ahnte, wie sich der Professor gefühlt haben musste. Wahrscheinlich hatte er erste Ergebnisse mit seinen Kollegen teilen wollen und war milde belächelt worden. Die Mär von den Kaiserflaschen, ha, der Aarsiegel jagt Gespenstern hinterher. Nun war sie in einer ähnlichen Situation, aber sie würde nichts unversucht lassen, um dieses 200 Jahre alte Geheimnis zu lüften.

Es rumpelte, plötzlich hob sich die Matratze.

»Auf, Frau Professor, mach hie«, drängelte Margarete. Tinne blinzelte in die Neonhelligkeit und stellte fest, dass das Bett in einem Winkel zwischen zwei Gängen geparkt war, eine Topfpflanze stand daneben und bot ein Bild des Jammers. Eilig kletterte Tinne in die Vertikale, streckte ihre Knochen und folgte Margarete den Gang entlang. Ihr Kopf pochte noch immer, doch die Aufregung überwog. Im Nu waren sie im Eingangsbereich der Unfallchirurgie, hier herrschte reges Kommen und Gehen. Tinne schaute sich um, um nicht versehentlich Doktor Glatze in die Arme zu laufen, doch niemand achtete auf die Krankenschwester und die Frau im Chicken-Run-Nachthemd.

Vor der Tür stand der schwarze T5-Bus vom Taxidienst Laurenzi, Bertie saß am Steuer und machte ungeduldige

Zeichen. Margarete und Tinne huschten hinein und ließen die Schiebetür zugleiten, die getönten Scheiben sperrten neugierige Betrachter aus. Nun endlich traute Tinne sich, tief durchzuatmen, während der Bus beschleunigte.

»So, willkommen drauße.« Margarete warf ihr ein Bündel Kleider zu, das auf einem der Sitze gelegen hatte. »Auf, zieh dich um. Und diesmal bin ich es gewese, die in dei'm Kleiderschrank gewühlt hat. Die Kerle hätte dir wahrscheinlich nur 'es kurze Schwarze rausgesucht.«

*

»Himmeldonnerwetter!«

Laurent Pelizaeus trat unbeherrscht gegen den Mülleimer in seinem Büro, der davonschlidderte und ein Sammelsurium an Blättern und Taschentüchern auf dem Boden verteilte, garniert von Orangenschalen und einem Joghurtbecher. Eine Putzkraft streckte ihren Kopf zur Tür herein, zog angesichts der Bescherung eine Augenbraue nach oben und verschwand. Die Augenbraue hieß im Klartext: Du da hinterm Schreibtisch, den Dreck machst du gefälligst selbst weg, sonst setze ich keinen Fuß mehr in deinen Raum.

Nach zwei, drei tiefen Atemzügen bückte Laurent sich krumm und unelegant, um sein verletztes Knie nicht allzu sehr zu belasten. Pflichtschuldig fing er an, alles wieder einzusammeln. Er ärgerte sich über seinen Wutausbruch, doch noch mehr ärgerte er sich über Ernestine Nachtigall. Die Frau schaffte es meisterhaft, ihn auf die Palme zu bringen.

»Du legst es echt darauf an, dass du irgendwann mal böse auf die Schnauze fällst«, knurrte er einer imaginären Tinne zu. Zum achten Mal wählte er ihre Nummer, zum achten

Mal erklang fröhliche Mobilbox-Musik. Er legte auf und hatte große Lust, nochmals gegen den Mülleimer zu treten.

Vorhin war ein zerknirschter PKA Ahrend durchgestellt worden, der berichtete, dass das Krankenhauszimmer leer sei, unter der Bettdecke habe er zusammengeknüllte Handtücher gefunden, auf dem Kopfkissen eine Perücke, sogar noch mit Preisschild, Deiters, 14,99 Euro. Ahrend rückte mit den nachmittäglichen Geschehnissen heraus, mit den beiden Typen und ihren Hugendubel-Taschen und mit der resoluten Krankenschwester. Schon nach den ersten Sätzen ging Laurents innere Brigaden-Warnlampe an.

Er machte dem jungen Beamten keinen Vorwurf – es war unmöglich, im laufenden Betrieb jeden Einzelnen vom Krankenhauspersonal zu kontrollieren, das wusste er selbst. Die Wache vor der Tür hatte, ehrlich gesagt, auch eher den Zweck gehabt, Tinne und ihre Abenteuerlust im Zaum zu halten. Dieser Plan war nun episch gescheitert.

Also hatte Laurent mit Elvis telefoniert und mit der Kommune, doch außer wachsweichen Ausreden und Unwissenheit all überall war nichts herumgekommen. Innerlich schwoll ihm der Kamm. Wenn es um irgendwelche halbkrummen Dinger ging, hielt die ganze Bande zusammen wie Pech und Schwefel. In seinem Nacken braute sich eine Verspannung zusammen, er rollte die Schultern und hörte, wie allerlei Sehnen, Gelenke und Knochen knackten. 40-plus-Geräusche.

Und nun? Tinne würde wohl kaum so blöde sein und in die Wilhelmstraße zurückkehren, und wenn die Brigade sie versteckte, würde er sie bis zum Sankt-Nimmerleins-Tag nicht finden. Viel mehr als eine Suchmeldung an alle Streifenwagen war nicht drin, sämtliche weiteren Aktionen würden Tinne nur in den Fokus derer rücken, mit denen sie sich angelegt hatte. Und morgen ging es in der Stadt drunter und drüber, die Kollegen würden alle Hände voll zu tun haben mit der feierwütigen Menge und den üblichen Begleiterscheinungen.

Die Sorge um Tinne ließ ihn unruhig werden und wuchs in seinem Bauch heran wie ein garstiger Knoten. Tief in sich ahnte er, dass der morgige Sonntag einige sehr unliebsame Überraschungen bereithalten würde.

SONNTAG, 8. MAI 2016

Das Muttertagswetter war wie gemacht, um Kinderge-
schenke in bestem Licht erscheinen zu lassen. Auch wenn
Mami sich auf dem einen oder anderen Buntstiftbild nicht
wiedererkannte – der strahlende Maihimmel über Mainz
sorgte für gute Laune beim Morgenkaffee.

Doch nicht nur auf den gutbürgerlichen Terrassen war die
Sonne heute gerne gesehen, auch in der Stadt sammelte sich
das feiernde Volk und genoss die Wärme. Auf dem Marktfrühstück herrschte Gedränge, die Stimmung war ausgelassen,
wenngleich niemand so genau wusste, wie der mit großem
Tamtam angekündigte Rheinhessenumzug nun eigentlich
genau zu begehen war. Sollte Helau gerufen werden? Wohl
eher nicht, die Organisatoren hatten schließlich gebetsmüh-
lenartig wiederholt, dass es ein eigenständiges Ereignis war
und kein nachgeholter Rosenmontagszug. Als Ersatzgruß
war *Roihesse* vorgeschlagen worden, man probte in verschiedenen Tonlagen und Lautstärken. Nun ja, schmetter-
bar durchaus, doch die Mainzer Kehlen würden noch einige
Schoppen brauchen, bis dieser Ruf harmonisch über die Lippen ging. Rosenmontagsnachholdiskussion hin oder her –
viele der Besucher waren fassenachtsmäßig verkleidet und
bevölkerten als Wikinger, Gespenst, gute Fee oder Ork die
Straßen. Die angenehmen Temperaturen sorgten dafür, dass
endlich auch kurzärmelige Kostüme aus dem Schrank geholt
werden konnten und die knapp berockten Funkenmarie-
chen keine drei Strumpfhosen übereinander tragen mussten.

In der Bauhofstraße liefen die Umzugsvorbereitungen auf vollen Touren, Rufe, Trommeln und der Lärm von Dieselmotoren erfüllten die Luft. 2.222 Zugteilnehmer waren gemeldet, das war gerade ein Viertel der üblichen Rosenmontagsmenge. Auch der Zug selbst war mit 77 Zugnummern eher überschaubar, doch die Menge der Wagen reichte trotzdem, um jeden Meter zu füllen. Gardisten, Musiker und Mitfahrer suchten ihre Treffpunkte, der Rheinbrücken-Motivwagen wendete und kam den Eiskalten Brüdern 1893 gefährlich nah, es wurden Anweisungen gebrüllt und Instrumente gestimmt. Die gelbe Zugente tuckerte nach vorne und nahm den allerersten Platz ein, denn heute würde sie ausnahmsweise das Spektakel anführen, anstatt wie sonst das Schlusslicht zu sein. Am Straßenrand standen die Schwellköpp auf dem Boden, ihre Träger machten Lockerungsübungen und bereiteten sich auf ihre tragende Rolle vor. Alle Teilnehmer waren guter Dinge, priesen das Wetter und probierten, ob der mitgebrachte Wein von guter Qualität war.

*

Einen knappen Kilometer südwestlich der Bauhofstraße ging es noch etwas gemächlicher zu. Hier, auf dem Kästrich oberhalb der Mainzer Innenstadt, erhoben sich die Kupferberg-Gebäude. Die alte steingemauerte Firmenzentrale war von Wein umrankt und besaß einen herrlichen Park mit einem Turm, dem Alexanderturm, einst Teil der Mainzer Stadtmauer. Ein mannshohes Deko-Holzfass zierte die Einfahrt. Rechts schloss sich das Novotel an, dahinter lag die Wohnanlage Kupferbergterrassen.

Zwei Studenten hockten an der Mauer der Villa Musica,

die auf der anderen Straßenseite lag. Sie warteten auf einen Kumpel, um gemeinsam auf den Umzug zu gehen, und vertrieben sich die Zeit mit Lästereien über andere Passanten. Einer der beiden trug eine Vokuhila-Perücke und zeigte stadteinwärts, wo drei lohnenswerte Gestalten anmarschiert kamen.

Die erste war nicht allzu groß, dafür aber wohlbeleibt. Eine weiß-blau gestreifte Hose war so weit hochgezogen, dass sie bis an die Brust reichte, dort war sie mit einem grünen Gürtel verschnürt. Der Mann hatte von Natur aus rote Haare, deshalb brauchte er nur noch einen kleinen Helm, um das Kostüm zu komplettieren. Richtig perfekt wurde es aber erst durch eine große graue Plastikvase, die er auf seinem Rücken trug und die entfernt an einen Hinkelstein erinnerte.

»Obelix. Bonsai-Obelix«, kommentierte Vokuhila.

Die zweite Figur war größer und schlanker, ihr Gang ließ vermuten, dass es eine Frau war. Sehen konnte man das allerdings nicht, denn sie trug ein wallendes graues Gewand. Ihr Gesicht war hinter einem langen weißen Bart und einer noch längeren Perücke versteckt. Bezeichnend war ein knorriger Stab, den sie wie einen Gehstock neben sich aufs Pflaster stieß.

»Gandalf, ganz klar«, meinte der andere. »Oder besser: Gandalfine.«

Bei der dritten Gestalt gab es noch weniger zu raten. Sie war groß und rappeldürr, die Beine steckten in Röhrenjeans, Ketten klimperten um den Hals, dazu kam eine Lederjacke. Die Plastikgitarre hätte der Mann nicht gebraucht, denn eine riesige 90er-Sonnenbrille, eine schwarze Lockenmähne und ein Zylinder auf dem Kopf machten klar, um wen es sich hier handelte.

»Cool, Slash.« Vokuhila spielte Luftgitarre und quietschte dazu: »*Wooohow, sweet child of mihihine.*«

Die beiden schauten zu, wie die Gestalten durch das Tor zum Kupferberg-Innenhof liefen. Damit war deren Ziel klar: die Fass-Nachts-Party.

»Ich schmecke Haare.« Tinne konnte durch den Bart nur nuscheln.

»Dafür erkennt dich keine Sau, und das ist wohl wichtiger«, konterte Bertie. Die drei gingen durch den Innenhof, der von einem wasserspeienden Sandstein-Bacchus dominiert wurde, auf der rechten Seite lehnte ein Aufsteller: *Die Kupferbergterrassen heißen Sie willkommen zur Fass-Nacht.*

Bertie trat durch eine offene Tür und winkte die anderen herbei. Er kannte sich einigermaßen in den Räumlichkeiten aus, vor einigen Wochen hatte die Brigade als Betriebsausflug eine Kellerführung mit Sekt- und Cavaprobe gemacht. Ein Mann im Heroldkostüm begrüßte sie, er achtete darauf, dass die Gäste tatsächlich in Verkleidung kamen.

»Das ist das Weinlager«, erklärte Bertie, als sie im Inneren waren, »ein Stockwerk darunter ist der Fasskeller, da müssen wir hin.« Er senkte die Stimme, als würden fremde Ohren lauschen. »Von dort geht's dann noch tiefer in die eigentlichen Kelleranlagen.«

Das Weinlager, ein großer Saal mit weißen Säulen und Bruchsteinwänden, war schon gut gefüllt, obwohl es erst kurz nach 14 Uhr war. Loungemusik lief, es gab Stehtische mit weißen Hussen, an den Wänden lehnten schwarz-weiße Fototafeln, Impressionen des ehemaligen Produktionsbetriebs im Haus. Tinne gestattete sich ein kurzes Durchatmen. Immerhin, bis hierher hatte sie es schon einmal geschafft.

Die Nacht hatte sie bei Dietmar Laurenzis Familie in deren Bretzenheimer Haus verbracht. Seine Frau Andrea eilte fürsorglich umher und servierte einen herrlichen Sauerbraten zum Abendessen, den Tinne heißhungrig verschlang. Danach spielte sie mit den beiden Laurenzikindern ein paar Runden Kniffel, verlor katastrophal und fiel todmüde ins Bett. Vormittags standen Bertie und Axl mit allerlei Werkzeugen vor der Tür. Zwei andere Mitglieder der Brigade übernahmen die Rollen von Willigis und Gutenberg, damit die rheinhessischen Persönlichkeiten vollzählig beim Jubiläumswagen eintreffen würden. Elvis schaute auch noch rasch vorbei, er hatte aus der Redaktion die Hochglanz-Broschüre geholt, die in von Battens Sektkiste gesteckt hatte. Darauf, so meinte er, wären Grundrisse der beiden Tiefenkeller abgebildet, die bei der Suche vielleicht weiterhelfen könnten.

Dann kam die Frage nach ihren eigenen Verkleidungen auf, zumal Tinne unter allen Umständen unerkannt bleiben musste. Zum Glück besaßen die Laurenzis als leidenschaftliche Fassenachter ein Sammelsurium an Kostümen und Requisiten, sodass sie einigermaßen gut improvisieren konnten. Nur Bertie war unzufrieden, weil Dietmar nichts aus seiner geliebten Star-Wars-Welt parat hatte und er sich mit Obelix begnügen musste. So war der Mittag wie im Flug vergangen.

Und nun waren sie hier. Tinne schaute sich um, die Menschen im Saal hatten die Verkleidungspflicht durchaus ernst genommen. Hier labte sich eine Biene Maja an ihrem Wein, dort schlurfte ein Mönch mit hochgezogener Kapuze und kleinem Plastikfass am Gürtel. Sie war nervös und fühlte sich wie auf dem Präsentierteller, obwohl die anderen ihr versicherten, man würde sie nicht erkennen.

Doch ihr war klar: Das Geheimnis der Kaiserflaschen war zum Greifen nah, es lag genau hier, unter ihren Füßen.

✳

In seiner Wohnung in der Klarastraße schaute Elvis auf die Uhr. Draußen waren Stimmen und Gelächter zu hören, die Menschen marschierten zur Großen Bleiche, um einen guten Platz für den Umzug zu bekommen.

»Na, Freddy, dann wollen wir mal«, meinte er und gönnte sich einen Eröffnungsschluck Riesling. Er hatte sich beeilen müssen, um die Kellerbroschüre aus der Redaktion zu holen und in Bretzenheim abzugeben. Als Hauptperson des Motivwagens *Rheinhessen 200* erwartete man ihn beizeiten, um ihn einkleiden und zu seinem Platz geleiten zu können. Trotz all der Umstände fühlte Elvis sich nun doch ein wenig geehrt, dass er eine so wichtige Rolle einnahm. Seine geliebte Heimatstadt feierte heute den ganzen Tag, und er durfte in der allerersten Reihe dabei sein. Auch mal schön, statt wie sonst einen Schreibblock in der Hand und einen Fotografen im Schlepptau zu haben.

Er ging ins Bad, um seine spärlichen Haare zu kämmen und die Zähne zu putzen. In der Badewanne lag der verklumpte Papierstapel aus Aarsiegels Tresor – Elvis' Bad besaß eine separate Dusche, deshalb hatte er den nassen Batzen gestern Abend kurzerhand in die Badewanne befördert. Inzwischen war der Stapel fast getrocknet, die Fetzen wellten sich und bröselten.

»Wer hätte gedacht, dass wir diesem Klumpen tatsächlich noch etwas entlocken würden, hm, Freddy?«

Mit einer Hand hielt er die Zahnbürste, mit der anderen drehte er den Stapel, die Unterseite fledderte auf. Elvis schaute genauer hin und …

»Ach nee!« Ein weiteres Matrizenpapier hing darin, es glänzte ein wenig, genau wie die anderen Tagebuchkopien. Vorsichtig zupfte und rupfte er daran, es war nur ein halbes Blatt, durchgerissen, an den Rändern noch nass, aber immerhin. Ein Blick auf die Uhr ließ ihn unruhig werden, eigentlich wurde er in der Bauhofstraße erwartet. Andererseits – wenn das Rheinhessen-Gesicht ein paar Minuten Verspätung haben würde, wäre das sicher kein Drama.

Mit dem Fön trocknete er das Blatt und legte es ins Waschbecken. Sein Siemens-Handy war zehn Jahre zu alt für eine Kamera, also ging er auf die Suche und entdeckte in der Kommode eine kleine Digitalkamera aus AZ-Beständen. Im Kühlschrank fand sich noch ein Stumpen Meier'schen Zauberburgunders, ein Schluck davon übers Papier, klick, klick, Bild vergrößern. Das halbe Blatt enthielt nicht viel, nur ein paar Nummern und etwas, das wie eine Überschrift oder ein Titel aussah. Nein, es war eine Quellenangabe und benannte den Verfasser des Tagebuchs.

Elvis las den Namen und dann gleich noch einmal. Er hatte das Gefühl, der Boden würde sich vor ihm auftun.

»Das … das kann ja wohl nicht sein!« Sein nächster Griff galt dem Telefon. Das musste Tinne erfahren!

*

Der Prunkfasskeller machte seinem Namen alle Ehre, wuchtige Fässer mit kunstvollen Schnitzereien dominierten den Raum wie schweigsame Riesen. Die Lichter waren gedämpft, an den Wänden stapelten sich grün beleuchtete

Flaschen. Auch hier lief Musik, die Menschen schwatzten und lachten.

Gandalf, Obelix und Slash betraten den Fasskeller durch ein Treppenhaus, das ihn mit dem darüber liegenden Weinlager verband.

»Okay, hier hinten sind die Türen, die runter in die tieferen Bereiche führen«, wisperte Obelix-Bertie. Die drei bewegten sich möglichst unauffällig in den hinteren Teil des Fasskellers zu einer breiten Holztür mit farbigen Glasfenstern. Eine Absperrkordel und ein Schild waren davor angebracht: *Kellerführungen ab 17.00 Uhr*. Tinne wurde immer kribbeliger, sie erschrak fast zu Tode, als in ihrem Gandalf-Gewand plötzlich ein Gitarrengewitter anfing. Eddie van Halen ließ schön grüßen. Sie hatte ihr Telefon wieder angeschaltet, um für alle Eventualitäten gewappnet zu sein. Laurent!, war ihr erster Gedanke, eine Welle aus Schuldgefühlen und schlechtem Gewissen schwappte über sie. Auf dem Display stand aber Elvis' Name. Nanu, sollte der Reporter nicht gerade seinen Ehrenplatz auf dem Jubiläumswagen einnehmen? Sie meldete sich, doch außer Bruchstücken und halben Worten war nicht viel zu hören. Der Empfang hier unten war schlecht, kein Wunder, der Fasskeller lag unter der Erde und hatte massive Mauern.

»Was? Elvis, ich versteh dich kaum! Was ist los?«

Da brach das Gespräch auch schon ab, die Empfangsanzeige lag zwischen nichts und dem allerletzten Balken.

»Was wollte er denn?«, fragte Axl.

»Keine Ahnung. Irgendwas hat er rausgekriegt, aber ich hab es nicht richtig verstanden. Ich schreib ihm eine SMS, dass wir jetzt hier unten sind.« Sie fing an zu tippen, da klangen plötzlich Lärm und Stimmen aus dem vorderen

Bereich des Saals herüber. Einer der Gäste hatte einen Stehtisch umgeworfen, Gläser klirrten, ein Shrek sah nicht nur grün aus, sondern auch sehr nass. Alle Köpfe drehten sich nach vorne, von ihnen weg. Bertie reagierte sofort, kletterte über die Absperrkordel und machte die Tür auf.

»Schnell jetzt!«, zischte er. Tinne ließ das Telefon in ihre Gewandtasche fallen und eilte ihm hinterher, Axl folgte und schon schloss sich die Tür wieder hinter ihnen.

Sie waren in den Kelleranlagen von Kupferberg angekommen.

*

»Helauuuu! Helauuuuu!«

Der angesagte Ruf *Roihesse* hatte einen schweren Stand, die meisten Besucher des Umzugs beließen es beim klassischen Fassenachtsgruß. Wie ein bunter Lindwurm schoben sich die Wagen die Kaiserstraße entlang, dazwischen sorgten Tanzgruppen und Musikzüge für Stimmung. Die Rasenflächen in der Mitte der Kaiserstraße waren von Decken belegt, viele Familien nutzten den Jubiläumstag für ein Picknick unter blauem Himmel. Die Kinder johlten und rannten den Süßigkeiten hinterher, die allenthalben in die Menge geworfen wurden.

Elvis thronte auf dem Jubiläumswagen, der zwischen dem Jakobiner-Musikcorps und den Bodenheimer Albansbrüdern eingereiht war. Und *thronen* war durchaus wörtlich zu nehmen: Auf dem Wagen hatte man ein riesiges Fass mit einer Art Prunkstuhl aufgebaut. Darauf saß Elvis wie ein König, er trug eine lederne Winzerschürze und ein Zepter mit stilisiertem Weck, Worscht und Woi. *Rheinhessen-Gesicht 2016* prangte auf dem Fass. Der Wagen selbst war ringsum als grüne Hügellandschaft gestaltet, hinter Elvis wölbte sich ein blauer Himmelskreis mit Wölkchen und gelber Sonne. *200 Jahre sind ein Tag – Rheinhessen, so wie ich es mag*, stand in großen Lettern darüber. Der Wagen wurde von einem Traktor mit hochgeklappter Schaufel gezogen, darin lag einer jener Strohballen mit Augen und lachendem Mund, die zur Erntezeit auf den Feldern aufgestellt wurden. Beides, Traktor und Wagen, hatte das Festkomitee vom Draiser Henrich-Hof geliehen bekommen. Bauer Henrich saß am Steuer der Zugmaschine und hatte zur Feier des Tages eine kunterbunte Schiebermütze auf, das musste als Fassenachtsverkleidung genügen.

Rund um das Elvis-Fass hatte sich die Brigade gruppiert. Drusus und Willigis warfen Bonbons, Hildegard, Barbarossa und Gutenberg brüllten Helau, Napoleon und Jockel Fuchs schenkten Wein in die Becher, die die Besucher hochreckten. Die Stimmung war glänzend.

»Nit alles für die Leut!«, beschwerte sich Uwe-Barbarossa und hielt Micha-Jockel sein Glas hin. Dieser lachte, goss voll und legte noch einen halben Fleischwurstweck dazu. Mit dem Kopf deutete er zum Fass.

»Ich glaub, dem Elvis sollt ich das Glas auch noch mal vollmachen. Der hockt so still da oben, als wär er mit den Gedanken sonst wo.«

Damit traf Micha den Nagel auf den Kopf. Elvis schaute in die Menge, ohne wirklich etwas zu sehen. Denn seit er den Verfasser des Tagebuchs kannte, war ihm klargeworden: Ihre Theorie über die Kaiserflaschen war falsch, komplett falsch. Sie hatten von Anfang an einen Denkfehler gemacht.

*

»Schon toll, gell?« Bertie schaute stolz auf die endlosen Flaschenreihen, die sich durch die Keller zogen, als hätte er sie höchstpersönlich aufgeschichtet und vollgestaubt. Die Flaschen glichen sich wie ein Ei dem anderen, hinter den ersten Stapeln lag eine zweite und eine dritte Reihe, die Dunkelheit verschluckte das grüne Glas.

Tinne nickte stumm. Trotz ihrer Nervosität spürte sie die besondere Atmosphäre der alten Gewölbe, in denen die Zeit stehen geblieben war. Blechschilder mit schnörkeligen Buchstaben benannten die einzelnen Keller, da gab es *Herzog von Urach*, *Bismarck* und natürlich *Adalbert Kupferberg*. Schienen zogen sich durch die Gänge, Wagen von der Art alter Bergwerksloren waren abgestellt, rostige Produktionsanlagen reckten sich bis unter die Decke und erinnerten an Dinosaurierskelette.

Ihre Schritte klangen dumpf, es war kühl, die Dunkelheit wurde nur hier und dort von gelben Lichtklecksen verdrängt. Es kam Tinne vor, als wäre sie in eine andere Epoche gereist, sie rechnete fast damit, an der nächsten Ecke die Sektproduktion in vollem Gang zu sehen: Ratternde Abfüllketten, das Klappern von Flaschen, das Stimmengewirr der Arbeiter, die Emsigkeit eines Bienenstocks.

»Hier muss es irgendwo sein.« Bertie schaltete das Licht seines Handys an. Trotz der nicht lange zurückliegenden Kellerführung hatte er sicherheitshalber von Battens Broschüre zur Hand genommen, die eine Wegbeschreibung zu den Tiefenkellern enthielt. Tinne konnte nur den Hut ziehen von seinem Orientierungsvermögen – sie selbst hätte sich trotz der Beschreibung längst verlaufen.

»Da!« Axl hatte seine Slash-Brille abgezogen, um überhaupt etwas zu sehen. Er zeigte auf einen Gang, in dem eine Art Sichtschutz aufgestellt war, eine Leinwand im Steinlook.

Sie ließ sich leicht zur Seite schieben, dahinter verbarg sich ein Durchgang mit einer neuen, matt glänzenden Stahltür.

»Aha. Von Battens Hochsicherheitstrakt.« Gebückt nahm Axl den Riegel in Augenschein, an dem ein Bügelschloss hing. Mit einem verschwörerischen Blick raunte er Tinne zu: »Bereit, Gesetze zu brechen?«

Sie war viel zu aufgeregt, um auch nur zu lächeln. Kälte und Bammel ließen sie zittern, der Gandalf-Umhang wärmte kein bisschen. Wenn nun jemand kommen würde? Jemand von Kupferberg, der vor den anstehenden Führungen noch einmal eine Kontrollrunde drehte?

Mit bewundernswerter Ruhe nahm Axl seine Plastikgitarre von den Schultern, drehte sie um und löste einige Lagen Klebeband. In dem Spielzeuginstrument steckte ein Bolzenschneider von beachtlicher Länge, den der Metallkünstler am Vormittag in Dietmars Werkstatt eingepasst hatte.

»Und tschüss«, kommentiert er locker und trennte das Bügelschloss mit einer einzigen Bewegung entzwei, es fiel mit hellem Klang zu Boden. Die Tür ließ sich geräuschlos öffnen. Im Innern befand sich ein Absatz, der in eine rostige Wendeltreppe mündete. Ein Luftzug kam von unten, so eiskalt, dass Tinne ihren Atem sah. Von der Decke baumelten weißliche Gebilde, es waren tote Spinnen, die vom Kalk aus den Wänden mit einem weißen Panzer überzogen waren. Sie schauderte.

»Jetzt oder nie. Auf geht's!« Bertie gab ihr einen Schubs und griff nach der Taschenlampe, die Axl aus seiner Lederjacke gezogen hatte. Auch Tinne bekam eine, das Fleckchen Licht gab ihr ein klein wenig Mut zurück.

Gemeinsam stiegen sie in die Tiefe.

*

Der Motivwagen *Brücke im A…* bekam viel Applaus, die kaputte Rheinbrücke und der ministeriale Hintern trafen den Nerv der Mainzer. Auch die kniefällige Europa, die Erdoğan die Füße küsste, wurde bejubelt. Star in der Manege war aber der Jubiläumswagen von Bauer Henrich. Viele Besucher machten Selfies mit dem grünblauen Rheinhessengefährt, der Traktor hupte zum Gruß, die Brigade schenkte Wein aus, was das Zeug hielt.

Nur Elvis winkte halbherzig in die Menge und warf eine Handvoll Tüten hinterher, Gummibärchen in der Sonderverpackung *Rheinhessenbärchen*. Er bekam den Namen nicht aus dem Kopf, den die Matrizenkopie als Verfasser des Tagebuchs genannt hatte: Franz Konrad Macké. Denn Macké, eigentlich Macke und nur der damaligen Mode entsprechend französisiert, war der *Maire* gewesen, der deutsche Bürgermeister der Stadt – ein Mainzer und kein Franzose! Das bedeutete, dass Tinne und er mit ihren Überlegungen zu den Kaiserflaschen auf dem Holzweg gewesen waren.

Er dröselte ihre gemeinsamen Gedankengänge nochmals auf: Die Mainzer stellten einen grandiosen Sekt her und füllten spezielle Napoleonflaschen ab … die Franzosen sahen darin eine Konkurrenz zu ihrem Champagner und wollten verhindern, dass der Kaiser das Geschenk erhielt … sie ließen die Flaschen vom Schinderhannes stehlen und schenkten diesem als Gegenleistung die Freiheit. All das passte nicht mehr, wenn ein Mainzer Bürger der Urheber dieses Diebstahls war.

Es musste also genau umgekehrt gewesen sein. Nicht die Mainzer, sondern die Franzosen hatten *La Gageure* versteckt. Und nicht die Franzosen, sondern die Mainzer holten den Schinderhannes aus dem Gefängnis, damit er es für sie raubte. Und das wiederum ließ nur einen einzigen Schluss zu: *La Gageure*, das, was es nicht geben darf – das waren nicht die Kaiserflaschen!

Ein schrilles »Roihesseeee« brachte ihn in die Wirklichkeit zurück. Eine Hexe mit spitzer Nase, Frau Frühling und ein grauhaariger Seebär drängten sich an den Wagen und hoben ihre Becher. Elvis goss ihnen tüchtig nach, sie jubelten, doch seine Gedanken blieben in der Ferne. Aus der Winzerschürze fummelte er sein Telefon hervor. Keine Nachricht von Tinne. Vorhin war der Empfang zu schlecht gewesen, um ihr den neuen Sachverhalt zu erklären, seitdem erreichte er sie nicht mehr. Und nun? Lief sie einer unbekannten Gefahr entgegen? Vielleicht sollte er Laurent anrufen und ihn bitten, in den Kellern nach dem Rechten zu sehen. Andererseits war es Tinnes Entscheidung gewesen, auf eigene Faust hinunterzugehen, und Bertie und Axl waren ja auch noch als Unterstützung dabei.

Er beschloss, den dreien noch eine Stunde zu geben. Sollte er bis dahin nichts von ihnen gehört haben, würde er Laurent informieren.

Nun, da er eine Entscheidung getroffen hatte, goss er sich erst einmal einen Schoppen ein. Das Rheinhessen-Gesicht 2016 hatte Durst!

*

Die Treppe vibrierte, als Tinne, Axl und Bertie hinabstiegen, der Klang ihrer Schritte wurde von der Eisenkonstruktion aufgenommen und vervielfältigt. In endlosen Kehren ging es nach unten, Tinnes Gandalfstab stieß überall an und verursachte noch mehr Lärm. Endlich waren sie am Fuß der Treppe angelangt. Eine weitere Tür empfing sie, alt, mit schwerem Riegel und sichtbaren Rostspuren, aber unverschlossen. Sie quietschte beim Öffnen, als wäre sie seit Jahrhunderten nicht mehr bewegt worden. Die Taschenlampen warfen Finger aus Licht in den Raum, dann hatte Axl einen Sicherungskasten erspäht. Es klickte, matte Lampen tauchten den Keller in Dämmerlicht.

»Hui, das nenne ich mal zwei, drei Flaschen.« Bertie legte den Kopf in den Nacken, um den oberen Rand der gestapelten Flaschen zu sehen, die sich in endlosen Reihen an den Wänden entlangzogen. Axl ließ Lockenperücke, Zylinderhut und Bolzenschneidergitarre zu Boden gleiten. Er schaute sich um.

»Kein Wunder, dass dieser von Batten ein paar Wochen anberaumt hat, um drei einzelne Exemplare zu finden. Das ist ja die Nadel im Heuhaufen.«

Tinne verließ der Mut angesichts der gewaltigen Menge. Im Gegensatz zu den wohlgeordneten Flaschen in den oberen Kellern stapelten sich hier alle Formen und Farben, es war eine kunterbunte Sammlung, angehäuft über viele Jahre und Jahrzehnte. Sie meinte, einen Hauch des Geistes von Adalbert Kupferberg zu spüren, seine Begeisterung und sein Herzblut, die er in diese Flaschenkollektion gesteckt hatte. Es tat ihr leid, dass von Battens Pläne nur Blendwerk waren – seine Inszenierung der alten Flaschen in einem modernen Ambiente wäre tatsächlich eine Würdigung dieser vergessenen Schätze gewesen.

Axl machte eine einladende Handbewegung.

»Ans Werk, Frau Professor. Träumen kannst du zu Hause.«

Gehorsam hob sie die Broschüre. Auf der letzten Seite prangte Konstantin von Batten, in Szene gesetzt inmitten von alten Weinfässern. Darunter waren die Grundrisse der Keller samt Beschriftung abgebildet.

»Also, hier sind wir im Keller *Main*, nebenan liegt *Donau*, von der Grundfläche her genauso groß.« Gemeinsam gingen sie zu einem offenen Durchgang zur Linken, dort erstreckte sich ein identisches Gewölbe, ebenfalls angefüllt mit langen Flaschenreihen. An der vorderen Wand standen mehrere breite Rollwagen mit aufgesetzten Gitterboxen, staubig und rostig. In einer der Boxen waren Flaschen gestapelt und zum Teil umgefallen.

»Aha, das muss der alte Flaschenaufzug sein.« Tinne verfolgte ihren Weg auf der Grundrisszeichnung und deutete auf ein rostiges Schiebetor neben den Wagen. Altmodische Schilder warnten: *Abstand halten! Gefahr von Verletzungen!*

»Hinten gibt es ein paar Nischen, die sind hier als Lagerflächen eingetragen. Michael hat Elvis erzählt, dass dort die Reste der Brauereiausstattung eingelagert sind.«

Die Nischen entpuppten sich als niedrige Fortsätze des Kellers, vollgestellt mit mechanischen Apparaturen und leeren, blinden Glasflaschen.

»Gut. Dann los, wie besprochen«, bestimmte Tinne. Sie musste ein Zähneklappern unterdrücken, so kalt war ihr.

Bertie stellte seine Hinkelstein-Vase zu Boden und kroch in eine der Nischen. Metall kratzte auf Metall, er schob die alten Apparaturen auseinander und fing an, Handyfotos zu machen. Von Tinne hatte er den Auftrag bekommen, die Überbleibsel der Brauereiausstattung so detailliert wie möglich zu fotografieren, um später in Ruhe jeden noch so kleinen Hinweis in Augenschein nehmen zu können.

Derweilen griff Axl in die Vase, die mit Packpapier ausgestopft war, und zog vorsichtig seine Spiegelreflexkamera samt Blitz heraus. Tinne wickelte ein Stück Sackleinen von ihrem Gandalfstab, darunter war eine Haltestange mit Stativplatte angebracht. Die Konstruktion hatte Dietmar gestern Abend hergestellt und sie stolz Mittelerdestativ getauft. Axl schraubte die Kamera auf den Stab, mit dessen Hilfe er sie nun in die Höhe halten konnte, so hoch, dass er damit sogar den oberen Rand der Flaschenstapel erreichte.

»Lass uns direkt hier anfangen.«

Tinne nahm von ihm einen Bluetooth-Auslöser entgegen. Am Anfang des Stapels richtete Axl die Kamera so aus, dass sie ungefähr ein Dutzend Flaschen im Fokus hatte, Tinne betätigte den Auslöser, der Blitz flammte auf und warf gespenstische Schlagschatten an Wand und Decke. Axl hob das Mittelerdestativ, die nächsten zwölf Flaschen, Blitz, dann noch höher, Blitz. Auf diese Weise fingen sie an, den Flaschenstapel in einer endlosen Serie von Einzelbildern abzulichten. Tinne hatte vormittags mit Ferdi telefoniert, mit Elvis' computerbegabtem Neffen. Er erklärte ihr, dass man mit Programmen wie *Image Analyzer* oder *Hermeneutic* bei Fotos im RAW-Format viele Bildinformationen sichtbar machen konnte, die dem Auge verborgen blieben. Tinnes Hoffnung war nun, mithilfe von Ferdi und seinen Wunderprogrammen eine Spur der Kaiserflaschen zu entdecken, vielleicht die Bienen, die der Legende zufolge als Napoleons Wappentiere das Glas zierten. Blitz, Blitz, Blitz. Sie kamen schnell voran, mit etwas Glück schafften sie die kompletten Flaschenreihen, bis um 17 Uhr die Kellerführungen losgingen und sie wieder draußen sein mussten.

*

25 Meter weiter oben hatte der Herold am Portal des Weinlagers viel zu tun. Inzwischen strömten die Leute regelrecht zur Fass-Nacht. Er behielt ein waches Auge auf Schlitzoh-

ren, die versuchten, eigene Weinflaschen hineinzuschmuggeln. Viele Gäste kamen von drinnen wieder heraus und brachten ihre Gläser mit, um im Innenhof die warmen Temperaturen zu genießen. In der Stadt hatte der Umzug angefangen, ab und an klangen Trommeln und Fanfarenstöße bis auf den Kästrich hoch. Der Herold freute sich, dass das Wetter es gut meinte, nachdem der Rosenmontag sehr unfassenachtliche Windstärken mit sich gebracht hatte.

Lucky Luke, Marilyn Monroe und die Blues Brothers hoben grüßend die Hand und traten ein, er grüßte zurück.

Hinter ihnen drängte sich ein Mann durch den Innenhof, der keine Spur Fassenachtsflair an sich hatte. In Stoffhose, Sakko und Hemd sah er in etwa so närrisch aus wie ein Steuerprüfer, trotzdem ging er auf das Weinlager zu.

Der Herold trat vor.

»Entschuldigung, heute ist hier eine geschlossene Veranstaltung mit Kostümpflicht. Wenn Sie ...«

Weiter kam er nicht, da blaffte ihn der Mann auch schon an. »Machen Sie den Weg frei.«

Nun erkannte ihn der Herold. Konstantin von Batten hatte mehr Falten als auf den Fotos, die im Mitarbeiter-Newsletter zu sehen gewesen waren. Photoshop sei Dank.

Er trat zur Seite und ließ den Mann durch. Ohne nach rechts und links zu schauen, ging von Batten zum Treppenhaus, das nach unten in den Fasskeller und von dort in die tieferen Bereiche führte.

Der Herold sah ihm nach. Weg war er, der neue Betreiber der Tiefenkeller. Was gab es denn heute Wichtiges da unten zu erledigen, am Sonntag und noch dazu während der Fass-Nacht?

*

Drei Jugendliche, die für den Umzug reichlich spät waren, stürmten an Laurent Pelizaeus vorbei und hätten ihn fast aus dem Bus gedrängt.

»Hey, langsam!«, rief er und kam sich im selben Moment vor wie ein griesgrämiger Opa. Nun ja, mit seinen Krücken und den vorsichtigen Schritten passte das auch ganz gut. Er stieg aus der 68, die ihn von Gonsenheim zum Hauptbahnhof gebracht hatte. Nur ein Wahnsinniger käme heute auf die Idee, mit dem Auto in die Innenstadt zu fahren.

Am Bahnhof war einiges los, Leute in Kostümen standen neben Schlipsträgern am Ditschstand und boten ein Bild, das nur in einer Stadt wie Mainz normal war. Laurent hatte sich vorgenommen, beim Jubiläumsumzug vorbeizuschauen, schließlich war eine 200-Jahr-Feier etwas, das so schnell nicht wiederkam. Und außerdem, sagte er sich, war es ja kein Fassenachtsumzug.

Denn der Kommissar war an und für sich kein großer Fassenachter, ein paar Mal hatte er bei Sitzungen der Schnorreswackler in Gonsenheim mitgefeiert oder auf privaten Partys. Seine Frau Mona war da schon aktiver gewesen, sie ging gerne mit ihren Freundinnen auf den Rosenmontagszug und nannte ihn lachend einen Laaaangweiler, wenn er lieber zu Hause blieb.

Einen bittersüßen Augenblick dachte er daran, dass Mona bestimmt auch Spaß am heutigen Umzug gehabt hätte. Sie verkleidete sich jedes Jahr gleich, nämlich als grimmiger Yeti. Das Kostüm, so meinte sie, wäre so weit geschnitten, dass zwei Paar Hosen und drei Pullis gegen die Februarkälte darunter passten. Heute, an einem sonnigen Maitag, hätte sie sicherlich etwas Freches und Kurzes getragen, und wer weiß, vielleicht wären sie diesmal ja auch gemeinsam hingegangen.

Laurent merkte, dass er noch immer bewegungslos am Busbahnhof stand. Die alten Erinnerungen klebten an ihm und ließen die Sekunden zäh verrinnen. Bewusst machte er einen Schritt, schwang die Krücken vor, nächster Schritt. Nach vorne, nicht nach hinten.

Er brauchte noch zehn weitere Schritte, um sich einzugestehen, dass der Besuch in der Stadt ein Ablenkungsmanöver war, ein Trick, um seine Gedanken von Tinne wegzukriegen. Seit ihrem Granatenabgang aus dem Krankenhaus wirbelten seine Gefühle durcheinander wie Blätter im Wind, eben noch wütend, im nächsten Augenblick voller Sorge, dann wieder enttäuscht, und plötzlich sehnte er sich nach ihrem Lächeln und ihrem spöttischen Augenblitzen.

In früheren Jahren hätte Laurent das gemacht, was junge Männer in solchen Situationen zu tun pflegen: Er hätte sich auf die Couch gesetzt, die Musik aufgedreht und sich volllaufen lassen. Nun, heutzutage war das nicht mehr so einfach, zum einen, weil ihm laute Musik ziemlich schnell auf die Nerven ging, zum anderen, weil er nicht mehr so viel vertrug und Sodbrennen bekam. Teufel, die Jahrzehnte raubten ihm aber auch jede männliche Würde!

Stoisch humpelte er weiter. Dann eben leichtes Unterhaltungsprogramm in der Stadt, allemal besser, als daheim die Wand anzustarren. Und wenn ihm langweilig würde, könnte er sich ja ausmalen, wie er Tinne bei ihrem Wiedersehen den Kopf wusch.

Diese Vorstellung zauberte ihm ein Lächeln auf die Lippen.

*

»Das war's, nächste Reihe.«

Axl ließ das Mittelerdestativ sinken, die Kamera mit ihrer

Verlängerung wurde auf Dauer schwer. Tinne übernahm und gab ihm den Auslöser. Gemeinsam gingen sie zum Stapel auf der anderen Seite. Die Hälfte des ersten Kellers war geschafft, ein Viertel der gesamten Flaschen.

»Ich wechsle besser mal die Akkus«, meinte Axl und griff in seine Lederjacke. »Der Blitz verbraucht …«

In diesem Augenblick ließ ihn eine scharfe Stimme zusammenzucken.

»Was haben Sie hier zu suchen?«

Tinne fuhr herum. Im Eingang des Tiefenkellers stand der Mann, den sie von dem Bild auf der Broschüre kannte. Konstantin von Batten.

Nach einer Schrecksekunde fing sich Tinne. Im Augenwinkel sah sie, dass Axl die Kamera samt Mittelerdestativ unauffällig hinter seinem Rücken verschwinden ließ und Bertie eilig aus einer der Nischen gekrochen kam. Betont harmlos machte sie Kulleraugen.

»Ups. Wir, eh, wollten von der Fass-Nacht ein bisschen, also, na ja, wir sind hier so durch die Keller und, eh«, sie bemühte sich, etwas angetrunken zu wirken, »ist wohl nicht erlaubt, oder? Sorry, wir sind auch gleich wieder oben.«

Mit einer Kopfbewegung scheuchte sie Axl und Bertie in Richtung Ausgang und legte für von Batten ein extradümmliches Grinsen auf. Aber der Mann ließ sich nicht täuschen. Mit einem großen Schritt war er bei Axl und riss dessen Schulter herum.

»Hee!«, protestierte Axl, doch schon hatte von Batten die Kamera an sich genommen und machte mit zwei, drei Fingerbewegungen die letzten Aufnahmen sichtbar. Die Fotografien der Flaschenböden erschienen auf dem Display. Tinne war klar, dass ihre angesäuselte Jux-Tour damit mehr als unglaubwürdig wirkte.

»Hören Sie, wir …«, fing sie an, doch ihre Worte blieben im Hals stecken. Von Batten ließ die Kamera zu Boden fallen, von einem Augenblick auf den anderen hielt er eine kleine Pistole in der Hand, die einen seltsamen Kontrast zu seinem gepflegten Äußeren mit Hemd und Sakko bot.

»Maul halten und da rüber. Hände so, dass ich sie sehen kann.«

Gemeinsam mit Bertie und Axl stolperte Tinne in den vorderen Bereich des Kellers, dorthin, wo von Batten mit der Pistole gezeigt hatte. Er hielt die Waffe ruhig, aber nicht lässig, es war offensichtlich, dass er sie nicht zum ersten Mal in der Hand hatte. Tinne spürte, wie sie zu schlottern anfing, Kälte und nackte Angst ließen ihre Zähne aufeinanderschlagen. Sie wagte einen Bluff und bemühte sich, ihre Stimme fest klingen zu lassen.

»Sie sind zu spät. Die Kaiserflaschen sind kein Geheimnis mehr, die Stadtverwaltung und das Denkmalamt wissen Bescheid. Ihr Plan war gut, aber nicht gut genug. Wir waren schneller.«

Sie beobachtete ihn und wartete auf eine erschrockene oder betroffene Miene, auf eine Reaktion, die ihn verraten würde. Von Batten schaute sie aber nur irritiert an.

»Ich habe keine Ahnung, wovon Sie reden, es ist mir auch völlig gleich.« Er hob seine Armbanduhr auf Kopfhöhe, um darauf schauen zu können, ohne die drei aus den Augen zu lassen. »Sie werden mich jetzt nach oben in die anderen Keller begleiten, und dort endet Ihr Ausflug.«

Obwohl seine Stimme beherrscht blieb, war jedem im Raum klar, was er damit meinte. Tinnes Gedanken wirbelten, sie suchte verzweifelt nach einem Ausweg. Warum hatte sie diese Aktion nur gewagt?! Und Bertie und Axl saßen nun genauso in der Falle, weil sie ihr hatten helfen wollen!

Von Batten stand wie festgenagelt und ließ die drei an sich vorübergehen, so weit auf Abstand, dass er vor jeder raschen Bewegung sicher war. Tinne war klar, dass dieser Mann bereits zu weit gegangen war, um seine Pläne nun durchkreuzen zu lassen. Drei Leben waren ihm nicht viel wert, das konnte sie in seinen Augen lesen.

*

Der Lindwurm schob sich in die Große Bleiche, die ersten Garden hatten das Landesmuseum mit dem goldenen Pferd auf dem Dach schon hinter sich gelassen. Hier boten die Straßen nicht so viel Platz, die Menschen standen enger. Viele der Balkone waren bevölkert, die Teilnehmer auf den Wagen machten sich einen Spaß daraus, Bonbons bis hoch in den dritten oder sogar vierten Stock zu werfen. Die SWR3-Bühne am Neubrunnenplatz war schon zu hören, wummernde Bässe ließen die Besucher mit den Hüften wackeln.

Das Mittelfeld des Umzugs war noch nicht um die Kurve gefahren, der Jubiläumswagen tuckerte durch die Bauhofstraße und stand wie immer im Mittelpunkt. Bauer Henrich ließ zum hundertsten Mal die Hupe zum Gruß ertönen, mit der Hubsteuerung brachte er die hochgeklappte Schaufel samt Strohballengesicht zum Wackeln.

»Helau! Helau und Roihesse und von mir aus alles annere!« Margarete war fast schon heiser vom vielen Rufen, in ihrem Hildegard-Gewand war ihr warm, und – am allerschlimmsten! – der Weinvorrat schwand bedenklich.

»Ab jetzt nur noch halb voll!«, bestimmte Uwe angesichts der vielen Becher, die sich nach oben zum Wagen reckten. Die Zuschauer hatten gemerkt, dass die Flaschen beim Jubiläumswagen locker saßen, eine ganze Traube Mittrinker marschierte auf gleicher Höhe.

Trotz aller Feierfreude fiel der Brigade auf, dass Elvis nicht bei der Sache war. Nach wie vor hockte er auf seinem Fassthron und winkte in die Menge, doch alle paar Minuten schaute er auf die Uhr.

»Hier, Elvis, mach dich locker.« Dietmar trat neben ihn und klopfte ihm auf die Schulter. »Du wirst sehen, wenn wir nachher zur Fass-Nacht gehen, hocken die Frau Professor, der Bertie und der Axl längst schon am Tisch mit Schoppengläsern vor sich.«

»Dein Wort in Gottes Ohr«, brummte der Reporter und ließ sich das Glas nochmals vollschenken. Die Uhr tickte, den drei Kellergängern blieb noch eine halbe Stunde, dann würde er Laurent Bescheid geben. So sehr er Dietmar glauben wollte – er wurde das Gefühl nicht los, dass Tinne in der Klemme steckte.

*

Die drei Freunde erreichten die offene Eisentür am Fuß der Treppe, mit Sicherheitsabstand folgte von Batten.

»Stopp, zur Seite«, befahl er. »Ich gehe vor, Sie folgen mir. Stufe für Stufe.«

Tinne schaute wie hypnotisiert auf die Pistole und unternahm einen letzten Versuch, mit dem Mann zu reden.

»Herr von Batten, der wirtschaftliche Wert der Napoleonflaschen interessiert uns nicht. Vielleicht können wir eine gemeinsame Lösung finden, wenn wir …«

»Halt die Klappe«, fuhr er sie an. Nun zeigte er doch Nerven.

Tinne hob beschwichtigend die Hände, legte aber nach.

»Nein, im Ernst. Schauen Sie, die Besitzansprüche an den Flaschen lassen sich klären, und …«

Mit zwei Schritten war er bei ihr, Tinne schrie auf. Die Waffe zitterte direkt vor ihrem Gesicht.

»Ich hab gesagt, du sollst dein Maul halten, sonst stopf ich dir's!«

Sie schluckte trocken und glaubte das Adrenalin zu riechen, das ihn unberechenbar machte. Die Mündung der Pistole war wie ein Fixstern vor ihren Augen … bis sich hinter von Batten etwas regte. Eine dunkle, große Gestalt wuchs heran, eine schnelle Bewegung, eine Explosion aus Scherben, Nässe klatschte Tinne ins Gesicht, sie schrie und konnte gar nicht mehr aufhören. Axl fing sie auf, als sie nach hinten torkelte, wieder und wieder wischte sie sich über das Gesicht, der grässliche Gedanke erfüllte sie, dass es Blut und Hirnmasse waren.

Erst nach gutem Zureden wurde ihr Kopf klarer, sie blinzelte. Von Batten lag auf dem Boden wie ein gefällter Baum, seine Haare wurden von einer blutenden Kopfwunde durchtränkt. Um ihn herum lagen Glassplitter – die Reste einer Sektflasche. Tinne registrierte, dass sie Sekt im Gesicht hatte und kein Blut.

Hinter von Batten, fast unsichtbar im Dämmerlicht, stand eine Gestalt mit dem gesplitterten Flaschenhals in der Hand. Sie trug ein Gewand, dunkel und grob gewebt, eine Kapuze machte ihr Gesicht unsichtbar. Es dauerte eine Sekunde, bis Tinne die Verkleidung erkannte – es war der Mönch, den sie oben im Fasskeller gesehen hatte. Nun sah sie auch das kleine Fass am Gürtel baumeln.

»Wer … was …«, krächzte sie und stützte sich schwer auf Axls Arme.

Statt einer Antwort zog der Mönch seine Kapuze nach

hinten. Das Gesicht kannte Tinne: ein Dreieck aus breiter Augenpartie und schmalem Kinn mit Grübchen, ein kleiner Mund. Sie glaubte, vor Erleichterung zerfließen zu müssen.

»Bex!« Spontan trat sie auf ihn zu und nahm ihn in den Arm. »Bex, was ... was machst du denn hier? Wie ... wieso ...«

Ihr gingen die Fragen aus, zu viele drängten sich im Kopf und suchten einen Ausweg. Er drückte sie.

»Hey Tinne, alles wieder gut. Wir beide hatten wohl dieselbe Idee: Bevor der *Vinakothek*-Zauber hier unten im Keller anfängt, wollten wir zu Ende bringen, was seit 200 Jahren unerledigt ist.«

Sie spürte, wie ihr Tränen der Erleichterung in die Augen schossen. Bex musste sich in den Keller geschlichen haben, während von Batten mit ihnen beschäftigt gewesen war. Auch Axl und Bertie entspannten sich, sie stießen die Luft aus wie nach einem 1.000-Meter-Lauf.

»Also ... also hast du auch mehr hinter diesen Kaiserflaschen vermutet als eine alte Legende?«

Bex schloss die Augen und nickte träumerisch. »Die Kaiserflaschen. Das Geschenk der Bürger von Mayence an Napoleon Bonaparte. Nun ja, um ehrlich zu sein, diese Legende ist gar nicht so alt. Keine zwei Jahrhunderte. Noch nicht mal 50 Jahre.«

Während er redete, nahm er beiläufig von Battens Pistole, die neben ihm auf dem Boden lag. Mit sicheren Händen überprüfte er die Waffe, Metall klickte. Eine Sekunde lang kam es Tinne komisch vor, dass sich der Betreiber einer Sektmanufaktur mit Pistolen auskannte, dann konzentrierte sie sich wieder auf seine Worte. Was redete er da?

»Nein, diese Legende ist noch nicht einmal eine Woche alt. Ich habe sie extra für dich erfunden, Tinne.« Mit einer raschen Bewegung richtete er die Pistole auf sie, seine Augen wurden hart.

»Und du bist darauf reingefallen. Pech für dich.«

*

In weiser Voraussicht hatte Laurent seinen Getränkehalter zum Umhängen mitgenommen, ein nützliches Utensil, das er schon viele Jahre besaß. In das Lederband passte perfekt ein 0,1er-Weinglas, das nun vor der Brust baumelte. Normalerweise nutzte man den Halter bei Weinwanderungen oder Festivals, um nicht die ganze Zeit das Glas in der Hand tragen zu müssen. Heute schaffte Laurent es damit, trotz Krücken den einen oder anderen Wein genießen zu können.

Er stand am Münsterplatz, wo die Große Bleiche in die Schillerstraße abbog. Der Umzug schob sich vorbei, gerade hatten die Nodequetscher für Stimmung gesorgt, es folgte ein Motivwagen mit Putin als scheinheilige Doppelfigur: vorne Friedensengel, hinten bewaffneter Haudrauf.

»Hier, da kannste wieder Schwung hole beim Hickele«, ließ ihn ein rotgesichtiger Vampir wissen und schenkte großzügig das umgehängte Glas voll. Der Untote hatte schon ein wenig Schlagseite, deshalb ging die Hälfte auf Umhang und Hose, Laurent bedankte sich trotzdem und probierte. Handwarmer Muskateller. Nun ja, es war Jubiläumstag.

Sein Standort am Münsterplatz gefiel ihm, es war nicht so viel los, dass er Angst vor Remplern haben musste. Er entschloss sich, hier zu bleiben und auf den 200-Jahre-Wagen zu warten. Die Brigade als rheinhessische Persönlichkeiten und Elvis als Superstar wollte er nicht verpassen, danach würde er den nächsten Bus nach Hause nehmen.

Selten hatte der Kommissar so danebengelegen, wenn es um seine Tagesplanung ging.

*

Bex hatte die drei Freunde in das Nachbargewölbe getrieben. Tinne war wie vor den Kopf gestoßen, es fiel ihr schwer, klar zu denken. Die Tatsache, dass Bex mit einer Waffe vor ihr stand, erschien ihr zu schräg, um wahr zu sein. Halb rechnete sie damit, dass er gleich lachen und alles als Scherz abtun würde, doch das war Wunschdenken.

»Die Kaiserflaschen – die gibt es gar nicht? Die hast du dir nur ausgedacht?«

»So ist es. Ich habe gemerkt, dass du auf der richtigen Spur warst, deshalb brauchte ich eine Nebelkerze, etwas, das dich ablenkt. Und ich muss sagen: Die Napoleon-flaschen waren keine schlechte Idee, sie haben perfekt gepasst.«

Tinne hätte sich ohrfeigen können. Sie hatte die erste Regel der Geschichtswissenschaft sträflich missachtet – Quellen immer doppelt überprüfen. Die Legende um die Kaiserflaschen hatte nur eine einzige Grundlage gehabt: Bex. Weder bei ihrer Netzrecherche zu historischen Weinflaschen noch in den Tagebuchkopien des Professors wurden die Flaschen erwähnt, da hätte sie stutzig werden müssen. Zu spät.

Bex behielt die drei im Auge, gleichzeitig trat er an die Rollwagen mit den Gitterboxen heran. Es schepperte, als er an den Gittern rüttelte.

»Du hättest nicht weiterbohren sollen, Tinne. Schlimm genug, dass Aarsiegel aus dem Heim abgehauen ist – das hat Staub aufgewirbelt, wo keiner sein sollte. Und dann kündigt Elvis am Telefon eine Tinne Nachtigall an mit Fragen zum Mainzer Sekt in der Franzosenzeit. Das war mir ein bisschen viel des Zufalls. Ich habe im Heim nachgefragt, und siehe da: Die letzte Besucherin bei Aarsiegel war eine Frau Nachtigall. Da war mir klar, dass du zu viel Wind von der Angelegenheit bekommen hast. War es dir nicht Warnung genug, was mit dem Professor passiert ist?«

»Du bist es gewesen. Du hast ihn umgebracht.« Ihre Stimme war kaum zu hören.

»Das ist mir schwergefallen, glaub mir. Ich habe viel mit ihm zu tun gehabt, damals, als er noch aktiv geforscht hat. Er wusste, dass ich mich für die Geschichte von Sekt und Champagner interessiere, deshalb hatten wir einen guten Draht. Irgendwann ist er mit dem Geheimnis um *La Gageure* angekommen, seinem heimlichen Steckenpferd.«

Er lachte, doch es klang falsch.

»Mit seinen Forschungen ist er weit gekommen, aber nicht weit genug. *La Gageure* hat all die Jahrzehnte sicher hier unten gelegen, und schließlich hat ihm die Demenz alle Erinnerungen geraubt. Tabula rasa, keine Gefahr mehr. Aber auf einmal ist er wieder aktiv geworden, abgehauen, dann hat er mich sogar angerufen, komplett wirr, aber er war trotzdem ein zu großes Risiko. Aus seinem Gestammel habe ich herausgehört, dass er auf dem Weg zur Stephanskirche war.«

Bex hatte auf einem der Rollwagen einen alten Hammer gefunden und hieb damit den Metallsplint aus einer Gittertür. Die Scharniere knirschten, er brauchte Kraft, um sie aufzustemmen. Tinne, Bertie und Axl waren zu weit entfernt, um einen Augenblick der Unaufmerksamkeit zu nutzen und ihn anzugreifen.

»Und dann bist du ins Spiel gekommen, neugierig, viel zu

neugierig. Ich hätte fester zutreten sollen auf dem Motorrad, dann hätte ich dich vielleicht ausgeknipst. Aber man bekommt immer eine zweite Chance, oder?«

Mit einer brüsken Bewegung deutete er auf die offene Gitterbox.

»Rein da. Alle.«

Keiner rührte sich, sein Ton wurde schärfer.

»Rein da, sofort, oder ich schieße dem Fetten in den Wanst.« Die Waffe zeigte auf Bertie, der unwillkürlich einen Schritt zurücktrat. Bex würde seine Drohung ohne jedes Zögern wahrmachen, das spürte Tinne, selbst auf die Gefahr hin, durch den Knall Aufmerksamkeit zu erregen. Mit weichen Knien ging sie auf den Rollwagen zu. Hölzerne Halterungen auf dem Boden zeigten, dass darin Flaschen transportiert worden waren, die vergitterten Seiten schützten gegen Verrutschen. Der Wagen hatte eine Länge von rund drei Metern, die Gitterbox war halb so hoch. Viel Platz für Flaschen – für drei Erwachsene allerdings ein winziger Käfig.

»Was hat er vor?«, wisperte Axl, während sie sich in die Box quetschten. Tinne wusste keine Antwort. Wenn es die Kaiserflaschen gar nicht gab – was wollte Bex dann aus dem Keller holen? Welche Wahrheit steckte hinter *La Gageure*? Weiter kam sie nicht, nun musste sie sich klein machen. Der füllige Bertie und der lange Axl brauchten viel Platz, jeder hatte Schuhe, Knie oder Ellbogen von einem der anderen im Gesicht. Ihr Handy purzelte aus dem Gandalfgewand, wilde Hoffnung packte sie, doch in derselben Sekunde wurde ihr klar, dass es hier unten so wenig Empfang gab wie auf dem Mond. Die Achsen des alten Wagens ächzten unter dem zusätzlichen Gewicht.

Kaum hatten sie sich hineingefaltet, als Bex auch schon

die Tür zuschlug. Der Knall wanderte als unruhiges Echo durch den Raum. Tinne versuchte, sich um die eigene Achse zu drehen, um nach Bex zu greifen, vielleicht sogar seine Waffe zu erwischen, doch vergebens. Er war schneller als sie, im Nu hatte er den eisernen Splint wieder in den Türverschluss geschoben und drosch ihn mit dem Hammer fest. Der grelle Klang war unglaublich laut, Tinne wollte sich die Ohren zuhalten, doch sie bekam ihre Arme nicht frei. Mit den letzten Schlägen hieb er den Splint schief, sodass dieser verkantete.

»Ihr kostet mich Nerven«, zischte er und warf einen Blick auf von Batten. Der Mann lag bewegungslos in der anderen Kellerhälfte auf dem Boden, die Blutlache um seinen Kopf war größer geworden. Sein Zustand schien Bex nicht im Geringsten zu interessieren.

»Wegen euch und diesem Typen muss ich improvisieren, und das hasse ich. So passieren Fehler.« Die Muskeln in seinem Gesicht arbeiteten und ließen ihn unbeherrscht aussehen. »Ich mache aber keine Fehler, hört ihr?«

Ohne auf eine Antwort zu warten, griff er nach dem Plastikfass, das zu seinem Mönchskostüm gehörte. Er öffnete es vorsichtig, nahm einen Gegenstand heraus, der in Tücher gewickelt war, und platzierte ihn im Durchgang zwischen den beiden Kellerräumen. Tinne schaute genau hin. Ein orangefarbenes, wurstförmiges Etwas erschien, vielleicht so groß wie eine Männerfaust. An einem Ende war ein Kasten angebracht, kleiner als eine Streichholzschachtel, Kabel zweigten davon ab und waren mit Klebeband befestigt. Das Ding sah aus wie ein buntes Kinderspielzeug, doch Tinne wusste, dass es das Gegenteil davon war. Sie hatte so etwas schon einmal im Fernsehen gesehen, bei einer Doku über Terrorismus. Es war Sprengstoff,

Plastiksprengstoff, ein *Mudhead*, so wurden diese einfachen, aber wirkungsvollen Bomben genannt. Der Schock ließ sie unkontrolliert zittern.

»Bex!« Ihre Stimme war schrill. »Bex, das kannst du nicht machen! Du … du kannst uns hier nicht verrecken lassen!«

Er antwortete nicht, drehte sich noch nicht einmal um. Tinnes Gehirn spulte unbarmherzig die Fakten ab, die sie in der Dokumentation erfahren hatte. Plastiksprengstoff wurde über dunkle Kanäle in Osteuropa verkauft, seine Handhabung war unkompliziert, die Wirkung verheerend. 300 Gramm Semtex hatten damals den Lockerbie-Jumbo abstürzen lassen. Der *Mudhead* in der Mitte der beiden Keller würde hier unten keinen Stein auf dem anderen lassen, das war sonnenklar.

»Scheiße, das ist nicht gut.« Axl begann, an der Tür zu rütteln.

»Hey! Heeeey, Arschloch, mach auf!«, brüllte Bertie. Doch der Splint rührte sich keinen Millimeter, Bex reagierte ebenso wenig. Nun wälzten sich die beiden Männer umher, damit sie mit gemeinsamen Tritten die Tür bearbeiten konnten. Der Transportwagen geriet ins Schwanken, mehr passierte nicht. Tinne selbst war merkwürdig still. Sie hielt ihre Arme hinter dem Körper und rührte sich nicht. Bex wurde aufmerksam und erhob sich von dem *Mudhead*.

»Pläne, Tinne?« Mit wenigen Schritten war er da, umrundete den Wagen und ging auf die Knie. Mit einem kleinen Pfiff schaute er hoch.

»Niemals aufgeben, das ist dein Motto, was?« In seinen Fingern hielt er eine der Eisennieten, die die Seitenwände der Gitterbox verankerten. Tinne hatte die Niete mit aller Gewalt herausgezogen, ihre Fingernägel waren eingerissen und bluteten. Bex brachte seinen Kopf ganz nah an Tinnes Gesicht.

»Das nützt dir aber nichts. In 15 Minuten ist hier unten alles Geschichte. Und du auch.« Mit dem Hammer trieb er die Niete zurück in ihre Aussparung, dann warf er das Werkzeug weit zur Seite. Jetzt liefen die Tränen haltlos über Tinnes Gesicht.

»Was ist *La Gageure*, Bex?«, schluchzte sie. »Was nimmst du mit aus diesem Keller? Zeig es mir, das ist das Mindeste, was ich verlangen kann.«

Sie rechnete damit, dass er nun in eines der Gewölbe gehen und das holen würde, weshalb er gekommen war. Stattdessen beugte er sich über den *Mudhead*.

»Was ich mitnehme? Nichts, Tinne, rein gar nichts.«

Sie blinzelte unter Tränen. »*La Gageure* liegt nicht hier unten?«

»O doch, es liegt hier, seit 200 Jahren. Und es wird mit euch untergehen.«

»Was ist es, Bex? Was ist *La Gageure*?«, schrie sie so laut, dass ihre Stimme kippte. Er drückte einen Knopf am Steuerkästchen, ein elektronisches Piepen ertönte, danach verließ er wortlos den Keller und knallte die Eisentür hinter sich zu. Das letzte Geräusch war der schwere Riegel, der außen zugeschoben wurde, dann herrschte Grabesstille.

Tinnes restliche Lebenszeit war auf 15 Minuten geschrumpft.

*

Der Jubiläumswagen kroch am Neubrunnenplatz vorbei, wo er per Mikrofon von den Moderatoren der SWR3-

Bühne begrüßt wurde. Hier war einer der quirligsten Punkte des Streckenverlaufs, es gab Sprechgesänge und laute Rufe, einige Zuschauer hatten sogar ihre Vuvuzelas entmottet.

»Bis vor zum Schillerplatz, die Ludwigsstraß und 's Höfche, so lang müsse die Vorräte halte!« Mäx beäugte die verbliebenen Weinflaschen kritisch, bevor er sich entschloss, eine halbe Flasche an die Zuschauer auszuschenken.

»Mir müsse gugge, dass mir für heut Nachmittag ...«, setzte Margarete an, verschluckte ihren Satz jedoch erschrocken, als von hinten eine Hand auf ihre Schulter klatschte. Elvis stand in der Mitte des Wagens, die Augen aufgerissen, sein Atem ging stoßweise.

»Wir müssen zu Kupferberg hoch! Sofort!«

Die anderen schauten ihn an und kapierten nichts.

»Die Frau Professor!«, brüllte er und machte Anstalten, jeden Einzelnen zu schütteln. »Und der Axl und der Bertie! Die brauchen Hilfe!«

Mit einem Mal kam Bewegung in die Brigade. Ihre Freunde waren in Not! Aber was tun? Der Jubiläumswagen war eingekeilt von Menschen, der gesamte Neubrunnenplatz tobte, vor und hinter ihnen reihten sich die Gardisten und die anderen Wagen auf wie eine Perlenschnur. Unter normalen Umständen wäre der Weg nicht weit gewesen – die Große Bleiche weiter bis zur Schillerstraße, dann auf dem Schillerplatz rechts ab in die Emmerich-Josef-Straße, diese führte direkt zu den Kupferberg-Terrassen. Doch heute war der Weg dorthin hoffnungslos überfüllt, die Menschen standen dicht an dicht. Die Taxileute schauten sich verzweifelt an.

Bauer Henrich gab behutsam Gas, der Traktor zog an. Auf einmal nahm er eine Bewegung hinter sich wahr, jemand war vom Wagen auf die Deichsel geklettert. Eine Gestalt in römischer Toga schob sich neben ihn.

»Was dagegen, wenn ich eben mal übernehme?«, fragte Dietmar freundlich, aber sehr bestimmt.

*

»Und vor! Und vor! Und vor!«

Tinnes Hände und Füße wollten schier abreißen, sie biss die Zähne zusammen, bis der Zahnschmelz knirschte. Bertie, Axl und sie hatten sich in der engen Gitterbox so zurechtgedreht, dass sie nach vorne und hinten Schwung holen konnten. Auf Axls rhythmische Befehle hin lehnten sie sich nach hinten, schwangen nach vorne und stoppten abrupt am Gitterrand. Und der Verzweiflungsplan funktionierte! Anfangs quietschend und unwillig, nun aber immer flüssiger rollte der Transportwagen voran. Die alten Metallräder hatten längst kein Hartgummi mehr, doch die Achsen drehten sich und ließen den Wagen Stück für Stück weiterrumpeln. Das seltsame Gefährt war bereits an Konstantin von Batten vorbeigerollt, der nach wie vor auf dem Boden in seinem eigenen Blut lag.

»Und vor! Und vor!« Axl gab den Takt an wie ein Galeerentrommler im alten Rom. Tinne schwitzte und fror gleichzeitig, holte aber wieder und wieder aus. Bertie tat dasselbe, seine Masse war ein hervorragender Schwunggeber, er knallte mit der Wucht eines Dampfhammers gegen das Gitter.

»Noch ein paar Meter! Auf geht's!«, keuchte Tinne und lugte nach vorne. Dort, in der Nähe der Ausgangstür, lag das Ziel ihrer seltsamen Reise: Axls Lockenperücke, der Zylinder – und seine Plastikgitarre. Alle drei Utensilien hatte er vorhin achtlos fallen lassen, nun hatte das Schicksal es so gewollt, dass die Räder des Transportwagens ausgerechnet in diese Richtung zeigten.

»Und vor! Und vor!« Weiter ging die mühsame Fahrt, endlich waren sie da. Tinne und Bertie sackten erschöpft zusammen, Axl streckte seine langen Arme durch das Gitter, noch ein wenig, die Fingerspitzen kamen dran, die Schultern fest an die Eisenstreben gepresst, und dann ...

»Ha!«, rief er und hielt die Gitarre in der Hand. In Windeseile befreite er den Bolzenschneider, setzte an und gab Druck. Tziiink! Schon flog der verbogene Splint davon, die Tür klappte auf, sie waren frei.

Mit schmerzenden Gliedern krochen alle aus der Gitterbox, Tinne hatte das Gefühl, ihre Knochen würden zerbrechen wie spröde Scherben. Doch ihre Todesangst schob alle anderen Empfindungen zur Seite, sie stürzte zur Eisentür und riss daran. Nichts, kein Millimeter. Es gab keinen Riegel auf dieser Seite, vielleicht war er irgendwann abgebrochen, vielleicht nie dagewesen.

»Es geht nicht!«, kreischte sie. Bertie und Axl kamen an, sie droschen gegen die Tür, Axl betastete die Scharniere und setzte seinen Bolzenschneider als Hebel an – keine Chance. Die Tür war felsenfest verriegelt.

Tinne spürte, wie ihr Gesichtsfeld eng wurde vor Panik. Wie von Sinnen rannten die drei zu dem orangefarbenen Klumpen im Durchgang.

»Das ... das ...«, Tinnes Atem ging zu schnell, »was macht man damit?«

Bertie und Axl beugten sich nach unten. Das Kästchen am oberen Ende war wohl der Zünder, halb hineingepresst in die Masse, die wie Knete aussah. Mehrere Kabel führten weg, das Ganze war grob mit Gaffa-Tape umwickelt. Eine winzige Anzeige mit roten Leuchtzahlen tickte abwärts und stand bei:

4.23

4.22

4.21

...

*

Laurent merkte, dass etwas Außergewöhnliches auf der Großen Bleiche passierte. Die Menschen johlten, jede Menge Handys waren zum Filmen und Fotografieren erhoben worden. Was war da los? Er reckte den Kopf, stand aber zu weit hinten. Eine Laterne mit überquellendem Abfalleimer direkt neben ihm bot willkommene Unterstützung, er setzte das gesunde Bein auf den Rand, drückte sich mithilfe der Krücken hoch und fand armwedelnd das Gleichgewicht. Was er sah, ließ seine Kinnlade herunterklappen.

Einer der Motivwagen scherte aus dem Verbund. So etwas hatte es in zig Zugjahren noch nie gegeben, die Zuschauer klatschten und pfiffen. Unter Dauerhupton brach die Zugmaschine nach links aus, die Feiernden machten Platz und zogen ihre Kinder mit sich. Es bildete sich eine Gasse, sodass der Fahrer Gas geben konnte. Laurent erkannte das Strohgesicht, das Fass und den Rheinhessenhimmel – der Jubiläumswagen. In derselben Sekunde war ihm klar, dass das kein Zufall sein konnte. Tinne!, war sein allererster Gedanke.

Der Wagen zog am Jakobiner-Musikcorps vorbei, an den Entenbrüdern 1900 e. V. und an der Mainzer Rittergilde. Unter dem Helau-Jubel der Masse legte sich das Gespann in die Kurve zur Schillerstraße, hier wurde es eng, weil ein anderer Motivwagen die Abzweigung blockierte. Die rote Zugmaschine fackelte nicht lange, mähte drei Absperrschilder nieder und nahm die zweite Abbiegespur. Etliche Festbesucher rannten dem Gefährt hinterher, das den gesamten Zug in Unordnung brachte und die Musikzüge verstummen ließ.

Laurent war in Alarmbereitschaft. Am Steuer des Traktors erkannte er Dietmar in einer Römertoga. Die übrige Brigade und Elvis hielten sich auf dem Anhänger fest, um in der Kurve nicht von Bord zu fallen. Elvis trug eine Schürze und hielt sein Handy in der Hand, da klimperte es auch schon in der Jackentasche des Kommissars.

»Laurent? Tinne ist in den Kupferberg-Kellern. Und sie hat ganz schön Ärger an der Backe.«

*

Auf groteske Art fühlte Tinne sich an einen Actionfilm erinnert, bei dem der Held vor der Bombe kniete und sich entscheiden musste, ob er den blauen oder den roten Draht kappte. Das hier war aber kein Actionfilm, noch nicht einmal ein Mainzer Kriminalroman. Nein, es war Wirklichkeit, und die kleinen Zahlen waren inzwischen bei 3.55, 3.54, 3.53 angekommen.

»Ach du Scheiße, sollen wir jetzt eines von den Kabeln durchschneiden?« Axl war so blass, wie Tinne ihn noch nie gesehen hatte. Sie schüttelte wild den Kopf.

»Bloß nicht. Da haben wir wenig Chancen, das Richtige zu erwischen.«

Eine Idee waberte in ihrem Kopf, vor lauter Panik konnte sie sie nicht packen. Etwas, das sie gehört oder gelesen hatte.

Bertie schaute in alle Richtungen.

»Lasst uns das Ding in eine Ecke tragen, ganz vorne. Und wir rennen nach hinten, in die Nischen mit dem Brauereizeug. Ihn da«, er deutete auf von Batten, »nehmen wir auch mit. Da sind wir alle am besten geschützt.«

Doch Tinne musste an die Fernsehdoku denken, an die Gewalt von Semtex. Nein, wenn dieser *Mudhead* hier hochging, würde er die Hunderte Flaschen in beiden Kellerräumen in tödliche Schrapnelle verwandeln. Egal, wo sie Deckung suchten – die gläsernen Speere würden ihre Körper zerfetzen.

3.39

3.38

3.37

Mit höchster Konzentration dachte sie nach. Die Broschüre. Die Beschreibung der Keller. Mit einem Mal war der Gedanke da.

»Der Flaschenaufzug! Da können wir uns verkriechen!«

Sie sprang auf und rannte nach vorne, dorthin, wo Bex sie in den Transportwagen gesperrt hatte. Tatsächlich, dort war die eiserne Schiebetür eingelassen, die sie beim Hereinkommen mit halbem Auge wahrgenommen hatte. Sie war nicht sehr hoch, vielleicht 1,50 Meter, doch zum Durchkriechen war mehr als genug Platz. Auch von Batten würden sie hineinschleppen können. Wie von Sinnen rüttelte sie an der Tür. Das Eisen rührte sich nicht.

»Aaargh! Geh auf, du Scheißding!«, schrie sie und trommelte mit den Fäusten dagegen. Axl reagierte besonnen, holte den Bolzenschneider und klemmte ihn in eine Lücke. Zu dritt gaben sie Druck darauf, und endlich, endlich bewegte sich die Schiebetür. Rost rieselte aus den Laufschienen, es schabte und kratzte, aber immerhin, ein Spalt war offen, so groß, dass sich ein Mensch durchzwängen konnte. Sie hatten einen Schutzraum mit einer stabilen Eisentür gefunden!

Bertie drängte sich nach vorne. Er hatte seine Taschenlampe dabei, bückte sich und leuchtete hinein.

»Oh nein!«, entfuhr es Tinne. Der Aufzugsschacht war mit Schrott und Gerümpel gefüllt! Zerbrochene Fässer, Kanister, alte Stühle, Metallröhren, halbe Rüttelpulte, aufgerissene Säcke – der Schacht musste auf der oberen Ebene jahrelang als Müllschlucker genutzt worden sein. Es war chancenlos, auch nur eine einzige Person dort hineinzubekommen, geschweige denn vier, darunter ein Schwerverletzter.

»Los! Wir müssen die Tür aufkriegen, dann holen wir das Zeug raus!«, rief Axl und packte an. Doch so sehr sie auch zerrten, die Schiebetür rührte sich keinen Zentimeter weiter.

Voller Verzweiflung schauten sich die Freunde an. Tinne realisierte, dass der Countdown inzwischen bei weniger als einer Minute angekommen sein musste.

∗

Laurents Knie zwang ihn zur Langsamkeit. Er hatte versucht, zum Jubiläumswagen durchzukommen, doch es waren viel zu viele Leute dazwischen, er kam mit den Krücken nicht voran. Gleichzeitig informierte er die Zentrale, ordnete aber an, dass alle verfügbaren Kräfte direkt zu Kupferberg geschickt wurden. Er würde auf eigene Faust hochkommen.

Doch das war leichter gesagt als getan. Die kürzeste Strecke durch die Münsterstraße kam nicht infrage, der dortige Fußgängerweg bestand aus gefühlten Tausend Treppenstufen. Also blieb nur der Umweg über Binger Straße, Alicenplatz und Alicenstraße – für einen Fußkranken eine ordentliche Distanz, zudem noch bergauf.

Er versuchte einen Schlenkergang, bei dem er das verletzte Bein nur zum Abrollen nutzte, es half jedoch nichts, die Schmerzen ließen ihn langsamer werden. Ein Auto! Ein Auto! Ein Königreich für ein Auto! Die Binger Straße war heute wegen des Umzugs gesperrt, deshalb blieb dieser Wunsch ebenfalls unerfüllt.

Doch da! Ein Wagen schob sich zögerlich an den Verbotsschildern vorbei und zuckelte auf ihn zu. Bingo. Mit polizeilicher Autorität hielt er das Auto an. Es war ein Kleinwagen, ein quietschgelber Peugeot, natürlich kein Automatik, den er trotz Knie hätte selbst fahren können. Also musste er sich wohl oder übel vom Fahrer chauffieren lassen.

Er riss die Beifahrertür auf. Ein verschüchterter junger Mann schaute ihn an, Laurent hätte ihn auf höchstens 16 geschätzt, aber nun ja, er fuhr Auto und musste wohl schon volljährig sein.

»Ich ... ich ... Entschuldigung. Gell, ich bin falsch gefahren, oder?«, stotterte der Jüngling. »Weil, da oben konnte ich nicht wenden und ...«

Laurent schnitt den Wortschwall mit einer Handbewegung ab und hielt ihm seine Polizeimarke unter die Nase.

»Die Kripo Mainz, Gefahr im Verzug. Ich beschlagnahme Ihr Auto und fordere Sie auf, mich zu fahren.« Er warf die Krücken ins Auto und ließ sich auf den Beifahrersitz fallen.

»Wenden und oben links, in die Alicenstraße. Und zwar zackig.«

Der junge Mann erwachte aus seiner Schockstarre, wühlte hektisch in den Gängen und gab Gas. Es ruckte, der Motor war abgewürgt.

»'tschuldigung.« Die Zündung orgelte, die Kupplung kam, ein Hoppeln, der Motor war wieder aus.

Laurent war nahe am Explodieren. »Wie lange haben Sie denn verdammt noch mal Ihren Führerschein?«, presste er hervor.

Der Jüngling versuchte ein Lächeln, obwohl er schwitzte. »Seit letzter Woche. Dienstag.«

*

Tinne fühlte sich wie gelähmt, ihr Hirn, das sie normalerweise zuverlässig mit Ideen versorgte, war zum Stillstand gekommen. Wo-hin flie-hen? Wo-hin flie-hen?, waren die einzigen Gedanken, die darin rotierten. Da zuckte Bertie auf einmal zusammen, als hätte er einen Schlag bekommen. Wie von Sinnen rannte er zum Durchgang, hob mit allergrößter Vorsicht den *Mudhead* an und kam wieder, Todesangst im Gesicht.

»Und gleich zu! Und gleich zu!«, brüllte er und schob die Bombe weit hinein in den Aufzugsschacht. 0.33 konnte Tinne entziffern, bevor Axl die Tür zuschob. Die fatale Lähmung fiel von ihr ab, gemeinsam packten sie von Batten unter den Armen, zerrten ihn hinter sich her und gingen im ersten Keller unter ihrem weggerollten Transportwagen in Deckung. Tinne schaffte es gerade noch, sich in die Embryonalhaltung zu rollen, dann presste ihr der Druck einer ungeheuren Explosion die Luft aus den Lungen.

*

Mit offenem Mund schauten Passanten dem Jubiläumswagen nach, der durch die Gassen von Mainz fegte. Er hatte die Emmerich-Josef-Straße hinter sich gelassen und fuhr auf der Terrassenstraße parallel zur Kupferberg-Anlage. Dietmar holte alles aus dem Traktor raus, längst schon hatten sie die johlende Anhängerschaft hinter sich gelassen.

»Und links rum! Scheiß auf die Einbahnstraße!«, riefen die anderen. Die Terrassenstraße mündete in die Alicenstraße, diese führte jedoch nur stadteinwärts – zumindest offiziell. Dietmar kümmerte sich nicht darum, sondern wählte den kürzesten Weg zum Parkplatz. Und der führte nun einmal gegen die Fahrtrichtung.

Die Gesichter der Autofahrer waren herrlich, als ihnen auf der gewundenen Straße plötzlich ein Traktor mit lachendem Heuballen und Rheinhessen-Motivwagen entgegenkam. Die meisten vergaßen sogar zu hupen, stattdessen glotzten sie wie Vorschulkinder.

Dann war auch schon das Deko-Weinfass vor ihnen, das die Einfahrt zum Gelände anzeigte. Der kleine Parkplatz dahinter war voll, wie an einem Veranstaltungstag nicht anders zu erwarten. Kaum bremste der Traktor ab, als Elvis, Micha, Uwe und Margarete auch schon vom Anhänger sprangen. Elvis stürmte zum Eingang, da entdeckte er auf dem Parkplatz einen Wagen, der ihm bekannt vorkam. Es war ein weißes Mercedes Coupé mit schwarzen Felgen, gerade rollte es nach hinten und bugsierte aus einer Parklücke. Er kniff die Augen zusammen, um besser sehen zu können. Eine Falte erschien zwischen seinen Brauen.

»Dietmar!«, brüllte er zum Traktor hin. Der Taxi-Chef schaute fragend, Elvis machte Handzeichen zu dem Mercedes. »Das ist er!« Mehr musste er nicht sagen, Dietmar nickte grimmig und gab die Info an die verbleibenden Brigademitglieder weiter.

Am Eingang zum Weinlager herrschte Hektik, Leute strömten heraus und sammelten sich im Hof. Ein Mann im Heroldkostüm hob die Hand, als Elvis und die anderen heranstürmten.

»Die Veranstaltung ist geschlossen. Tut mir leid.«

»Was ist los, was ist passiert?« Elvis' Reportertonfall wirkte auch ohne Presseausweis.

»Es, eh, es hat eine Explosion in einem der Kellerräume gegeben.«

Elvis wechselte einen Blick mit den Übrigen und drängte den Herold rüde zur Seite. »Holen Sie den Notarzt. Da sind Leute unten.«

»Wie … woher wollen Sie das wissen?«

Im Weitergehen drehte Elvis sich um. »Machen Sie's einfach, Mann!«

In vollem Tempo rannte er weiter. Eine Explosion. Sie waren zu spät gekommen.

*

»Das darf ich nicht. Ist 'ne Einbahnstraße.«

Der Jüngling im Peugeot zeigte auf das rote Schild mit weißem Balken am Fuß der Alicenstraße. Laurent hätte ihn am liebsten geschüttelt.

»Das ist ein Polizeieinsatz! Ich ermächtige Sie dazu, und jetzt fahren Sie, Herrgott noch mal!«

Er hatte das Gefühl, schon Stunden in diesem Auto verbracht zu haben, obwohl sie gerade einmal die Binger Straße nach oben gefahren waren. Der junge Mann umkurvte vorsichtig die Absperrung, schlich über den Alicenplatz und schrak jedes Mal zusammen, wenn einer der entgegenkommenden Autofahrer hupte.

»Treten Sie drauf! Es sind Menschen in Gefahr!«, trieb Laurent seinen Novizenfahrer weiter an. Auch wenn sie nur langsam vorankamen, war er immerhin schneller als mit den Krücken. Er konnte nur hoffen, dass seine Kollegen schon da waren oder zumindest die Brigade in die Bresche sprang.

*

Luft! Luft! Sie brauchte Luft!

Ein Würgereiz brachte Tinne in die Wirklichkeit zurück. Sie hatte Atemnot, jedes Luftholen schnürte ihr die Kehle zu, gleichzeitig schrien ihre Lungen nach Sauerstoff. Ihre Augen öffneten sich flatternd.

Neben sich erkannte sie Bertie und Axl, sie husteten, Speichel floss Axl aus dem Mund. Alle Geräusche waren gedämpft wie durch Watte, Tinnes Ohren waren zu und gaben ihr das Gefühl, in einer Blase eingeschlossen zu sein.

Sie presste ihr Gandalfgewand auf die Nase und versuchte, flach zu atmen, doch schon wieder musste sie würgen. Was war in der Luft? Ein stechender, chemischer Geruch stach in ihre Lungen, es roch giftig. Um sie herum waberte Rauch in fetten Schwaden, unruhiges Licht zuckte, sie strengte ihre Augen an, um den Dunst zu durchdringen.

Die Aufzugstür gab es nicht mehr, nur die Schienen hingen verbogen an der Wand. Zerfetztes Holz und brennende Splitter lagen in weitem Umkreis auf dem Boden. Die Flaschenstapel waren alle heil geblieben, doch aus dem Aufzugsschacht quollen gelber Rauch und Flammen, sie ließen ihn aussehen wie eine Höllendarstellung von Hieronymus Bosch. Da ahnte Tinne, was passiert war: Inmitten des Gerümpels im Schacht mussten Chemikalienreste gewesen sein, vielleicht in den Säcken, vielleicht in den Kanistern. Die Substanzen waren durch die Explosion in Brand geraten, nun waberten giftige Dämpfe durch den Keller und verdrängten die Atemluft.

Ein neuer Hustenreiz schüttelte sie, jeder Atemzug ließ den Schmerz in ihrer Lunge größer werden. Die Uhr hatte ein zweites Mal angefangen zu ticken.

*

Mäx und zwei seiner Taxikollegen sprangen vom Jubiläumswagen, als der weiße Mercedes den Parkplatz verlassen wollte. Sie traten ihm in den Weg.

»Einen Moment bitte.« Mäx schaute den Fahrer streng an, einen Mann mit schmalem Grübchenkinn, der entspannt am Steuer saß.

»Steigen Sie doch eben mal aus.«

Der Mann zog ein überraschtes Gesicht. »Darf ich erst erfahren, was überhaupt los ist?«

Im Hintergrund waren an- und abschwellende Sirenen zu hören, die rasch lauter wurden. Auf der Alicenstraße erschienen zwei Polizeiwagen mit rotierenden Blaulichtern, die anderen Autos fuhren zur Seite, um ihnen Platz zu machen. In diesem Augenblick ließ der Mann im Mercedes seine harmlose Rolle fallen und drückte das Gaspedal durch, der Wagen machte einen Satz nach vorne, um ein Haar hätte er die Taxileute überfahren.

»Stopp!«, brüllte Mäx und versuchte vergebens, den Türgriff zu erreichen.

Doch dann kam Dietmar. Mit einem dumpfen Grollen

ließ er den Traktor eine Abgaswolke in den Himmel blasen, gleichzeitig beschleunigte er, die Schaufel fuhr nach unten. Das lachende Strohballengesicht fiel heraus, die Maschine nahm Fahrt auf, und schon krachte die Schaufel voll in die Seite des Mercedes. Der Schwung schob das Auto zur Seite, die Räder radierten über den Asphalt, da zog Dietmar am Hydraulikhebel. Mit metallischem Kreischen wurde der Wagen von der Schaufel angehoben, noch immer machte der Traktor Fahrt, schließlich donnerte das Gespann gegen das Deko-Weinfass und ließ es in seine Einzelteile zerbersten. Wie auf einem Schrottplatz hing der Mercedes auf halber Höhe, Dampf zischte aus dem Motorraum, das verbogene Blech ächzte.

Die Polizeiwagen kamen heran, mit quietschenden Reifen stoppten sie, Einsatzkräfte sprangen heraus. Mäx und die anderen klatschten Dietmar Beifall. »Prima eingeparkt«, riefen sie. Doch am Mercedes tat sich etwas. Bevor jemand reagieren konnte, schlüpfte der Mann auf der Beifahrerseite heraus, schon war er mit großen Sätzen über die Reste des Fasses gesprungen und rannte an der Mauer entlang stadteinwärts.

*

Tinne sah bunte Ringe vor ihren Augen, so sehr gierten ihre Lungen nach Sauerstoff. Doch jeder verkrampfte Atemzug ließ sie nur noch mehr husten, ihre Luftröhre brannte wie Feuer. Sie versuchte, weiterzukriechen in den hinteren Bereich des Kellers, ihre Muskeln gehorchten ihr aber nicht mehr. Wimmernd rollte sie sich zusammen, ihre Sinne schwanden.

Da drang ein dumpfer Schlag an ihre halbtauben Ohren.

An der Grenze zur Ohnmacht nahm sie Bewegung und Stimmen wahr, ein Fauchen erklang, der Feuerschein erlosch. Sie zwang ein Auge auf.

»Elvis!«, murmelte sie unhörbar. Der Reporter und die Hälfte der Brigade hasteten geduckt durch den Raum, sie hatten ihre jeweiligen Kostüme um Nasen und Münder geschlungen, Feuerlöscher ließen weiße Fontänen auf die Flammen niedergehen, die Eisentür zur Treppe stand weit offen.

»Hier! Hier drüben!«, hörte sie Elvis' Stimme, da bekam sie auch schon nassen Stoff auf die Nase gedrückt. Wie in Trance spürte sie, dass sie hochgehoben wurde, Axl, Bertie und von Batten waren ebenfalls von Menschen umringt, die Treppe, endlose Gänge, dann Helligkeit, plötzlich frische Luft. Sauerstoff!

*

Die Polizisten hatten zu Fuß die Verfolgung des Mercedesmannes aufgenommen, doch die Situation war unübersichtlich: Viele Autofahrer hatten die Einsatzwagen gesehen und angehalten, um die Straße nicht zu blockieren. Dietmar reckte sich auf dem Sitz des Traktors. Der Flüchtende tauchte zwischen den Autos unter und gewann immer mehr Vorsprung.

Da geschah es – hinter einem der Wagen, einem gelben Peugeot, klappte plötzlich ein Metallstab hervor. In perfekter Choreografie schlug er dem rennenden Mann die Beine weg, dieser strauchelte und stürzte mit voller Wucht auf die Straße. Wie ein Springteufel fuhr Kommissar Pelizaeus in die Höhe, humpelte mit seiner zweiten Krücke hinterher und drehte ihm die Arme auf den Rücken. Der

Mann schrie und zappelte, doch Laurent hielt ihn eisern am Boden, bis die Kollegen da waren.

Erleichtert sackte Dietmar auf den Sitz zurück und stoppte den bollernden Traktormotor.

»Voller Einsatz trotz Hinkebein – das nenne ich mal Berufsehre!«, meinte er bewundernd.

*

Im Innenhof von Kupferberg riss Tinne das Tuch von ihrer Nase und füllte ihre Lungen, so tief sie konnte. Ein Hustenanfall schüttelte sie, aber egal, wieder und wieder atmete sie ein, sie konnte kaum genug bekommen von der süßen, frischen, klaren Luft. Nach ein paar Sekunden ließ die Beklemmung nach, sie merkte, dass sie halb auf ihren Beinen stand und halb an Elvis hing. Axl und Bertie neben ihr atmeten tief mit offenen Mündern, die beiden sahen furchtbar aus: die Kostüme in Fetzen, Rauchspuren und Schmutz an jeder freien Stelle, Axl blutete aus einem Schnitt am Arm. Doch größere Blessuren schien keiner der beiden davongetragen zu haben. Von Batten lag auf einer Rettungsdecke, man hatte ihn in die stabile Seitenlage gebracht, eine Frau mit Erste-Hilfe-Koffer beugte sich über ihn.

»Gut … rgr«, Tinne musste wieder husten, bevor sie weitersprechen konnte. »Gutes Timing, Herr Reporter.«

Elvis stellte sie auf ihre Beine und lächelte erleichtert.

»Du weißt doch: Die AZ ist immer da, wenn sie gebraucht wird.«

Vorsichtig wie eine alte Frau ging sie in Richtung Parkplatz, Elvis hielt sie am Arm. Dort herrschte Trubel, Polizeiautos parkten kreuz und quer, eben kamen die Feuerwehr und ein Krankenwagen an, Schaulustige hatten sich versammelt. Mit mildem Erstaunen registrierte Tinne, dass der Jubiläumswagen mittendrin stand und – noch skurriler – an der Schaufel der Zugmaschine ein verbeulter Mercedes hing. Bevor sie fragen konnte, bogen zwei Polizisten um die Ecke, in ihrer Mitte ein Mann mit Handschellen – Bex! Sie sah rot, stürmte auf ihn zu und scheuerte ihm eine, so fest sie konnte.

»Arschloch!«, brüllte sie. Eine zweite Maulschelle schaffte sie leider nicht, Elvis packte ihren Arm und zog sie zurück.

»Ist ja gut, lass das mal lieber sein.«

Bex wurde abgeführt, hinter ihm sah sie eine Gestalt auf zwei Krücken. Laurent schaute sie an, in seinem Gesicht konnte sie eine Fifty-fifty-Mischung aus Erleichterung und Ärger sehen. Sie trat zu ihm, er nahm sie in die Arme.

»Reife Leistung, Frau Nachtigall«, flüsterte er, doch sie wusste nicht, ob er ihre Erlebnisse im Keller meinte oder ihr Versteckspiel vor ihm und der Polizei. Also sagte sie nichts und hielt ihn nur fest, und plötzlich liefen die Tränen. Scham, Erleichterung und überstandene Todesangst ließen sie weinen wie ein kleines Mädchen, Laurent schaukelte sie sanft, da musste sie noch mehr heulen.

Nach und nach versammelte sich die Brigade, alle schwatzten und lachten erleichtert. Tinne schniefte, ließ sich von Laurent mit einem Taschentuch aushelfen und wischte die Tränen aus dem Gesicht. In der Zwischenzeit holte Uwe Becher und eine Flasche vom Wagen, es wurde ausgeschenkt und angestoßen.

Dietmar klopfte Elvis auf die Schulter. »Guter Mann! Da hast du unten beim Umzug gerade rechtzeitig Wallung gemacht, sonst wäre die Geschichte böse zu Ende gegangen. Woher hast du überhaupt gewusst, dass hier oben Not am Mann war?«

Elvis zog sein Handy aus der Winzerschürze, entsperrte es und zeigte das Display. Eine SMS von Tinne war zu sehen:

Gehen jetzt in keller melde mic
ELVIS GFAHR!!!! BEX KELLR BOMBE HILFE
SXHNELL!!!!!!!

Der kleine Micha schaute von Elvis zu Tinne, es war ihm anzusehen, wie sein Hirn ratterte.

»Moment mal, jetzt will ich's aber wissen. Tinne, ihr seid da unten im allertiefsten Keller gewesen, ich war ja gerade selbst dort. Da gibt es im Leben keinen Handyempfang. Wie um alles in der Welt hast du es geschafft, dem Elvis die Nachricht zu schicken?«

Tinne hob den Finger wie die Frau Oberlehrerin und ging zum Mercedes. Auf den Resten des Fasses stehend schaffte sie es, durch die offene Beifahrertür zu greifen und ein Stück Stoff herauszuziehen. Bex' Mönchsgewand.

»Und zwar: Wir waren da unten in einem Transportwagen eingesperrt, mit Gitterbox darauf. Mir ist bei dem ganzen Tohuwabohu mein Handy aus der Tasche gefallen, aber klar, es gab keinen Empfang. Aber ich hatte eine halb fertige SMS für Elvis offen, die wollte ich ihm schreiben, bevor wir in die Keller runter sind.« Mit den Händen gestikulierte sie, als wolle sie die Geschichte für Gehörlose nachspielen. »So, der Typ war gerade abgelenkt, also habe ich schnell den Hilferuf eingetippt. Dann bin ich an den Rand des Käfigs gerückt und habe hinter meinem Rücken an einer Eisenniete herumgefuhrwerkt, aber so auffällig, dass er es merken musste. Prompt ist er hergekommen und hat geguckt, was ich da mache. Und bei der Gelegenheit habe ich ihm mein Handy in seine Kutte gesteckt.«

Sie drehte das Mönchskostüm, es hatte rechts und links Taschenschlitze. Aus einer der Taschen zog sie das Motör-head-Phone. Auf dem Display war eine SMS-Sprechblase zu sehen, die Farbe zeigte, dass die Nachricht versendet worden war.

»Mit dem Ding in der Tasche ist er dann hochgelaufen, nachdem er uns unten eingesperrt hatte. Tja, und als er oben angekommen ist, hat sich das Handy ins Netz ein-gewählt und die SMS verschickt. It's magic!« Sie wedelte mit der Hand wie ein Zauberer.

Die Brigade applaudierte und ließ ihre Frau Professor hochleben, Elvis brummte etwas, das nach »Gar nicht so blöd, wie sie aussieht« klang. Erneut wurden die Gläser gefüllt, die Brigade war drauf und dran, das Rheinhessen-jubiläum auf den Parkplatz von Kupferberg zu verlegen.

Tinne trat zur Seite, sie brauchte einen Augenblick Ruhe. Nach einer Weile kam Elvis dazu. Mit Blick auf das Kup-ferberg-Gebäude meinte sie leise: »Es gibt keine Kaiser-flaschen.«

»Ich weiß, dass es keine Kaiserflaschen gibt. Das wollte ich dir sagen, als ich dich vorhin angerufen habe.«

Sie schwiegen, bis Elvis hörbar Luft holte.

»Aber was ist dann *La Gageure*?«

Tinne konnte nur mit den Schultern zucken. Bex war der Einzige, der wusste, welches Geheimnis die Keller bargen. Doch er hatte auf der ganzen Linie verspielt und würde eisern schweigen, da war sie sicher.

Dieses Rätsel würde wohl auf ewig ungelöst bleiben.

MONTAG, 9. MAI 2016

Tok-tok-tok – Brösel. Tok-tok-tok – Brösel.

Mechanisch hämmerte Tinne ihr Stemmeisen in die Wand, Zentimeter für Zentimeter. Sie klopfte Schlitze für die neuen Heizungsrohre in der Kommune. Und dabei fühlte sie sich genau wie die Wand: mürbe, bröselig und total zerschlagen. Ihre Knochen taten weh, die Abschürfungen vom Fahrradsturz genauso wie die Blessuren ihres Kellerabenteuers. Dazu kam die Enttäuschung über den Ausgang ihrer Spurensuche.

Der Rest des gestrigen Tages war nicht schön verlaufen. Laurent hatte darauf bestanden, dass Bertie, Axl und sie ins Krankenhaus gebracht wurden, dort untersuchte man sie, pappte ihnen einen Sauerstoffschlauch unter die Nase und nahm Blut, um eine Vergiftung auszuschließen. Tinne nölte aber so lange herum, bis die Ärzte sie entnervt nach Hause schickten. Am Abend gab es dann noch einen fürchterlichen Krach mit Laurent, der ihr Egoismus und fehlendes Vertrauen vorwarf. Das Schlimmste war: Er hatte ja recht. Trotzdem stellte sie auf stur, sie schrien sich eine Weile an, dann zischte Laurent wutentbrannt ab. Sie hätte sich am liebsten selbst in den Hintern getreten und heulte, bis sie irgendwann einschlief.

Heute war wieder Kommunenbaustelle angesagt. Die Räume sahen schlimmer aus denn je, jeder Handgriff kostete Überwindung. Neben ihr versuchte Axl, die Heizungsleitung in den Wandschlitz zu pferchen, sie passte aber hinten und vorne nicht. Mutlos ließ Tinne das Stemmeisen sinken. Keiner sagte es, doch insgeheim wussten alle: Der Kampf um die Kommune war mehr oder weniger verloren.

Das Bauamt hatte dem Vermieterehepaar ein Einschreiben geschickt, darin listete Trockenbrötchen Melltau all die Punkte auf, die ihm bei seinem Nörgelbesuch aufgefallen waren, und gleich noch ein halbes Dutzend mehr. Am Ende wies er nochmals ausdrücklich auf die Deadline hin, die gnadenlos näher kam und in etwas mehr als einer Woche vor der Tür stand. Es war aussichtslos, alle Anforderungen in der vorgegebenen Zeit zu erfüllen – die drei Kommunenbewohner mussten sich wohl oder übel mit dem Gedanken anfreunden, demnächst umzuziehen.

Tinne brütete dermaßen finster vor sich hin, dass Bertie sie dreimal ansprechen musste.

»Hallihallo, Ernestine, irgendwann mal auf Empfang?«

Er stand in der Tür und hatte seine Arbeitsklamotten gegen Jeans und T-Shirt getauscht.

»Was ist, hast du Lust, mitzukommen? Ich fahre den Elvis nach Sprendlingen zu seinem Jaguar. Ein bisschen Auslauf würde dir auch guttun.«

Der Vorschlag klang verführerisch, sie würde alles gegen die staubige Baustelle eintauschen. Allerdings hatte sie Axl versprochen, ihm zu helfen. Er langte herüber und griff nach dem Stemmeisen.

»Kannst ruhig fahren. Ich komm auch alleine zurecht.« Im Klartext hieß das: Hau ab, deine halbherzigen Stümpereien mache ich selbst schneller und besser.

Eilig zog sie sich etwas Sauberes an und folgte Bertie. In seinem Taxipassat fuhren sie zu Elvis, von dort über die A 63 in Richtung Alzeyer Kreuz. Elvis war genauso schlecht gelaunt wie Tinne. Das ungelöste *Gageure*-Rätsel nagte an ihm. Bertie versuchte den einen oder anderen Scherz, doch die Stimmung blieb mies.

»Franz Konrad Macké!«, fing Elvis wieder an. Er hatte sich auf dem Rücksitz breitgemacht wie ein dicker Buddha. »Dass ausgerechnet der Bürgermeister, ein waschechter Mainzer, den Schinderhannes aus dem Turm holt, das will mir nicht in den Kopf! Was in drei Teufels Namen hat der Hannes denn für ihn gestohlen? Es muss etwas gewesen sein, das die Franzosen weggeschlossen hatten, damit die Mainzer es nicht in die Hände kriegen!«

Sie hatten sich gestern bei Kupferberg noch die Köpfe heiß geredet über Elvis' Zauberweinentdeckung, dass nämlich *Maire* Macké der Verfasser des Tagebuchs war. Bertie drehte sich halb um. Er kannte die Diskussion vom Tag vorher.

»Vielleicht war dieser Macké eher auf der französischen Seite als auf der deutschen? Als Bürgermeister muss er, ich sag mal, in gewisser Weise französisch getickt haben, sonst wäre er doch niemals auf einen solchen Posten gesetzt worden.«

Tinne schüttelte den Kopf. »Nein, das trifft es nicht. Sicher, Macké fand die französischen Ideale gut, er war schon vorher Jakobiner gewesen und ist später von Napoleon zum Ritter der Ehrenlegion ernannt worden. Aber er ist in allererster Linie Mainzer gewesen, und deshalb war er für die Franzosen der perfekte *Maire*.«

Sie setzte sich aufrecht hin, als würde sie an der Uni dozieren. Es kam selten vor, dass sie mit ihrem Spezialgebiet Neuere und Neueste Geschichte auftrumpfen konnte.

»Weil, damals waren die Mainzer nicht allzu gut auf die Franzosen zu sprechen. *Mayence* hat sich nicht wirklich französisch gefühlt, die Oberschicht noch am ehesten, aber für die einfachen Leute waren die Franzosen eine Besatzungsmacht. Der Präfekt des gesamten *Département du Mont-Tonnerre* saß hier in Mainz, Jeanbon de St. André, ein ziemlich hohes Tier. Deshalb hat sich die französische Verwaltung entschlossen, quasi als Gegengewicht einen Mainzer als Bürgermeister einzusetzen, nämlich Konrad Macké. Damit hatten die Bürger ein gewisses Mitbestimmungsrecht und haben sich nicht so gegängelt gefühlt.«

Elvis beugte sich nach vorne.

»Eben. Und genau deshalb muss *La Gageure* etwas sein, das die Mainzer den Franzosen geklaut haben, weil sie es unbedingt haben wollten.«

Wieder herrschte Schweigen im Auto, jeder hing seinen Gedanken nach. Tinne musste an die Worte von Professor Aarsiegel denken. Der Kampf gegen die Windmühlen. Den hatte sie jetzt wohl verloren. Der bittere Geschmack der Niederlage machte ihre Laune noch schlechter.

Sie kamen in Sprendlingen an, Bertie ließ sie vor dem Tor von *British Vintage Cars* heraus. Der rote E-Type stand im Hof, Tinne konnte von hier aus sehen, dass der Kotflügel wie geleckt aussah. Joe Kessler trug wie beim letzten Mal seinen Hochwasser-Blaumann, zog an der E-Zigarette und begrüßte sie. Während er mit Elvis plauderte, streunte Tinne über den Hof und gab sich ihrer miesen Stimmung hin. Vor ein paar Tagen hatte sie sich genau hier über Laurents E-Mail gefreut, über das Spiegel-Cover mit dem abstürzenden Weltraumlabor. Eine weitere Nuss war geknackt. Und heute? Am Ende des Rennens angekommen, aber leider verloren, und dazu noch bei Laurent verbrannte Erde hinterlassen.

Elvis war im Büro und bezahlte, als sie sich an den Kaffeeautomaten unterhalb der Fotogalerie erinnerte und hintappte. Ein Espresso war immer eine gute Idee, egal wie mies man drauf war. Joe trat heran.

»Oha, eine echte Fachfrau«, meinte er und zeigte auf

den Espresso. Tinne kapierte nichts, hatte keine Lust auf Small Talk und nickte nur.

»Du warst aber nicht dabei, oder? Da würde ich mich dran erinnern.«

Gequält rang Tinne sich eine Nachfrage ab.

»Bei was denn?«

Wieder zeigte er auf die Tasse. »Na, bei der Dillefahrt.«

Es dauerte geschlagene zwei Sekunden, bis es in Tinnes Kopf klickte. Dillefahrt? Dille?!

Joe interpretierte ihr Zögern als extrem lange Leitung. Ungeduldig hob er zum dritten Mal den Finger und tippte auf das, was er meinte. Es war nicht die Tasse. Es war Tinnes Unterarm.

»Hier! Optischer Telegraf, Dillefahrt! Vor zwei Jahren, Paris, Metz, Mainz!«

Tinne glotzte auf ihren Arm. Das schöne Maiwetter hielt an, deshalb hatte sie auf eine Jacke verzichtet und die Ärmel ihrer Bluse hochgeschoben. Schwach, aber sichtbar hob sich die ›Antenne‹ von ihrem Arm ab, die sie fast vergessen hatte.

Elvis kam angetrottet.

»Los, lass uns fahren, bevor Joe noch mehr Geld von mir haben will.«

Sie brachte ihn mit einem Wink zum Schweigen.

»Was ... was ist das?« Sie streckte Joe ihren Arm hin.
»Dille-was? Dillefahrt?«

Er seufzte, wie der Lehrer es bei einem begriffsstutzigen Schüler tat. »Das ist ein optischer Telegraf. Von den Dingern gab's eine ganze Menge, eine Telegrafenlinie zwischen Mainz und Metz, und von Metz aus ging eine andere Linie dann weiter bis Paris. Eine Art Vorläufer des Telefons, damals, bei Napoleon und so.«

Elvis erstarrte zur Salzsäule, auch Tinne rührte sich nicht.

»Weiter«, flüsterte sie. Joe freute sich ganz offensichtlich über ihr Interesse.

»Das müsst ihr euch so vorstellen: Die ganze Telegrafenlinie bestand aus Türmen, in Sichtweite zueinander, also meistens auf Hügeln. Auf jedem Turm hat es ganz oben ein mechanisches Gestänge gegeben, sah genauso aus wie das auf deinem Arm. Diese Mechanik konnte man von innen heraus bewegen, so mit Seilen und Rollen und so.«

Er winkelte die Arme an wie eine steife Marionette.

»Und es gab eine Art Alphabet, jeder Buchstabe hat einer bestimmten Position des Gestänges entsprochen.«

Seine Arme klappten hin und her, auf und nieder.

»A, B, C und so weiter. Gab's auch für Zahlen.«

Bevor er allzu albern wirkte, gab er seine Marionettenpose auf.

»So, auf jedem Turm saß ein Soldat mit Fernglas. Wenn jetzt eine Nachricht übermittelt wurde, hat der erste Turm den ersten Buchstaben dargestellt. Der Mann im zweiten Turm hat das mit dem Fernglas gesehen und sein eigenes Gestänge in dieselbe Position gebracht. Das wiederum hat der dritte Turm gesehen, derweilen hat der erste schon einen weiteren Buchstaben gebildet. So gingen die Buchstaben von Turm zu Turm, bis sie beim Empfänger waren. Damit konnten die Franzosen in ziemlichem Tempo Nachrichten über weite Entfernungen durchgeben, zumindest bei Tag und bei guter Sicht.«

»Und das?« Wieder reckte Tinne ihren Arm. »Das ist so eine Buchstabenmechanik?«

»Ganz genau. Schau hier, da siehst du's. Und die Linie, das ist die Telegrafenstrecke von Metz nach Mainz. Die einzelnen Stationen.«

Joe zeigte auf eines der Bilder, die an der Bürowand hingen. Tinne konnte es nicht fassen – das Bild zeigte einen Turm mit ihrer ›Antenne‹!

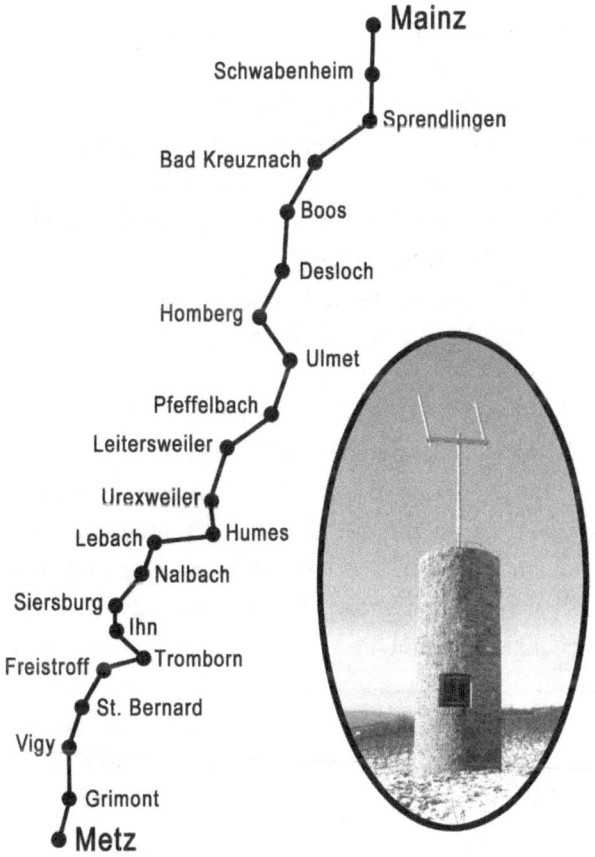

Mainz
Schwabenheim
Sprendlingen
Bad Kreuznach
Boos
Desloch
Homberg
Ulmet
Pfeffelbach
Leitersweiler
Urexweiler
Lebach
Humes
Nalbach
Siersburg
Ihn
Freistroff
Tromborn
St. Bernard
Vigy
Grimont
Metz

»Hier, 22 einzelne Türme, von Metz bis Mainz, jeder mit einem beweglichen Gestänge. Warum hast du denn so was auf deinem Arm, ohne zu wissen, was es überhaupt ist?«

»Lange Geschichte«, murmelte Tinne. In ihrem Kopf ging es drunter und drüber, sie versuchte, die neuen Erkenntnisse in einen Zusammenhang zu bringen. Sicherheitshalber fragte sie nach: »Die Franzosen konnten also Botschaften von Mainz nach Metz schicken und umgekehrt? Und eine andere Linie ging von Metz dann nach Paris?«

»Genau. Im Prinzip war es eine Kontaktstrecke zwischen Paris und Mainz. Und natürlich auch andersherum. Aber es wurde nicht irgendein Blabla übertragen, sondern meistens militärische Nachrichten. Die sind sogar verschlüsselt gewesen, weil der deutsche Widerstand die Signalzeichen ja ganz einfach mitlesen konnte.«

Elvis schaltete sich ein. »Und was ist diese Dillefahrt, die du vorhin erwähnt hast?«

Joe lachte. »Das ist eine Anspielung auf den Dillegraf. So haben die Leute früher zu den Signaltürmen gesagt. Dillegraf, rheinhessisch für Telegraf.«

Es tat fast weh, als das Wort in Tinnes Hirn einrastete. Das Wort auf der Serviette. Dillegraf.

»Die Dillefahrt, das ist eine Oldtimer-Tour gewesen, die ich organisiert habe. Hier.« Er deutete auf ein anderes Bild, ein Dutzend klassische Autos standen im Halbkreis, die Fahrer in der Mitte. Hinter ihnen war ein Turm mit Gestänge zu erahnen. »Wir sind die Telegrafenstrecke entlanggefahren, von Paris bis nach Mainz, durch jedes einzelne Dorf, in dem mal eine Signalstation gestanden hat. Vor zwei Jahren ist das gewesen, zur Eröffnung von unserem Turm hier.«

Tinne kam kaum mit. »Wie, euer Turm hier?«

»Wir haben hier in Sprendlingen einen Nachbau«, erklärte Joe nicht ohne Stolz und zeigte erneut auf das Bild an der Wand. »Das ist er, genau an der Stelle, wo früher das Original gestanden hat. Oben auf der Napoleonshöhe, Richtung Ober-Hilbersheim. Die zwei Nachbarstandorte sind Schwabenheim und Bad Kreuznach gewesen. 2014 ist unser Turm eingeweiht worden, 200 Jahre nach dem Ende der originalen Telegrafenlinie.«

»Wo kam die Linie in Mainz an? Gab es da auch einen Turm?«

»Nein, keinen eigenen. Am Anfang war die Zitadelle die Signalstation, später dann hat man den Turm der Stephanskirche genutzt.«

Die Stephanskirche! Der Ort, an dem Professor Aarsiegel den Tod gefunden hatte! Der alte Mann war auf dem Weg nach oben gewesen, zum Turm. Eine vage Idee nahm in Tinnes Kopf Gestalt an. Joe sah aus, als würde er sich fast ein wenig schämen für sein Fachwissen.

»Ich hab da 2014 einiges aufgeschnappt bei den Vorbereitungen zur Dillefahrt, und dann bleibt man an so einem Thema dran«, erklärte er halb entschuldigend. »Gerade letztens ist wieder was in der Zeitung gewesen. Der Code, mit dem die Franzosen ihre Nachrichten verschlüsselt haben, den haben Wissenschaftler geknackt, hier in Mainz. Jetzt sind sie am Jubeln, weil sie endlich den ganzen Kram von damals im Klartext lesen können.«

Das Telefon auf seinem Schreibtisch klingelte. Mit einem Achselzucken drehte er sich um und ging hin. »Ich weiß zwar nicht, was jemand an 200 Jahre alten Militärbotschaften findet, aber na ja, solange die Forscher was zu forschen haben …«

Er nahm den Hörer ab und fing an, mit großer Gestik zu telefonieren. Tinne und Elvis tauschten einen Blick. Beide dachten dasselbe: der Dillegraf. Eine Nachricht aus der Franzosenzeit, die ganz aktuell entschlüsselt worden war. Im Geist hörte Tinne Aarsiegels Stimme: *Wir können weitermachen, Simona. Endlich. Wir kommen voran!*

Joe hielt den Hörer zur Seite und wandte sich nochmals zu ihnen um. »Hier, wenn ihr mehr über das alles wissen wollt, fahrt doch einfach hoch zu unserem Turm. Da gibt's ein paar Infotafeln, und irgendwas steht da auch über diese Codeentschlüsselung.«

*

Fünf Minuten später schoss der rote Jaguar durch die Sprendlinger Straßen.

»Der Dillegraf!«, rief Tinne gegen den Fahrtwind an und versuchte, auf ihrem Handydisplay die passenden Tasten zu treffen. »Das Gedicht! Das Kindergedicht!«

Elvis konzentrierte sich auf den Verkehr und gab zu erkennen, dass er keine Ahnung von ihrem Gerede hatte. Sie erklärte ihm, was ihr Unikollege Matthias zum Dillegraf herausgefunden hatte, und las das Kinderlied vor:

»Ene mene Dillegraf,
zappel zappel wie de Aff,
wink dei'm Zwilling, witt, witt, witt,
der macht dann des Tänzche mit.

Das ist eine hundertprozentige Beschreibung von so einer Signalstation, halt nur in Kinderworten. Der Telegraf zappelt wie ein Affe, dabei winkt er seinem Zwilling, nämlich der nächsten Station. Und die macht dann den Tanz mit, führt also dieselben Bewegungen aus!« Sie musste Luft holen, so lang war der Redeschwall gewesen.

»Und genau dieses System hat Aarsiegel gemeint, als er Dillegraf gesagt hat! Kapierst du, es muss etwas geben, eine Botschaft, die mit diesem Dillegraf verschickt worden ist. Und in dieser Botschaft steckt die Wahrheit über *La Gageure*.«

Elvis überfuhr ein Stoppschild und drehte sich halb zu ihr um. Der E-Type geriet ins Schlingern.

»Weißt du was? Das könnte echt passen! Aarsiegel hat diese Nachricht nicht entziffern können, all die Jahre, weil die Verschlüsselung noch nicht bekannt war. Aber jetzt, jetzt ist sie geknackt worden, und diese Neuigkeit hat ihn aufgewirbelt. Auf einmal war er wieder mittendrin in seinen alten Forscherzeiten.«

Tinne spürte, wie ihre Aufregung wuchs. Das Jagdfieber war wieder da – vielleicht waren die Würfel bei der Suche nach *La Gageure* noch nicht endgültig gefallen. Der rote Jaguar legte sich in eine Kurve, dass die Reifen quietschten. Sie hatten Sprendlingen hinter sich gelassen, die L 415 nach Ober-Hilbersheim wand sich durch eine baumbestandene Anhöhe, ein seltener Anblick im sonst eher waldlosen Rheinhessen.

»Da! Da drüben!« Tinne zeigte unnötigerweise auf einen gemauerten Turm, der sich am Ende der Kurvenstrecke zu ihrer Linken erhob und schwerlich zu übersehen war. Elvis riss den E-Type herum und ließ ihn auf einen Wirtschaftsweg schießen, dass der Schotter nur so an den Unterboden knallte. Tinne fragte sich eine Sekunde, ob er das Auto gleich wieder bei *BVC* abliefern wollte, doch schon waren sie da.

Der Turm mochte knapp 20 Meter hoch sein, er war aus hellen Steinen gemauert und trug auf seiner Spitze eine

Konstruktion aus Holz, die ziemlich genau der Strichzeichnung auf Tinnes Arm entsprach: Ein Balken zeigte nach oben, ein Querbalken saß leicht schief darauf, an dessen Enden ragten wiederum zwei kurze Balken in die Höhe. Tinne brauchte keinen zweiten Blick, um eine weitere Entsprechung zu Aarsiegels Worten zu finden.

»Eine Windmühle!«, hauchte sie und konnte den Blick nicht abwenden. *Kämpfe gegen die Windmühlen, Simona, jetzt kannst du es endlich tun!*

Sie hatte die Worte des Professors falsch interpretiert. Er hatte nicht seine Bemühungen an der Uni gemeint, das Ringen um Glaubwürdigkeit bei seinen Kollegen. Nein, die Windmühlen waren die französischen Signalstationen, und der Kampf war die Suche nach der Codeentschlüsselung.

Elvis war inzwischen ausgestiegen und herangetreten. Vor dem Turm waren ein Tisch und zwei Bänke angebracht worden, daneben erhoben sich Infotafeln an stählernen Säulen. Tinne überflog die Tafeln, Elvis fing am anderen Ende an zu lesen. Die historischen Hintergründe, ein Querschnitt durch den Turm.

»Hier.« Elvis zeigte auf einen Text, der etwas separat stand und offensichtlich neu hinzugefügt worden war. Ein groß kopierter Zeitungsartikel, er berichtete von aktuellen Tätigkeiten des Mainzer Stadtarchivs. In der Mitte hatte jemand einen Absatz mit Textmarker hervorgehoben.

Die Arbeitsgruppe Neuere Militärgeschichte hat nach mehr als zweijähriger Forschung ein interdisziplinäres Projekt abgeschlossen, dessen Schwerpunkt auf der von Claude Chappe 1791 eingeführten Fernübermittlung lag, dem Télégraphe Chappe. Neben der kulturhistorischen Einordnung der opti-

schen Telegrafenlinie Metz–Mainz ist es dem fünf-
köpfigen Team gelungen, die militärische Codierung
der Übertragung zu entschlüsseln. Die Botschaften
wurden während der Betriebszeit der Chappe-Li-
nie (19. Mai 1813 bis 15. Januar 1814) von deutschen Widerstandskämpfern aufnotiert, die die Sig-
naltürme in wechselnden Schichten beobachteten.
Bislang waren nur Datum, Absender, Empfänger
und Betreff der zahlreichen Postillen unverschlüsselt lesbar. Die nun erstmals decodierten Textkörper geben der Arbeitsgruppe detaillierte Einblicke
in die späte Verwaltungs- und Befehlsstruktur des
Ersten Französischen Kaiserreichs.

Am Ende der Seite war eine handschriftliche Notiz beigefügt: Allgemeine Zeitung Mainz, 2. Mai 2016. Tinne sah
das Datum, und plötzlich war die Erinnerung wieder da.
Heute vor einer Woche.

»Die AZ!«, flüsterte sie, als würde ein lautes Wort ihre
Eingebung vertreiben. »Die AZ hat auf seinem Tisch gelegen, als ich ins Zimmer gekommen bin. Aufgeschlagen und
total zerknüllt. Das ist es gewesen, darüber hat er von der
Entschlüsselung erfahren!«

Elvis zeigte auf einen grauen Textkasten auf der Zei-
tungsseite, in dem weiterführende Infos standen. Ein Link
zum Projekt Télégraphe Chappe war dabei, schon hatte
Tinne ihr Telefon in der Hand und tippte die Adresse ab,
eine Unterseite des Stadtarchivs. Die Abfrage von Benut-
zername und Passwort musste sie zweimal ausfüllen, weil
sie sich fahrig vertippte. Ihr Forschungsaccount der Universität Mainz erlaubte ihr Zugriff auf die Onlinebibliothek.

Ein stilisierter Signalturm erschien, dem Sprendlinger

Nachbau nicht unähnlich. Willkommen beim Projekt Télégraphe Chappe, lautete der Titel, darunter waren einzelne Arbeitsbereiche verlinkt. Tinne tippte auf einen Button *Decodierung/Übersetzung*.

»Da. Da haben wir was«, murmelte sie konzentriert. Elvis zog ihre Hand nach unten, um besser auf das Display schauen zu können.

Im Bestand 60/61, Munizipalverwaltung und Mairie Mayence, gab es eine Tabelle, die Tinne vergrößerte. Tatsächlich! Es waren die einzelnen *Chappe*-Meldungen, die nach Datum, Sender, Empfänger und Betreff geordnet waren – diejenigen Inhalte, die unverschlüsselt übermittelt worden waren. Jede Meldung besaß einen verlinkten Pfeil zum eigentlichen Textkörper.

»Na, dann«, meinte Elvis und musste sich zurückhalten, um nicht selbst auf das Display zu tippen. »Gucken wir mal, was der Dillegraf so alles zu erzählen hatte.«

Tinne fing an, die Liste durchzuwischen. Die Zeilen stockten beim Scrollen immer wieder, der Empfang ihres Handys war mit 3G nicht überragend. *Dispositiv Militaire, Protection Civile, Structure de Commande* – alles militärische Begriffe. Dann blieben Tinnes Augen an einem Betreff hängen:

La Gageure de Pierre Gimbel.

Die Informationszeile verriet, dass die Nachricht am 1. Dezember 1813 von Mainz nach Paris geschickt worden war, an den Tuilerienpalast, das Verwaltungszentrum des französischen Kaiserreichs. Absender war der Präfekt des hiesigen Départements, Jeanbon de Saint André.

Mit nervösen Fingern klickte sie den Pfeil an. Auf dem Bildschirm erschien in quälender Langsamkeit ein hochauflösender Scan, hastig gemalte Symbole, die die einzelnen Positionen der Signalbalken darstellten, daneben die Übertragung in Buchstaben. Tinne sah einen Mainzer Widerständler vor sich, eingezwängt auf seinem staubigen Dachboden, das Fernglas in der Hand, mit dem er den französischen Signalturm beobachtete. Die hölzernen Stäbe bewegten sich wie von Geisterhand, er kritzelte mit, um ja kein Zeichen zu verpassen …

»Dieser St. André, das war der Schinkenandres, oder?«, unterbrach Elvis ihr Kopfkino.

»Ja, so haben ihn die Mainzer genannt«, antwortete sie. »Sein Name Jeanbon klingt ja ein bisschen wie *jambon*, also Schinken, und deshalb ist aus Jeanbon de St. André eben der Schinkenandres geworden.«

Tinne hatte viel über den Schinkenandres gelesen, er war eine schillernde Figur in der Zeit der Franzosenherrschaft gewesen. Als Präfekt des linksrheinischen Départements hatte er in Mainz anfänglich einen schweren Stand gehabt, er repräsentierte für die Bevölkerung die französische Besatzermacht. Dazu kam seine genaue, fast pedantische Art bei der Umsetzung von Projekten, die oft im Gegensatz zum lebensfrohen Mainzer Naturell stand. Im Laufe der Jahre verdiente sich St. André aber den Respekt der Bevölkerung: Seine Entscheidungen waren zum Besten der Stadt, und er selbst pflegte einen bescheidenen Lebensstil, obwohl er im prunkvollen Erthaler Hof am Schillerplatz residierte. Der augenzwinkernde Spitzname Schinkenandres war die typische Mainzer Art, ihre Sympathie zu zeigen.

Tinnes Konzentration war wieder voll da, als die Mitschrift komplett geladen war. Darunter gruppierten sich der französische Text in Klarschrift und eine deutsche Übersetzung. Sie wäre fast mit Elvis' Kopf zusammengestoßen, der sich im selben Augenblick nach vorne beugte.

La gageure est trouvée. Mais je suis au bout de mes forces, et le danger dans les rues est trop grand. Je la laisse chez moi, sous la protection de Thanatos. Car ce que les maîtres anciens ont créé et ce que nos élèves ont appris, ne doit pas être détruit. J. de St. André

Das Unmögliche ist gefunden. Doch meine Kraft geht zu Ende, und die Gefahr auf den Straßen ist zu groß. Ich lasse es bei mir, beschützt von Thanatos. Denn es soll nicht zerstört werden, was die alten Meister ersonnen und unsere Schüler erlernt haben. J. de St. André

Tinne las den Text erneut, er wurde aber nicht klarer. Der Anfang war durchaus vielversprechend: *Das Unmögliche ist gefunden*, das konnte nur bedeuten, dass St. André *La Gageure* auf die Spur gekommen war. Doch dann: *Ich lasse es bei mir* – im Erthaler Hof, der inzwischen mehrfach umgebaut worden war? Und wer war Thanatos? Sie spürte, wie ihre Erwartung einen bitteren Beigeschmack bekamen.

Wie in Zeitlupe drehte sie sich zu Elvis um. »Was um alles in der Welt soll das sein? Geht's noch kryptischer?« Elvis hielt seinen Blick auf den Bildschirm gerichtet, es war zu sehen, dass er einen Gedanken zu erhaschen versuchte. Plötzlich fuhr er herum und eilte mit einer Schnelligkeit zum Auto, die außergewöhnlich war. »Ich hab auch keine Ahnung, von was er da redet«, rief er über die Schulter. »Aber ich weiß, wo wir es finden können.«

*

Auf der Fahrt zurück nach Mainz schüttelte Elvis hartnäckig den Kopf, so oft Tinne ihn auch löcherte. Am Rand der

Unteren Zahlbacher Straße stellte er schließlich den Jaguar ab. Rechts lag der Mainzer Hauptfriedhof, das Gelände stieg sanft an und wirkte mit seinen Büschen und Bäumen wie eine Oase inmitten der lärmenden Stadt.

»*Ich lasse es bei mir*«, wiederholte Tinne leise. Sie begann zu verstehen, wohin Elvis sie führte. Gemeinsam betraten sie den Friedhof durch das Aureustor, eine unscheinbare Pforte auf der Ostseite. Gräber erstreckten sich um sie, soweit das Auge reichte, kleine und große, prächtige und schlichte, manche neu und blumengeschmückt, manche so alt, dass sie schon fast im Boden versunken waren. Tinne mochte Friedhöfe, die Ruhe und steinerne Ewigkeit gaben ihr das Gefühl, Gast in einer anderen Zeit zu sein.

»So, pass auf.« Elvis bequemte sich nun endlich, den Mund aufzumachen. Er führte sie zu einem der Wege, die nach rechts abzweigten. »Ich war im Dezember für die Zeitung bei einer *Geographie für Alle*-Führung hier auf dem Hauptfriedhof. Der ist auch vom Schinkenandres eingerichtet worden, davor haben die Leute ihre Toten auf drei Dutzend Kirchhöfen verbuddelt, über die ganze Stadt verteilt.«

Tinne schwieg und hörte zu. Es war wenig los auf den Wegen, die Geräusche von außen klangen gedämpft. Nur der Papageienschwarm, der vor Jahren schon in der Stadt sesshaft geworden war, zeterte in den Bäumen.

»St. André ist auch hier begraben, in einem Ehrengrab. Du weißt, wie er gestorben ist?«

»Ja, am Typhus. Am Fleckfieber, das die französische Armee auf ihrem Rückzug hier eingeschleppt hat.«

»Und wann? Wann war sein Todestag?«

»18... eh, 1813 muss das gewesen sein, Völkerschlacht.

Aber genau, nein, genau weiß ich es nicht.« Tinne merkte, dass sie und Elvis die Rollen getauscht hatten. Normalerweise war sie diejenige, die Daten, Zahlen und Fakten parat hatte. Auf eine gewisse Weise passte das zur Atmosphäre des Friedhofs, der die Realität auf den Kopf stellte: Hier waren die Toten zu Hause und die Lebenden nur zu Besuch.

»Am 10. Dezember 1813. Hab ich mir gemerkt, weil die Führung genau am 10. Dezember war, als kleine Verbeugung vor dem Gründer des Friedhofs. Hast du noch im Kopf, wann St. André diese Telegrafenbotschaft nach Paris geschickt hat?«

Die Erinnerung war noch frisch.

»Am 1. Dezember 1813. Das ist«, sie stockte kurz, »das ist zehn Tage vor seinem Tod gewesen.«

Moderne Gebäude tauchten vor ihnen auf, die Leichenhalle, die Verwaltung, das neue Krematorium. Die grauen Mauern wirkten unpassend inmitten der alten Gräber.

»Der Rundgang hat hier angefangen.« Elvis führte Tinne nach links hinter die Halle, wo das Gelände anstieg. »Denn hier ist das Grab von St. André, und unsere Führerin hat ziemlich ausführlich darüber berichtet. Da sind wir.«

Sie kamen an einer Grabstätte an, die von einem niedrigen schmiedeeisernen Zaun umgeben war. Ein rechteckiges Blumenbeet zeigte, wo der Sarg in der Erde ruhte. Am Kopfende erhob sich ein roter Steinsockel mit weißer Platte, enge Schrift, in der Mitte große Buchstaben, J.B. Baron de St. André. Darauf war eine Figur zu sehen, ebenfalls rot, ein Jüngling mit gesenktem Stab, neben ihm die steinerne Nachbildung einer Urne.

»Und jetzt wird's interessant. Denn St. André hat in seiner typisch gründlichen Art sein Grabmal selbst geplant und gestalten lassen. Was hat er ausgewählt? Einen Burschen mit einer Fackel in der Hand, die er nach unten hält. Verlöschendes Licht, Symbol für den Tod. Und wer ist der Fackelhalter? Eine Gestalt aus der griechischen Mythologie. Thanatos.«

Tinne sah die Worte auf dem Bildschirm vor sich. *Ich lasse es bei mir, beschützt von Thanatos.* Wie in Trance stieg sie über die Absperrung und trat auf die Figuren zu. Thanatos lehnte sich mit seinem linken Arm auf die geschmückte Urne. *Er beschützt sie.*

Die Geschehnisse von damals lagen wie ein offenes Buch vor ihr.

»Die Franzosen kommen dem Versteck auf die Spur, das die Mainzer für das gestohlene *Gageure* ausgesucht haben, nämlich die Römerkeller«, flüsterte sie. »Sie holen es zurück, St. André hat es auf einmal wieder in seinen Händen. *Doch meine Kraft geht zu Ende,* schreibt er. Er ist krank, er weiß, dass ihm nicht mehr viel Zeit bleibt. Aber das *Gageure* wegschicken, nach Paris? Unmöglich. Hier ist die Hölle los, Zigtausend abgerissene Soldaten, dazu der Flecktyphus. *Die Gefahr auf den Straßen ist zu groß.*«

Elvis fuhr fort.

»Also lässt St. Jeanbon in seinen letzten Tagen eine Änderung am schon geplanten Grabmal vornehmen. Die Urne bekommt einen Hohlraum, eine verborgene Kammer, etwas in der Art. Dort versteckt er das *Gageure.* Dieses Wissen gibt er nach Frankreich weiter, in die Hauptstadt. Aber nicht auf dem üblichen Weg per Brief, sondern sehr viel direkter: Er entschließt sich, eine Nachricht über den optischen Telegrafen abzusetzen. Zehn Tage später ist er tot.«

»Und sein Geheimnis hat er bis heute bewahrt.« Tinne ging scheu den letzten Schritt nach vorne. Aus der Nähe war der Sockel überraschend groß, der Stein bröckelte, zwei Jahrhunderte hatten ihre Spuren hinterlassen. Mit den Händen umfuhr sie den unteren Rand der Urne, die mit Blumenornamenten geschmückt war. Wie mochte Jeanbon de St. André damals wohl das *Gageure* versteckt haben?

Ihre Finger blieben an einer Rundung hängen, die sich merkwürdig anfühlte. Scharfkantig. Zu scharfkantig, um seit 200 Jahren Wind und Wetter ausgesetzt zu sein. Tinne wusste es, bevor sie den Sockel umrundet hatte: Eine Öffnung war von hinten in die Urne gebohrt worden, zehn Zentimeter im Durchmesser, die Ränder glatt ausgefräst, frischer Bohrstaub färbte den Sockel und das Gras auf dem Boden.

Tinnes Welt stand für eine Sekunde still, sie konnte den Blick nicht von dem Loch nehmen. Wie ein obszöner schwarzer Mund lachte es: Haha, du bist zu spät, jemand war schneller.

Elvis trat neben sie, an seinen gepressten Atemzügen merkte sie, dass auch er mit der Fassung kämpfte. Die vergangenen Tage rasten im Zeitraffer durch Tinnes Hirn, ihr weiter Weg, so viel Mühe, so viel Hoffnung, so viele Rückschläge. Alles umsonst.

Vielleicht war es die übergroße Enttäuschung, vielleicht aber auch die Abfolge der Ereignisse, die wie ein Film in ihrem Kopf ablief. Welchen Grund auch immer es gab – plötzlich sortierten sich die Einzelteile. Der Schaumwein, den Peter Gimbel herstellte und der die Franzosen auf Anhieb begeisterte. Bex' Erzählung vom Teufelswein, von Dom Pérignon und der Witwe Clicquot. Eine Weinzeitschrift mit einer gewagten Theorie. Was alte Meister ersonnen und unsere Schüler erlernt haben.

Von einem Augenblick auf den nächsten wusste Tinne, welche Wahrheit hinter *La Gageure* steckte. Aber sie war zu spät.

*

Auf einem Mauervorsprung in der Nähe des Grabes hatte Tinne einen Sitzplatz gefunden und sich hingekauert. Sie hielt ihren Kopf zwischen den Armen vergraben, ein Zuschauer könnte glauben, sie trauere um einen der Toten. Jede Kraft war aus ihr gewichen, sie fühlte sich leer, nicht einmal zu einem Gefühl fähig. Elvis war damit beschäftigt, die Statue und die Urne minutiös in Augenschein zu nehmen, doch sie wusste, dass das reine Beschäftigungstherapie war. Jemand hatte die Lösung ein Quäntchen früher gefunden. Je länger diese Erkenntnis in ihrem Kopf hämmerte, umso klarer wurde ihr, wer dieser Jemand gewesen sein musste.

Mit dem verborgenen Sinn, der Menschen manchmal innewohnt und den niemand erklären kann, spürte Tinne mit einem Mal die Anwesenheit einer weiteren Person. Sie hob den Kopf.

Zwischen den Gräbern stand eine Frau um die 60, sie war groß und schlank, mit halblangen, dunklen Locken, Jeans und einer sportiven Jacke. Auf eine intensive Weise hatte Tinne das Gefühl, sie würde ihrem 20 Jahre älteren Ich gegenüberstehen. Die Fremde bewegte sich nicht, sondern schaute sie unverwandt an. Tinne stand auf und ging zwei Schritte auf die Frau zu. Elvis wurde aufmerksam, er kam ebenfalls herbei.

»Hallo, Simona«, sagte Tinne halblaut.

»Guten Tag, Ernestine. Guten Tag, Elmar«, antwortete

die Frau. »Ich war schon auf dem Weg zum Auto, da habe ich Sie ankommen sehen. Ich denke, dass Sie beide diesen Augenblick genauso verdienen wie ich.«

Hinter ihrem Rücken zog sie eine Röhre hervor, die alt und stumpf aussah. Blei, an beiden Seiten mit Wachspfropfen verschlossen. Geschaffen, um die Zeiten zu überdauern.

»*La Gageure.*« Tinnes Worte waren keine Frage, sondern eine Feststellung.

Simona drehte das Rohr hin und her, als könne sie es selbst noch nicht fassen.

»Fast 40 Jahre lang habe ich danach gesucht. Vergeblich. Dabei war es hier, die ganze Zeit. Saint André hat darauf aufgepasst.«

Tinne drehte sich zu der Statue um, zur Urne, zur erloschenen Fackel. Langsam nickte sie.

»Er konnte es nicht zerstören, dafür hat er Mainz zu sehr geliebt. Verschweigen kam aber auch nicht infrage, er war schließlich Patriot und trug Frankreich im Herzen. Also hat er es hier bei sich gelassen, zwischen den beiden Welten. Zwei Jahrhunderte. Bis heute.«

Elvis schaute von einer zur anderen. »Und was, bitte schön, ist jetzt drin in dem Rohr?«

Statt einer Antwort öffnete Simona einen der Wachspfropfen, sie brauchte Kraft, um ihn zu lösen. Ein gerolltes Pergament steckte in der Röhre, so trocken, dass es knisterte. Tinne half beim Entrollen, sie zog ihre Ärmel über die Hände, um das spröde Material nicht mit ihren Fingern zu berühren.

Das Pergament war mit einer geschwungenen Schrift bedeckt, Buchstaben und Zahlen, hier und dort waren Zeichnungen zu sehen. Ein Fass, eine Reihe von Flaschen, etwas, das wie eine Zange aussah.

Elvis schüttelte langsam den Kopf. Sein Blick war noch immer fragend.

»Es ist das Rezept«, flüsterte Tinne. »Die Gebrauchsanweisung. Die Ur-Methode zur Herstellung dessen, was die Welt heute als Champagner kennt.«

Erkenntnis dämmerte in Elvis' Gesicht auf. »Du willst damit sagen, die Franzosen haben das Champagnermachen gar nicht selbst entdeckt, sondern von einem deutschen Rezept abgekupfert? Von einem Mainzer Rezept?«

Tinnes Blick verlor sich zwischen den Gräbern.

»Genauso ist es. Die berühmte *Méthode Champenoise*, die Champagner-Methode ... sie ist hier erfunden worden, hier bei uns in Mainz. Es ist keine *Méthode Champenoise*. Es ist in Wirklichkeit eine *Méthode Mayence*.«

Jeanbon Baron de Saint André
(1749 - 1813)

Grabmal auf dem Hauptfriedhof zu Mainz

SAMSTAG, 21. MAI 2016

Zwei Wochen später

Ekkehart Batzler schlich auf den Wegen von *Sonntags-friede* umher wie ein Indianer auf Kriegspfad. Er traute sich nicht näher an die Parzelle der Cherifas heran, das Donnerwetter des Vereinsvorsitzenden war noch zu frisch. Also blieb ihm nichts anderes übrig, als aus der Ferne zu grübeln, was heute auf dem Grundstück gefeiert wurde. Bierbänke waren aufgestellt, ein Grill schickte Qualm ins Abendrot, ein gutes Dutzend Leute saß beisammen und hatte offensichtlich blendende Laune.

»Ein Glas Schaumwein nach Originalart?«, fragte Bertie übertrieben höflich und hielt eine Flasche Mainzer Winzersekt in die Höhe. Alle jubelten und reckten ihre Gläser. Mit Champagner anstoßen war ja so was von out!

Tinne und Elvis schmissen ihre inzwischen traditionelle Nach-Abenteuer-Party für all diejenigen, die bei der Suche nach *La Gageure* dabei gewesen waren. Hamid und Yvonne hatten angeboten, ihr Grundstück dafür zu nutzen, immerhin war hier ein wichtiges Puzzleteil in Form des Tresors gefunden worden.

Nun saßen die Cherifas gemeinsam mit der Brigade auf Bierbänken, dazu kamen Simona, Sascha Kopp, Tara und Kommissar Pelizaeus. Die beiden Cherifa-Mädchen hatten sich zu Kellnerinnen erklärt und schleppten Getränke herbei. Auch Joe Kessler war da und saß neben Dirk Fuhrmeister, dem Elvis sein Dellenmalheur schließlich doch gestanden hatte. Fuhrmeister wusch ihm ordentlich den Kopf, meinte dann aber, besser als Joe Kessler hätte sein eigenes Autohaus die Reparatur nicht erledigen können. Der rote Jaguar war für Elvis aber von nun an Tabu.

»Auf den Kellereinsatz! Auf Peter Gimbel! Und auf den 200-Jahre-Umzug!« Die Taxileute ließen die Gläser klingen. Sie hatten einen Klappstuhl zum Zeitungshalter umfunktioniert, dort prangte die Mittelseite der AZ mit einem farbenfrohen Bericht über den Rheinhessenumzug. Eine ganze Fotoreihe zeigte den Jubiläumswagen, wie er ausscherte, den Zug überholte und schließlich in den Straßen verschwand. *Rheinhessen auf Abwegen* lautete der Titel, zum Glück hatte das Festkomitee die Extrarunde mit Mainzer Humor genommen.

Tinne setzte sich neben Simona.

»Und auf Professor Aarsiegel, ganz speziell.«

»O ja, das hätte ihm gefallen.« Simonas Lächeln war wehmütig. »Du weißt ja, wie gerne er gefeiert hat. Und dass es hier um das Geheimnis geht, das ihn sein halbes Leben umgetrieben hat, wäre für ihn doppelt schön gewesen.«

Sie hatte Tinne erzählt, wie alles anfing, damals, zu ihren Assistenzzeiten. Aarsiegel war von der Außenseitertheorie fasziniert, dass nicht der echte Schinderhannes geköpft worden war. Nach und nach entschlüsselte er die Vorgänge, in die das Schicksal des Johannes Bückler eingewoben war:

Mainzer Kellermeister entwickelten bereits um das Jahr 1600 eine zuverlässige Methode zur Herstellung eines prickelnden Getränks, das sie *schumvîn* tauften – Schaumwein. Ihre *Agraffe* waren Hanffasern, die nass um den Korken gewickelt wurden und nach dem Trocknen bombenfest saßen. Statt eines Rüttelpults nutzten sie Sand, um die Flaschen hineinzustecken und die Hefe im Hals zu sammeln, und sie degorgierten nicht mithilfe von Eis, sondern mit einem gefetteten Tuch, das die Flasche rasch wieder verschloss. Dieses Wissen trugen junge Winzer von Mainz nach Frankreich, als sie in die Champagne auswanderten. Im Laufe der Jahrzehnte und Jahrhunderte wurde die Herstellung dort perfektioniert, doch die Erfindungen von Dom Pérignon und der Witwe Clicquot basierten letztlich auf der Mainzer Methode. *Was alte Meister ersonnen und unsere Schüler erlernt haben*, so drückte St. André es aus.

Auch Peter Gimbels Fähigkeiten als Sektmacher fußten auf dieser Tradition. Nachdem General Custine dem Kellermeister für seine Leistungen einen Orden verliehen hatte, zeigte Gimbel ihm eine alte Handschrift, die die Mainzer Weingilde aufbewahrte und auf der die *schumvîn*-Herstellung beschrieben wurde. Die Franzosen erkannten sofort die Brisanz dahinter. Denn der französische Champagner war inzwischen zu einem wichtigen Wirtschaftsfaktor geworden und hob sich mit seiner exklusiven *Méthode Champenoise* von allen anderen Schaumweinen ab. Nicht auszudenken, wenn bekannt werden würde, dass diese urfranzösische Erfindung in Wirklichkeit ein Plagiat war!

Flugs änderten die Franzosen Gimbels Geschichte und verkündeten, er habe sein Handwerk in der Champagne gelernt. Die verräterische Handschrift nahmen sie an sich, um sie Napoleon bei dessen anstehendem Besuch in *Mayence* zu zeigen. *La Gageure* – das, was es nicht geben darf, so tauften sie das Pergament und verschlossen es in einem der Adelspaläste am Schillerplatz.

Die empörten Mainzer ersonnen einen Plan, um das Erbe ihrer alten Kellermeister wieder an sich zu bringen: Sie ließen den Schinderhannes die Handschrift stehlen und in den Römerkellern verstecken, dafür gewann er die Freiheit.

Sieben Jahre später erkrankte Präfekt Jeanbon de St. André am Flecktyphus und war dem Tod geweiht. Auf dem Sterbebett erfuhr er die Wahrheit über die Flucht des Schinderhannes und das Verschwinden von *La Gageure* – Bürgermeister Macké wollte seinen langjährigen Weggefährten nicht ohne dieses Wissen sterben lassen. Doch St. André ließ mit eisernem Lebenswillen in den Römerkellern nach der Handschrift suchen und brachte sie wieder in seinen Besitz. Alles, was er nun noch tun konnte, war, *La Gageure* ein weiteres Mal zu verstecken und eine Nachricht nach Paris zu schicken. Seine Botschaft verlor sich dort allerdings in den Wirren um Napoleons Niederlage, kurz darauf verstarb er.

»So weit sind wir damals gekommen.« Simona schaute in die Runde, die ihrer Erzählung lauschte. »Das Tagebuch von Macké und die persönlichen Notizen von St. André haben uns das alles verraten, aber dann waren wir an einem toten Punkt.«

»Die Signalbotschaft«, platzte Elvis heraus. »Die habt ihr nicht entschlüsseln können!« In seiner üblichen direkten Art hatte er Simona von vorneherein geduzt, dabei war es geblieben.

»Richtig. Datum, Absender und den Betreff konnten wir unverschlüsselt lesen, aber der eigentliche Text war nur Buchstabenwirrwarr. Und dabei ist es geblieben, für viele, viele Jahren.«

An den Tischen wurde es unruhig – Hamid trug auf. Er hatte es sich nicht nehmen lassen, marokkanische Grillgerichte vorzubereiten. Nun servierte er Schisch Kebab, Hähnchenspieße und mariniertes Lamm, alle pfiffen und klatschten. Axl bekam als Vegetarier eine eigene Gemüsetajine in spitzem Tontopf, die einen Extraapplaus erntete. Die Mädchen brachten eifrig Wein herbei. Elvis hatte zur Feier des Tages ein paar Kisten Weißburgunder vom Karthäuserhof springen lassen – der Zauberwein, der blaue Schrift sichtbar machte.

»Wie bim'f weiper?«, fragte der Reporter mit vollem Mund. Simona unterdrückte ein Lachen.

»Wie's weiterging? Ich habe nach meiner Assistenzzeit eine Stelle an der Uni Freiburg bekommen, da bin ich heute noch. Aber all die Jahre hat es mich gefuchst, dass wir dieses letzte Rätsel niemals lösen konnten. Bis, tja, bis vor ein paar Wochen das Telefon geklingelt hat. Gerold war dran, keine Ahnung, wie er trotz seiner Demenz einen solchen Anruf bewerkstelligt hat. Er redete wirr, aber irgendwann wurde mir klar, dass die Signalsprache entschlüsselt war. Das fehlende Teil in unserem Puzzle.«

Tinne nickte langsam. »Er hat es in der AZ gelesen, und plötzlich war er komplett in der Vergangenheit«, meinte sie eher zu sich selbst. »Er meldet sich bei Bex, der in seiner Erinnerung auf einmal wieder präsent ist. In mir sieht er die Simona von früher, und dann läuft er weg, zur Stephanskirche. Dort war die erste Station des optischen Telegrafen. Vielleicht hat er geglaubt, St. Andrés Nachricht würde irgendwo dort oben auf ihn warten, keine Ahnung. Leider ist es nur dieser Teufel Bex gewesen, der auf ihn gewartet hat.«

Sie hing ihren Gedanken nach, auch Elvis und Simona schwiegen. Doch lange konnten sie nicht ernst bleiben, denn die Brigadiere fingen an, ihre T-Shirts glattzuziehen und sich unter großem Gelächter zu fotografieren. Sie hatten Sascha Kopp sämtliche Elvis-Motive abgeschwatzt und die Poster auf Shirts drucken lassen. Nun trugen sie die *Rhein-*

hessen-Gesicht 2016-Collage spazieren und wurden nicht müde, Elvis' Modelbegabung zu loben. Hinter den Biertischen standen zwei abgedeckte Kisten, die unter strenger Geheimhaltung herbeigebracht worden waren und die Bertie hütete wie seinen Augapfel.

Tinne schmunzelte über ihre Freunde und wandte sich wieder Simona zu.

»Was hast du nach seinem Anruf gemacht?«

»Ich bin hierhergekommen nach Mainz. Leider mit leeren Händen, denn Gerold hat niemals irgendwelche Unterlagen herausgegeben. Deshalb wollte ich das Versteck finden, in dem er seine Kopien in Sicherheit gebracht hatte. Aber mehr als die Adresse Sonntagsfriede e. V. hatte ich nicht. Also musste ich in die technische Trickkiste greifen, um die genaue Position herauszufinden.«

Laurent schaltete sich ein. Er hatte inzwischen drei volle Gläser vor sich stehen – Sofia und Mene nahmen ihren Servicejob sehr ernst und plünderten den Küchenschrank der Laube erbarmungslos.

»Damit hast du die Kollegen von der Schutzpolizei ganz schön auf Trab gehalten. Der *Knall von Mainz* hat ordentliche Verwirrung gestiftet, nicht nur bei den Anwohnern.«

»Moment mal.« Hamid kam herbei, die Grillzange in der Hand, das Gesicht erhitzt von der Glut. »*Du* steckst hinter dem Knall? Was hast du denn da getrieben?« Das nächtliche Geräusch hatte unter den Schrebergärtnern zu allerlei Diskussionen geführt. Simona strich leicht verlegen die Haare von der Stirn.

»Tja, hm, ich habe vom Geologischen Institut der Freiburger Uni einen Messwagen ausgeliehen, einen weißen Bus mit Tiefschallgenerator. Der schickt einen 16-Hertz-Impuls in den Untergrund, und ein Empfänger errechnet daraus eine Bodenkarte. Ein eckiges Element wie ein Tresor hinterlässt dabei eine ganz bestimmte Signatur, also habe ich in den Nächten eine regelrechte Versuchsreihe gestartet rund um das Schrebergartengelände.«

»Bezirk«, brummte Elvis, doch niemand achtete auf ihn.

»Dann hatte ich endlich eine Signatur gefunden, die passte – und am nächsten Tag seid ihr dort aufgetaucht mit Kameradrohne und Bagger und alldem. Also habe ich mich im Auto auf die Lauer gelegt und bin euch nachgefahren bis zur Werkstatt, in der ihr den Tresor aufgeschweißt habt. Als ihr weg wart, bin ich durch die Hintertür rein in der Hoffnung, etwas zu finden. Vergebens. Ich war nahe dran, durchzudrehen!«

Sie rollte dermaßen übertrieben die Augen, dass alle lachen mussten. Die Brigade nutzte die Gelegenheit, auf den Drohnenpilot Sascha und den Schweißermeister Axl anzustoßen. Tinne betrachtete derweilen Simona heimlich von der Seite. Mit vollem Namen hieß sie Agnetha Simona Herbricht und hatte durchblicken lassen, dass sie ihren ersten Vornamen abgrundtief hasste. Das konnte Tinne durchaus verstehen, und damit war auch klar, warum sie keine Simona in den Namenslisten der Universität finden konnte. Wieder wurde ihr bewusst, wie ähnlich sie sich sahen, sowohl von der Statur als auch von den Gesichtszügen. Kein Wunder, dass Professor Aarsiegel in Tinne seine ehemalige Assistentin zu sehen geglaubt hatte. Tinne wiederum wünschte sich, mit 61 – Simonas Alter – genauso gepflegt und frisch auszusehen.

»Und wie bist du trotz allem auf das Versteck in der Urne gekommen?«, wollte sie wissen.

»Genau wie ihr: durch die Übersetzung im Stadtarchiv. Der Tresor war nicht die einzige Spur, die ich verfolgt habe.

Gleichzeitig war ich am Recherchieren, ob es neue Veröffentlichungen gibt zu dem optischen Telegrafen. Nach einer Weile bin ich dann auf den AZ-Artikel gestoßen und damit auf die Verbindung zum Stadtarchiv.«

Axl setzte sich zu ihnen. Er sah ungewohnt aus in seinem hellen T-Shirt, das Elvis in Wanderklamotten vor dem Ingelheimer Bismarckturm zeigte. Normalerweise pflegte der Altrocker finstere Fanshirts von ebenso finsteren Metalbands zu tragen.

»Wissen wir eigentlich, was mit diesem Bex los war? Ich meine, er hat ein paar krasse Dinger gedreht, den Professor umgebracht, Tinne vom Rad getreten, und dann wollte er den ganzen Keller in die Luft jagen und uns gleich dazu. Das hat er sicher nicht gemacht, weil ihm langweilig war, oder?«

Laurent musste erst auskauen und mit einem Schluck Zauberwein nachspülen, bevor er antworten konnte. »Er schweigt eisern, sogar seinem Anwalt gegenüber. Wir haben aber einiges über ihn herausgefunden. Von Hause aus ist er ziemlich wohlhabend, die Sektmanufaktur in Laubenheim betreibt er eher als Liebhaberprojekt. Interessant wird's bei seiner Vermögensaufstellung: Fast das gesamte Familiengeld hat er in französische Champagnerhäuser investiert.«

Tinne erinnerte sich, dass Elvis das in einem Nebensatz erwähnt hatte, als sie im Favorite-Biergarten über der Serviette brüteten.

»Und genau das hat ihn umgetrieben«, fuhr der Kommissar fort. »Seine Befürchtung war ein Wertverlust der Marke Champagner, wenn plötzlich herauskäme, dass die Herstellungsmethode auf einer viel älteren, deutschen Erfindung beruht. Er wusste von der Existenz der Handschrift, weil er die frühen Forschungen des Professors verfolgt hatte. Die neueren Entwicklungen, dass St. André nämlich *La*

Gageure wiederum aus dem Keller holen ließ, hat er nicht mehr mitbekommen. Deshalb hat er mit ganz harten Bandagen gekämpft und wollte alles da unten vernichten.«

Inzwischen wussten alle, dass Bex' Befürchtungen nicht unbegründet waren. Die Entdeckung der *Méthode Mayence* hatte tatsächlich ein veritables Beben in der Welt des Schaumweins hervorgerufen. Die französischen Häuser überboten sich mit Rechtfertigungen und suchten händeringend nach alten Schriften, die die Ursprünglichkeit ihrer Methode beweisen sollten. Die Mainzer Winzer hingegen kamen mit dem Versekten kaum nach, denn von überall her kamen Anfragen von Sammlern, Gourmets und Spitzenköchen. Sie alle wollten Sekt aus der Stadt haben, in der das Getränk vor vielen hundert Jahren als *schumvin* das Licht der Welt erblickt hatte. Die *Méthode Mayence* war plötzlich in aller Munde – im wahrsten Sinne des Wortes. Passend dazu hatte die Brigade eine Kiste Winzersekt mitgebracht und die Etiketten großspurig um das Wort *Rheinhessenschampus* erweitert.

Aus ebenjenen Flaschen füllten Bertie und Axl nun ihre Gläser und winkten Tinne zu sich. Sie ahnte, auf was ihre Mitbewohner anstoßen wollten, und sie freute sich darüber wie ein kleines Kind.

»Auf unser neues altes Zuhause!«, rief Axl feierlich, die drei nahmen sich in den Arm. Tinne konnte es noch immer nicht glauben – sie hatten die Kommune 47 wieder!

Dieses schönste aller Geschenke hatte ihnen Kupferberg gemacht. Die Betreibergesellschaft war mehr als glücklich über den Ausgang der Geschehnisse, schließlich hatten Tinne und ihre Freunde verhindert, dass die wertvollen Flaschen in den Tiefenkellern zerstört wurden. Über mehrere Ecken erfuhren die Betreiber von der Kommunennotlage und entschlossen sich zu einem ungewöhnlichen Dankeschön: Sie schickten 3P hin mit dem Auftrag, das Gebäude auf Vordermann zu bringen.

Pawel, Patryk und Piotr spuckten in die Hände und legten los, dass den drei Bewohnern Hören und Sehen verging. Innerhalb einer Woche waren sämtliche Melltau-Punkte erledigt, darüber hinaus strahlte die Kommune förmlich vor frischen Farben und neuem Putz. Es sah aus, als wäre das Haus in einen Jungbrunnen gefallen.

Danach war die Abnahme durch das Bauamt eine Sache von einer halben Stunde, Tinne, Axl und Bertie winkten dem Trockenbrötchen Goodbye, als es ohne jede Beanstandung abziehen musste. Das alte Vermieterehepaar schloss die drei tränenüberströmt in die Arme und wusste weder ein noch aus vor Glück. Auch Mufti war wieder versöhnt und bezog sein renoviertes Reich mit katerhafter Würde.

Die Kommune war aber nicht die einzige Sache, die sich einigermaßen eingerenkt hatte. Auch Tinne und Laurent waren nach deftigen Streitgesprächen auf einer gemeinsamen Wellenlänge angekommen. Sie gab zu, aus purem Trotz ihre Pläne durchgezogen zu haben, ohne ihn ins Boot zu holen. Er hingegen kapierte, dass seine Übervorsorge eher das Gegenteil bewirkte und Tinne von alleine näher kam, wenn er nicht klammerte.

Die Brigade läutete den nächsten Umtrunk ein, doch Tinne winkte ab und lehnte ihren Kopf an Laurents Schulter. Die Geschehnisse rund um *La Gageure* hatten viel Kraft gekostet, sie fühlte sich wie ein Roboter, der jeden Tag ferngesteuert seine Aufgaben erledigt.

Laurents Mund war nah an ihrem Ohr. »Diese optische Signalstrecke, die führte von Mainz bis Paris, oder?«

Sie nickte, ohne zu wissen, worauf er hinauswollte.

»Dann habe ich noch eine weitere Telegrafenbotschaft. Vielleicht kann die Historikerin sie eben mal entschlüsseln.«

Er schob ihr einen Umschlag hin, auf den er die Signalbalken der Türme gemalt hatte. Tinne lugte hinein. Ein Hotelprospekt vom Montmartre, Karten fürs Louvre, ein Restaurant mit Terrasse an der Seine. Wortlos drückte sie ihn. Aladdins Wunderlampe hätte ihre Wünsche nicht besser treffen können.

»Allerdings gibt es dabei ein Problem.« Seine Miene war ernst. »Ich fürchte, wir können dort nur mit der *Méthode Champenoise* anstoßen, nicht mit dem Original.«

Sie lächelte und gab ihm einen Kuss. »Da will ich mal nicht so sein. Vielleicht kann die Gesellschaft den Abend ja retten.«

Seine Augen strahlten, Tinne spürte ihr Herz klopfen. In diesem Augenblick rumpelte es.

»Hau rein, Laurent, ist gut für's Knie.« Elvis klatschte dem Kommissar zwei dampfende Schisch Kebab auf den Teller und erstickte damit jede romantische Stimmung im Keim. Tinne musste wieder einmal den Hut ziehen vor seinem Feingefühl.

»Sach ma, was hat eigentlich unser sympathischer Herr von Batten da unten im Keller vorgehabt?«

Laurent warf Tinne einen Das-verschieben-wir-auf-später-Blick zu und holte Luft.

»Tja, er hat sich leider mit den falschen Leuten eingelassen, mit ein paar schweren Jungs aus Russland. Denen schuldet er einen Haufen Geld, und da musste er sich ganz fix einen Plan einfallen lassen. Der ist aber ziemlich in die Hose gegangen.«

Bex' Attacke hatte von Batten einen Schädelbasisbruch eingebracht, an dem er nur mit viel Glück nicht gestorben war. Vor zwei Tagen hatte ihn die Uniklinik entlassen, nun saß er in Haft und wartete auf seinen Prozess.

»Aus seiner Studentenzeit hier in Mainz wusste er, dass bei Kupferberg viele wertvolle Flaschen aus den Anfängen des Unternehmens lagern. Also hat er die *Vinakothek*-Sache angeleiert mit dem einzigen Ziel, ungestörten Zugang zu den Tiefenkellern zu kriegen. Er hat vorgehabt, die teuersten Flaschen nach und nach aus der Sammlung zu holen und durch billige Duplikate zu ersetzen. Wenn das geklappt hätte, wäre er nach ein paar Wochen saniert gewesen.«

»Kein Wunder, dass er ausgerastet ist, als er unsere Fotos von den Flaschenböden gesehen hat«, meinte Axl. »Er hat wohl gedacht, wir hätten einen ganz ähnlichen Plan.«

Bertie schaute ungläubig. »So teure Flaschen liegen da unten?«

Tinne konnte mit ihrem Internetwissen angeben. »O ja. Die frühen Abfüllungen werden mit 5.000 Euro oder sogar mehr gehandelt. Wenn von Batten über zig Wochen, sagen wir mal, 200 Flaschen geklaut hätte, wäre er bei einer Million rausgekommen. Ein guter Gewinn bei minimalem Einsatz.«

»Ei, da geh ich auch emol enunner mit meiner Einkaufstasch!«, rief Margarete und erntete Gelächter.

Über die lachenden Stimmen hinweg waren leise Kirchenglocken zu hören, die acht Uhr schlugen. Tinnes Gedanken wanderten zu St. Stephan. Die Schandglocke. Sie hatte seinerzeit tatsächlich für den Falschen geläutet.

»Was meinst du, was ist wohl aus dem Schinderhannes geworden?«, fragte sie Elvis. »Ob er sein Räuberleben weitergeführt hat, irgendwo, unter einem anderen Namen?«

»Wer weiß. Vielleicht ist er auch einfach heimgegangen in den Hunsrück und ist dort anständig geworden, nachdem er ganz knapp dem Tod von der Schippe gesprungen ist. Soll ja manchmal ganz heilsam sein, so eine Erfahrung.« Elvis zuckte die Achseln. »Wir werden wohl nie rausfinden, was er aus seinem zweiten Leben gemacht hat, Nachtigall-chen. Und jetzt trink, der Wein wird warm.«

Das zweite Leben des Schinderhannes. Tinne war noch immer abwesend, als sich neben ihr und Elvis etwas regte. Die beiden Cherifa-Mädchen standen da und drucksten herum. Kaum hatte Tinne Mene auf den Schoß genom-men, da rückte Sofia auch schon mit einem Büchlein heraus. »Können Sie uns was reinschreiben? Ooch bitte!«

Es war – Tinne musste ein Schmunzeln unterdrücken – ein buntes Poesiealbum, wie sie es früher als Schulkind besessen hatte und in das sich die Klassenkameraden in einer Art Steckbrief verewigen mussten.

Sie und Elvis bedankten sich sehr ernsthaft für die Ehre und legten los. Viele der Fragen waren eher kindgerecht und ließen sie über die Antworten grübeln. Zum Schluss war sogar ein selbstgemaltes Bild gefragt. Elvis entschied sich für ein Einhorn, das er einigermaßen gelungen zu Papier brachte. Tinnes gute Fee hingegen sah aus wie eine Schrumpelhexe, wenngleich die Mädchen versicherten, alles wäre toll. Zufrieden gingen die beiden davon, um eine neue Runde Gläser zu holen.

Bertie nutzte den Augenblick, holte Tinne und Elvis herbei und trat an die beiden abgedeckten Kisten hinter den Tischen.

»Nun denn, werte Frau Professor, werter Elvis, es ist euch gelungen, ein Stück Mainzer Geschichte zurückzu-bringen. Das hat nur deshalb geklappt, weil ihr beide ein ganz tolles Team seid. Gemeinsam einfach unschlagbar. Mit dem Herz auf dem rechten Fleck. Und deshalb wollen wir euch etwas ganz Spezielles schenken – einen Gruß aus den Kellern, natürlich streng nach der *Méthode Mayence*!«

Mit großer Geste zog er die Abdeckung weg, alle klatschten. Es waren zwei Flaschen Winzersekt vom Weingut Fleischer in edlen Holzkisten, doch keine gewöhnlichen Flaschen. Die Brigade hatte sich nicht lumpen lassen und wuchtete zweimal Drei-Liter-Doppelmagnum auf den Tisch. Die Riesen waren mit Schleifen verziert und sahen prächtig aus, doch Tinne war auf der Hut. Berties salbungsvolle Ansprache kam ihr verdächtig vor, das schadenfrohe Grinsen ihrer Freunde noch viel mehr. Sie sah sich bestätigt, als die Schleifen abgezogen und die Etiketten sichtbar wurden: schlichtes Weiß, darauf ein rotes Herz, umgeben von den Worten *Schnuckelmausi & Pupsiknödel.*

Die Taxileute wieherten los, während Tinne und Elvis giftige Blicke zu Dirk Fuhrmeister schossen. Dieser erglühte tiefrot und machte damit klar, wer die beiden Spontankosenamen ausgeplaudert hatte. Es dauerte allerdings keine fünf Sekunden, bis Tinne nicht mehr böse gucken konnte und in das Lachen einstimmte. Wozu Feinde, wenn man solche Freunde hatte?!

»Komm, Schnuckelmausi«, meinte Elvis gestelzt und reckte sich wie ein echter Kavalier. »Ich geleite dich zu Tische und kredenze dir ein Schlückchen vom Feinsten.«

»Aber gerne doch, Pupsiknödel«, gab sie galant zurück und hakte sich bei ihm ein. Unter dem Applaus der anderen setzten sie sich zu Laurent und Tara, wo sie in den Arm genommen wurden und die Feier in die nächste Runde ging.

Der Zauberwein wurde lange nicht leer an diesem Abend.

BUNDENBACH, HUNSRÜCK

Der Regen hatte aufgehört, die Luft roch nach nassem Gras. Ein strenger Wind blies über die Höhenkämme, fing sich in den Tälern und brachte die Bäume zum Rauschen. Eine raue Natur, die den Takt der Jahreszeiten vorgab und die Menschen sehr viel direkter daran teilhaben ließ als in den großen Städten, in Kaiserslautern, Trier oder Koblenz.

Marliese Benner zog ihre Strickjacke enger um sich. Das kühle Wetter störte sie nicht, es gehörte einfach dazu, wenn man sein ganzes Leben im Hunsrück verbrachte. Der Wind hatte einige Haarsträhnen aus ihrem grauen Dutt befreit. Bestimmt bot sie einen sehenswerten Anblick mit ihrer Sturmfrisur, aber das war ihr egal. Es gab hier keine Menschenseele, die sich darüber lustig machen konnte. Denn Marliese Benner war von Toten umgeben.

Eine Böe knickte das Papier in ihrer Hand, sie strich es glatt, um die schnörkelige Handschrift lesen zu können. *Ludewig Hannappel* stand da in schwungvollen Lettern. Die Kopie aus dem Kirchenbuch war schlecht, die Ränder schwarz, die Buchstaben grau und kaum zu erkennen. *Versch. 1861 zu Bundenbach* konnte sie entziffern. Langsam ging Marliese an den Gräbern entlang, die hier, im rückwärtigen Teil des Friedhofs, wie hingewürfelt vor ihr lagen. Die Grabsteine waren geschwärzt vom Alter, schief, die Inschriften kaum mehr zu lesen. Dieser Bereich wurde der Alte Friedhof genannt, er ging zurück bis ins

17. Jahrhundert und hatte viele Geschichten zu erzählen. Geschichten, die Marliese vor dem Vergessen bewahrte.

Petri, *Schirmer*, *Kröber*, Schritt für Schritt ging sie weiter. Zu fast jedem Namen hatte sie in den letzten Jahren etwas herausgefunden – manchmal nur dürre Einträge in Sterberegistern, manchmal ganze Lebenswege mit Höhen und Tiefen, mit Heirat, Umzügen, beruflichen Erfolgen und tragischen Unglücken. Marliese war bis zu ihrer Pensionierung Lehrerin am Gymnasium in Kirn gewesen, Oberstudienrätin, Deutsch und Geschichte. Die Vergangenheit ihres Heimatdorfes war schon immer ihr Steckenpferd gewesen, und nun hatte sie endlich die nötige Zeit, um auf Spurensuche zu gehen.

»Da bist du ja«, flüsterte sie und ging in die Knie, um die verwitterten Buchstaben auf dem Grabstein besser lesen zu können. *Ludewig Hannappel, 1787–1861*. Tatsächlich, hier war das Grab des Mannes, der im Nachbarort Hennweiler eine Mühle betrieben hatte. Zwei Ehefrauen hatte Ludewig überlebt, sieben Kinder gehabt, wahrscheinlich sogar mehr, doch wer die ersten Jahre nicht schaffte, fand selten Erwähnung in den Aufzeichnungen. Seinen Lebensabend hatte er hier in Bundenbach auf dem Hof einer seiner Söhne verbracht. Priesterliche Aufzeichnungen und Gewerbelisten, die Akten der früheren Bürgermeister, Gerichtsprotokolle und Privatbriefe – das waren die Quellen, aus denen Marliese solche Lebenswege rekonstruierte.

Zufrieden erhob sie sich, nahm ihre kleine Digitalkamera zur Hand und machte ein Foto der Grabstätte. Heute Abend würde sie die Informationen über Ludewig Hannappel säuberlich in ihre Tabelle tippen und das Foto einfügen. Wieder hatte sie einem der Toten eine Geschichte geben können.

Auf dem Rückweg zur Kirche St. Nikolaus passierte Marliese ein einsames Grab, fast unsichtbar inmitten von Buschwerk und Unkraut. Eine schlichte Platte lag darauf, nass vom Regen, die Ränder zerborsten, Moos wuchs in Büscheln. Das, was vor langer Zeit darin eingraviert worden war, hatten die Elemente fast schon wieder glattgeschliffen.

Marliese blieb stehen. Sie konnte sich der Faszination dieses Grabes nicht entziehen – das einzige, dessen Historie im Nebel verschwamm. Ihre Knie knackten, als sie sich bückte und mit den Fingern die Einkerbungen nachfuhr, die eher zu spüren, als zu sehen waren. Doch längst schon kannte sie die Inschrift auswendig. *Jean de Mayence* stand da, dazu eine einzige Jahreszahl, das Sterbedatum: *1814.*

»Na, Jean, willst du mir heute verraten, wer du bist?«

Der Wind wehte ihre Worte davon. Der Mann war, so viel verrieten die Aufzeichnungen, 1803 in Bundenbach aufgetaucht, ohne Familie, ohne Beruf, ohne Vergangenheit. *Jean*, so nannte er sich, und weil er behauptete, aus Mainz zu kommen, wurde er schlicht *Jean de Mayence* genannt, der Mainzer Johannes. Im Dorf übernahm er die Aufgabe des Küsters, er ging dem damaligen Pastor Clemens zur Hand, erledigte Reparaturen, kümmerte sich um Friedhof und Kirchgarten. Ein stiller Mann, unauffällig, ohne Freunde, von schwacher Gesundheit. Ein Lungenleiden machte ihm zu schaffen, Marliese tippte auf Tuberkulose. Daran verstarb er schließlich auch, elf Jahre nach seiner Ankunft. Doch ob er wirklich aus Mainz stammte, welches Leben er vorher geführt hatte und warum er hierher in den Hunsrück gekommen war? – all das verrieten die alten Schriften nicht.

Einzig Pastor Clemens hatte ein paar Zeilen hinterlassen, die über die normalen Behördeneinträge hinausgingen und etwas über die Vergangenheit des Mannes erahnen ließen. Über das, was dort verborgen lag. Marliese vermutete, dass Jean sich ihm bei der Beichte anvertraut hatte und der Pastor deshalb mehr wusste als die übrigen Menschen im Dorf.

Jean tut sich gut in Handwerck undt Hilfen, schrieb der Pastor in seiner schwungvollen Handschrift. *Es freut mich zu sehn wie Er mit Anstandt undt Fleiss Seinen Verrichtungen nach geht undt Mir scheint, als würd es Ihn ebenso mit Zufriedenheyt erfüllen. Möge das Gestrige ruhn. Es ist am Herrgott, zu richten, undt nicht an Uns.*

Der Wind hatte inzwischen die Wolken vertrieben, sie machten Platz für die Sonne. Von einer Sekunde auf die andere wurde das Grün satt, Wassertropfen ließen Hunderte Spinnweben glitzern, die eben noch unsichtbar gewesen waren. Marliese stand auf und ging weiter in Richtung Kirche und Ausgang. Noch einmal drehte sie sich um zu dem Grab des geheimnisvollen Mannes, das fast eins geworden war mit der Natur.

»Wer auch immer du gewesen bist, Jean – es freut mich, dass du am Ende hier deinen Frieden gefunden hast.«

... ist so manches Detail der Stadtgeschichte, damit es in den Roman passt. Meine Frage an Sie als Leser: Was haben Sie mir geglaubt, was nicht? Das falsche Skelett des Schinderhannes? Die zwei geheimnisvollen Tiefenkeller von Kupferberg? Die optische Telegrafenlinie, die sich vor 200 Jahren quer durch Rheinhessen gezogen hat? Die Gefahr aus dem Weltall? All das ist Realität, sogar das Spiegel-Cover mit Mainz und dem abstürzenden Satelliten musste ich nicht eigens für *Schandglocke* erfinden. An dieser Stelle vielen Dank an den Springer-Verlag, der den Nachdruck des Covers gestattet hat. ☺ Der Spiegel 27/1979. Und ein Ausflug nach Sprendlingen zum Nachbau des Telegrafenturms lohnt sich, man hat von dort einen tollen Blick auf die Region.

Auch die frühe Sektherstellung unter Peter Gimbel ist ein echtes Stück Mainzer Geschichte. Aber Gimbels Handwerk als Anleitung für die weltbekannte *Méthode Champenoise*? Damit betreten wir dann doch das Reich der Autorenfantasie. Schade eigentlich. Auch die illustre Flaschensammlung in den Tiefenkellern existiert nicht. In den oberen Kellern von Kupferberg gibt es zwar noch jede Menge Flaschen, aber die Goldgräber unter den Lesern muss ich leider ausbremsen: Tinnes Internet-Recherche ist deutlich übers Ziel hinausgeschossen, was den Wert der frühen Kupferberg-Abfüllungen betrifft. Und die Besucher der 200-Jahre-Rheinhessen-Feier werden sich sicher erinnern, dass der Umzug zwar tatsächlich bei herrlichem Frühsommerwetter stattfand, aber alle Wagen brav in der

Spur geblieben sind. Eine brigadenmäßige Überhol-Ak-
tion fällt also ganz klar in die Kategorie Rheinhessenkri-
midichtung.

Ob Dichtung, ob Wahrheit – ohne tatkräftige Unterstützung hätte *Schandglocke* es niemals in die Regale Ihrer Lieb-
lingsbuchhandlung geschafft. Wer hat hinter den Kulissen
für Bewegung gesorgt? An erster Stelle der Gmeiner-Verlag und mein Lektor Sven Lang, die aus 294 Times-New-
Roman-Seiten ein echtes Buch gemacht haben. Chapeau!
Einen spannenden Besuch in den Kelleranlagen von Kupferberg hat mir die Betreibergesellschaft Procardis ermög-
licht, vielen Dank an Gillian Bals, die Frau mit der Schlüs-
selgewalt. Dort in den Kellern hatte ich Jutta Händler als
Watson dabei, gemeinsam sind wir kalküberzogenen Spin-
nenleichen auf die Spur gekommen und auf dem Mainzer
Hauptfriedhof dem Grab des Jeanbon de St. André.
Sind Ihnen einige Romanfiguren merkwürdig bekannt
vorgekommen, fast so, als wären sie aus Fleisch und Blut?
Dann ist es höchste Zeit, dass ich diesen Cameo-Buchgäs-
ten Danke sage für ihre Gastrollen: Michael Jacobs von der
AZ Mainz, das »fotografische Auge« Sascha Kopp und
natürlich Dirk Fuhrmeister, der auch im echten Leben hin
und wieder einen E-Type in seinen Ausstellungsräumen
stehen hat. Ob er diesen allerdings an übergewichtige AZ-
Reporter verleiht, wage ich eher zu bezweifeln.
Eine herzliche Umarmung gebührt meinen Eltern Dag-
mar & Robert Weichmann, die meine Fantasie niemals
ausgebremst haben. Elmar Frey ist (wieder einmal) dafür
verantwortlich, dass Meenzer Dialoge auch meenzerisch
klingen und nicht nach dem, was ich als Pfälzer Bub dafür
halte. Dr. Mark Scheibe als Schinderhannes-Fachmann

wusste Spannendes über Hinrichtung, Skelett und Schädel zu berichten, für die französische Übersetzung der Telegra-fenbotschaft durfte ich bei Sandra Kroemer anklopfen und für die polnischen Sätze von 3P bei Michael Herzog. Die Korrekturlupe hat Corinna Homp vors Auge geklemmt, und meine Partnerin Susanne Reuber ist als Historikerin auf Fachfehlerjagd gegangen. Vielen Dank für erbsenzäh-lerische ~~Kritiktereien~~ wertvolle Verbesserungen, sämtliche verbleibende Ungereimtheiten sind der Dramaturgie und/oder meiner Beratungsresistenz geschuldet.

Dürfen Sie das Buch nun endlich wieder vom Kopf auf die Füße stellen? Gleich, denn ein letztes Dankeschön habe ich noch: Es geht an Sie, an die Leserinnen und Leser. Alle Kri-mifans, die Tinne & Elvis seit vier Bänden die Treue hal-ten, bekommen von mir den Großen Leseorden am Bande. Ohne Ihre Begeisterung für die *Schand*-Abenteuer und ohne Ihre gute Laune bei Lesungen wäre die Kommune längst schon verwaist und Mufti würde heimatlos durch die Bretzenheimer Gärten streifen. Schön, dass der Kater auf Sie zählen darf.
Und der Autor auch. :-)

Historikerin Tinne Nachtigall ermittelt:

1. Fall: Schandgrab
ISBN 978-3-8392-1445-9

2. Fall: Schandgold
ISBN 978-3-8392-1618-7

3. Fall: Schandkreuz
ISBN 978-3-8392-1859-4

4. Fall: Schandglocke
ISBN 978-3-8392-2162-4

5. Fall: Schandfieber
ISBN 978-3-8392-2333-8

6. Fall: Schandflut
ISBN 978-3-8392-2535-6

weitere:
Schwarze Sonne
Roter Hahn
ISBN 978-3-8392-2057-3

SOKO Ente
ISBN 978-3-8392-2429-8

Mörderjagd mit Elwetritsch
ISBN 978-3-8392-2584-4

Helge Weichmann ist zum Meister des historisch hinterlegten Regionalkrimis geworden.
Gerd Blase, Allgemeine Zeitung Mainz

GMEINER SPANNUNG

WWW.GMEINER-VERLAG.D
Wir machen's spannen